ДЕТЕКТИВ

ГЛАЗАМИ ЖЕНЩИНЫ

НИНА ВАСИНА

ПАДЧЕРИЦА СИНЕЙ БОРОДЫ

МОСКВА, «ЭКСМО-ПРЕСС», 2002

УДК 882
ББК 84(2Рос-Рус)6-4
В 19

Серийное оформление
художника *С. Курбатова*

Серия основана в 1997 году

Васина Н. С.

В 19   Падчерица Синей Бороды: Роман. — М.: Изд-во
ЭКСМО-Пресс, 2002. — 384 с. (Серия «Детектив глазами
женщины»).

ISBN 5-04-009891-X

Странная история... Вообще все случившееся с Алисой, вообразившей себя падчерицей Синей Бороды только потому, что ее отчим был женат семь раз и все его жены, в том числе и ее мать, умерли, кажется цепью кошмаров. Для нее становится главным — уничтожить отчима-корейца... или свою привязанность, может, даже любовь к нему. С настойчивостью гончей она преследует его. А он действительно — крупный хищник — очень богат, умен и опасен. И вот наконец получилось — его утопили бандиты. А подставила его Алиса. И теперь охота идет на нее, ведь все свое богатство он завещал ей, любимой. И охотники не чета Алисе — ФСБ, менты и сотрудники корейца, которых он «кинул»...

УДК 882
ББК 84(2Рос-Рус)6-4

ISBN 5-04-009891-X

ЧАСТЬ I

Девять месяцев до совершеннолетия

«В одиннадцать лет я твердо решила стать учительницей пения и, чтобы все окружающие поддержали мое решение, стала не разговаривать, а петь. Не знаю, как родные пережили этот период, длился он почти полгода, а в моей памяти остались беседы с психиатром в холодном кабинете с рисунками-кляксами на стенах, с обмылком на краю неуместной рядом с вешалкой раковины, всегда чистейшим накрахмаленным полотенцем. Я, обмирая от страха, наблюдала процесс вытирания психиатром рук, полотенце теряло свою крахмальную непорочность, и его руки с отвратительно узкими, словно вросшими в пальцы, продольными полосками ногтей потом приближались ко мне с плавностью отечной полноты, и когда правая протягивалась с пожеланием рукопожатия, а левая начинала перебирать на столе бумаги, я сглатывала тошноту и неуверенно совала в нее свою ладошку, как в нору жирного чернозема.

Для лучшего контакта психиатр иногда начинал не разговаривать со мной, а петь, и тогда я в полной прострации разглядывала его открытый рот в обрамлении топорщащихся усов и бороды. «О-о-о че-о-ом мы думаем тепе-е-ерь?» — лился из мохнатого отверстия могучий душевный бас, я вытягивалась на стуле, чтобы лучше разглядеть язык с желтым налетом и коренные с пломбами, а мама начинала копаться в сумочке, нашаривала сигареты, зажимала рот платочком, извинялась и выходила в коридор. Смеялась она там? Плакала?

Она возвращалась в кабинет, прихватив с собой в волосах табачный дым, серьезная, отрешенная, ужасно красивая, и психиатр тогда застывал с приоткрытым ртом, уже перестав петь, он просто вдыхал принесенную мамой мелодию ее длинного, тонкого тела.

Мама никогда не пела мне.

Зато она пела Синей Бороде. Я сама слышала и никогда не забуду ее тонкий неуверенный голосок, дрожащий от напряжения, как треснувший фарфоровый колокольчик.

В двенадцать лет я впервые попала в морг, и мне там ужасно понравилось.

Мы с тетей привезли одежду для мамы, мама лежала на каталке, укрытая простыней до подбородка, а ее вьющиеся пышные волосы свисали почти до самого пола, я их захватила руками, кое-как скрутила в жгут и положила вокруг шеи, тетя сердито зашипела на меня, врач в грязном фартуке принес справку, мимо провезли каталку с обнаженным мужским телом, и я поняла, что морг — это такое место, где никому никого не стыдно.

Пока тетушка разговаривала с врачом, пока жужжали лифты, доставляя новые каталки, пока удушливой волной сочился откуда-то из совсем другой жизни запах щей и жареной рыбы — время шло к обеду, — и запах этот, возмутительно неуместный и даже кощунственный в потустороннем мире спокойных холодных тел, был куда отвратительнее запаха разложения, пока два санитара выгружали из металлического ящика отдельные части чьих-то тел — руки, ноги, головы — и выкладывали их с утробным бульканьем в чан с формалином, я вдруг неожиданно для себя, ну просто ужасно захотела скинуть всю одежду и потеряться. Расстегивала пуговицы, стаскивала в накатившем припадке колготы, скидывала туфли резким выбросом ноги вверх.

Бедная тетушка Леонидия!

После поющего психиатра она — мое самое яркое воспоминание отрочества.

Я в любой момент могу вспомнить ее бледное лицо с синими разводами страха под глазами. Заметив меня, голую, чинно шествующую по коридору морга, Леонидия грохнулась на колени, словно ее подсекли, и некоторое время надежда, что ей все это мерещится, жила на оплоумевшем лице остатками недоумения и даже насмешки — рот кривился в подобии улыбки, руки цеплялись за фартук патологоанатома, но потом она сдалась на милость спасительному обмороку, ее обмякшее тело поволокли в кабинет, и я смогла спокойно прогуляться по всем отделениям морга. И если бы не нервная медсестра, помогающая разделывать доктору тело старухи на металлическом столе, меня бы еще долго никто не замечал. Кто знает, что думал персонал морга, замирая на несколько секунд в отрешении перед спокойно идущим голым ребенком? Если бы не эта медсестра, единственная, кто устроил истерику, — она кричала и размахивала работающей электропилой, пока я разглядывала, как по желобу стола стекает кровь... Если бы не она, я бы, нагулявшись, уложила мамины волосы более тщательно и разгладила морщинки у носа, хотя они маме нравились, мама говорила, что они от смеха.

«Однажды утром Синяя Борода ехал полем на своем могучем черном коне, а за ним бежали его псы — три дога, огромные и сильные, как быки...»[1]

А в это время!..

«В это время мимо шла одна-одинешенька молодая и красивая девушка...»

«Что здесь делает голый ребенок? — заинтересовался пожилой презентабельный господин в очках, и сквозь стекло его глаз уставился на меня с выжидающим любопытством, а я, испугавшись чужого внимания, быстро закрыла тело мамы простыней, а потом мы с очкастым господином вместе посмотрели на пол, на серый кафель, в который падали, разбрызгиваясь, капли крови...

---

[1] Здесь и далее — французская народная сказка «Синяя Борода».

— Ничего страшного, — успокоила я побледневшего мужчину, он казался мне старым и гордым в своей старости, и его большому лицу совсем не шел испуг, — это у меня бывает от злости, — я зажала нос пальцами, но кровь просачивалась и текла по руке, по животу, а потом прибежала медсестра с электропилой, уборщица со шваброй, патологоанатом в грязном фартуке и тетушка Леони, размахивающая ваткой с нашатырем. Все они проявили сильное беспокойство, и ватка тетушки Леони с отвратительной влажностью прикоснулась к моему лицу, к ложбинке над верхней губой, я закричала от этого прикосновения, и все отшатнулись, стало легче дышать, и медсестра протянула мне размотанный бинт. Я промокнула кровь.

— Это у нее бывает, когда она сильно разозлится, — твердила, как заведенная, Леони, — как только что не по ней, она сердится, и из носа идет кровь, это пройдет, мы были у врача, это у нее от злости...

И так далее, пока патологоанатом не потребовал всем заткнуться, не присел рядом со мной (так приседают перед маленькими детьми — лицемерная попытка быть с ними на одном уровне), но у него это плохо получилось — я к двенадцати годам уже имела метр шестьдесят роста, и заглядывающий снизу в мое лицо неряшливый дяденька в заляпанном кровью фартуке, пытающийся прикоснуться ко мне и пугающийся близкого голого живого тела девочки, этот человек, скорчившийся внизу, показался мне жалким — этакое подобие уставшей от трупов земляной жабы. Он очень хотел знать, что меня так разозлило, я объяснила. Мне не понравился шрам на теле мамы. Сверху вниз — от ключиц к низу живота.

— Кто привел в морг голого ребенка? — оглянулся беспомощно доктор, поднимаясь.

Мне принесли одежду.

— Не оденусь, пока честно не скажете! — пригрозила я и потребовала, чтобы доктор, вскрывающий маму, признался, чего в ней не хватает.

Несколько рук помогают мне одеться, я возмущаюсь и обещаю скончаться прямо тут, на полу в морге, от потери крови. Я краем глаза вижу приближающийся шприц, уворачиваюсь и, убегая к светящемуся в трубе коридора окну, теряю по дороге каплю за каплей красные расплющенные бусинки моей жизни.

— Не надо, — попросил запыхавшийся доктор, когда я залезла на подоконник, — это глупо, в конце концов, это полуподвал, не трогай окно, я тебя умоляю!

Я поверила в его желание помочь и, пока вся толпа, взбудораженная моей наготой и кровотечением, во главе с Леони приближалась, с заговорщицким шепотом рассказала, что мой отчим на самом деле — настоящая Синяя Борода, что он убивает всех своих жен и оставляет что-то из их внутренностей себе на память, и патологоанатом, вытирая пот со лба подолом халата, сознался, что действительно в маме кое-чего не хватает.

— Сердца?!

— Нет. У нее не хватает одной почки, у твоей мамы вырезали почку после сильного воспалительного процесса. Слезай. Хватит бегать.

К четырнадцати годам я поняла, что от отчима отделаться не удастся. Он ухаживал за родной сестрой свой умершей жены с неистовством буйно помешанного. Он готовил обеды и ужины, колдуя у плиты и наполняя квартиру чужими запахами, а потом исчезал, установив на столе в гостиной свечи, цветы, бокалы, супницу и сотейник, в который мы с Леони заглядывали, как в ящик Пандоры, осторожно выпуская душистый пар и не глядя в глаза друг другу, — и она, и я предпочитали по чашке кофе и паре бутербродов в кровати перед телевизором, ну а в исключительных случаях потрошилась коробка конфет на двоих, и убежавшая из вазы с фруктами виноградина могла притаиться в простыне и нарушить потом шоколадный сон влажным холодным прикосновением раздавленной улитки. Но еда — это полбеды.

Серенады — вот испытание не для слабонервных. Чаще всего ночами нас будила какофония оркестрового джаза, и весь дом прилипал к окнам в полвторого ночи, пугаясь спросонья пришествия сатаны, и с облегчением потом отлипал — это всего лишь пятеро мужиков с инструментами, это ненадолго, минут десять поиграют под балконами и уйдут. Леони, не признающая ничего, кроме скрипки, затыкала уши, выслушивала возмущенные крики с балконов и угрозы вызвать милицию, но косилась в окно сквозь щелочку в шторах с обреченным недоумением. Мой отчим стоял в отдалении от оркестра с букетом роз и смотрел на наши окна. Джаз сменялся одинокой флейтой, флейта — барабанной дробью, происходили эти серенады по три раза в месяц с завидным постоянством, дом постепенно привык, Леони уже задумывалась, не намекнуть ли такому упорному мужчине, что скрипка...

Моя мама была шестой женой этого корейца. Если Леони сдастся, она будет седьмой. Мама прожила с ним год. Значит... к моим пятнадцати годам Леони умрет. Пока Леони переминалась с ноги на ногу и расковыривала в шторах щелочку, я надевала наушники, включала плеер на полную громкость и содрогалась от ударных, злорадно представляя рядом две ступни — корейца, тридцать восьмого размера, и Леони — сорок первого.

— Этот кореец — мелкий мужчина? — задала мне вопрос сидящая передо мной женщина.

— Ты спросила из-за размера ноги? Он не мелкий. Он ужасно худой, но длинный. Он напоминает гибкий тростник под ветром — штамп, конечно, но будто для него изобретен. У него довольно большие для корейца глаза, он видит в темноте, его пальцы — тонкие, как у пианиста, почти не напрягаясь ломают карандаш, вот так, он зажимает его, кладет на указательный и безымянный, а средний вверху, вот так, видишь, а потом раз — на три части!

— Не нервничай.

— Не могу. Он очень страшный. Если он уговаривает женщину, то ее согласие — приговор! Она больше не принадлежит себе, она — раба. Его магическое число — семь, после Леони ему должна попасться восьмая жена, которая выяснит тайну запертой комнаты.

— Скажи, пожалуйста, какие-нибудь другие сказки ты в детстве читала? О спящей царевне и богатырях...

— Про корейца — это не сказка. Я люблю о Царевне-Лебеди, там муж, который выгнал свою жену с новорожденным ребенком, в конце посрамлен и унижен, а жена его прощает. Вот это называется сказка. У моей мамы было две сестры. Они однажды сидели все втроем на террасе и пряли, нет, серьезно, моя мама отлично умела прясть пряжу, у бабушки была собака, ее чесали, а потом из этих начесов пряли нитки, из ниток вязали носки...

— Они пряли, пришел царь и выбрал твою маму?

— Кореец выбрал старшую, Ираиду. Они пряли на террасе бабушкиного дома, был вечер, сестры говорили о мужчинах, моя мама была младшая, она стеснялась, а старшая сестра уже дважды развелась и выдавала вовсю, сказала, что хорошему мужику и троих сыновей родить не жалко, а Леони в шутку (она же совершенно не умеет готовить) сказала, что мужчину можно приворожить хорошей едой, а моя мама промолчала, и тут появился кореец и сразу предложил Ираиде родить ему троих сыновей, и старшая сестра бросила прялку и пошла за ним к машине — вроде шуточка, а на самом деле она покраснела тогда, мама заметила, что она покраснела, — так ей понравился кореец.

— Твоя тетя Ираида умерла, когда тебе было...

— Девять. Кореец сразу же принялся за маму. Он приходил в ателье через день, мама шила, шила, шила... Она ему сшила столько одежды, что шкафа не хватило потом, и в нашей квартире кореец устроил гардероб из кладовки, там он прибил полки и повесил во всю длину палку, на которой болтались вешалки с его вещами.

— А отчего умерла Ираида?

— Я не знаю, я тогда еще не все понимала правильно, и пока кореец не сказал мне в одиннадцать лет, что ему нравятся девочки вроде меня — высокие, нескладные, с большими руками и ногами, потому что из таких девочек потом вырастают самые покладистые любовницы... Пока он мне это не сказал, я могла запросто пробежаться по квартире в одних трусиках. А потом я стала думать, думать, спросила у мамы, отчего умерла Ираида, но мама провела пальцем по моим губам, она так делала, когда ей не нравились мои вопросы.

— Ты любишь ходить голой?

— Теперь только в морге. Мне врач в грязном фартуке, когда уговорил одеться, пообещал, что я могу запросто приходить в его смены в морг и ходить голой, сколько угодно, но потихоньку, не привлекая внимания, а это лучше делать по ночам.

— Что ты видишь на этом рисунке?

«...*Синяя Борода все точил на камне свой длинный нож: точись, точись, нож. Ты перережешь горло моей жены...*»

— Нож. Вот ручка, вот тут лезвие, а это кровь капает с лезвия. Я думаю, кореец зарезал Ираиду, тетя была старше его, в семье этот брак не одобрили, бабушка на свадьбу не пришла, а дедушка позвонил из Франции и заказал подарок молодоженам на дом — трех щенков дога. Понимаете? Ну, это элементарно, дедушка сразу раскусил корейца!

«*Синяя Борода скакал галопом на своем черном коне, а за ним бежали три его дога, огромные и сильные, как быки*».

— Если я не ошибаюсь, твой дедушка лечится во Франции?

— Мой дедушка гений, просто у него умственная усталость превысила барьер выносливости организма.

— Среди твоих других родственников есть психические больные?

— Дедушка не псих. Он большой ученый, все гении воспринимают мир иначе, чем простые люди. Дедушка навел справки, он узнал о прошлой жизни корейца, теперь-то я знаю, что именно он узнал! Ираида была пятой женой, она вышла за четырежды вдовца! Дедушка посчитал, с интуицией гения прикинул, что может случиться дальше, и заказал щенков! Когда мама сказала, что выходит замуж за корейца, бабушка умоляла ее не делать этого, просила жить в грехе, но не заставлять внучку, то есть меня, участвовать в безумии этого постыдного брака.

— А гениальный дедушка не прислал, случайно, на свадьбу своей младшей дочери — твоей матери — черного жеребца?

— Нет. Лошади очень дорогие. Собак проще заказать и оплатить по карточке через Интернет.

— Сделаем перерыв. Чай? Лимонад?

— Можно я выпью немного красного вина? Я знаю, это не полагается, но мы могли бы пойти вон в то кафе через дорогу, только на полчасика, ну пожалуйста... Да?! Ты прелесть!

— Мне нравится слово «прелесть». Хотя оно не в тон. Нельзя называть тестирующего тебя психиатра «прелестью». Два бокала красного, пожалуйста, бутерброд с сыром...

— А можно еще желе?

— Желе и кофе. Черный. Ладно. Давай продолжим. Здесь шумновато, но уютно. Когда ты решила выследить своего отчима?

— Как только он сказал, что я буду покладистой любовницей. Я сразу поняла, что он — Синяя Борода. А он великодушно дал мне это понять. Я стала следить за ним, за мамой, правда, иногда я отвлекалась на личные дела и делала это не очень тщательно. Все-таки я была еще маленькой. Но после морга, когда врач сказал мне, что у мамы нет почки, я поняла, что у корейца где-то должна быть потайная комната. Он хранит там разные внутренности от разных жен.

— Минуточку, я поменяю пленку. Вот так. Продолжим. Ты хочешь сказать, что от твоей мамы ему нужна была почка?

— Вероятно. Но может быть и так, что патологоанатом сказал не все. Пощадил маленькую девочку.

— Хорошо. Допустим, что в этом холодильнике кореец хранит внутренности от разных жен. Зачем ему это надо?

— Может быть, он хочет собрать идеальную женщину. Он сам сказал бабушке, что всю жизнь живет в поиске. Бабушка сдалась, когда ее третья дочь — Леонидия — вышла замуж за корейца и приехала посмотреть на мужчину, уже похоронившего двух ее дочерей. Она спросила корейца, зачем ему в жизни столько жен, а кореец засмеялся, посмотрел на меня, подмигнул и пообещал, что восьмая жена положит всему этому конец. Он сказал, что идеала так и не нашел, но в каждой женщине есть своя прелесть — у одной большое и доброе сердце, у другой — редкий ум и так далее. Я очень хотела слышать, что там далее, тогда кореец сказал, глядя мне в глаза своими желтыми глазами, что должна быть женщина с самым колдовским влагалищем, но ему еще такая не попадалась, и бабушка сразу же встала и ушла, а я спросила, что ему так понравилось у тетушки Леонидии? Ведь, несмотря на ее слова тогда, на крыльце деревенского дома, Леони совершенно не умела готовить, вечно питалась на ходу, и кореец своими кулинарными ухаживаниями, как, впрочем, и серенадами, скорее подавил тетушку, а не осчастливил. Оказывается, ему очень понравились ее глаза. Глаза, понимаешь?! Не понимаешь...

— Я понимаю. Леонидия упала с крыши, и арматура строящегося цоколя проткнула ей глаз.

— Я не знаю, что там было с арматурой, но тетушка Леони оказалась в морге без глаза, об этом мне сразу же доложил мой друг-патологоанатом, мы к этому времени настолько подружились, что мне даже позволялось иногда присутствовать при вскрытиях, особенно, когда доктор был изрядно подвыпивши и поэтому особенно словоохотлив. Он раскрыл мне тайны многих болезней, объяснил прямую зависимость веса и цвета внутренностей от пожирающих их недугов, представь только, что увеличенная пористая печень — это результат не только токсикологического воздействия, инфекции, но и чрезмерной злобы. И я подумала, что печенка моей тетушки Ираиды — чистая и, в полном соответствии веса и объема, хранится у корейца как пример добропорядочной покорности судьбе и праведного образа жизни. Он ни за что бы не взял себе ее матку — старшая из сестер не родила ему трех сыновей, это злая ирония судьбы — Ираида, выбранная им для деторождения, была бесплодна. А вот глаз, зеленовато-голубой глаз Леонидии, наверняка плавает у корейца в колбе как образец невероятного художественного чутья — эта моя тетушка всегда смотрела поверх голов, всегда — в небо и безупречно подбирала цвета на своих картинах, не ела баклажаны, потому что они казались ей противоестественно-фиолетовыми для пищи, давила клюкву в пальцах и обмазывала потом соком свои губы — и не было цвета роднее для ее губ. Кореец сразу же набрасывался ртом на обмазанные клюквой губы, без прелюдии любовной игры, восхищаясь ее вкусом и умением возбуждать мужчину правильно подобранным цветом рта на длинном, болезненно бледном лице с огромными холодными глазами.

— Извини, конечно, но тогда почка твоей матери?..

— Он сам говорил, что общение с мамой стерилизует его, избавляет от грязи и неудач. Мама пила жизнь быстрыми большими глотками, не то что Леони — та могла смаковать какой-то сюжет или происшествие с медлительностью извращенки, пока не изводила и себя, и окружающих бесконечными попытками неосуществимого, тогда резала полотна кухонным ножом, пила и блевала. А выпитая мамой жизнь выходила из нее слезами облегчения, остатками неприятностей и огорчений, оставляя внутри только хорошее. С ней было так сладко плакать, мама могла утешить кого угодно, и не просто утешить, но и подарить надежду.

— У тебя странная речь. Я бы даже сказала — художественная речь, хотя и с сумбурными попытками спонтанного вымысла.

— Гуманитарный колледж. Театральный кружок. Бабушка была против, а кореец, когда уже жил с нами, мог с ходу, чувственно и вдохновенно пройтись со мной по Шекспиру на английском. Лучше всего у него получался Гамлет.

— Давай напоследок пройдемся еще раз по теме предполагаемого убийства.

— Ну ладно. Когда тетушка Леони упала и умерла, я осталась совсем одна-одинешенька рядом с Синей Бородой, и ужас оставаться с ним в одном доме по ночам победил все мои остальные семь ужасов — одиночества, смерти, выпадения волос, слепоты, глухоты, летаргического сна и падения в разрытую могилу. Тогда я решила уничтожить отчима любым способом. Удобнее всего было найти дохлую крысу, положить ее в укромное место и через несколько дней пропитать иголку трупным крысиным ядом, а потом дать Синей Бороде уколоться этой иголкой. Но подобранная мною в подвале дома мертвая крыса непостижимым образом исчезла на третий день, а после настойки белладонны — полпузырька на бокал вина — кореец сорок пять минут в подробностях описывал мне заплетающимся языком особенности диалектического и механистического детерминизма. Я за это время отковыряла все болячки на коленках, обгрызла ногти на левой руке в ожидании его предсмертных конвульсий и, как ни странно, навек запомнила, что отрицание механистическим детерминизмом объективного характера случайностей ведет к фатализму. Насладившись собственным красноречием, моим напряженным вниманием, горящими глазами и полыхающими щеками — такое возбуждение он принял за мое потрясение величайшими открытиями философской мысли, — кореец встал, утробно рыгнул, взялся одной рукой за голову, а другой за живот и спросил, не хочу ли я поехать с ним в бассейн поплавать, поскольку лучше всего новое в науке и философии закрепляется, когда организм занят физическими нагрузками. Я отказалась, тогда отчим потребовал, чтобы, разлагаясь в безделье, я уяснила для себя главное — «там, где наука строит гипотезы, идеология в некоторых ее проявлениях может строить произвольные конструкции, выдавая их за реальное отражение действительности». А после бассейна он обещал объяснить, как идеология страсти может подменять собой любые чувства, в том числе ненависть и любовь, и (кстати!), заигравшись в ненависть, такая молодая особа, как я, может запросто перейти к построению некоторой конструкции смерти, весьма опасной без научного осознания. Уже одевшись и собрав все для плавания (я ходила за ним по пятам, поджидая, когда же, наконец, он свалится в предсмертных судорогах), кореец посоветовал в его отсутствие подумать о познании Вселенной и решить, к какому классу познающих я отношусь: к оптимистам либо к скептикам. И когда он вернется, кроме собственного самоопределения, я должна буду ответить на вопрос: к какому типу познавателей Вселенной относились Фауст, Ксенофан и Гегель.

Это было в среду. В четверг к вечеру я обзвонила все морги и больницы. Отчим как в воду канул (хотя первым делом я узнала, что в воду он как раз не канул и не утонул в бассейне после моего коктейля). В пятницу к обеду он позвонил и спросил, сделала ли я домашнее задание. К этому времени я обессилела от поисков его трупа и напрочь забыла об именах, записанных впопыхах на обоях в коридоре. «Пока не выяснишь, к какому типу познающих относились эти люди, я домой не вернусь», — заявил отчим. Я завыла от ненависти к нему и собственного бессилия. Именно в припадке этой ненависти я кинулась в его кабинет, перерыла множество книг и выяснила, что Ксенофан — древний грек, Фауст, конечно же, — литературный персонаж, а Гегель — философ с таким огромным количеством изданных трудов, что я впала в отчаяние: всей моей жизни могло не хватить на их изучение, а как же тогда главная миссия — истребление Синей Бороды?! Но, с другой стороны, если кореец не вернется домой, я не смогу его убить, и он забросает цветами, замучает музыкой и корейской кухней очередную жертву, чтобы потом вырезать у нее внутренности, он уйдет от меня! Тут я впервые осознала, что ужас жить с ним в одном доме и ужас его отсутствия совершенно взаимозаменяемы, или, выражаясь философски, он стал «субъектом» моего познания, а я — «объектом», и я в отношении к отчиму стала в каком-то смысле «собственностью субъекта, вступив с ним в субъектно-объектные отношения». По крайней мере, так написано в учебнике по философии.

— Отлично. Молодец. Теперь соберись с силами и расскажи о нападении.

— В субботу посыльный принес от корейца огромный букет красных роз и коробку с пирожными, моя подруга — записку от директора школы родителям, а почтальон — заказное письмо, в котором попечительский совет призывал отчима явиться в городскую управу. Я выщипала все розы до одной — их было тринадцать, разбросала лепестки по полу, а общипанные стебли выбросила на лестницу. После двух дней нервного потребления кофе и яблок я съела восемь пирожных, изодрала в клочья письмо попечительского совета, двенадцать раз проверила, работает ли телефон, и, совсем измотавшись, задремала на диване.

Я услышала, что кореец пришел, по запаху. Запахло духами. Этот убийца жен источал запах французских духов! Когда я открыла глаза, он уже заходил в комнату, удивленно разглядывая кроваво-красные пятна привядших лепестков на полу. Он присел у дивана, всмотрелся в мое лицо — запах духов стал невыносим — и поинтересовался, что именно сказал Фауст по поводу познания

Вселенной. Я, совершенно зачумленная сном, сглатывая тошноту после восьми эклеров, примерно пробормотала: «Природа для меня загадка, я на познании ставлю крест...», после чего меня стошнило прямо на его ослепительно белую рубашку.

Отчим поволок меня в ванную, я сопротивлялась, кричала, что лично я — агностик, так как напрочь отрицаю возможность полного познания мира. В ванной кореец разделся, я вымыла лицо и заметила на брошенной в раковину рубашке красное пятно. Это была губная помада на сгибе воротника. Губная помада, понимаешь?! На меня снизошло спокойствие и умиротворение, я пошла на кухню, дождалась, пока кореец выжмет разрезанные апельсины, добавит в высокий бокал к апельсиновому соку две стопки водки и полезет в шкаф за трубочкой. В этот момент, не сводя глаз с его татуированной спины, я вылила в бокал пузырек атропина. Отчим, помешав соломинкой коктейль, вдруг от души протянул бокал мне, уверяя, что это поможет справиться с тошнотой. Отшатнувшись и взвыв от отчаяния, я опрокинула стойку с ножами, выбрала на ощупь ручку помощней и — раз! — бросилась на корейца, стараясь попасть ему в лицо...

— Попала?..

— Куда там... Я бегала за ним по кухне, потом — через коридор в комнату. Кореец шутя и даже как-то лениво отмахивался, умоляя меня не порезаться, а я кричала так громко, что прибежала соседка и стала стучать в дверь, и пока кореец открывал дверь, я порезала ему сзади плечо, а он попросил соседку позвонить ноль три — «девочке плохо». Потом приехала «Скорая», врач сразу же бросился перевязывать окровавленного корейца, я сидела в углу в коридоре, прижав к себе нож, и нервно икала, соседка вдруг принесла из кухни бокал, чтобы помочь мне с икотой, я взвыла от такой несправедливости судьбы, и тогда врач, закончивший перевязку, сначала отпил немного, а потом — восхищенно покачав головой — все до дна.

Я сказала, что теперь он умрет, если не вызовет у себя рвоту, врач посмотрел на меня с брезгливым снисхождением. Я знаю эти взгляды, я помню их еще со времени поющего психиатра, я замолчала и закрыла голову руками, а медсестра осторожно вытащила из моих сведенных судорогой пальцев нож. Потом я плохо помню. Врач стал писать что-то, свалился со стула, и в «Скорую» его загрузили на каталке. Пошатывающегося, окровавленного корейца завела в машину, держа под руку, медсестра, а меня, укутанную в одеяло, отнес туда на руках шофер, уверяя собравшихся в подъезде соседей, что он видел много «дурдомов», но такого ему еще не попадалось.

— Врач «Скорой помощи» скончался через три часа. Твоего отчима перевязали, допросили в больнице и отпустили домой, а тебя поместили в бокс для психически неуравновешенных.

— Обидно, да? Отчим живехонький, с небольшой царапиной у шеи выгуливает следующую жертву, а я уже вторую неделю глотаю таблетки и отвечаю на вопросы. Мне дадут справку?

— Справку?..

— Что я психически больна.

— Это вряд ли. Я пока не вижу особых отклонений.

— А разве это решает не комиссия? Ты откуда вообще?

— Я — судебный психиатр. Вот моя карточка.

— Тебя зовут Пенелопа? Обалдеть... Психиатр по имени Пенелопа. Ладно, я не псих, я — несовершеннолетняя сирота, у которой на фоне страданий по умершим родственникам случился нервный срыв.

— Мне очень понравился твой нервный срыв.

— Я старалась.

— Распишись здесь. И здесь. Ты свободна. Завтра придешь в отделение милиции по месту жительства и будешь там отмечаться до окончания следствия.

— Так просто?

— Сколько тебе осталось до шестнадцатилетия?

— Девять месяцев. А что?

— Если ты успеешь сделать все, что задумала, до своего совершеннолетия, я признаю тебя самой гениальной злодейкой нашего времени.

— Ой-ой-ой!.. И что тогда будет?

— Я возьму тебя к себе на работу.

— В психушку?

— Нет. В прачечную.

Запись закончена в шестнадцать сорок три».

Следователь Лотаров достал из кармана тщательно свернутый платок. Осторожно отогнул уголок, набрал воздуха, оглушительно высморкался, приладил уголок на место, убедился, что тот приклеился, и, удовлетворенно кивнув, положил платок обратно в карман.

Пенелопа достала сигареты.

— В моем кабинете не курят! — тут же злорадно сообщил Лотаров.

Пенелопа сглотнула подкатившую от манипуляций с платком тошноту, убрала сигареты в сумочку, а с зажигалкой баловалась, доведя следователя металлическим клацаньем до легкого раздражения. Раздражение это проявилось сначала в осуждающих взглядах, потом — в перекладывании бумаг на столе, а в конце Лотаров опять достал платок из кармана, попробовал отлепить недавно склеенный уголок, не смог и высморкался в середину платка.

— Пенелопа Львовна, — заявил после этого следователь, — видите, что получается: у меня аллергия на ваши духи!

— Я вас умоляю, — лениво заметила Пенелопа и покосилась на часы.

Часы показывали без десяти четыре. Рабочий день у следователя Лотарова сегодня до пяти тридцати. Если не повезет и его не вызовут по срочному вызову, то сидеть ей здесь еще долго, каждые пятнадцать минут отказываясь от чая из подозрительного стакана, и гнать подальше воспоминание о носовом платке следователя, который он засмаркивал три дня назад, тот же это платок, или... Нет, так не годится. Пенелопа определила себе время до половины пятого.

Расслабившись на стуле, вытянув ноги и скрестив их, она, чуть покачивая острым носком правой туфельки, постаралась направить сморкательный потенциал и сосредоточенность Лотарова в нужное русло.

— Девчонка неплохо образована, артистична и имеет неуемное воображение. Тип неврастеничного шизоида с отклонениями в гениальность. Годам к тридцати, после третьего развода, засядет писать романы.

— И что, — поинтересовался следователь после продолжительного молчания, — ничем больше, кроме как написанием любовных романов, эта психованная человечеству не угрожает?

— А это смотря в чьи руки она попадет. Я предложила спонтанный вариант ее будущего, а вы, судя по всему, готовы засадить ребенка в исправительное учреждение года на два и тем самым в дальнейшем изрядно уменьшить процент раскрываемости по особо тяжким и мошенничеству.

Шевеля губами, следователь переварил полученную информацию и поинтересовался, как же это следует понимать? Если судмедэксперт угрожает, то почему перед ним на столе лежит такое странное заключение по результатам обследования несовершеннолетней девочки Алисы? Такое, можно сказать, успокаивающее? А если Пенелопа Львовна позволяет себе критиковать методы наказания, употребляемые судебной системой в нашей стране, то ей следует помнить, что она...

— Что она является винтиком этой самой судебной системы и должна относиться к ней с почтением и здоровым прагматизмом, — закончила Пенелопа за следователя уже заученную наизусть фразу. — Я работаю в этой самой системе по совместительству, — зевнула она и перекинула ноги, теперь легко покачивалась левая туфля.

Следователь поинтересовался, знакома ли работающая по совместительству Пенелопа Львовна с материалами дела? Пенелопа покивала головой и опять зевнула. Замахав на нее вдруг рукой, открыв угрожающе рот, следователь наклонился под стол, где благополучно чихнул. Пенелопа закрыла глаза и терпеливо выждала сморкание в заветный платок, отслеживая про себя все звуки.

— Я хочу знать, что это за духи такие, — взял следователь ручку.

— Зачем? — открыла глаза Пенелопа.

— Видите платок? — Лотарову удалось быстрым движением вытащить из кармана платок и протянуть его через стол, прежде чем Пенелопа отшатнулась. — Никогда в жизни не пользовался. А этот специально ношу для встреч с вами. Я направлю духи на санитарную экспертизу.

— Сто двадцать долларов за флакон.

— Ладно, проехали, — сдался следователь. — Как бы вы меня описали? — вдруг спросил он.

— Описала? — удивилась Пенелопа.

— Ну да, — Лотаров постучал по папке с делом Алисы К. — Вот тут у вас есть подробное описание внешности обследуемой и ассоциации, которые у вас эта внешность вызывает. А как бы вы меня описали?

На часах — четыре пятнадцать. Пенелопа в тоске смотрит на руки Лотарова, любовно разглаживающие платок.

— Честное слово, — вздыхает она, — не знаю, зачем вам это надо. Если потребуется в ходе какого-то расследования...

— А чтобы решить раз и навсегда — насколько я могу доверять вашим психологическим зарисовкам, — перебивает ее Лотаров.

— Ладно, я попробую. Мужчина сорока — сорока пяти лет, склонный к полноте, с необычайно густой вьющейся шевелюрой до плеч. Особое внимание на круглом лице со здоровым румянцем привлекают усики, за которыми наш герой, вероятно, ухаживает с исступлением холостяцкого одиночества: непосредственно под носом уточкой они густые, но потом постепенно сходят до тонких, загнутых кверху кисточек, что придает пухлому розовощекому лицу оттенок кошачьей хитрости. Не знаю, стоит ли добавить, что на этом оформление брезгливо изогнутого рта не заканчивается: под нижней губой, чтобы как-то сгладить сутенерский оттенок усиков, устрашающе топорщится маленьким треугольником этакий «вместобородник», подобие бородки.

Итак, перед нами скептик, не отказывающий себе в удовольствии как следует загрузить желудок на ночь, однолюб, надеющийся решением кроссвордов в свободное время поддерживать ум и эрудицию в состоянии профессиональной необходимости. Наблюдателен, — Пенелопа вдруг заметила, что завелась, — упорством и выдержкой добивается того, чего его коллегам не добиться умом и риском, его нельзя назвать чистюлей, но в разработке дел аккуратен, хотя наличием нюха и интуиции похвастать не может. — Пенелопа погасила глаза, спрятав их под ресницами, переставила ноги, подумала и подтянула их к себе, потом вскинула на Лотарова уже спокойный взгляд и заметила: — И это все. О нем.

— Разочаровали вы меня, Пенелопа Львовна, честное слово, разочаровали. Я же знаю, что вы по мне собственное расследование делали. Мое дело для вас по знакомству выдернули из архива. Изучали. Вы всегда так предвзяты в мелочах?

— Я судьбу пятнадцатилетней девочки не могу считать мелочью.

— Ну да, ну да... У вас же присутствует тот самый нюх и интуиция, так? Что это вы унюхали, Пенелопа Львовна?

— Ваше дело мне ничего не дало. Но раз уж вы заговорили о моей профессиональной интуиции, ладно, играем честно. В вашем личном деле нет некоторых порочащих следователя прокуратуры сведений. После развода с женой вы стали посещать китайский публичный дом. Жена ваша, уроженка города Рязани, женщина крупная, в теле, волосы рыжие, нрав жесткий. И какой же вывод я делаю из двух этих фактов? Навряд ли сорокатрехлетний мужчина пойдет развлекаться с миниатюрными китаянками в припадке ностальгии по жениным ласкам.

— Давайте чайку выпьем, — следователь достал из стола пачку заварки. — И зачем же он туда пойдет?

— Первый раз может пойти из интереса к экзотике, — Пенелопа смотрела, как Лотаров встал, налил воду в чайник и теперь выскребывает старую заварку из кружки, повернувшись к ней спиной. — А вот в шестой или восьмой раз — это уже система. Тут для меня что может быть интересным? Мотив.

— Пенелопа Львовна, ну какой у мужика может быть мотив, когда он идет к платной проститутке, честное слово, что вы мудрите? — добродушно заметил Лотаров, и Пенелопа вдруг поймала на себе его взгляд. Взгляд этот как раз задержался на ее коленках.

— Это вы правильно заметили. Мотив — вещь условная. И трудно доказуемая, так у вас выражаются? — она покачала головой, отказываясь от чая, — Лотаров помешал заварку ложкой, а ложку потом вытер своим платком. — Вы можете говорить, что ходите в китайский публичный дом для удовлетворения мужских инстинктов, а я при желании ограничу эти ваши инстинкты патологией. К примеру, я могу сказать, что мужчина, предпочитающий хрупкое недоразвитое женское тело, вполне может иметь склонности к педофилии.

— Не очень понимаю, к чему это вы клоните, — Лотаров шумно отхлебнул из чашки.

— После такого моего заявления вас с вашими сексуальными пристрастиями отстранят от дела несовершеннолетней Алисы К. хотя бы на время разбирательства.

— А вы, оказывается, опасная женщина, Пенелопа Львовна, — хитро прищурился над чашкой Лотаров, — и зачем вам мое отстранение?

— А мне не нравится, что вы собираетесь уличить девчонку в преступном умысле и запереть ее в исправительном учреждении. И если это дело отдадут, например, следователю Чуйковой Л.П., я могу быть уверена в совершенно другом исходе, поскольку, по моим сведениям, она, во-первых, разведена, а во-вторых, бывший муж замучил ее судебными исками насчет совместного проживания с ним дочери.

— Так-так-так... Давайте посмотрим, что у нас там по делу получается. Отчиму, Г. Шеллингу, нанесена резаная рана в область основания шеи применительно к правому плечу...

— Применительно к чему? — не удержала улыбки Пенелопа.

— Применительно к правому плечу. Это значит вот сюда, — Лотаров провел ребром ладони себе над плечом. — Рана эта нанесена сзади, в момент открывания Г. Шеллингом двери. Орудие повреждения прилагается... Вот еще! При смещении режущего лезвия в сторону шеи на два с половиной сантиметра могло иметь место повреждение сонной артерии, влекущее за собой смертельный исход. Читали?

— Читала. Я думала, что в милицейских протоколах фиксируется действительное положение вещей, а не условно-предполагаемое.

— Подследственная созналась, что имела умысел отравить своего отчима, и подробно описала, чем и как.

— Хороший адвокат нейтрализует обвинение, как только всплывет эта попытка отравления. Вы должны будете доказать, чего же именно хотела подследственная. И, описывая умышленные действия по отравлению, должны будете признать, что в таком случае рана в область шеи... как там у вас? Применительно к правому плечу, да? Что эта рана не могла быть заранее подготовленным действием. Насколько я знаю, отчим Алисы заявления не подавал. Что вы расследуете?

— Я расследую смерть доктора «Скорой помощи», которая наступила...

— ... в результате отравления большой дозой атропина, и к отравлению девочка Алиса имеет только косвенное отношение, как «лицо, изготовившее напиток, сочетающий в себе алкогольную субстанцию — предположительно сто восемьдесят миллилитров, сока — предположительно шестьдесят миллилитров и атропина сорок миллилитров — аптечная расфасовка», — процитировала Пенелопа на память. — Коктейль врачу подала соседка, медсестра — свидетель. Прошу заметить, что, по словам медсестры, врач был предупрежден, но словам девчонки значения не придал. Трагическая случайность.

— Тут ведь что интересно, Пенелопа Львовна. Если бы этот Г. Шеллинг все-таки погиб в результате отравления или перерезания ему сонной артерии, кому бы достались все его деньги?

— А что, много денег?

— И денег много, и домов загородных — три, и яхта в Ницце стоит на приколе, и вклад в швейцарском банке имеется. А родственников, считай — никого. Одна падчерица и осталась.

— Нелогично. Если бы кореец погиб, Алиса была бы осуждена.

— А-а-а, вот тут как раз есть маленькая хитрость, и я ее разгадал, хотя вы, Пенелопа Львовна, и ограничили мои умственные способности решением кроссвордов. Она была бы осуждена как несовершеннолетняя, то есть еще не вступившая в наследование как физическое лицо. Никаких конфискаций имущества, естественно. И, отсидев, вышла бы на свободу уже совершеннолетней и ужасно богатой. Потому что по завещанию этого Г. Шеллинга в случае его внезапной смерти опекуном несовершеннолетней Алисы К. была бы назначена ее бабушка как прямая наследница всего движимого и недвижимого после смерти своей последней дочери.

Шестнадцать двадцать семь на часах. Пенелопа смотрит в лицо Лотарова. Лотаров трет покрасневший нос и задумчиво констатирует:

— Хотя, положа руку на сердце, на этого корейца с немецкой фамилией давно пора завести уголовное дело. Пятерых жен из семи похоронил, бедняга. И все — с большим приданым. Давайте договоримся, Пенелопа Львовна, не в службу, а в дружбу — поговорите с этим Гада... Гаме...

— Гадамером, — подсказывает Пенелопа, не сводя глаз с часов. — Его зовут Гадамер Шеллинг. Это не его имя, он поменял и имя, и фамилию в двадцать три года, как раз перед первым браком. Это имена известных философов. Гадамер, подождите, вот у меня записано... так, Гадамер — приверженец герменевтики[1], а Шеллинг — объективного идеализма.

— Ага, — задумчиво переваривает информацию Лотаров, пока Пенелопа отслеживает перемещение секундной стрелки. — Как это у вас с ходу получаются такие сложные слова?.. Вы хотите сказать, что кореец — ваш пациент?

— Почему? — удивилась Пенелопа.

— Нормальный человек разве захочет, чтобы его звали Гадамер? Ну, да ладно. Вы мне заключение...

— До свидания! — Пенелопа резко встает и идет к двери: на часах ровно половина пятого.

— Только маленькое заключение по этому корейцу, я больше не прошу, ну что вам стоит, — в голосе Лотарова просительные нотки, а рука уже полезла в карман. Пенелопа кивает головой на ходу и успевает выйти за дверь, прежде чем Лотаров вытащил свой платок.

Оставшись в кабинете один, следователь улыбнулся и убрал платок в стол, обернув его перед тем в лист бумаги. «Пенелопа» — написал он на упаковке. Кроме пласт-

[1] Искусство толкования текстов, учение о принципах их интерпретации.

массовых мух, которых Лотаров незаметно забрасывал в чай, а потом доставал из стакана и обсасывал перед тем, как выбросить (упаковка с инициалами П.К. — кто она, эта бедная П.К.?), в отдельной коробочке с надписью «Лузанова и Квашня» хранился гуттаперчевый паук-птицеед в натуральную величину (если бросить его на пол — прыгает и содрогается секунд тридцать), яркая губная помада, одна женская сережка с янтарем, резиновые перчатки с прожженными дырками. Тщательно упакованная в полиэтиленовый пакет стояла пепельница, полная окурков и полусгнивших огрызков яблок (он собирал окурки в других кабинетах и на лестнице из банок, приводя сослуживцев в состояние умственного ступора, при котором невозможны насмешки или слухи), отлично выполненный замшевый муляж полуразложившейся дохлой крысы с оскаленными зубами лежал просто так, незавернутый и ненадписанный, а из баллончика-шутихи следователь Лотаров за две секунды мог показательно испачкать свою одежду чем-то средним между кетчупом и блевотиной и за пятнадцать-двадцать секунд (в случае срочного вызова с допроса к начальству) убрать всю эту синтетическую накипь в коридоре бумажной салфеткой.

Что характерно: надписи на этикетках и пакетах менялись, а ассортимент почти нет. Универсальный набор для проведения удачных следственных бесед изобрел следователь Лотаров. Любой наблюдательный человек, изучив этот набор, скажет, что следователь предпочитал развлекаться подобным образом с подследственными женского пола, и будет абсолютно прав. Хотя, к примеру, пятна губной помады на лице, блевотина на пиджаке и пепельница некурящего Лотарова — эти атрибуты успешных допросов подходили для создания обманного образа следователя и для мужчин, и для женщин.

Кое-кто из подследственных после допросов у следователя пытался рассказать своему адвокату или родне ужасы пережитого в кабинете Лотарова, но получалось это как-то невнятно и на использование недопустимых мер устрашения или запугивания не походило. И если бы кто-то, сопоставив наличие всех этих предметов в столе следователя и синюшную бледность некоторых выходящих из его кабинета подследственных, посоветовал Лотарову подлечиться или хотя бы посоветоваться с психиатром, этот человек был бы посрамлен процентом раскрываемости дел у следователя Лотарова и заверениями начальства, что такого исполнительного и принципиального работника встретишь в современной судебной системе крайне редко, крайне!

А то, что следователь Лотаров совсем не глуп, подтверждается его посещением в семнадцать двадцать кафе «Суши уши» и беседой с адвокатом, проведенной под теплое саке и сырую рыбу в соевом соусе. Адвокат не переваривал ни то, ни другое. Прикрывая свой чувствительный нос от рыбных запахов белейшим платочком с вышитыми инициалами, адвокат с уважением выслушал все, что Лотаров думает о смерти хирурга Синельникова, по неосторожности отравленного в квартире корейца. Наблюдая реакцию адвоката на японскую кухню, следователь ловко управлялся с палочками, кусочками рыбы, отваренными овощами и рисом. Адвокат не мог понять, почему каждый раз для встреч с ним следователь выбирает именно это отвратительно пахнущее место (он не знал, конечно, о содержимом стола Лотарова). Он слушал молча, иногда кивал, иногда, не соглашаясь, водил из стороны в сторону указательным пальцем с массивным перстнем (Лотарову виден был тогда ободок этого перстня со стороны ладони, и следователь в который раз ловил себя на том, что прикидывает, какой именно оттенок образа он создаст, нацепив на свою руку что-то подобное). Пока что перстень не подходил ни к многоразовому носовому платку, ни к пауку, а что уж говорить о содержимом баллончика...

Адвокат ушел раньше. Лотаров задержался, ковыряясь в зубах зубочисткой и задумчиво потом ее нюхая. Перебирая в памяти все им сказанное, следователь сам себе иногда кивал — это означало похвалу, или кривился, изгибая при этом верхнюю губу таким изощренным образом, что она соприкасалась с носом — это означало легкое недовольство. Итак. Следователь только что передал адвокату весьма важную информацию. Сделал он это специально, хотя к разговору заранее не готовился, и в большей степени, конечно, эта встреча явилась следствием надменности и брезгливости Пенелопы, прекрасной сероглазой Пенелопы, сорока двух лет, не замужем, предпочитающей решать свои сексуальные проблемы с личным составом отделения номер сорок пять, а профессиональные с заместителем генпрокурора.

С личным составом сорок пятого отделения она обычно посещала тренажерный зал, из которого уходила в сопровождении очередного героя, особенно эротичным приемом уложившего ее на ковер, а с заместителем главного и двумя его приближенными играла каждую третью субботу в преферанс. Теперь адвокат знает, что Пенелопа готовит в свою прачечную новою работницу, несовершеннолетнюю Алису К., задумавшую зарезать своего отчима, но почему-то вместо этого совершенно случайным образом отравившую хирурга Синельникова — личность одиозную, в городе печально известную. Интерес Пенелопы означает, что девчонку не осудят, Пенелопа не даст, и не даст она это сделать любой ценой.

Следователь Лотаров шел домой, не обходя лужи, вполне довольный ужином и самим собой. В однокомнатной квартире его ждала шахматная доска с незавершенной партией и кот Допрос, с которым он эту партию и доиграет.

Горящие окна светились желтым цветом, в лужах отражались поочередно — рекламные сполохи и кромешная темень с безумным зрачком фонаря, дул ветер, и, как всякий ветер ноября, он был неприятен, но свеж; накатывающий иногда дождь косил росчерками по витринам, едва ползущие — час пик — автомобили сливались зажженными фарами в полоски текущей лавы, и город пропах выхлопными газами, как квартира одинокого пенсионера старыми одеялами и лекарствами.

Объявление в газете: «Прачка по вызову. Дорого». Если набрать указанный номер телефона, приятный женский голос перечислит расценки, заметит, что срочная стирка проводится в течение трех часов с момента заказа, «к вам подъедет наш фирменный фургон, заберет вещи и через три часа привезет их выстиранными и выглаженными». Стирка мужской рубашки — пятнадцать долларов, льняной простыни — десять, а шелковой — двадцать, бального платья — сорок пять, индийской шали — пятьдесят и так далее, пока клиент, извинившись, положит трубку или бросит ее, не извинившись.

Объявление в Интернет-службе более развернуто, оно уже заставляет задуматься: «Стираем грязное белье. Дорого. Конфиденциально», сообщение по электронной почте можно отправить на адрес *e-mail:penelopa@laundress.ru*. Некоторые особенно любопытные бездельники пишут просто, чтобы узнать, почему — Пенелопа, и получают исчерпывающий ответ: «А чем, по-вашему, занималась жена Одиссея в ожидании странствующего мужа, когда не пряла?» А некоторые особенно догадливые спрашивали в лоб: «Пенелопа, ты разводишь или сватаешь?», на что тоже получали исчерпывающий ответ: «Решаю любые проблемы с грязным бельем, и эти в том числе».

Выйдя из кафе, я сразу же направилась в мастерскую «Кодла» и почти час рассказывала застывшей от моего невероятного повествования мотокоманде о невероятных приключениях, аресте и беседе с психиатром за бокалом вина. В «Кодле» всегда пахнет дальней дорогой, бензином, сваркой и еще курятником из-за почтовых голубей, которых разводит Тихоня.

— Что ты теперь будешь делать? — поинтересовался в конце самый старый из роллеров — Сутяга.

— Пойду домой. Посмотрю, как там кореец, — ответила я, не задумываясь, и вдруг поняла, что ужасно хочу увидеть его противную, невозмутимую, узкоглазую морду!

— А знаешь, — заметила на это налысо обритая и вечно сексуально озабоченная Офелия, — ты запала на своего отчима, факт! На тебя попала его кровь? Когда ты его порезала, выпачкалась кровью?

— Выпачкалась?.. Нет, не помню.

— Если выпачкалась, все — тебе хана. Вы покровились, и ты теперь никуда не денешься!

— Я перед этим его заблевала слегка, это хоть ничего не значит?

Сутяга предлагает остаться на несколько дней в мастерской, есть у них комната для лишенных домашнего очага странников.

— Шумновато, правда, но ничего, я, когда ушел от второй жены, две недели здесь жил. Зато есть душ и кухня, научишься ремонтировать машины, ругаться матом на испанском, португальском и чешском.

— Она больше не сможет прожить ни дня без этого мужика, — не сдавалась Офелия. — Ты как, в изоляторе сильно маялась? Онанизмом занималась?

— Да отвянь ты со своими заморочками, — вступил в беседу Тихоня и, доверительно приблизив свое веснушчатое лицо к моему, полыхавшему жаром, авторитетно заявил: — Тебе нужна бомба. Приходи завтра к вечеру, сделаю.

— Бомба?..

— Автомобильный «скарабей», мое изобретение.

— Спасибо большое, но меня вычислят за два часа.

— А мы тебе полное алиби обеспечим, все трое! Скажем, что занимались групповым сексом в бильярдной! — Офелия мечтательно закатывает глаза.

— Спасибо, я выкручусь сама!

— Правильно, — одобрил Тихоня. — Тебе нет шестнадцати. Затрави его хоть до полного анамнеза, он и пальцем тебя не посмеет тронуть, иначе — заметут за насилие над несовершеннолетней. Видишь серый «Кадиллак»? — вдруг спросил он. — А вон и хозяева выходят из туалета, близняшки. Братья Мазарини. Хочешь, я попрошу, чтобы они решили твои проблемы с отчимом?

В сумрачном ангаре два низкорослых коротышки одинаковыми движениями застегивают молнии на ширинках, после этого синхронно проводят ладонями по волосам.

— У них три машины, и все три мы ремонтируем. В среднем получается по машине в неделю. Неплохой заработок. В прошлую среду, к примеру, дверцу меняли. Восемь пулевых отверстий. И сейчас они уедут на «кади», а «мерс» останется в ремонте. Готов! — вдруг кричит Тихоня, и братья как по команде разворачиваются и идут нога в ногу к автомобилю. У клеток с голубями они задерживаются, оба щелкают по прутьям ногтями, дожидаются голубиного переполоха и удовлетворенно следуют дальше.

— Они такие сексуально припадочные, просто бешеные звери! — шепчет Офелия. — Мужикам за сорок, а на мотоцикле визжат и прыгают, как суслики!

— Мазарини... Они что, итальянцы? — я наблюдаю небольшую потасовку — братишки никак не могут договориться, кому сесть за руль.

— Они совершенные олигофрены, ну совершенные! — стонет от восторга Офелия. — Могут подраться из-за мороженого!

— Да никакие они не Мазарини, — кривится Сутяга. — Братья Мазарины из Челябинска. Цветной металлолом. У них еще есть сестренка.

— Тоже близняшка? — я лихорадочно вспоминаю, где слышала эту фамилию.

— Не видел. Братья говорили, учится на врача.

— Да! — закричала я, вскочила и несколько раз подпрыгнула, подгибая под себя в прыжке ноги так, чтобы пятки стукнули по попке. — Да! Да!

— Что — да, ну что? — тут же подпрыгнула рядом Офелия.

— Так, ничего... — я подошла к остолбеневшему Сутяге и застегнула все его шестнадцать молний на кожаной куртке. — Просто вспомнила, где я слышала эту фамилию. Мазарина Рита. Да! Нет, ничего интересного, просто эта фамилия... Так звали медсестру, которая приезжала на «Скорой». Я видела ее фамилию в протоколах.

— Иди сюда, — схватив по-деловому за рукав, Тихоня, ничего не объясняя, повел меня в конец ангара.

Старый потрепанный «мерс».

— Ну и что? — я ничего не понимаю.

Порывшись в бардачке, Тихоня достает фотографию.

— Она?

Почти минуту я смотрю в лицо молоденькой девушки с косичками. Если ее остричь и выкрасить в блондинку, получится медсестра Мазарина, честно изложившая следователю Лотарову, как именно был отравлен дежурный врач.

— Мне пора домой, — заявляю я категорично и быстро сматываюсь, несмотря на умоляющие стенания Офелии.

В метро совершенно невозможно думать.

На улице пошел дождь.

Сегодня — пятница.

Я дала себе неделю.

Через неделю Рита Мазарина должна прийти на ужин к нам домой.

Она пришла уже в воскресенье вечером.

Дело было так. Войдя в квартиру, я быстренько заперлась в ванной и, отмокая в пене, разработала какой-никакой план. Размокла окончательно, потом высохла, выпила чай, кофе, сок, бокал вина, опять — кофе, сок... Корейца не было. К девяти вечера чувство утекающего бесполезно времени стало невыносимым, я пошла в кабинет корейца, перелистала календарь, обнаружила, что последняя страничка вырвана, заретушировала простым карандашом следующую, выписала проступившие цифры — одна получилась невнятной, имя «Адели» и — быстрым росчерком под именем — 19 00. Там еще, вероятно, был и адрес, но возиться с ним не хотелось, да и к чему мне знать, где именно кореец проводит время с женщиной по имени Адели, пока я дрожу на пропахших хлоркой простынях изолятора!

Минут через двадцать злобное раздражение уступило место хандре, и мне пришлось раз двадцать повторить самой себе, что я — самая умная и сообразительная, прежде чем хандра сдалась.

Непонятная цифра может быть тройкой, восьмеркой, девяткой...

С тройкой никто не брал трубку, с восьмеркой это оказался телефон бани (женское отделение), я была предупреждена, что «уже уходят последние мытые», а с девяткой я попала в кафе.

Вот это новость! Кореец, оказывается, водит некоторых женщин в кафе. А может быть, он это делает специально, чтобы насмерть потом поразить их желудок и воображение собственной изысканной кухней?.. Умирающим голосом я попросила бармена поискать в зале корейца по имени Гадамер и сообщить ему о несчастье в семье. Трубка стукнула, я услышала — отдаленно — музыку и зычный голос, вызывающий «корейца Гадамера».

— Никто не признается корейцем, — ответила трубка. — А что за несчастье такое?

— Его падчерицу выпустили из тюрьмы.

Ладно, начнем сначала. Менять цифры от единицы до десяти, или... Такое исследование методом тыка показалось мне страшно унылым, я расслабилась, подумала, что эта закорючка, проступившая под зарисовкой своей более светлой выпуклостью, может быть пятеркой, у которой хвостик написан был легким росчерком, недостаточным по силе, чтобы продавиться на следующую страницу, набрала номер телефона с пятеркой, услышала старческий уверенный голос, который с отчаянием одиночества сообщил, что Адели пошла в театр.

Я посмотрела на часы.

К полуночи, когда кореец вошел в квартиру, его ждал накрытый стол, свеча на этом столе и примерная девочка с учебником по философии рядом с пустой тарелкой на салфетке.

— Что ты читаешь? — он совсем не удивился или удивился, но не подал виду.

— О бессознательном, — честно ответила я. — Я хочу понять, почему вдруг за одну секунду могу представить и понять очень много всего, а иногда за целый день не в состоянии решить задачу по химии.

— Поняла? — кореец пытался стащить шарф, для чего оттянул в сторону его конец, и стал задыхаться.

Он был пьян. Вот это неприятность, черт бы его побрал. С пьяным говорить не о чем, а время уходит!

— Я поняла, что бессознательное проявляется в импульсивных действиях, а сознательное всегда имеет цель. Правильно? — нужно выяснить степень его вменяемости.

— Детка, не захламляй мозги, — кое-как справившись с длинным шарфом, посоветовал кореец. — А уж если ты занялась этим, то для начала научись систематизировать знания. Сис-те-ма-ти-зи-ро-вать! — продекламировал он по слогам, а на последнем — стукнул по столу кулаком. — Что это у тебя тут? — открыв крышку сотейника, он некоторое время удивленно таращился на курицу. — Бессознательное, оно, понимаешь, оно бывает разное. Вот, к примеру, ты вытираешь свою грязную попку после того, как покакала. Ты это делаешь автоматически, то есть неосознанно, потому что это действие формировалось у тебя в мозгу под контролем сознания, оно формировалось, формировалось...

Я встаю, подхожу к усевшемуся за стол корейцу и пытаюсь снять с него длинное пальто.

— Да! — вдруг дергается он и грозит мне пальцем. —

А когда оно окончательно сформировалось, твое сознание как бы перестало заниматься этим действием...

— Каким действием? — я с силой тяну на себя рукав.

— Вытиранием грязной попки, ты что, не слушаешь? Это действие стало автоматическим, сознание больше не работает над его функцией. У маленьких детей, к примеру, нет ранее осознанных действий, им ко всему приходится привыкать впервые, а с возрастом человек сталкивается с настоящей проблемой — неосознанный мир!.. Тут кореец встал и развел руки в стороны, чтобы показать необъятность этого самого мира, и мне удалось стащить второй рукав. Пальто упало на пол. — Неосознанный мир, твои неизвестно откуда появившиеся страхи и никогда ранее не проявляющиеся желания насильственно вторгаются в тебя! Что это валяется на курице? Желто-синюшного цвета...

— Это маринованные сливы. Я запекла курицу с маринованными сливами и базиликом.

— Фу!.. — отвернул лицо кореец.

— Ничего не «фу»! Очень даже вкусно. Зачем ты напился?

— Бессознательно, — осклабился мой отчим, вероятно, сочтя такой ответ очень остроумным. — Поступок считается сознательным, когда он является выражением замысла или определенной цели. А у меня не было этого самого замысла, ну абсолютно!

— Ладно, не огорчайся. Вот послушай, тут написано, — я прочла, водя пальцем по странице: — «Абсолютной меры сознательности нет!..»

— Она меня еще учить будет! — возмутился кореец, взял бокал и посмотрел сквозь него на свечу. Потом на меня. Его странно преобразившийся сквозь стекло глаз проплыл чудовищной продолговатой рыбкой.

— Ты напился в театре, — укоризненно заметила я.

— Нет, — не удивился кореец. — После. Я был на балете какого-то француза, и ты только представь! Оказывается, Герман в «Пиковой даме» умер от любви к старухе! У него разорвалось сердце от неестественной животной страсти, а совсем не от тройки-семерки-туз! Детка, извини, мне надо в ванную... Нет, не ходи за мной, я буду блевать, как это ужасно все-таки, как это глупо...

Когда он вышел из ванной, в халате и с мокрыми волосами, взгляд его стал более осмысленным.

— Ты напился от отвращения?

— Мне вчера приснилось, что ты умерла.

— Не дождешься.

Напольные часы пробили один раз. Мы посмотрели на циферблат, потом — друг на друга.

— У тебя остался один свободный крюк, да? Восьмой? Чувствуешь приближение конца? Ты ведешь в театр женщину, а она тебе не нравится, потому что тебе нравлюсь я, и ты пьешь потом в какой-то дешевой забегаловке, чтобы опуститься до блевотины, ты, который так ценит хорошие вина!

— Какой крюк? — искреннее удивление в опухших глазах. — Что ты несешь?

— Ты меня не получишь!

— Иди спать.

— Я тебя уничтожу!

— Выпей успокоительное. Запрись на ключ. Подвинь к двери комод! — отчим подошел, взялся за подлокотники кресла, на котором я сидела, приблизил лицо к моему и закончил шепотом, дохнув запахом зубной пасты: — Я проберусь по стене летучей мышью! Я повелитель ночи! — потом вздохнул и закончил устало: — Лиса, иди спать.

Утром я получила чашку кофе в постель и виноватый взгляд в придачу.

— Сегодня суббота, — сказал отчим, — если тебя не ищут, давай гулять и веселиться.

— Ищут?

— Если ты не сбежала, а отпущена официально.

— Помнишь медсестру, которая тебя перевязывала?

— Да. Нет... Помню, что была медсестра, помню, что она меня волокла в машину, а какая она — не помню.

— Она молодая и почти блондинка. Давай найдем ее и поблагодарим.

— За что?

— Она хорошо написала обо мне в объяснительной следователю, честно. И про то, что я предупредила доктора, и про соседку. Напиши она чуть-чуть по-другому, меня бы не выпустили.

— Ладно, — кивает, подумав, кореец, — а как?

Я беру с тумбочки листок бумаги.

— Вот, вчера узнала на «Скорой». Ее зовут Мазарина Рита. Она сегодня дежурит. Купим конфеты и розы, встретим после работы.

— Давай все-таки позвоним и договоримся.

«...не говоря ни слова, схватил ее за пояс, поднял и, посадив на лошадь, увез к себе в замок.

— Я хочу, чтобы ты была моей женой. Ты больше не выйдешь из моего замка...»

В половине пятого, хрустя целлофаном, укрывающим безобразные высокомерные розы, мы сидим на скамейке в сквере, и я начинаю сомневаться в правильности того, что затеваю. По аллее идут женщины, я устала угадывать, она это или не она, кореец откровенно зевает и посматривает на часы, и, конечно, мы совсем не обратили внимания на подъехавшую с мигалкой «Скорую». Кореец увидел ее первым и ткнул меня в бок локтем. Рита Мазарина бежала к нам от машины, сквозь полы ее пальто белел халат, она оказалась небольшого роста, с узкими, изящными ладошками, почти без косметики на возбужденно-радостном лице, с глазами, заблудившимися на лице корейца с таким восхищением, что он удивленно покосился на меня. Я подмигнула.

— Вам... уже... лучше?.. — выдохнула Рита.

Теперь я толкнула корейца, и розы торжественно закрыли ее заалевшее лицо, и я подумала, что для сестры братьев Мазарини она слишком хороша собой, но тут заметила стрелку на ее чулке — от носка туфли вверх — и раздосадованно предложила пойти куда-нибудь посидеть.

— Ой, нет, — испугалась медсестра, — я не одета, я после дежурства!..

— Тогда поехали к нам пить чай с конфетами, — я потрясла коробкой и подумала, что все происходит слишком быстро и становится скучно.

— А давайте я вас приглашу в наше кафе. Здесь недалеко, кофе варят отличный, и обстановка без претензий.

Что это такое — без претензий, мы с отчимом поняли только на месте. Из сидящих в зале за столиками посетителей больше половины были в белых халатах, пальто вешали на вешалки у каждого стола, чтобы подошла официантка, громко кричали «Тоня!», но кофе в большом кофейнике оказался ничего себе, и я открыла коробку с конфетами.

Прислушиваясь к разговорам рядом, я наблюдала за корейцем и с удивлением отметила его растерянность. Он, бедный, так привык ухаживать, убеждать, завоевывать, доказывать свою неотразимость и уникальность, что просто опешил перед искренним восторгом уже заранее на все готовой Риты Мазариной. Тогда я подумала, что счастливые соседи семьи Мазарини никогда не узнают, что это такое — симфонический джаз в два часа ночи.

И ошиблась. Рита Мазарина с братьями не жила, но в тот субботний вечер, когда кореец галантно открыл перед ней дверцу своей машины, она попросила подвезти ее как раз к братьям. Мы, конечно, не знали, что два часа спустя она, красная и злая, хлопнула дверью подъезда на Кутузовском и уехала к себе в общежитие медиков на автобусе. Через два дня мой отчим подъехал по этому адресу ночью, в два сорок, со сводным оркестром похоронного и свадебного джаза. Музыканты, как обычно, разместились во дворе, грянули по темным окнам мощней-

шей какофонией, дождались, пока большинство из этих
окон зажглось, перешли на лирическое подвывание сак-
софона, а в квартире братьев Мазарини как раз в это
время шли сложные переговоры с употреблением ненор-
мативной лексики и огнестрельного оружия, и выступ-
ление оркестра под окнами несколько разрядило нака-
лившуюся обстановку, потому что закончилось стрель-
бой из окон по разбегающимся в панике музыкантам.

— Почему ты повез туда оркестр? — удивилась я, за-
клеивая корейцу разбитый лоб, а коленки он обработал
сам.

— Я узнал по адресу, она там прописана, за шоколадку в ДЭЗе я узнал, куда выходят окна ее квартиры, я никогда не делаю что-то просто так!

— А если бы тебя подстрелили? — мечтательно предположила я.

— Я сразу упал на землю, — кореец промокал ваткой
разбитые колени. — Господи, мне сорок шесть лет, что я
делаю?!

В ту ночь я подробнейшим образом рассмотрела все
его тело.

Так, на всякий случай, чтобы решить раз и навсегда,
нужно мне это тело или нет. Хотя... если быть абсолютно
честной, чтение учебника в ожидании корейца тоже ока-
зало на мой поступок большое влияние. Я как раз перед
приходом отчима дочитывала главу о Фрейде, и меня
удивил его взгляд на культуру. Меня вообще-то удивля-
ют все его взгляды на все абсолютно. Отчим обожает
Фрейда, а по-моему, тот совершенный псих. Но тем не
менее Фрейд считал, что культура человечества была
создана за счет удовлетворения влечений или их неудов-
летворения. При этом он подробно объяснил, к чему может привести неудовлетворение именно сексуальных
влечений. В этом случае объект (то есть я, к примеру)
может направить всю скопившуюся от неудовлетворен-
ного сексуального влечения энергию на уничтожение

субъекта (то есть отчима, к примеру) либо на подавление собственной личности, что может привести к тяжелым физическим последствиям и для субъекта, и для объекта. И мне нужно было срочно понять, не присутствует ли в моем желании уничтожить корейца хоть малейшая доля скрытого сексуального влечения?!

Он спал. Лежал голый на большой супружеской кровати, на спине, расставив ноги, раскинув руки, и я, мысленно поместив его тело в окружность, отметила идеальную пропорциональность ухоженного мужского тела, как на известном рисунке Леонардо. У корейца нет волос на груди, нет под мышками и даже в паху. Наклонившись, я постаралась в слабом свете ночника разглядеть, выбриты они или отсутствуют генетически. Разглядывание спокойного спящего члена заняло много времени. Я смотрела на него сверху и сбоку и со стороны расставленных ног. Однажды я видела член корейца в возбужденном состоянии — он играл голый с голой тетушкой Леони в прятки, забыв обо мне, сидящей на унитазе с книжкой. Резко открылась дверь туалета — не сработала защелка в поворачивающейся ручке, или я забыла ее повернуть, кореец еле удержался, чтобы не ткнуться в мое лицо низом живота с покачивающимся символом мужской мощи, отшатнулся, и дверь закрылась.

Я помню потом сосредоточенное лицо тети Леонидии, закручивающей шурупы огромного шпингалета. Она, ничуть не смущаясь, поинтересовалась, не слишком ли я испугалась, и предложила посмотреть иллюстрации к «Лисистрате». Чтобы совместить все детали, ей пришлось обрисовать карандашом на двери туалета и сам шпингалет, и крепление для высовывающегося стержня, все это делалось тщательно, с ужасно серьезным видом, за это время я рассмотрела в альбоме Бердслея множество мужских членов размером больше своего хозяина, и крошечных, как недоразвитый дождевой червяк, но все равно шпингалет потом закрывался с трудом.

Вывод: никакого сексуального удовольствия разглядывание голого корейца мне не доставило. И вообще, у
него бородавка на левой щиколотке, какая гадость!..

Первый раз Рита осталась ночевать у нас через десять
дней после свидания в сквере.

Я встала ночью, хотя обычно со мной такого не происходит. Не зажигая света, прошла на кухню, открыла холодильник и задумчиво осмотрела его содержимое. Есть
не хотелось, пить не хотелось, было грустно и тревожно.
Стараясь двигаться бесшумно, прошла босиком по паркету в гостиную, чтобы затаиться там в кресле под слабым
ночником и полистать альбом Дали, такой огромный, что
в кровать его не затащишь, и заметила, что кресло занято.
Испугавшись, бросилась к двери, зажгла свет.

— Выключи! — скривился кореец, дождался темноты
и пожаловался: — Девственница. Ты только подумай,
женщине двадцать шесть лет, разве я мог себе представить? Быть девственницей в двадцать шесть лет! И, естественно, все вытекающие отсюда шаблоны поведения —
только на спине и только с выключенным светом! За что
мне такое наказание?

— А где она?..

— В спальне. Плачет от боли или смеется от счастья,
я не понял. Я уже забыл, как это бывает, отчего обычно в
этих случаях девушки обливаются слезами.

На такую удачу я и надеяться не могла. Непорочная
сестра братьев Мазарини, потерявшая свою девственность не в браке!..

— Теперь ты, конечно, на ней женишься? — осторожно поинтересовалась я, подбираясь к нему поближе
и зажигая ночник.

— Мне все равно, как она захочет, — зевнул самона-
деянный отчим.

— А ты что-нибудь знаешь о ее семье?

— Конечно, Лиса, я знаю почти все о ее семье, — назидательно произнес кореец. — Неужели ты думаешь,

что я затащу женщину в постель, не поинтересовавшись ее финансовым положением?! У нее два брата, занимаются официально бизнесом, родители умерли, особняк в Челябинске на ее имя, два процента акций известного металлургического предприятия, квартира в центре Москвы, купленная братьями, которой она не пользуется, и диплом врача через полтора года.

— Так ты женишься или нет?

— Не приставай, Лиса. Конечно, я женюсь, если эта восторженная страдалица согласится подписать брачный договор и счастливо скончается к твоему совершеннолетию. Шутка, — мрачно добавил он, заметив мой горящий взгляд.

— А что тебе больше всего в ней нравится? — я села на ковер рядом с креслом.

— У нее умелые и ласковые руки, отличные лапки лекаря.

Я сразу же представила два отсеченные ладошки Риты Мазариной. Но от такого не умирают...

— Нежная кожа, очень белая, — в полудреме продолжил кореец, — крошечные ступни, не то, что твои...

Если содрать с тела больше сорока процентов кожи, человек умирает, я читала.

— Ты случайно не в курсе, меня вызывают на психологическое освидетельствование? — вдруг спросил кореец.

— Ничего страшного. Я его уже прошла. Ты должен хорошенько подготовиться и поразить воображение психиатра Пенелопы.

— Пенелопы? Это имя или диагноз?..

«Сеанс начат в пятнадцать тридцать. Сегодня четвертое ноября. Гадамер Шеллинг, сорока шести лет. Вдовец. Подождите... садитесь здесь, во время разговора не отходите от магнитофона. Вот так. Пенелопа? Это мое имя, данное мне при рождении, могу показать паспорт. Кстати, вы, как я знаю, решили изменить свое имя в двадцать три года?

— Для женщины все в жизни проще, а вот мужчине с именем Су Инь или Кем Ун проблемно было бы получить хорошую работу. Не думайте, что с новым именем мне очень повезло, самый распространенный вопрос, после того как человек справлялся с ударением, был — не еврей ли я. Узнав, что кореец, все вздыхали с облегчением.

— Каким видит себя со стороны мужчина, семь раз побывавший в браке?

— Ах, это вам не дает покоя? Хорошо. Мужчина со здоровым телом, привлекательной внешностью, образованный, аристократ внешне и боец внутри имеет право устраивать свою жизнь так, как это ему кажется наиболее приятным. Знаете, мне трудно с вами об этом говорить....

— И почему же?..

— Пенелопа Львовна, вы меня не поймете и примите это за уверенность глупца. Вы не поймете, потому что только человек Востока сможет понять радость мужчины, не оставшегося одиноким после смерти любимой женщины.

— Вы не только тут же находили себе следующую любимую женщину, но и изрядно увеличивали собственное имущество.

— Глупец, потерявший любимую женщину и опустившийся до нищеты, достоин жалости и презрения, что, впрочем, одно и то же.

— А как вы объясняете смерти своих жен?

— Судьба была ко мне неблагосклонна, обрекая на одиночество и отчаяние, но я противостоял ее испытаниям.

— Как трудно с вами говорить...

— А мы еще с вами не говорили. Вы задаете вопросы, я отвечаю. Пенелопа Львовна, хотите я вам скажу, зачем вы меня пригласили? Вы решили поговорить со мной о падчерице. Могу сразу же перейти к концу этого разговора. Это не ваше дело.

— Что именно?

— Эта девочка — лучший подарок судьбы, я ее никому не отдам, она принадлежит... или будет принадлежать только мне. Предупреждая следующий ваш вопрос, отвечаю: я добьюсь этого только терпением и выдержкой. Я уже сейчас обожаю ее всей душой, но не могу пока испугать удовольствиями взрослого тела.

— А вы ее не боитесь?

— Смешно. Я ценю все ее попытки уничтожить меня, вернее, то, что она считает в данный момент злом. Я самый лучший и самый правильный воспитатель, потому что воспитываю для себя будущее счастье и благодаря восторгу перед красотой девочки проявляю такие чудеса терпения, которые недоступны просто родителям. Что касается раны, которую она нанесла мне ножом... Это ерунда, ребенок должен иногда давать выход своей ненависти, и затаенные планы переустройства жизни должны осуществляться хотя бы частично, чтобы он не подорвал психику тайным противостоянием или не преступил закон. Что?.. Почему вы улыбаетесь?

— Знаете, я впервые встречаю подобное отношение отца к дочери. Но вы — не отец, а она — не дочь. В этом вся разница. Родной родитель многое не позволяет, и ребенку приходится добиваться самостоятельности, а не глотать ее огромными порциями. Мне смешна ваша уверенность в себе. Вседозволенность применительно к Алисе ведет к тому, что она наловчилась хитрить, а сами вы потеряли проницательность. Потенциал борца, который у родных детей уходит на сопротивление диктату родителей либо на преодоление жизненных проблем, у Алисы целиком направлен на ваше уничтожение.

— Вы что-то сказали о хитрости?..

— Да. В тот день, когда Алиса напала на вас, произошла трагедия.

— Ерунда это, а не трагедия. Она меня регулярно пытается отравить, согласен, я виноват, в тот день мне надо было подыграть ей, отпить из бокала, скорчиться на полу в судорогах, а я тупо изображал из себя простофилю и довел ее до отчаяния.

— Врач «Скорой помощи», некто Синельников, скончался в результате так называемой ерунды.

— Это трагическая случайность, согласен, это беда, но беда случайная.

— Ваша пятая жена, тетя Алисы, умерла от перитонита — неудачная операция аппендикса. Ваша шестая жена, мама Алисы, умерла после повторной операции на почке...

— Это вы сменили тему?

— Нет. Я пытаюсь вам объяснить, что в тот день произошло в вашем доме. Видите, это распечатка звонков вашего телефона. Обратите внимание, в семь тридцать утра был звонок по 03, потом еще один — в семнадцать двадцать. Следователь Лотаров, расследующий факт смерти врача Синельникова, провел следственные разработки. Ваша падчерица Алиса на его вопросы о звонках в «Скорую» путано объяснила, что сама не помнит толком, зачем звонила, да, она якобы хотела вас отравить давно, но почему-то при этом узнавала заранее, как скоро приезжает машина и как правильно оказать первую помощь. Обратите внимание, это ее поведение на суде зачтется как смягчающие обстоятельства. Диспетчеры «Скорой помощи» таких вопросов не помнят, зато одна из диспетчеров вспомнила, что интересовались именами дежурных врачей и спрашивали, есть ли среди них хирург. Ей ответили, что хирург выезжает только в случаях ранения или нанесения тяжелых увечий. Даже острую боль живота смотрит дежурный терапевт, а вернее, на дому живот не диагностируют.

— Вот видите, у Алисы все это на грани игры — отравлю и сразу же вызову «Скорую».

— Вы меня плохо слушали? Алиса в тот день точно знала, что дежурит хирург Синельников.

— Бред!..

— Да. Это мой личный бред, бред психоаналитика.

Давайте представим, что я слишком поддалась профессиональному анализу и перешла грань нормальности в суждениях. И я вам заявляю: Алиса хотела убить хирурга Синельникова, и она его убила.

— А если бы приехал не он?!

— Могла, конечно, сработать случайность, и сразу несколько людей получили бы в тот вечер ножевые или огнестрельные ранения, Синельников выехал бы на другой вызов... Кстати, я вдруг подумала, у вас есть оружие?

— Подождите, а если бы я выпил все из бокала?

— Не хочу вас огорчать, но, по моим предположениям, вы бы оказались под воздействием сильного снотворного, но все равно с ножевым или пулевым ранением. Я же вам сказала: Синельников выезжает только на членовредительства.

— Какое снотворное?! В бокале был яд, от него и умер хирург!

— Не кричите. Употребите, пожалуйста, всю вашу восточную отрешенность и невозмутимость, это тот самый момент, когда их нужно употребить. В вашем доме был произведен обыск. Бокал, из которого пил хирург, изъят. Умеете считать до шести? Ладно, не злитесь. Приедете домой, посчитайте бокалы. Да-да, те самые высокие бокалы с тяжелым донышком в виде восьмиугольника.

— Вы что, с ума сошли?

— Хороший вопрос психоаналитику. Нет, спасибо, я здорова. Но почему-то мне кажется, что у вас дома теперь осталось не пять, а только четыре таких бокала.

— Ничего не понимаю!.. Почему — четыре? А сколько должно быть?

— Бокалов обычно бывает два, три или шесть. Один забрал следователь на анализ, сколько должно остаться?

— Я понял, это я сошел с ума. Вы намекаете, что в бокал, из которого должен был пить я, Алиса подсыпала снотворное, и она бы все равно меня, уснувшего, порезала, так? Чтобы дождаться приезда «Скорой помощи» с хирургом... как его там? Да, Синельниковым, и отравить его из другого бокала.

— Если бы вы уснули, ей не пришлось бы выбрасывать ваш бокал в окно, она бы его вымыла и приготовила другой коктейль для хирурга.

— А следователь слышал этот ваш бред?

— Нет, и никогда не услышит, если вы не хотите, чтобы девочка оказалась в тюрьме. И потом... это же только мои предположения, это недоказуемо. Как узнать, сколько этих самых бокалов было в доме? Не разбил ли кто год назад случайно один из них?

— И вы меня пригласили, чтобы рассказать вот эти ваши предположения? Зачем?

— Нет. Я вас пригласила, чтобы предупредить. Вы слишком заигрались с девочкой. Уже давно надо было продемонстрировать ей, что это такое — здоровая мужская похоть, вызвав тем самым либо сопротивление, либо ее согласие, а не подавлять свою и ее сексуальную энергию видимостью простого отцовского обожания. Вы не стали с нею близки, поэтому нет никакой надежды на ее сострадание или жалость. Ваша участь решена. Водички?

— Нет, спасибо, это у меня нервное... Я ничего не понимаю. Если Алиса не собирается меня убивать, о чем вы все время предупреждаете?

— Собирается и еще как собирается! И сделает она это, как и в случае с хирургом — совершенно безнаказанно, иначе игра будет несостоятельной. В конце игры должен быть приз либо чувство удовлетворения, а не наказание за содеянное. Это же вы внушали ей с десяти лет, что все человеческие поступки — это только игры. «Ребенок — Взрослый — Дитя» — она хорошо это усвоила. Вы самонадеянно решили, что самая интересная книжка для десятилетней девочки на ночь — это «Игры, в которые играют люди» Берна?! Поздравляю. Вы — следующий.

— Следующий?..

— Хирург, по мнению Алисы, был виноват в смерти тети Ираиды и матери. А вы убили тетю Леонидию. Бедная, бедная Леони, так, кажется, ее называла Алиса? Куда же вы, Гадамер? Подождите, я могу вам помочь, меня не интересует убийство Леони, да подождите же, черт бы вас побрал, ну вот... Порвала колготки. Сеанс... Импульсивный идиот! Сеанс окончен в шестнадцать сорок».

Отчим ворвался в квартиру слишком рано для его обычных приходов — в шестом часу, бросился в кухню, стал рыться в шкафах и ронять посуду на пол. Забравшись в стол, он разбил две тарелки и мою кофейную чашку. Я завопила что есть мочи, собирая осколки чашки, кореец нервно извинился и потребовал поставить на стол все высокие бокалы для сока. Я оттеснила его от стола и предложила разбить супницу, а бокалы не трогать, все равно это смешно — переливать суп из кастрюли в супницу, а потом — из супницы в тарелку. Но ему потребовались именно бокалы! Принюхавшись и не обнаружив запаха спиртного, я спросила, где он был. Оказывается, на сеансе у Пенелопы. «Полтора часа идиотского бреда», — так он это назвал. Мне бы научиться за полтора часа трепа доводить взрослого мужчину до такого исступления! Достала бокалы. Отчим выстроил их в ряд, два раза пересчитал, поменял местами, опять посчитал. Считай, не считай — бокалов всего четыре. Жалобно заявил, что должен быть еще один бокал. Именно он ему и нужен. Ну, Пенелопа, я тебе это припомню! Нет бокала, нет его, и все! Как это — все? Разбили. Давно. Леони разбила или он сам. Ах, он не помнит, чтобы разбивал бокал? Это было в прошлый Новый год, напился и разбил! Ладно, ошибочка вышла, в прошлый Новый год мы были в его родовом гнезде, под Тверью, там другие бокалы. Значит, в позапрошлом. Хорошо-хорошо, я сознаюсь, это я разбила нечаянно бокал, и если он не перестанет орать, разобью остальные четыре!

После такого заявления отчим посмотрел на меня взглядом удава, оценивающего размеры ужина, и задумчиво подошел к окну. Открыл створку, свесился, потом, ни слова не говоря, выскочил из кухни и хлопнул входной дверью. Ну, Пенелопа!.. Я старалась, как могла, неужели в разговоре с нею что-то проскочило? Я стала вспоминать все мною сказанное тогда на сеансе.

Я не знала, куда пошел кореец, об этом я узнала позже, когда встретила соседку со второго этажа и та поинтересовалась, нашел ли мой отец портмоне, которое у него выпало из кармана, когда он наклонился из окна? Оказывается, он лазил на козырек крыши! Окно соседей со второго этажа выходит как раз на козырек, который нависает над входом в подъезд. Кореец прикинул, что если выкинуть бокал в кухонное окно, тот грохнется как раз на козырек, и решил поискать бокал или его осколки, объяснив соседям свои действия поисками упавшего из окна портмоне. Наивный.

Первое, что я сделала, когда пришла домой после изолятора, свесилась из кухонного окна... и пошла к соседям на второй этаж. Интересно, они сказали ему, что я вылезала недавно на козырек за блокнотом?.. Наверное, сказали, потому что домой он не пришел, я заснула за полночь, отчима все не было (черт бы побрал эту Пенелопу!), еще сбежит чего доброго, ищи его потом по всему свету...

Но кореец вернулся, я этого не слышала и увидела его уже на полу в коридоре, лежащего в своем утреннем кимоно на животе.

Дело в том, что утром к нашему подъезду с громким визгом тормозов подкатили два джипа. Из них вышло много мужчин в одинаковых одеждах, с одинаково отсутствующими шеями, и сначала я подумала, что во дворе будут снимать фильм, и несколько минут искала глазами тележки с камерами. Тележек не оказалось, зато тут же возникла «массовка» — полукругом собравшиеся ранние зеваки в ожидании «разборок».

Когда позвонили в дверь, я стояла коленками на подоконнике в длинной ночной рубашке, еще совершенно расслабленная после сна, изучая обстановку во дворе. Поэтому когда звонок стал долдонить беспрерывно — мелодичные удары гонга, — к двери подошел кореец в своем утреннем кимоно. Утреннее кимоно корейца — это желтые хризантемы на фиолетовом шелке. Почти минуту он смотрел в глазок, не понимая, что там такое чернеет, а это было дуло пистолета, приставленное с той стороны двери к линзе. Обычно кореец предельно осторожен, но тут открыл дверь на ширину цепочки, потому что еще не совсем проснулся и от любопытства. Цепочка была тут же сорвана мощным ударом, а кореец повален на пол и обыскан. Два человека из джипов быстро обошли квартиру, я слезла с подоконника, вышла в коридор и увидела лежащего на полу корейца (на животе, руки на затылке) и стоящих рядом с ним братьев Мазарини, повторяющих друг друга, как в кривых зеркалах. Тот, что был слева от корейца, тут же уставился на меня и нервно вытер ладони о полы пиджака. Тот, что справа, заметил этот жест и погрозил брату пальцем.

Помощников, обыскивающих квартиру, братья выслали во двор (я слышала, как один из них шепнул, что «это дело личное, семейное»), корейца подняли с пола, отнесли под руки в гостиную, потребовали показать паспорт, изучили документ с медлительностью и тщательностью участкового с незаконченным средним образованием, после чего мне было приказано одеться поприличней («...а то брат нервничает!») и принести пиво.

— У нас нет пива, — развела я руками. — Хотите сока?

Правый брат начал возмущаться и говорить: «Так не бывает, чтобы в приличном доме — без пива!», а левый только нервно вытирал рот рукой и сглатывал.

— Или оденься приличней, или разденься совсем, или сейчас дождешься! — повысил голос правый брат.

— Не смейте трогать ребенка! — возмутился отчим.

Я ушла к себе, сняла прозрачную ночную рубашку и

оделась за сорок секунд (рекорд). Осмотрев меня в облегающих джинсах и свитере с высоким воротом, правый брат кивнул, а левый судорожно вздохнул.

Нас усадили за стол, сами братья сели напротив нас. К этому времени они перепутались, но я безошибочно угадала левого по масленому взгляду, которым он уставился в мое лицо. Его более стойкий к прелестям недозревших девочек брат, сосредоточенно сопя, покопался в карманах и выложил на стол маленькую коробочку. Открыл ее и вывалил кольцо. Золото и большой прозрачный камень.

— Она говорит, что любит тебя, — заявил брат, любуясь кольцом.

Кореец пожаловался на головную боль и попросил разрешения выпить чего-нибудь. Он старался изо всех сил, но ничего не понимал.

— Блин, я же сразу сказал девчонке принести пива, я же сразу по запаху твоему это сказал! — вдруг возмутился брат и стукнул кулаком по столу.

— Алиса, — попросил кореец, — принеси коньяк и кофе.

Я встала, левый брат тоже привстал, но был силой усажен на место.

Руки трясутся. Неужели они договорятся? Нет, я этого не вынесу, еще ждать больше двух лет, пока отчим угробит медсестру?! Он же не шестнадцатилетия моего дожидаться будет, он же по правилам приличия, чтобы не было лишних вопросов, дотянет до моих восемнадцати! А к тому времени, глядишь, и боевой задор, и ненависть к нему во мне иссякнут потихоньку с полным созреванием главного женского органа — матки. Неужели они договорятся?..

— Господа, — уважительно произнес кореец, как только выпил первую маленькую чашечку кофе и рюмку коньяка под выжидательное сопение братьев, — чем могу помочь? Вы меня ни с кем не спутали? У нас этажом выше коммерсант живет, если не ошибаюсь, машинами торгует...

— Завтра поженитесь, — перебил его один из братьев.

— А вы уверены, что невеста согласна? — покосился в мою сторону кореец, прося о помощи.

— Она сказала, что любит тебя, хотя я не понимаю, как можно любить китаезу, — мрачно заявил другой брат, а я показала глазами ничего не понимающему отчиму на окно.

Он потер лицо ладонями и уставился на окно с удивленным отчаянием. Посмотрел на меня. Я кивнула. Опять — на окно, пока узнавание не изменило его напряженное лицо. Ну, наконец-то проассоциировал! На подоконнике стояли в синей вазе желтые хризантемы. На них я и кивала. Рита, осмотрев все кимоно отчима (утреннее, в котором он сидит сейчас за столом, обеденное — желтые хризантемы на зеленом шелке, вечернее — белые хризантемы на черном шелке с золотой вязью иероглифов по низу рукавов и праздничное — желтые хризантемы на белом шелке), приходила к нам в гости теперь только с хризантемами, которые лично я считаю цветами похорон. А ей кореец после тех заветных роз в сквере цветов почему-то больше не дарил.

Откашлявшись и медленно вытерев лицо салфеткой, которую он потом долго складывал рядом с чашкой и рюмкой, кореец поинтересовался, где, собственно говоря, виновница такого торжественного сватанья, где Маргарита?

— Я тебе покажу сватанье, — привстал один брат. — Сватают девицу непорочную, а когда ты ее уже снасильничал, это не сватанье!

— А я все одно ему ухо отрежу, — поддержал другой.

— Я как раз собирался предложить Маргарите руку и сердце, — начал было кореец, но братья его перебили.

— Предложи ей свою квартиру, узкоглазый, — заявил один.

— И лодку, которая за границей! — подхватил другой. — А за плохое поведение подпишешь прямо сейчас бумаги на имущество, дарственную, значит. И если эта дура тебя хочет, пусть берет, свадьбу устроим мощную, пол-Челябинска позовем. Она сказала, что удавится, если мы тебя пальцем тронем, так что не вынуждай! Одевайся, едем к нотариусу, все подпишешь и — галопом с кольцом к невесте. Мы сами кольцо купили, а то подаришь какую-нибудь убогость обручальную, потом перед друзьями на свадьбе стыдно будет.

— Чего, нельзя было по-людски, да? — вступил другой брат. — Мы ж не звери! Приди к нам, прежде чем девку под себя запихивать, поговори чин по чину, с бутылкой, с бумагами на недвижимость, мы ж не против! Зачем так-то неуважительно?!

— Я очень рад, очень, — опустил глаза кореец, конвульсивно напряг пальцы, потом — резко — расслабил их, потом — опять напряг. Обычно он делает такие упражнения, прежде чем разбить ребром ладони три кирпича один на другом.

Поэтому я встала, собрала на поднос чашки и быстро ушла в кухню. У того брата, который сидел ближе ко мне, за поясом точно торчит пистолет. Прислушиваясь к разговору, осторожно открыла дверцу под раковиной, достала мусорное ведро.

— Я как раз собирался все обсудить с Ритой, я не знал, что родня играет такую важную роль в ее жизни, понимаете, мать там или отец...

— Сироты мы!

— Да, простите, я забыл, то есть, я не знал... короче, я уже подготовил брачный договор, чтобы все...

— Засунь себе в задницу свой брачный договор!

— Этот договор как раз оговаривает распоряжение совместным имуществом...

Я залезла под раковину и из-под труб, уходящих к стояку, вытащила сверток. Стараясь не шуметь, вылезла и повесила ведро на место.

— Не будет у тебя совместного имущества, лучше это сразу уясни, пока ты хорошо слышишь двумя *ухами*!..

— Но мы же цивилизованные люди, и я подумал...

— В другой раз, прежде чем девку лапать, думай, потом — не надо, потом думать уже бесполезно. Теперь мы думать будем, а ты — подписывать бумаги.

— Я могу повидаться с Ритой?

— Закинем тебя к ней после нотариуса, небось все глаза свои бесстыжие уже выплакала.

Послышался странный шум, упал стул, потом что-то грузное. Я быстро развернула дрожащими руками сверток и взяла пистолет. Обойма никак не засовывалась, вдруг потекли слезы, и когда отчим подошел сзади и взял меня за плечи, я дернулась и закричала.

— Детям нельзя трогать оружие, — он отобрал обойму и внимательно посмотрел мне в лицо. — Как ты нашла пистолет? Давно? Одевайся.

— Мы... Мы убегаем?..

— Убегаем. Надо затащить этих бегемотов в кладовку. И все. Убежим далеко-далеко.

— А у меня... Школа у меня, потом это... кружок... А! Вспомнила! У меня же подписка о невыезде!

— Не смеши. Ты когда последний раз в школе была? А с твоей подпиской я разберусь, — в незакрытую дверь его комнаты я вижу, как отчим скинул кимоно и голый достает со шкафа сумку.

— А куда мы поедем? — пробежав по гостиной и стараясь не смотреть на лежащих на полу братьев, я ворвалась в свою комнату и стала запихивать вещи в рюкзак. — За границу? В Париж? Там тепло?

— Мы поедем в укромное место, — отчим звонил по телефону.

— Там тепло или холодно, в этом укромном месте?

— Там безопасно.

На лестничной клетке кореец перевесился через перила и прислушался.

— Мы разве не полезем на чердак? — спросила я шепотом.

— Зачем? — удивился он тоже шепотом.

— Там на улице стоят еще шестеро, размером с братьев. Не будем уходить по крышам?

— Нет. Будем уходить через подъезд. Я сейчас поднимусь на последний этаж на лифте и заклиню его там. А ты вызови другой и постой в нем.

Страшно...

А вот, спрашивается, почему? Я не лишала девственности сестру Мазарини, она не влюблялась в меня до полного слабоумия (только слабоумная девушка, имея таких братьев, сразу же, на вторую неделю знакомства с мужчиной, честно все им рассказывает), я не имею ни дачи, ни квартиры в полной собственности, чтобы меня принуждать подписывать какие-то документы. Получается, я для этих братьев, сваленных в кладовке друг на друга, с обмотанными скотчем руками, ногами и челюстями, не представляю ну никакого интереса!

Уже не так страшно.

Спустился кореец. Заклинил второй лифт.

Мы сбегали по ступенькам — он впереди, его коротко стриженные волосы отдавали серебром, посеребренная макушка прыгала передо мной вверх-вниз, вверх-вниз...

Из подъезда мы вышли с озабоченностью опаздывающих людей. Кореец уверенно двинулся к ближайшему джипу и потребовал закинуть вещи в машину.

— А где Гоги, я не понял? — удивился здоровяк в синем с блестками пиджаке. Но сумку и рюкзак подхватил с исполнительностью слуги.

— Обшаривают квартиру, — кореец посмотрел вверх на наши окна. Остальные пятеро друзей братьев Мазарини тоже добросовестно задрали головы вверх. — Хоть бы окна не побили, ишь, как рассердились... — вздохнул отчим.

— Не, — покачал головой один, — сломать чего-нибудь могут, а окна — это вряд ли...

— Они просили найти во дворе коробку и помочь загрузить все вещи из квартиры, — отрапортовала я.

— Какую коробку?

— Сказали — побольше. Посмотрите за углом у магазина оргтехники.

Двое ушли за коробкой.

Как только они завернули за угол, раздался выстрел. Вероятно, кто-то из замотанных скотчем братьев дотянулся до пистолета и звал на помощь.

Оставшаяся четверка как по команде выдернула оружие.

— Они начали стрелять моих рыбок, они начали стрелять рыбок! — закричала я и совершенно натурально зарыдала, бросившись на грудь отчиму.

— Сделайте же что-нибудь, сейчас соседи милицию вызовут, — попросил отчим, сострадательно поглаживая меня по спине, — не плачь, детка, я тебе другой аквариум куплю!..

Трое бросились в подъезд, выяснили, что лифты не работают, и их ругань была слышна до уровня пятого этажа.

— Ну что, поехали? — повернулся отчим к оставшемуся. — Сможешь рулить одной рукой?

— Почему одной?

— Другую я тебе сломаю, если будешь задавать вопросы.

Я страшно удивилась, когда узнала, что мы едем к нотариусу. И не просто к нотариусу, а к семейному адвокату братьев Мазарини!

— А может, не надо? — осторожно побеспокоилась я.

— Надо. Нас там Рита ждет, я ей позвонил. Никто, слышишь, никто на свете не посмеет мне диктовать свои условия игры!

— Я и не собиралась...

— Эти хорьки еще не знают, с кем имеют дело!

Эти самые хорьки — одного из братьев звали Гога (Игорь Анатольевич), а другого Гоша (Георгий Анатольевич) — через два часа узнали все и в подробностях.

— Как же мои Гоги удивятся! — восхитилась заплаканная от счастья сестра Мазарини (Маргарита Анатольевна), подписывая брачный договор, составленный отчимом.

— А вы точно уверены, что неприятностей не будет? — никак не мог успокоиться адвокат.

— Братья сами привезли мне вот это кольцо для сестры, — невозмутимо отвечал кореец. — Вы же знаете, Рита имеет третью часть общего капитала семьи, а следовательно, и право голоса. Она любит меня, и вам-то что беспокоиться? Вы так нервничаете, как будто не брачный договор подписали с полного — заметьте! — согласия невесты, а изменили завещание. В конце концов, совместное владение имуществом, это...

— Это, конечно, обычный договор, я понимаю, но завещательный аспект...

— Извините, адвокат, нам пора в загс.

У загса произошла некоторая заминка. Шофер — тот, который предпочел остаться с целой рукой и молчал как убитый и в дороге, и у адвоката, — возле загса заартачился. Кореец решил, что тот будет в торжественный момент стоять свидетелем со стороны невесты, а я, соответственно, свидетелем со стороны жениха.

— Можешь сразу меня пристрелить, — заявил шофер, истекающий потом на холодном ветру, — потому что все равно жизни не будет, когда братья узнают, что я вас сам и к адвокату свозил, и в загсе свидетельствовал. Хоть и под дулом пистолета... Поеду я уже, устал бояться, если хочешь, стреляй.

Вот почему со стороны невесты свидетелем оказался продавец из ближайшего киоска, у него же потом мы купили шампанское и пластмассовые стаканчики, и облившаяся пеной молодая жена поинтересовалась, что такое вообще случилось, куда мы спешим? Почему не дали позвать ее лучшую подругу и ночную смену «Скорой помощи» (там очень хорошие люди, очень!), почему не приехала из Челябинска тетя и где вообще белое платье с сорока шестью шифоновыми юбками и фата, что трепещет на ветру?

Кореец уверил Мазарину Риту, что каждый год в этот самый день ноября он будет последовательно одевать ее в платья с шифоновыми юбками, и фата будет волочиться по земле, как положено, и цвета этих платьев никогда не будут повторяться, но в перволетие платье будет законно белым, какое и полагается непорочной невесте и честной жене, это и будет сегодняшнее платье, которого нет на ней.

Я замерзла слушать этот бред и ушла с бутылкой в подъезд. И в подъезде, отпивая из горлышка, вдруг обнаружила не поддающуюся никакому разумному объяснению тяжелую и рыхлую грусть. Не хватало еще зареветь!

А освободившиеся от скотча братья Мазарини бросились к адвокату, который был их нотариусом и работал в арендованном ими офисе, и ездил на подаренной ему братьями иномарке. Адвоката спас большой дубовый стол, под который тот залез, спасаясь от неистовства Мазарини. Братья пытались его достать ногами, потом минут десять по очереди тыкали ножками стула, много раз хватались за оружие и, чтобы разрядиться, палили по головам великих мыслителей (всего голов в кабинете было шесть), головы разлетались осколками, но одна — голова Аристотеля — оказалась бронзовой, и пуля срикошетила, взвизгнув. Братья бросились животами на пол и минуты через три лежания понемногу успокоились. Они лежали и смотрели на забившегося под стол адвоката.

— Как ты мог подписать такую лажу? — спросил Гога, подползая к им же скомканным и брошенным на пол в начале выяснения отношений листам брачного договора. Расправив кое-как слегка порванные листы, он, лежа на животе, показал тоже лежащему рядом на животе брату пункт 5 и все подпункты — 5.1, 5.2, а на подпункте 5.3 слегка застонал. — Ты посмотри на право наследования, как же это может быть, как ты пропустил такое?!

Братьев больше всего беспокоил пункт о правах наследования в случае кончины кого-либо из супругов. По этому пункту в случае внезапной кончины Маргариты Мазариной все ее имущество достанется законному мужу, а в случае внезапной кончины корейца все его имущество, а также совместно нажитое, завещается несовершеннолетней Алисе Катран.

Адвокат осторожно вылез из-под стола, подполз на четвереньках к лежащим братьям и жалобным голосом оправдывался:

— Я восемь раз указал на этот пункт Маргарите Анатольевне, восемь раз просил обратить внимание, сам ее супруг согласен был переписать пункт 5.3, как того пожелает ваша сестра. И если захочет, чтобы ее родственники наследовали, «пусть наследуют!» — говорил... говорил... простите, я где-то записал, я никак не могу запомнить это имя... — адвокат тяжело поднялся и стал рыться на разоренном столе в поисках первого листа брачного договора, где можно было найти имя супруга Маргариты Анатольевны.

— И что сестра? — устало поинтересовался Гоша.

— Она сказала... Она сказала... вот, нашел! Гадамер Шеллинг!

— Не понял! — обеспокоился брат Гога.

— Вашего зятя зовут Гадамер Шеллинг. А Маргарита Анатольевна сказала, что муж в семье — главный, пусть он сам решает, кому чего по наследованию достанется, ей все равно.

Впервые услыхав имя корейца (при разглядывании паспорта они были заняты в основном его возрастом, пропиской и наличием штампа о браке и как-то не обратили внимания на имя), братья посмотрели друг на друга с отчаянием.

Адвокат нашел запрятавшегося секретаря, секретарь медленно, по слогам, прочел брачный договор, подписанный Мазариной Маргаритой Анатольевной и Гадамером Шеллингом (всего-то пять пунктов). И братья узнали, что...

Все имеющееся на момент свадьбы имущество брачующихся переходит в совместную собственность.

Проживание в доме мужа.

Право на личную жизнь каждого.

Удочерение женой падчерицы мужа.

Права наследования в случае кончины каждого из супругов.

Гога не понял, что это такое — про личную жизнь каждого. Адвокат молча принялся за коньяк. Тогда секретарь, заикаясь, объяснил, что супруги не вмешиваются в выбор профессиональной деятельности друг друга и в особенности проведения досуга каждого.

Гоша не понял, что это было про удочерение? Секретарь начал объяснять, запутался, вступил адвокат и кое-как растолковал, что у корейца есть неродная дочь от его предпоследнего брака, эту самую дочь и обязалась, вступив в брак, удочерить Рита Мазарина.

— А может, мои ребята найдут их до того, как они успеют вступить в брак? — с надеждой простонал Гоша.

— Потом уже нельзя будет убить, — задумчиво насупился Гога. — По этому договору наследницей его доли будет несовершеннолетняя падчерица. Разве что и падчерицу?.. — он сосредоточенно полез пальцем в нос.

— Зачем — убивать, я вас умоляю! — забеспокоился адвокат. — Есть совершенно адекватный и юридически правильный ход. Если вы уговорите свою сестру свидетельствовать против мужа, можно будет подать в суд о принудительном подписании договора и признать его недействительным. Только ваша сестра... она очень влюблена, очень... С другой стороны, этот Гадамер все время размахивал пистолетом, угрожая шоферу, который его сюда привез, это можно будет обыграть и при правильном свидетельствовании подвести под принудительное подписание договора Маргаритой Анатольевной.

Братья тут же потребовали составить заявление от имени Маргариты Мазариной, под дулом пистолета подписавшей брачный договор. Телефоны молчали.

— Да найдем мы сестрицу, куда денется, за день, за два — найдем! На работу она явится? — Посмотрел Гога на Гошу.

— Явится! — отрапортовал Гоша.

— В институт прибежит?

— Прибежит!

Успокоив себя таким образом, они отбыли с тщательно уложенным в папку заявлением, в наказание пообещав не платить адвокату полгода аренду за его офис — «пусть сестрица тебе платит, раз ты теперь и на нее работаешь!».

«...И девушке поневоле пришлось стать женой Синей Бороды. С тех пор она жила пленницей в замке, терпя муки смертные, выплакивая глаза.

Порой к ней подсаживалась пастушка, кроткая как ангел и такая красивая, что красота ее радовала сердце...»

В ближайшие три дня, употребив все возможные связи, братья обыскивали Москву. Рита Мазарина на работе оставила заявление на отпуск без содержания в связи с бракосочетанием. Ее заявление ректору медицинского института об академическом отпуске по семейным обстоятельствам пришло в ректорат по почте. Братья посетили три места работы корейца, два ночных клуба, где он по пятницам под стриптиз пил вино, еще казино «Гавана», где его тоже хорошо знали, и поняли, наконец, что имелось в виду под «особенностями проведения досуга» и для чего в брачном договоре присутствует пункт о невмешательстве в личную жизнь каждого из супругов. Вероятно, от полного отчаяния они посетили и среднюю школу № 1127, в которой я числилась учащейся десятого «Б» класса, потом — театральный кружок, потом довели-таки своими расспросами мою бабушку до «неадекватного поведения» — так она назвала швыряние в братьев дровами и бег за ними по пересеченной местности загородного поселка с вилами в руках.

Мы с Ритой Мазариной за эти три дня кое-как отмыли двухэтажный деревянный дом в поселке Сюсюки. Высохли выстиранные занавески и древнее постельное белье — упорная сопротивляемость льна доводила до отчаяния. Поджили на руках водянки — у Риты Мазариной от стирки льняных простыней, и у меня — от разводного ключа, которым я пыталась наладить газовое снабжение дома и обогрев. Сам кореец в эти три дня отсутствовал, хотя и наведывался пару раз минут на сорок, ему этого времени как раз хватало обнять молодую жену и погрозить пальцем падчерице, чтобы она не слишком увлекалась «железками» и не взорвала дом.

Мы залили воду в батареи и в бак на чердаке. Вдвоем. Без него. Намылили мылом все соединения труб, пустили газ, и синяя корона вспыхнула в обогревательном котле. Без него. К вечеру третьего дня мы убедились, что соединения не пузырят, потом всю ночь принюхивались в потеплевшем доме. Без него. Залезли в подвал, обшарили чердак. Без него. Обследовали старую покосившуюся баню и поленницу дров рядом с нею. Рискнули и затопили.

Когда дымок из трубы наладился, во дворе вдруг образовался мужичок с ружьем. Ни слова не говоря, он по-деловому осмотрел выметенную баню, обошел дом. Пока я с огромной сковородой наготове затаилась за дверью, Рита мужичка разговорила. Оказывается, он нанят специально, чтобы нас охранять! И пришел узнать, правильно ли мы топим баню. Мы с Ритой по наивности подумали, что он беспокоится, как бы мы не угорели, а мужичок пришел поинтересоваться, хватит ли нам полтора часа помыться? А что будет через полтора часа? А через полтора часа он придет, проветрит баню, подбросит дровишек и «поддаст парку по-настоящему, без бабских штучек», после чего пригласит остальных мужиков, нанятых нас охранять, и они попарятся по очереди, так что «девки, заготовьте самовар ведерный!».

— А сколько тут этих мужиков? — осмотрела Рита заброшенный двор.

Во дворе старые яблони застыли в легком морозном полдне. Шелестя, облетали последние, уже обесцвеченные и скрученные холодами листья, их шелест в прозрачном воздухе заставлял затаить дыхание и дождаться последнего звука — соприкосновения падающего листа с другими, выстлавшими собой землю. А лист падал так долго и так невесомо, в полной тишине и безветрии, замедляя собою время, и хотелось сделать что-то резкое, крикнуть, двинуться, чтобы убедиться, что внутри тебя есть еще жизнь и собственный пульс, не подчиняющийся замедленному метроному осени.

— Четверо нас, — мужичок достал из кармана телогрейки папиросы. — Да вы, бабоньки, не дрейфите, мы мужики тертые, стрелять и охранять приученные, потому что все — лесники! А Николай вообще зверь, потому что с афгана еще на голову контуженный. Мы все тут рядом живем, за домом Кемира присматриваем уже которой год!..

Сблизившее нас с Ритой за эти дни ощущение одиночества и уединения пропало. Раздеваясь в предбаннике, мы то и дело посматривали в крошечное окно, выискивая затаившихся охранников, особенно Николая, который «вообще зверь»...

— А кто это — Кемир? — спросила Рита, раздевшись.

— Это теперь твой муж.

— Ну вот, — загрустила она, — я только привыкла к его странному имени, только научилась произносить с ходу, не заикаясь — Га-да-мер! — она закрыла глаза и легко улыбнулась.

— Моя тетушка Леони называла корейца Кемой, я так думаю, что его родовое имя — Кем. Ты что, в трусах будешь париться?

— Да, — уверенно заявила Рита. — Я всегда моюсь в

трусах. Так микробы не проникают внутрь женского организма.

Выслушав такое заявление, я в первую минуту, конечно, подумала, что медицинское образование не проходит даром, но потом призадумалась.

— Госпожа, — присела я перед нею в парилке на корточки, — *«я знаю, о чем вы думаете. Вы не доверяете слугам и служанкам в замке, и вы правы. Но я не такова, как они, я вас не предам. Госпожа, расскажите мне о своем горе».*

Выдав все это наизусть, я изобразила на лице собачью преданность и напряженное участливое внимание.

— О, никто не поможет моему горю! — вдруг совершенно натурально зарыдала Рита.

— Неправильно. Ты должна сказать: *«Пастушка, прекрасная пастушка, если ты меня выдашь, Господь Бог и пресвятая Дева покарают тебя»*, потом погладить меня по щеке и решиться: *«Слушай. Я расскажу тебе о своем горе».* Вот так.

— Эт-то из какой пьесы? — всхлипывает Маргарита, уже выпустив улыбку на дрожащие губы.

— Это из моей любимой сказки.

— Ладно, пастушка, куда от тебя денешься... Смотри.

Глубоко вздохнув, Рита Мазарина стащила трусики. Я тщательно, сантиметр за сантиметром, обшарила глазами низ ее живота, подработанные для посещения бассейна волосы на лобке, но ничего интересного, что бы стоило прятать под трусами, не нашла. Рита медленно повернулась спиной.

К этому моменту парилка раздухарилась вовсю, мы стояли, обе мокрые от пота, а я то и дело смаргивала соленую влагу с ресниц, поэтому сначала не поверила своим глазам, бросилась к ведру, обмыла лицо и замерла позади съежившейся Риты. Если честно, я ожидала увидеть что-то вроде татуировки в низу живота (стрелу с надписью «Добро пожаловать», например) или крылья ангела на попе с надписью «Полетаем?». Но такое?!.

— Здорово... — это все, что пришло в первый момент мне в голову. — Можно потрогать?

Рита молча пожала плечами, и я осторожно, не дыша, прикоснулась к хвостику, который лежал у нее между ягодиц. Этот... этот... этот хвост пошевелился под моей рукой, клянусь!

От ужаса меня отнесло назад, я упала, опрокинув на себя ржавые тазы в углу, и стало так холодно, словно мы были с нею не в бане, а во дворце Морозко.

— Холод-ды-ды-но тебе де-е-е-вица, ходод-ды-ды-но тебе, красавица, — бормотала я, трясясь. — Что ты, батюшка, тепло...

Не знаю, посиди я так в углу еще минут пять, вполне возможно, повредилась бы мозгами. Но тут я заметила, что в окошко предбанника подглядывает усатая морда и таращит глаза, вглядываясь, а когда вглядится как следует, то и света двух керосиновых ламп хватит, чтобы разглядеть спину и попу Риты Мазариной! Я закричала, набрала в ковшик воды и плеснула в окно. Морда пропала. Мне полегчало.

Рита опять ударилась в плач, теперь она тихонько подвывала, сидя на верхней полке. Я села на нижней, у ее ног, и на всякий случай поинтересовалась, а нет ли еще жабр и перепонок между пальцами? Рита вытянула ноги, растопырила пальцы и перестала плакать. Перепонок нет. Недавно сделан педикюр, ногти окрашены в розовый перламутр.

— А кореец видел?

Молча качает головой, закрыв лицо руками.

— Я в нашу первую и последнюю ночь лежала на спине. Он меня бросит, когда увидит, это же такое уродство! — шепчет Рита сквозь мокрые от слез и пота пальцы. — Что мне делать?

— Пусть только попробует! — успокаиваю я ее. Значит, кореец не видел ее хвостик, а Рита... А Рита не видела его татуировки на спине, отмечаю я про себя и интересуюсь: — А это... Это врожденное или что-то вроде персинга?..

Рита убрала руки и посмотрела на меня с ужасом.

— Ты хочешь сказать, что кто-то в здравом уме может себе прилепить подобное для украшения? Конечно, врожденное! Это атавизм, или последствия радиации!

— Я бы хотела иметь такой хвостик. Правда.

— Ну, не знаю... — не верит Рита.

— А при чем здесь радиация?

— Это мне предприятие «Маяк» удружило. Слышала про такое под Челябинском? Закрытая зона радиоактивных исследований. Мы жили как раз под Озерками. Когда... когда я родилась с этим, мама сразу попросила сделать операцию, а оказалось, что у меня очень слабое сердце и я могу не перенести наркоз. Так хвост и остался.

— А он растет?

— Рос со мной. Сейчас пять сантиметров и восемь миллиметров. У тебя есть самый страшный ужас? Которого ты боишься больше всего?

Я честно рассказала ей про свои семь ужасов — одиночества, смерти, выпадения волос, слепоты, глухоты, летаргического сна и падения в разрытую могилу. Подумала и призналась в восьмом ужасе: прожить всю жизнь один на один с корейцем.

— А я, — шептала истекающая потом Рита Мазарина, — больше всего на свете боялась, что этот хвост вырастет длинным, будет висеть сзади ниже колен, будет двигаться сам по себе, как ему захочется, потом вырастет еще, и еще и задушит меня во сне!

— А мне он показался очень хорошеньким. Он правда шевелится?

— Да. И слава богу, не растет больше. Это просто лишние позвонки, которые у остальных людей давно отмерли, а я вот... — Рита пересела ко мне вниз и нашла своими глазами мои. — А почему это ты боишься отчима? А?

— Потому что мой отчим — Синяя Борода.

— Подожди... Семь жен, да? Ты поэтому? Твоя мама, тетя... Бедная моя девочка, — Рита обняла меня, и наш пот смешался, и я вдруг почувствовала, как ее рука тяжелеет, — а... он мне так... нравится, — прошептала Рита и свалилась в обморке.

Перегрев.

Я вылила на нее два ведра холодной воды, дождалась удивленного всхлипа, обмотала в простыню, кое-как оделась сама, вышла на улицу и крикнула в наступившие сумерки:

— Эй, мужики-лесники! Девушка угорела!

Риту Мазарину отнесли в дом (я не отходила ни на шаг, бдительно следя, чтобы простыня не развернулась), напоили чаем и уложили в постель. А мне приказано было приготовить «что-нибудь пожрать и запить» к выходу охранников из бани.

Осмотрев приготовленный стол (изящно разложенные на блюде восемь бутербродиков из поджаренного черного хлеба, на которых узорно выложено икорное масло, а на масле — розовый ломтик соленой семги, а на семге — оливка в кружке лука, и оливка эта еще протыкается палочкой, скрепляя все сооружение), охранники сочувственно покачали головами, ушли и вернулись с двумя буханками хлеба, ведерком квашеной капусты, огромным куском копченого сала, двумя бутылками водки и — что меня больше всего порадовало — банкой с маринованными помидорами.

Я на спор выпила шесть рюмок водки, после чего прошла по половице, ни разу не покачнувшись. Контуженный на голову Николай выпил пять, но с половицы слетел, остальные лесники только осуждающе качали головами, ограничив себя парой рюмок — «для аппетиту». И постоянно менялись в дозоре. К полуночи силуэты входящих и выходящих из дома мужиков с ружьем в клубах холодного воздуха и шесть рюмок водки настолько запутали мое воображение, что я стала нервно искать по комнатам бабушку или волка, ее съевшего.

— Иди-ка ты спать, Красная Шапочка, — предложил старший из лесников, — а мы тут все уберем после себя и тоже потихоньку разойдемся.

Следователь Лотаров провел эти три дня с пользой. Он потребовал все документы на Гадамера Шеллинга сорока шести лет, вдовца, научного консультанта кафедры философии Международного гуманитарного университета, доктора философских наук, почетного члена Академии в Бостоне (отдел востоковедения) и корейца по национальности.

Изучил Лотаров все сведения о Шеллинге скрупулезно, составил список из имен умерших жен почетного члена академии в Бостоне, выпил при этом четыре стакана чаю и выковырял из носа несколько засохших образований устрашающего вида. Работавший с ним в кабинете другой следователь не выдержал такого рвения Лотарова и оставил его одного. Тогда, совершенно расслабившись, Агей Карпович (так звали Лотарова) впал в состояние напряженного обдумывания полученной информации, приняв «думательную» позу (сполз на стуле, пока затылок не улегся на спинке, расставил в стороны вытянутые ноги, глаза закрыл, а рот, наоборот, открыл, потому что при закинутой назад голове такое положение нижней челюсти более естественно, руки сцепил пальцами на животе, чтобы не расползались). Этой позой следователь Лотаров полностью обезопасил себя и от случайных посетителей, потому как каждый, сунувшийся в кабинет, осмотрев растекшегося на стуле с открытым ртом и раскинутыми ногами Лотарова, тут же осторожно прикрывал дверь и уходил на цыпочках.

Состояние напряженного обдумывания завершилось легким всхрапом. Очнувшись от этого звука, Лотаров составил еще один список, в нем было все личное и полученное по наследству Шеллингом после смерти семи жен имущество в виде недвижимости. Изучив новый список, Лотаров обвел красным фломастером один из адресов и позвонил владелице прачечной (по совместительству — судебному психоневрологу) Пенелопе.

Пенелопа напомнила следователю, что она работает в его ведомстве три дня в неделю и поэтому имеет полное право в свободный день не приезжать в кабинет Лотарова. Тогда Лотаров поехал в прачечную Пенелопы.

Минут пять он изучал вход — двустворчатая кованая дверь, узор этой чугунной двери, крепления, соединения ручек и замков, звонок, который с той стороны приводил в движение несколько колокольчиков, глазок камеры над дверью рядом с вывеской «*Прачечная Пенелопы*», — после чего сильно загрустил.

— Неприятности на работе? — поинтересовалась Пенелопа, отметив его унылый, потерянный вид.

— Не ожидал я от вас такого, Пенелопа Львовна, — удрученно заявил Лотаров, обводя рукой все это великолепие. — Не ожидал...

— То есть вы не ожидали такого размаха? — сразу все поняла Пенелопа.

— Да... То есть я имел надежду... Нужно было давно прийти к вам в гости, это многое бы объяснило, — бормотал Лотаров, осматриваясь.

— Вы только не расслабляйтесь, Агей Карпович, держите себя в руках. Вот вам пепельница, вот салфетки...

— Я не курю, — грустно напомнил Лотаров.

— Я знаю, но вдруг вам захочется плюнуть? И свой заветный платок доставать не надо, сморкайтесь в салфетки. Вот тут садитесь, подальше от моей стойки, вот так... Удобно? Тогда застегните ширинку.

Застегивая шесть маленьких неудобных пуговиц, Лотаров рассмотрел стойку, которую от него спасала Пенелопа. На каждой из восьми полочек этого воздушного строения из стекла и металла стояли небольшие фигурки из нефрита. По одной, слегка смещенные в стороны относительно друг друга. Одна из фигурок — третья полочка сверху — была такой крошечной, что Лотаров еле разглядел скорчившуюся на корточках женщину, всю — обтекаемую, свернутую улиткой, с кругло загнутой спиной, круглыми расставленными грудями, обхватившую круглые коленки плавными полными руками. И по тому, как задержалось дыхание, и по накатившему сильному желанию немедленно спрятать в ладони фигурку Лотаров почувствовал цену этих поделок, мельком глянул на Пенелопу, поймал ее веселый взгляд и недовольно крякнул.

— Итак? — Пенелопа села за стол и посмотрела выжидательно.

— Так ведь я просто в гости, просто — поговорить, — Лотаров перестал смотреть на фигурку женщины, собрался с мыслями и одним взглядом окинул кабинет Пенелопы. Удрученно покачал головой, скрутил было верхнюю губу, чтобы коснуться ею носа, но женщина за столом предупредительно постучала по столу ручкой. — Простите, — собрался Лотаров. — Девочка, протеже ваша, как там ее... — не дождавшись имени от Пенелопы, Лотаров вздохнул, полез в карман, потом в другой...

— Не надо изображать забывчивость, гражданин сле-е-едователь, — пропела Пенелопа, — что вы, в самом деле?

— Да. Алиса Катран, — сразу вспомнил имя Лотаров. — Она нарушила условия подписки о невыезде.

— Не может быть! — удивилась Пенелопа.

— И тем не менее. Звонил ее отчим, который имеет имя Гадамер, он сообщил, что в силу исключительных обстоятельств ему пришлось запрятать падчерицу и запрятаться самому, так что беспокоиться не надо... Его жизни и жизни его падчерицы угрожают, и он вынужден был обеспечить своей семье безопасность, и поэтому пребывание девочки Алисы в Москве исключается.

— Теперь я должна спросить, кто угрожает Гадамеру Шеллингу, так? — улыбнулась Пенелопа.

— Это как вам угодно, только я бы все равно сам сказал. Ему угрожают братья Мазарины, — заметив, что Пенелопа нахмурилась, Лотаров выждал немного, потом продолжил: — Правильно, Пенелопа Львовна, это те самые криминальные авторитеты, которые при последнем задержании не прошли у вас ни одного теста ни порознь, ни вместе.

— Умственное отставание второй степени, вполне вероятный врожденный дебилизм, — вспомнила Пенелопа. — Да у них и справка есть, если я правильно помню, тяжелые последствия проживания в зараженной местности. Что они не поделили с Гадамером?

— Сестру. У них есть сестра, ее и не поделили. Счастливо избежавший смерти от ножа падчерицы кореец Гадамер на днях скоропостижно... скоропостижно женился, а вы что подумали, Пенелопа Львовна, что это вы побледнели? Женился он на Маргарите Мазариной, а ее братьям этот его поступок показался оскорбительным. Свадьбы как таковой не было, после подписания брачного договора и регистрации Гадамер с новой женой и падчерицей отбыл в неизвестном направлении, братья подключили всех своих должников в милиции, в ГИБэ... как там дальше?.. Дэдэ, но найти новорожденную семью не могут.

— И вы думаете, — осторожно заметила Пенелопа, — что я знаю, где Алиса?

— Это вряд ли. Я сам еще не уверен, куда уж вам... Понимаете, как нехорошо получилось. Я только что проконсультировал адвоката, он должен был подготовить Алису для суда, а она пропала. Пришлось мне напрячь мозги и поработать над собранным по корейцу материалом. И вот что получается. У Шеллинга есть три собаки породы... минуточку, у меня записано... породы дог пепельный, да, кажется, так. Одна сука и два кобеля. Щенки, если вы в курсе, идут не меньше, чем по семьсот долларов, я тут узнавал, но сука — не жилец. Эти пепельные суки капризны в плане здоровья, больше двух-трех раз не щенятся, да и то зачастую только с кесаревым, а после родов обычно наступает какая-нибудь онкология... да... О чем это я?

— О суках, — ласково напомнила Пенелопа, проявляя чудеса терпения.

— Так вот, — оживился Лотаров. — Это что получается? Шеллинг вывез свою семью в укромное место, и место это должно хорошо охраняться и быть достаточно укрепленным, даже и не знаю, насколько достаточно против братьев Мазариных, потому что, к примеру, при последнем обыске у них в квартире обнаружили гранатомет. А тут собаки! Понимаете? Не понимаете. Собак кореец сразу же определил где-то за городом, если точно, то он передал их на хранение с условием полной оплаты за содержание до первого помета. До первого помета, понимаете?

— Я все еще не улавливаю, — созналась Пенелопа, откровенно посматривая на часы.

— Человек приглядывает за собаками, регистрирует их в клубе, возит на выставки, обеспечивает ветеринара. Все это — за деньги Шеллинга, пока сука не ощенится. Потом этот человек продает щенков и живет некоторое время безбедно, кобелей вывозит на случки, потому что покрыться таким кобелем тоже дорого стоит. Я узнавал, вот тут у меня записано... Вот. Кобель Генрих, первое место на международной выставке два года назад, так... его родословная, мама, папа... Вот! Хозяин — Гадамер Шеллинг. Что это значит? Что он не продал собак, не подарил, а нанял человека для их содержания и числится до сих пор хозяином пепельных догов. Я думаю, тут у этого самого Гадамера чистый снобизм победил. Медали небось себе забирает. А где, по-вашему, должен жить этот нанятый человек вместе с собаками?

— Где?.. — простонала Пенелопа, массируя виски.

— В хорошо налаженном хозяйстве, чтобы и мясо было, и овощи свои, и молочко. И чтобы рядом всегда на подхвате был кинолог и ветеринар. Еще одну минуту, и вы все поймете. Да вы не стесняйтесь, выпейте чего-нибудь, а то выглядите усталой, я бы тоже не отказался. Воинская часть 2340 в Тверской области имеет на содержании собачий питомник, вы не знали? Есть такой поселок Сюсюки, в двух километрах от него — воинская часть, а в ней — собачий питомник, вот мы и нашли кинолога! — радостно объявил Лотаров, принимая от Пенелопы чашку кофе на фарфоровом блюдце с серебряной ложечкой и двумя кусочками сахара. — А можно еще сахару? — просительно заглянул он в окаменевшее лицо Пенелопы. — Я на такую чашку четыре кладу.

Пенелопа, пошатываясь, принесла сахарницу, поставила на столик возле Лотарова. Намочила водой платок в графине, ушла к своему рабочему столу, откинулась в кресле без сил и закрыла мокрым платком лицо.

— Ничего, вкусный кофе, а я, знаете, всегда помол еще чуть-чуть поджариваю, тогда получается ароматней. Нет, честно говоря, кофе у вас не ахти. Как-нибудь я угощу вас настоящим кофе. А мой знакомый, он раньше летчиком служил, так он вообще перемелет кофе и замочит часа на два в холодной воде, потом сольцы туда немножко...

— Лотаров! — повысила голос Пенелопа. — Даю вам еще пять минут. Если вы после этого не уйдете, придется уйти мне.

— Вот я и думаю, — с готовностью подхватил следователь, — что это за стирка такая у вас дорогая, что это за грязное белье, за которое так хорошо платят? Небось отстреливаете любовников и неверных жен-мужей, а? Такой офис содержать, знаете!.. Вон и пистолетик у вас в столе затаился заряженный. — Лотаров подождал немного, но Пенелопа не пошевелилась, в стол рефлекторно не дернулась, а лица под платком не разглядеть. Вздохнул и продолжил: — Не будем отвлекаться. Я коротенько. Значит, в поселке Сюсюки какому-нибудь отставному леснику вполне выгодно было бы содержать даже таких капризных здоровьем собак, как эти самые пепельные доги. Потому как рядом оказался собачий питомник по разведению служебных собак, а следовательно, и ветеринар, и собачий учитель всегда под рукой. И что вы думаете? Есть такой отставной лесник! Вот у меня и имя его, и фамилия имеются! А у лесника этого в собственности два гектара земли, жена, двое детей и трое наемных работников.

— Две минуты сорок секунд, — напомнила Пенелопа, не взглянув на часы.

— Как это у вас получается? Неужели сидите и секунды считаете? Не отвлекайтесь, Пенелопа Львовна, я уже подошел к главному. Составив список из всей имеющейся у Шеллинга недвижимости, я обнаружил один любопытный адресок. Оставшийся корейцу после развода со второй по счету женой деревенский дом в поселке... Ну? Правильно, поселке Сюсюки Тверской области. Видите, как все просто, Пенелопа Львовна.

— Десять тысяч долларов, — небрежно заметила Пенелопа, сдернув платок с лица.

— Как вы сказали?

— Вы хорошо поработали и можете получить за эту информацию десять тысяч долларов.

— Так много?! — восхитился Лотаров.

— Да. Именно столько обещали братья Мазарини за сведения о местонахождении своей сестры. До свидания, гражданин следователь.

— Минуточку. Я подумал, может, вам будет интересно... Гадамер Шеллинг ни разу не привлекался, но я нашел некоторые документы по делу о пропаже коллекции *перед-апартэ*, где он проходил свидетелем.

— Какой-какой коллекции?

— *Перед-апартэ*, а что? Не так сказал? Его предпоследняя жена работала по договору с домом моды, делала коллекцию от *кунтюр* для...

— Лотаров, перестаньте меня смешить.

— Ладно. Не буду больше. После ее смерти коллекция пропала, а одних только тканей, кружев и бижутерии заказано было на сто шестьдесят тысяч. Рублей, я имею в виду.

— Агей Карпович, уходите, пожалуйста. Я устала от вас.

— Да вы меня не слушаете? А ведь я ваш телефончик

прачечной оставил тому самому *кунтюру*, который все еще ищет свою коллекцию.

— Спасибо. Уходите.

— Кушайте на здоровье, богатейте, а это себе оставьте. — Лотаров достал из портфеля папку, из папки — сосредоточенно сопя — подколотое дело, сдернул скрепку и протянул Пенелопе лист бумаги. — Когда этот дизайнер по изготовлению вечерних платьев позвонит, вы уже будете в курсе дела!

— Какого дела?! — повышает Пенелопа голос.

— Мне кажется, что дорогие платья, сшитые его шестой женой, спер доктор философии Гадамер Шеллинг! — наклоняется и доверительно шепчет в лицо отшатнувшейся Пенелопе Лотаров. — Я все перерыл. Привлечь его не за что. Разве только вы что настираете в своей прачечной по этим платьям. Найдете платья, получите вознаграждение, а я за похищение коллекции задержу Гадамера!

— Это бред какой-то! — разводит Пенелопа руками. — Да зачем его задерживать?! Хватит этому корейцу и без вас проблем, если уж его братья Мазарины ищут!

— Тем самым я собираюсь спасти его от неминуемой смерти. Это мой служебный долг! — торжественно заявляет Лотаров.

— Вы думаете, что братья Мазарины...

Задумчиво посмотрев в лицо Пенелопы, следователь Лотаров засунул в правое ухо указательный палец и напряженно потряс им, ощерившись. Достал палец, осмотрел его, вытер о штанину и, уходя, в дверях поинтересовался:

— А сколько у нас с вами осталось времени до совершеннолетия малышки Алисы?

Пенелопа закрыла глаза.

— Ладно, ладно, ухожу, не падайте в обморок. И знаете, что? Вы меня весьма приятно приняли, выслушали и кофием напоили. Теперь я — ваш должник. Обещаю поразить ваше воображение и вкусовые рецепторы.

В четверг кореец приехал еще затемно, незнакомые люди таскали коробки с едой, он сам не спеша обошел дом. Я, затаив дыхание, слушала его шаги в коридоре и на лестнице, но будить Риту не стала. Кореец зашел сначала в комнату Риты, походил там, потом потихоньку открыл дверь в мою комнату и на цыпочках подошел к кровати, на которой мы с Ритой заснули одетыми после подробного ночного обсуждения всех ее и всех моих страхов, напугав друг друга этим обсуждением до полной невозможности уединения.

Я старалась, как могла, изображая глубокий утренний сон, но кореец наклонился близко к моему лицу, дохнув перегаром, и шепотом предложил пойти покататься на лошади.

Светало. Незнакомый мне мужчина сидел за рулем его машины, он подвез нас на хутор к леснику и потом ждал, прожигая слабым огоньком сигареты светлеющий густой туман. После нескольких морозных дней и мокрого снега наступила оттепель, с крыш капало, и в полном безветрии приходилось глотать с каждым вздохом и туман с привкусом запахов скотного двора, и дымок из трубы, который тоже не шел в небо, а стелился к земле.

Мне привели пегую кобылку — Маврушку, а кореец сел на темного жеребца. У сарая стоял под навесом мотоцикл, еще я насчитала три автомобиля (без нашего), трактор и телегу, которую, судя по натертостям на шее, возит моя кобылка. Спокойным шагом мы прошли сквозь туман всадниками без голов — я видела только круп его лошади и неясные очертания тела, — пока не поднялись на холм, тогда кореец вдруг проявился весь, и я обнаружила, что его фигура, вся в темном, сливается безупречной посадкой с темным крупом лошади в единый организм.

— Я проведу с вами день, а потом уеду, — объявил кореец. Не поворачиваясь ко мне, он напряженно смотрел куда-то, словно выслеживал в отступающем в низину тумане запрятавшихся там химер. — Ты должна знать, что вы обе в безопасности, пока делаете все правильно. Если со мной что-то случится, если я не вернусь через пять дней, ты откроешь потайную комнату в мансарде, включишь компьютер, подсоединишься к моему центральному офису и уничтожишь данные о семи счетах, которые находятся на отдельном файле. Ты умеешь это делать, я знаю.

— Какую комнату в мансарде? — я подъехала к нему поближе, теперь наши лошади стояли рядом. Стало совсем светло, но солнце, которое подстерегал кореец, так и не смогло пробиться сквозь пелену тумана и только слегка окрасило оранжево-красными размывами горизонт.

— Я сделал небольшую перепланировку, когда ремонтировал дом шесть лет назад, и устроил себе потайную комнату. Дверь скрыта под деревянными панелями, справа от нее у самого пола клавиша выключателя, сама комната разделена перегородкой. В передней части — разные коробки, тебя это не касается, в верхней коробке лежит ноутбук, его и подключишь. За перегородку не заходи. Повтори.

— Не заходить за перегородку.

— Еще раз.

— Не заходить за перегородку!

— Не кричи. Теперь запоминай имя файла и пароль. Три цифры, семь букв.

— Идешь ва-банк, да?

— Не отвлекайся. Повторяй пароль, пока не запомнишь.

— Грабишь братьев Мазарини и думаешь, что тебе это сойдет с рук?

— Алиска, запомни, все в жизни относительно...

— Вот только не надо сейчас читать лекции по философии!

— Не буду. Я должен знать, что ты все запомнила правильно. Один из ярлычков с правой стороны экрана...

— Желтая лисичка? — перебиваю я его.

— Да. Твоя любимая лисичка. Если на него нажать...

— Появляется твоя электронная подпись. Ну и что?

— Она тебе понадобится после того, как наберешь пароль.

— Мазарини тебя найдут и убьют.

— Они совершенно безобидны, потому что непроходимо глупы, — самонадеянно заявляет отчим. — Когда наберешь пароль, возникнет табличка-запрос, ты вызовешь мою электронную подпись и нажмешь OK, просто OK, потому что адреса введены предварительно, а когда перегонка закончится, все сотрешь.

Я молчала и еле сдерживала бешенство.

— Утро какое тихое, — вздохнул кореец. — Ангелы крыльями машут, слышишь?

Я прислушалась, но не услышала ничего, кроме дыхания лошадей и стука моего сердца.

— Когда ты станешь взрослой...

— Не начинай, ладно?..

— Когда ты захочешь узнать, жив я или мертв...

— Зачем это мне узнавать?

— Однажды я поцеловал тебя в живот.

— Еще чего?.. — я дернулась, Маврушка подо мной фыркнула и переступила.

— Когда ты спала, я тебя везде целовал.

— Неправда!

— Ты просто не помнишь, это были хорошие поцелуи, отцовские. Если ты захочешь узнать, жив ли я, приложи левую ладонь к животу. Вот так, чуть пониже пупка.

— И не подумаю!

— Приложи и послушай, — не обращая внимания, продолжил кореец. — Если услышишь пульс вроде легкого сердцебиения, значит, я жив.

— А если мертв?

— Почувствуешь тишину и холодок.

Я расстегнула куртку, лихорадочно выдернула из джинсов рубашку, засунула за пояс руку и приложила ладонь к животу.

— Ты мертв, кореец! — злорадно объявила я после минуты напряженной тишины в его побледневшее лицо. — Ты уже мертв! Я ничего не слышу!

— Алиса!..

— Она пела тебе! Она пела тебе! — я ударила Маврушку по крупу ногами, мы помчалась вниз.

— Алиса-а-а!

— Она пела тебе и никогда не пела мне, — шептала я, не подпуская слезы к глазам. Задавленные внутри, они осели тяжелым комом и мешали дышать. — Она пела тебе, а теперь ты мертв!

Мне почудились впереди странные тени. Взлетая и падая, распластавшись по земле серыми призраками, тени неслись от хутора навстречу, и никак было не разглядеть, сколько их, пока они не пронеслись мимо, хрипя от напряжения, почти выпрямляя в одну линию гибкие длинные тела в прыжке. Три огромные собаки, выпущенные лесником, промчались, одарив на секунду близостью силы и красоты откормленных серебристо-серых натренированных тел. Где-то там, на холме, они добежали до корейца, бросились к нему с громким басовым лаем и прыгали от счастья, пугая его жеребца, и валялись на земле, обнажая голые животы, и носились кругами, пока он не слез с лошади и не дал себя повалить и облизать.

Проснувшаяся Рита бегала из комнаты в комнату, поправляя подушечки на креслах, сменила три кофточки, но ее все равно не устраивало то, что она видела в старом зеркале. Чайник закипал уже два раза. Нервничая, Рита становилась с напряженным лицом некрасивой, терялась, роняла посуду, и вот уже подступала к покрасневшим глазам, к напряженному горлу истерика — где же он, в конце концов, он приехал, почему не идет обнять жену?!

— Собак выгуливает, — зеваю я и иду досыпать.

А вечером, когда еще не включили фонарь над крыльцом и тени лесников-охранников растворялись в наступающей темноте между старыми деревьями в саду — обходы проводились раз по шесть в сутки, — я прокралась по лестнице так тихо, что Рита, застывшая в холле перед телевизором с выключенным звуком, ничего не заметила (звук мешал бы ей вслушиваться в себя и хранить память о теле и голосе корейца). С деревянной панелью пришлось повозиться, оказывается, она не сдвигалась в сторону, а поднималась вверх, в невидимую нишу, и закреплялась в поднятом положении рейкой. Дверца в потайную комнату была низкой, замок заело, ключ, выданный корейцем, не хотел поворачиваться, руки мои дрожали, а старый дом вздыхал и потрескивал своими внутренностями, как уставшее пугать дряхлое привидение.

Провозившись минут десять, я открыла замок и вошла в чулан Синей Бороды, согнувшись. Нащупала клавишу на стене справа, у самого пола, а свет не включился. Так, да? А у меня с собой фонарик! С новыми, только что вставленными батарейками. Отлично светит.

Комната оказалась совсем крошечной — два шага до поставленных друг на друга коробок у стены. Копаться в них некогда, да и кореец только что уехал, пяти дней еще не прошло, чтобы доставать ноутбук. Осветив все вокруг себя, я обнаружила, что не могу определить, где находится та самая перегородка, за которую нельзя заходить. Три сплошные стены, никаких зазоров. Ощупав все вокруг, я стала на колени и провела пальцами по соединениям стен и пола. Неужели он специально сказал о перегородке, зная, что я обязательно сунусь ее искать?! С него станет и пошутить, катит теперь по шоссе и смеется, представляя, как я в кромешной темноте, дрожа от страха, ощупываю каждый сантиметр его потайной комнаты! От отчаяния и злости я вспотела. Села на пол. Постаралась вспомнить, как выглядит эта часть мансарды снаружи. Посветила фонариком и вычертила пальцем в пыли приблизительный план второго этажа. Я — здесь, поставим крестик. Здесь — выступ, здесь — дверь в соседнюю комнату. Там — свалка старой мебели, и комната та метров пятнадцать, значит, стена, общая с нею, должна продолжиться еще не менее, чем на три метра! Стоит продолжить ощупывание и простукивание стен. Я подергала, пытаясь расшатать, три розетки и сунула палец в подозрительное углубление, но от этого стена не двинулась с места, открывая вход, и не вывалился оскаленный череп, охраняющий сундук с кладом. Из углубления, однако, удалось выковырять странную бусину — молочно-белая, в свете фонаря она светилась матовым жемчужным блеском и имела две дырочки, как у пуговицы. Бусину-пуговицу я засунула в карман рубашки, вставая, пнула в сердцах ногой плинтус, и мне показалось, что он сдвинулся. Я присела, разглядела и потрогала плинтус в этом месте и обнаружила, что он пластиковый! У остальных трех стен — плинтус точно деревянный, прибитый гвоздями, а здесь — пластиковый и не закрепленный.

Тут решил вмешаться внутренний голос, он посоветовал мне уйти из комнаты и вернуться завтра, когда будет светло, и, открыв дверь, воспользоваться освещением из наклонных окон в коридоре. Конечно же, я его не послушала. Конечно же, я отодрала плинтус, просунула в щель, образовавшуюся между полом и перегородкой, пальцы и, наученная опытом с первой деревянной панелью, подняла вверх и эту, открывая перед собой еще один низкий вход в темное, пугающее пространство чулана. Мне вдруг показалось, что запахло духами. И не просто духами, а духами, которыми пользовалась мама! Перегородка — большой тяжелый лист фанеры — никак не закреплялась. Держа ее на весу правой рукой, я нащупала левой фонарик, присела, и желтый кружок заметался по чулану. Дыхание мое остановилось, я вся окаменела, только рука с фонариком, дрожа, резала и резала темное пространство на разноцветные полоски, выхватывая один за другим — крюки в стене, на которых!.. Закричав, я отшатнулась, бросив фанеру. Перегородка упала со страшным грохотом, я бросилась из комнаты, обрушив штабель коробок и не позаботившись закрыть после себя низкую дверь.

Слетела вниз по лестнице, забилась в нишу под последним пролетом и только тогда вспомнила, что нужно дышать.

— Алиса! Алиса! Ты что-то уронила? — голос Риты издалека нереальный, как призрак жизни. — Очень есть хочется, давай ужинать, давай пить вино, слушать музыку и веселиться!

И мы ели консервы, пили вино и слушали старые пластинки — радиола не работала, а диск проигрывателя крутился, и лапка шуршала по первым черным бороздкам вздохами подступающей музыки, и я впервые поняла, что оперное пение под красное полусухое — это лучшее успокоительное.

— А кто в твоей любимой сказке — восьмая жена или пастушка — был иницу... инаци... и-ни-ци-а-то-ром открывания двери в страшный чулан? — вдруг спросила Рита после того, как мы прикончили вторую бутылку грузинского красного.

— Жена, — выдохнула я, начав дрожать.

— И что?.. Что там такое было? Отрезанные головы предыдущих семи жен? — она захихикала, потом, видя мое напряженное оцепенение, скорчила рожицу. — Ой, как страшно!...

— Там было... Там было восемь железных крюков, на которых... — я стала заикаться, — на которых висели семь мертвых жен Синей Бороды. Восьмой крюк был пустой. А может быть, на этих крюках висели только части жен.

— Как это — части?

— От одной жены — нога... От другой — почка, от третьей — сердце... От седьмой — глаз, — я решила не перечислять все подробно, но уточнила: — Внутренних женских органов, предназначенных для деторождения, не было, это точно.

— Почему? — опять захихикала Рита.

— Потому что Ираида оказалась бесплодна. Скорей всего, он повесил ее язык.

— Язык? — задумалась Рита. — Язык — это ничего, а вот как можно повесить глаз? — она растянула себе двумя пальцами веки и уставилась на меня веселым оголенным глазом. — Он к тебе приставал?

— Нет. Но оказывается, когда я была маленькая, он целовал меня в живот. Специально, чтобы живот это запомнил.

— Мой папа тоже меня целовал. В ушко, в носик... — Рита потрогала указательным пальцем ухо, но не попала на кончик носа, хотя открыла от усердия рот и скосила глаза. — Он тебя когда-нибудь бил?

— Еще чего!

— А твоя мама тебя била?

— Нет! — закричала я и добавила: — Достаточно того, что она никогда мне не пела.

— И твоя тетя, эта... которая седьмая жена, она тоже не била?

— Нет.

— Тебя нужно было отлупить пару раз, — авторитетно заявила Рита. — Иногда это помогает при начальных шизофренических проявлениях. Ты тогда обидишься и сконцентрируешь свою злость и раздражение на одном человеке, а не на себе и не на всем мире. Если хочешь, я могу тебя отлупить, приму на себя тяжелую ношу, я же теперь твоя... А кто я вообще тебе?

— Отлупить?! Меня?! Знаешь, что он повесит на пустом восьмом крюке? Твой хвост!

Представив в подробностях подвешенный на веревочке к крюку хвостик Риты, я поняла, что моя жалость к ней ушла. Навсегда.

— Ты противная, злая девчонка, — Рита встала, погрозила мне пальцем и отправилась в спальню, покачиваясь и держась за стены.

Я встала в половине восьмого утра, сварила кофе, уговорила себя съесть два бутерброда. На кухонном столе лежала связка ключей. Я сразу узнала брелок корейца — остов ракушки в янтаре, вот его ключи от квартиры, а этот — от арендованного сейфа, а этот от машины!.. Больше всего я обиделась на крошечный ключик от секретера в письменном столе корейца — мне он запрещал туда лазить! А Рите оставил все свои ключи, и еще шесть ключей, на первый взгляд, достаточно древних, чтобы открывать навесные замки и простые, поворотные. Поспорила сама с собой, что они — от этого дома, и выиграла (или проиграла), сделав два поворота замка во входной двери.

«...*Однажды Синяя Борода сказал жене:*
— *Завтра я уезжаю в далекое путешествие. Вот тебе семь ключей. Шесть больших открывают двери и шкафы в замке...*»

А что, если он уехал навсегда? Если он уже знает, что не вернется?! Тогда получается... Тогда получается, что за пять дней он, чистенький, удерет далеко-далеко, снимет в этой сказочной дали деньги или переведет их на новое имя, а я, как исполнительная дура, на шестой день сотру все доказательства его махинаций со счетами Мазарини!

Я заметалась по кухне, стараясь справиться с накатившим волнением. Ладно, или сейчас, или никогда!.. Собрала вещи в небольшую спортивную сумку, заварила термос, оделась, обулась и долго топала изо всех сил тяжелыми ботинками у двери спальни Риты, пока она не застонала:

— Алиса!.. Это ты? Мне плохо... Куда ты идешь?

Дождавшись шороха и чертыханий, я на цыпочках прошла по коридору, приоткрыла входную дверь, подумала и открыла пошире, после чего сняла ботинки и в носках быстро поднялась по лестнице наверх.

Осмотрела щиток. Два автомата были выключены, гадать было некогда, я включила оба.

Потом зашла в первое маленькое помещение с разбросанными коробками, опустила за собой панель, после чего закрыла дверь, села между коробками, надела ботинки, посветила фонариком на включатель, щелкнула. Получилось!

Пришлось перерыть почти все разбросанные коробки, потому что определить, какая из них находилась наверху до падения, было невозможно. Черный чемоданчик обнаружился в самой последней коробке, из чего я заключила, что день сегодня у меня не из удачных.

Поэтому, подключив к розеткам провода, я не сразу открыла ноутбук, а почти минуту уговаривала его оказаться исправным и с дискетой.

Повезло наполовину. Ноутбук работал, но дискеты не было.

Черт! Черт!! Черт...

Ладно, главное, собраться. И ничего не напутать. Так, пароль, запрос, вызов электронной подписи. Посмотрим, что это... Счета, счета, счета. Не философ, а бухгалтер какой-то, честное слово! Выскочил вопрос на английском. Действительно ли я желаю отправить все указанное по заданному адресу? Стоп! А я не желаю отправлять по указанному адресу! Еще вопрос. Повторить подпись корейца. Да пожалуйста! Теперь нужно куда-то перегнать все, что на меня свалилось, а дискеты нет. Думай, Алиса, думай!

Лучше всего в такой ситуации, по прежнему опыту моих уходов из дома, покопаться в карманах. Раньше я это делала на предмет обнаружения завалявшейся монетки... Ну вот. Повезло. Я смотрю на кусочек картона, имя *Пенелопа* написано золотом, факс, Интернет, электронная почта... Я осторожно подношу к губам и целую карточку, и еле слышный приторный запах успокаивает мое колотящееся сердце, как будто Пенелопа специально окуривает свои визитки дымком ароматических палочек для утешения потерявшихся сердец.

...Я не собиралась заходить за перегородку в соседнее отделение, я только потрогала фанеру, за которой жил мамин запах, укрылась курткой и сразу же поплыла. Когда, засыпая, я не вижу стен и потолка (такую кромешную темень, конечно, еще нужно поискать, но два-три раза я в ней оказывалась), мне кажется, что я плыву, сны тогда бывают неприятными, но делать нечего, подсаживать фонарик не хотелось, и я поплыла, поплыла в мутной воде моих кошмаров и страхов, слегка приглушенных мстительным чувством злорадства.

И злорадствовала я не зря.

Рита кое-как встала, обошла дом, обнаружила открытую дверь на улицу и стала кричать во двор. Она кричала и кричала: «Алиска, не дури, иди завтракать!», пока на ее крики не пожаловал охранник номер один. Рита объяснила, что вчера вечером мы с нею немного повздорили, «ничего особенного, и вина было всего две бутылки...», а теперь я куда-то делась, а чайник еще теплый, но нет моей одежды и ботинок, и дверь на улицу открыта.

Охранник номер один позвонил по сотовому. Пришли охранники номер два и три. Они обошли дом, метр за метром, еще не беспокоясь, переговаривались и шутили на втором этаже, я слышала сквозь пелену дремоты их смех, посветила на часы. Это было в девять сорок.

К десяти тридцати пожаловал четвертый охранник — контуженный на голову Коля, он внес некоторое беспокойство, грохотал ботинками по лестнице с усердием проштрафившегося спецназовца, ругался матом, а когда бегал по двору, так громко орал мое имя, что подсадил голос (это я узнала через два дня). Коля предложил спустить собак, чтобы по запаху моего свитера они взяли след, но лесник обозвал Колю неприличным словом и сказал, что эти собаки стоят дороже их всех четверых, вместе взятых, к тому же они не прошли полный курс служебной подготовки и запросто рванут в лес порезвиться. Я с облегчением перевела дух. Мужчины разговаривали на лестнице, и Коля вдруг спросил:

— А эта дверь куда ведет?

У меня оборвалось сердце.

Но потом оказалось, что Коля заинтересовался соседней комнатой, а особенно сваленной там старой мебелью. Судя по грохоту, он не нашел меня ни под диваном, ни в шкафу, отчего, обозлившись, стал стучать по стене в коридоре. Я приложила ладонь к маленькой двери и слушала, как она содрогается под ударами кулака контуженного Коли. Я думала, рухнет или нет фанерная перегородка?..

Перегородка выдержала.

Минут через десять стало тихо, я выпила чаю из термоса и потихоньку выбралась из потайного чулана. С ботинками в руках, проскользнула вниз по лестнице к выходу. Дверь не скрипнула, замок за мной защелкнулся почти шепотом, я обулась, все складывалось пока хорошо, только вот я совсем не знала, куда именно направились меня искать охранники-лесники. Пробираясь в согнутом состоянии мимо окон, не выдержала и заглянула в кухонное.

Рита Мазарина и охранник Коля сидели за круглым столом и сосредоточенно пили чай. У Риты была обвязана полотенцем голова, а у Коли перебинтована правая рука. Перестарался Коля, долбя кулаком в стену...

Если представить, что три лесника-охотника обладают хотя бы относительной логикой в мышлении, то они должны направиться искать меня к дороге или к ближайшей станции. Поэтому я, не прячась, отправилась к ним на хутор, где мы вчера брали лошадей, и дошла туда за тридцать семь минут.

Ни одной машины.

Но у сарая под навесом все еще стоит мотоцикл, это хорошо, потому что в противном случае пришлось бы садиться на мини-трактор, а я не была уверена, что смогу без происшествий доехать на тракторе до станции. Не говоря уже о том, что в жизни не впрягала лошадь в телегу.

Делая пробные круги по двору, я со всей имеющейся у меня на тот момент доброжелательностью подмигнула зрителям — девочке и мальчику. Вероятно, получилось не очень хорошо, потому что мальчик стоял, открыв рот и таращась на меня, как на клоуна в цирке, а после подмигивания тут же спрятался за спину сестры.

Я падала в лесу три раза и два раза врезалась в деревья.

На шоссе дело пошло лучше, только потом выяснилось, что я ехала не в ту сторону — это мне с готовностью объяснил водитель синих «Жигулей», когда при обгоне я нечаянно сшибла его зеркало.

На станции оказалось, что один поезд до Бологого ушел полчаса назад, а следующий будет только через три часа, но с автовокзала ездит через каждые сорок минут автобус.

По моим предположениям, лесники должны были успеть обшарить все вагоны отбывшего поезда, проводить парочку автобусов, и теперь как раз возвращались к дому корейца, уверяя друг друга, что я уже нагулялась и сижу за самоваром. Может, так оно и было, а может, они еще пробежались по лесополосе, главное, что ни на железнодорожном вокзале, ни на автостанции я их не встретила и спокойно укатила в Москву.

— Ты меня случайно застала. Срочный вызов. Хорошо выглядишь, проживание за городом пошло тебе на пользу.

— Компьютер включен? — остановила я суетящуюся Пенелопу, схватив ее за руку.

— Что?.. Да, он у меня всегда включен. Извини, я должна выйти из дома через семь минут, у меня репутация пунктуального человека, и я не собираюсь ею рисковать. К тому же моя помощница беременна, теперь придется некоторое время работать одной.

— А я сгожусь?

— Конечно, я тебя с удовольствием обучу стирке грязного белья, как только ты станешь совершеннолетней, а пока...

— Две минуты. Я посижу за твоим компьютером две минуты.

— Нет.

— Минуту сорок.

— Нет!

— Ну почему?!

— Потому что я никому не разрешаю рыться в моих документах, это раз. Потому что я тебе не доверяю, это два. Потому что ты наверняка сбежала, и любой контакт с тобой чреват тяжелыми для меня последствиями. Это три. Хватит?

— Я отправила по электронной почте очень важную информацию. Вот по этому адресу, — провожу перед лицом Пенелопы ее карточкой. — Эта информация моя, я избавлю тебя от тяжелых последствий по ее хранению и разгадыванию, если подаришь мне дискету.

Пенелопа несколько секунд напряженно всматривается в мое лицо. Я не отвожу глаз.

— Ты знаешь, что в жизни все имеет причину и следствие? — интересуется Пенелопа.

— Да. Я уже взрослая девочка. Умею сопоставлять.

— Тогда пошли.

Она ведет меня через приемную в свой кабинет, толчком усаживает в кресло перед компьютером и ждет, стоя рядом.

— Хочешь поучаствовать? — я еще надеюсь на полную конфиденциальность, но, похоже, зря.

— Если тебе нужна дискета, значит, ты собираешься скопировать свое сообщение, после чего уничтожишь его в моей почте. Это придаст тебе уверенность в некоторой защищенности, но это и будет ошибкой.

— Почему это?

— Потому что, пока твоя информация лежит у меня в компьютере, ею могу распоряжаться только я. А как только ты материализуешь наличие этой информации, как только ты запрешь ее в надежде бо́льшей сохранности в заветный сундучок с замочком, тебя ждет множество проблем по захоронению сокровища.

— Пенелопа! — восторженно замечаю я. — Ты тоже любишь сказки!

— Нет. Я ненавижу сказки. Я просто умею сопоставлять причину и следствие. Как только ты перегонишь свою тайну на дискету, появится много-много проблем по захоронению этой совершенно материальной вещи. Будешь носить ее на себе? Впадать в такую зависимость от предмета смешно, тем более что его легко обнаружить при обыске. Положишь в банк? У тебя останется ключик, который тоже потом придется прятать. Зароешь под деревом в саду? Для этого нужна лопата, а потом наступит вероятностный аспект — сколько собак, туристов и кладоискателей захотят рыть ямку под этим деревом?

— А я... А я положу дискету в конверт и отправлю по почте. До востребования!

— Кому?

— Себе... Или тебе.

— Три с минусом, что вполне сносно для дилетантки. Ладно, подвинься, я наберу код.

— Спасибо большое, — я с облегчением перевожу дух. — Теперь ты отвернись, я наберу код.

Через пару минут Пенелопа за руку подвела меня к стойке со смешными фигурками из зеленого камня.

— Это мой главный тест, — сказала она. — Выбирай, какая тебе больше всего нравится.

Я начала осмотр сверху, потом присела, дольше всех рассматривала на нижней полочке собаку, ухватившую себя за хвост. Выпрямилась.

— Никакая.

— Что, ни одна не нравится? — удивилась Пенелопа.

— Ни одна. Пенелопа, ты едешь на... на стирку?

— Хорошо сказала. Да, у меня небольшое, вполне безопасное и хорошо оплачиваемое дельце. Часа на полтора. Жена дорогого купца забеременела, пока муж был в командировке.

— Возьми меня с собой.

— Выбери фигурку.

— Собака, играющая с хвостом.

— Так я и знала. Поехали.

Мы попали в пробку на Кольцевой. К затяжным пятнадцати минутам Пенелопа раздраженно прибавила те одиннадцать, которые она потратила на меня в прачечной.

— Не разговаривай таким тоном, я еще у тебя не работаю!

— Значит, вообще бесполезно тратишь мое время. Сколько джипов нас обогнали?

— Четыре, — я поправила зеркальце и посмотрела в него на дорогу сзади.

— Правильно. А пятый не хочет.

— Он с Сухаревки не хочет.

— И опять — правильно. Ты наблюдательная девочка.

— Да нет, Леони всегда говорила, что я — солоха, просто у меня нервная реакция на джипы, потому что на них ездит команда братьев Мазарини.

— Кстати, тот брат, который Игорь Анатольевич, сделал мне заказ. Большую сумму денег за координаты его сестры. Если найду это место за неделю — десять тысяч долларов. Я не знаю твоих ближайших планов, поэтому хочу спросить: мне делать двойную змею?

— Делать, — киваю я с готовностью к любым приключениям, — а что это такое?

— Через полкилометра будет поворот с заездом на мост. Я могу оторваться от джипа восьмеркой по встречной полосе, это чревато большим штрафом, если засекут, но я оторвусь. Думай быстрей. Осталось двести метров. Ты хочешь, чтобы братья твоей новой мачехи узнали, где она?

— Хочу, но не сейчас! — кричу я, и Пенелопа резко выворачивает руль влево.

Когда стрелка спидометра опустилась до семидесяти, я перевела дух и попросила остановиться.

— Испугалась или укачало?

— Нет. Боюсь уписаться.

Пенелопа вышла со мной из машины. Повалил снег. Я не стала отходить далеко от дороги.

— Не сейчас, а когда? — спросила Пенелопа, отлавливая снежинки.

— Не знаю, — присев, я обнаружила, что земля пахнет. И снег на ней — пахнет. — Почему они обратились к тебе? — спросила я, натягивая джинсы.

— Имею достойную репутацию по отмыванию грязи. Но, зная этот контингент, могу поспорить, что они вышли на меня через тебя. Такие люди всегда сначала подходят к делу документально: кто, где, когда и насколько привлекался. Первым делом они ищут слабые места, пытаются получить данные из официальных следственных дел и только потом, когда не получается, цепляют «хвост». Из вашей недавно рожденной молодой семьи привлекалась именно ты, а освидетельствование твоей вменяемости проводила я. Хотя...

— Можно я поведу машину?

— Нельзя. Пристегнись. Я вспомнила этих братьев, как только увидела, а вот узнали меня они или нет?.. Несколько лет назад по уголовному делу братья купили невменяемость у старшего судебного эксперта, а я была младшим судебным экспертом.

— И что?

— Ничего. Братья «вылечились», я ушла из органов, защитила кандидатскую, и теперь меня приглашают как консультанта на три дня в неделю. Не оглядывайся, сзади чисто. Приехали.

— Кто-кто в теремочке живет? — пробормотала я, выходя из машины и разглядывая шикарные хоромы. — Кто-кто в невысоком живет?

Мы осмотрелись на предмет звонка или хотя бы дверной ручки на массивных воротах, но обнаружили только поворачивающуюся видеокамеру. Что-то щелкнуло, из динамика под камерой приглушенный женский голос произнес, словно боясь разбудить: «Слуш-шшаю...»

— Прачка по вызову, — доложила Пенелопа и добавила: — С помощницей.

В воротах, жужжа, открылась калитка. В дверях особняка стояла маленькая и худая до обвисшей кожи под глазами и у рта старушка. Она чуть поклонилась и закрыла за нами дверь.

— Вот и мышка-норушка, — шепнула я Пенелопе в огромном холле с камином и воздушными лестницами, полукругом уходящими наверх.

Послышался стук каблучков, я собралась было продолжить перечисление жителей теремка, но появившаяся женщина если и была когда-то лягушкой-квакушкой, то к нашему посещению уже успела привыкнуть и к сожжению своей лягушачьей шкурки, и к гордой красоте, появившейся после этого сожжения.

— Вы опоздали, — нервно заметила она, терзая в руках платочек.

Пенелопа покосилась на меня осуждающе. Я пожала плечами, сняла куртку, расшнуровала и сбросила ботинки, пошла к камину, прихватив по дороге кресло, и хотя с трудом, но доволокла его колесиками по ковру, развернула и устроилась с полным кайфом, подсунув промокшие ноги к огню.

— Извините, это дело совершенно конфиденциальное, — возмутилась было моим поведением хозяйка, но Пенелопа начальственным тоном заявила, что я — ее помощница, специалист по брачным отношениям.

— Я думала, это ваш ребенок, — перешла на шепот хозяйка, — я хотела предложить девочке послушать в другой комнате музыку...

— Она лучше меня разбирается в несчастливых браках, пусть остается.

— То есть, — шепот приобрел оттенок ужаса, — это ваша работница?!.

Я сидела, наблюдая огонь, скрытая от них высокой спинкой кресла, и не видела, какими жестами или мимикой лица Пенелопа разъяснила хозяйке ситуацию с моим присутствием, но только женщина вздохнула горестно и сдалась:

— Ладно, какое теперь это имеет значение, все кончено, муж прилетает в аэропорт через два часа.

— Сегодня? — Пенелопа, наверное, разделась, потому что я услышала тихое шелестение мышки-норушки: «Позвольте ваш-ш-ше пальто...» — Но вы же говорили, что он в отъезде до понедельника?!

— Да, так и было, но потом он позвонил, сказал, что соскучился, что прилетит сегодня и проведет со мной две недели, выключит все телефоны, запрет все двери, это ужасно, что мне делать?

— Давайте сядем и успокоимся.

— Я не могу успокоиться, мне говорили, что для вас не бывает неразрешимых проблем, ну скажите же, что вы поможете, что все устроится!

— Минуточку, — Пенелопа переходит на начальственный тон, — мне не нравится эта истерика, обычно женщины так нервничают при очень больших неприятностях, все ли вы мне рассказали? Если я правильно поняла, речь идет о внеплановой беременности?

— Да, но!..

— Минуточку. И эта беременность не от мужа.

— Да, но вы не понимаете!..

— И срок этой беременности — не больше двух недель, вам сорок три года, вы практически здоровы, хорошо переносите наркоз.

— Да!

— Прекрасно. Судя по этой информации, никаких осложнений с решением проблемы не будет. Теперь говорите, чего я не понимаю.

— Я не могу делать аборт! — заявила женщина, звякнуло стекло, а вот и знакомый «пук» открывающейся пробки. — Это мой последний шанс иметь ребенка! Больше такого не будет.

— Вы сдавали анализы?

— Да.

— В той клинике, куда я вас направила?

— Да! Анонимно, и анализы подтвердили беременность!

— Дайте мне эти бумаги.

— Лиза! — кричит женщина, я от неожиданности дергаюсь. — Принеси мою сумочку. Черную, она в спальне!

Неслышно прошмыгнула мышка-норушка.

Пенелопа шуршит бумажками. Кто-нибудь вспомнит обо мне, наконец, или самой придется налить?

— Вы меня извините, — слышу я озабоченный голос Пенелопы, — мне показалось, что вы обратились в нашу прачечную для обеспечения алиби на время проведения аборта.

— Да нет же! — нервно перебивает ее женщина. — Я хочу оставить ребенка, понимаете! Это последний и единственный шанс в моей жизни. Мы с мужем в браке двадцать лет, мы счастливы, и мы оба прошли обследование по подозрению в бесплодии, потому что очень хотели иметь детей, а я не беременела! Врачи сказали, что у меня проблемы с маточными трубами, это врожденное, нужна была операция, и не одна, и шансы на удачу — пятьдесят на пятьдесят. Муж отказался.

— А теперь вы забеременели?

— Да! Спустя пятнадцать лет после этого обследования!

— Ладно. Это не смертельно. Проведите сегодня со своим мужем страстную ночь, а через неделю скажите ему, что у вас задержка. Зачем вам нужна я?

— Понимаете... Не знаю, как вам сказать, но я боюсь, что ребенок не будет похож на мужа.

— Скажите потом, что он похож на вашу бабушку или на дедушку. Алиса, одевайся, ложный вызов. Если вам потребуется гинеколог для беседы с супругом о сроках беременности или алиби на любой день, обращайтесь, пожалуйста, но...

— Моя бабушка не была негритянкой! — кричит женщина.

Я встаю и иду к столику, за которым Пенелопа застыла с открытым ртом, а хозяйка дома, наоборот, закрыла свой рот платочком и давится рыданиями. Наливаю себе в бокал на палец виски, потом — рассмотрев другую бутылку — на три пальца мартини, добавляю сока из графинчика и, помешивая все это щипчиками для льда, снисходительно советую:

— Пусть ваш муж переспит с негритянкой.

— Алиса, не вмешивайся! — тут же взвивается Пенелопа. — При чем здесь негритянка?!

— Если жена переспала с негром, пусть сделает так, чтобы муж переспал с негритянкой, это будет справедливо, а потом...

— Тихо! — кричит Пенелопа и бьет ладонью по столику. Матовое венецианское стекло выдержало, только тренькнули выроненные мною щипчики, они удачно упали в ведерко со льдом.

— Иди еще погрейся, — приказывает мне Пенелопа, встает и просит несколько минут тишины. Я на цыпочках пробираюсь к креслу. Она ходит по комнате, потом вдруг ее лицо оказывается рядом с моим. Пенелопа кладет руки на поручни, склоняется ко мне и торжественно сообщает:

— Гениально. Беру тебя на полную ставку, не дожидаясь совершеннолетия.

— У меня дела на ближайшие две недели и проблемы со школой. И потом, — я делаю большой глоток, — я не согласна на ставку. Пятнадцать процентов от каждой выплаты по сделкам.

— Еще чего! Три с половиной, не больше!

— Десять.

— Четыре!

— Прошу вас, — простонала хозяйка, — он прилетает через двадцать минут!..

Мы сошлись на пяти процентах. Только меня начало разносить от гордости, только было я подумала, что спонтанное предложение об измене мужа с негритянкой неожиданно пригодилось, как Пенелопа развеяла мое упоение собственной сообразительностью.

— Соберитесь с мыслями, — приказала она хозяйке, — перестаньте плакать и глотать коньяк, если уж решили стать матерью. Подведем итог. Вы забеременели от негра и хотите оставить этого ребенка?

— Да...

— Этот негр знает, что он может стать отцом?

— Нет... Он студент из Мозамбика, подрабатывает в ночном клубе, он ничего не знает.

— А насколько сильно вы хотите этого ребенка?

— Я оставлю ребенка, даже если это будет стоить мне семьи и мужа. Но ведь у белой женщины и черного мужчины ребенок не обязательно может родиться черным? — спросила хозяйка с надеждой. — Может быть, сделать ультразвук и узнать цвет его кожи?.. Если узнать сейчас, что он — белый, тогда — никаких проблем. Тогда, как вы сказали — страстная ночь с мужем...

— Должна вас огорчить, — вздохнула Пенелопа, — у белой женщины и негра, конечно, может родиться не негр...

— Вот видите!..

— А ребенок-мулат! — повысила голос Пенелопа. — Кожа цвета гречишного меда, черные глаза, масляные кудри. И я не думаю, что по ультразвуку реально определить, какого цвета у вас ребенок в чреве. Тем более в сроки, приемлемые для дальнейших экспериментов со страстными ночами.

— Что же делать?..

— Все в порядке. Проблема решена.

— Как это?.. Правда?..

— Да. Только что девочка сказала о негритянке.

— О моем муже и негритянке? Но это бред, он не станет...

— Станет! Где медицинское заключение о вашем обследовании в клинике пятнадцать лет назад? Выбросили?

— Нет, что вы, я ничего не выбрасываю.

— Прекрасно. Завтра к двенадцати часам у вас будет новое заключение, датированное прошлой неделей, что вы в состоянии выносить совершенно здорового ребенка, если вам внедрить в матку уже оплодотворенную яйцеклетку. Достаточно распространенная практика. Например, мать вынашивает ребенка из оплодотворенной яйцеклетки своей дочери, читали?

— Я ничего не понимаю...

— Это не страшно, вы все поймете после инструктажа, а пока постарайтесь привести себя в возбужденно радостное состояние, вы собираетесь сообщить своему мужу радостную весть: проблема с беременностью будет решена, если вам внедрят оплодотворенную мужем яйцеклетку. Скажите, что это ваш последний шанс иметь детей. Возраст и так далее. Скажите, что вы давно зарегистрировались в клинике по бесплодию для такого эксперимента, а ему ничего не говорили, чтобы заранее не обнадеживать, говорите, что хотите, только с радостью, с радостью на лице!

— Но ведь тогда получается, что у меня должны взять яйцеклетку, а у него — сперму, вырастить эмбрион в пробирке...

— Нет. Этот метод неприемлем, сами знаете почему. Скажите, что пробирка дает очень низкий результат, много проблем. Скажите, что гораздо проще, если ваш муж оплодотворит при физическом контакте донора, и потом вам подсадят донорскую оплодотворенную яйцеклетку. Вы на все согласны. Кстати, это будет очень дорогая стирка. Вы готовы?

Я встаю, пораженная размахом мысли Пенелопы, и смотрю на нее с восхищением. Я вижу хозяйку, которая тоже смотрит на Пенелопу, загипнотизированная ее могучей творческой энергией и самоуверенностью.

— Где мы возьмем эту клинику? — еле двигает губами хозяйка.

— Это моя работа, клиника входит в стоимость стирки.

— Он ни за что не станет делать это с негритянкой, — шепчет хозяйка, до нее наконец дошел грандиозный замысел Пенелопы.

— Посмотрим!

В машине я перевела дух.

— Хватит так смотреть на меня, — нервно дернула рукой Пенелопа. — Твой восторг угнетает.

— Нет, правда, мне очень понравилось. Позови меня на представление с мужем этой дамочки.

— Нет.

— Нет? Почему? Я буду вести себя тихо-тихо...

— Потому что я совершенно не знаю этого мужчину, но уже имею некоторый опыт удовлетворения самых немыслимых желаний богатых торгашей. Его реакция может оказаться совершенно непредсказуемой, начнем твое обучение с чего-нибудь попроще.

— А если он не дурак и проведет собственное расследование? Обратится к гинекологу, в клинику по искусственному оплодотворению, потребует анализы, документы всякие?

— Он обратится к тому гинекологу, которого ему назовет жена как своего лечащего врача. И клинику она ему укажет, и это будет именно клиника для бездетных, не беспокойся, я качественно выполняю все заказы, потому они такие дорогие.

— Сколько будет пять процентов от этого заказа? — поинтересовалась я.

— Не наглей! — повысила голос Пенелопа. — Твой экспромт, конечно, натолкнул меня на правильную мысль, но не более того. Могу угостить тебя кофе с пирожными и отвезти домой.

— Кафе выбираю я.

— Ладно, шантажистка.

— Я не шантажистка!

— А для чего тебе тогда нужна дискета с бухгалтерскими переводами?

— Мой отчим ограбил братьев Мазарини, а деньги перевел за границу.

Несколько минут Пенелопа сидит молча, опустив голову, потом тихо замечает:

— Какой же ты все-таки ребенок... Только ребенок может вот так, с ходу, выболтать опасную информацию постороннему человеку.

— Я думала, мы уже партнеры!

— Партнерами мы будем лет через пять работы, а пока я только могу нанять тебя для особых случаев. Где дискета?

— В надежном месте, — я обиженно отворачиваюсь к окну.

— Ладно, не дури, давай сюда дискету.

— У меня ее нет. Ты сама похвалила идею с отправкой по почте.

— Ты не могла ее никуда отправить, мы не останавливались по дороге!

Ого, Пенелопа сердится!

— Почему же. Я писала у дороги, помнишь?

— Алиса, отдай дискету. Если то, что ты сказала, правда, тебя могут убить за такую информацию!

— Во-первых, у меня уже нет этой дискеты. Во-вторых, без пароля ты ничего не сделаешь! И в-третьих, если бы она и была, с какой стати мне отдавать такую ценность постороннему человеку, не партнеру и не родственнику?..

Отомстила, но легче не стало.

— Выходи из машины, я покажу тебе, как нужно быстро и качественно проводить обыск, — вздыхает Пенелопа.

— Ты будешь меня обыскивать? Здорово!

— Руки в стороны, ноги раздвинь. Запоминай, пригодится. За двадцать две секунды я прощупаю тебя всю.

— А нас видят в камеру! — я корчу рожи, пока Пенелопа шарит по мне руками.

— Не дергайся. Стой смирно!

— А что о нас подумает эта мадам, беременная от негра?!

— Ладно. Садись, поехали. Ты спрятала дискету в машине?

— Только представь, два трупа натурально пропали, а один натурально ожил! — такими словами встретил меня в морге Фрибалиус в половине одиннадцатого вечера. — Ты пойми, эти ситуации уже настолько обыграны желающими повеселиться писателями и сатириками, что попасть в них приравнивается к скучнейшему анекдоту, но тем не менее!..

— Я привезла тебе пирожные.

— Спасибо, сердечко мое, дай поцелую в щечку.

Громкий мокрый чмок в абсолютной тишине длинного тусклого коридора.

— Вы только посмотрите! А ведь сегодня не моя смена! — это так патологоанатом Фрибалиус восхищается, открыв в своем кабинете коробку с пирожными и на всякий случай жалея себя в предполагаемой ситуации предполагаемого отсутствия.

— Фрибалиус, сколько тебе лет?

Забив рот пирожными, он некоторое время считает в уме, потом глотает и спрашивает:

— Чтобы сделать что?

— Чтобы лишить меня девственности.

— Ну, печеночка моя, для этого нам нужно обсудить не мой возраст, а твой. Если я правильно помню, с момента нашего знакомства не прошло еще полных пяти лет, и тогда получается... получается, что ты еще несовершеннолетняя.

— Мне скоро шестнадцать.

— Отлично. Тогда позволь еще один вопрос, аорточка моя нежная, почему — я?

— Потому что я тебя люблю. Потому что ты все сделаешь нежно и правильно.

— Я тебя тоже люблю, суставчик мой тазобедренный,

но не имею при этом никаких иллюзий в плане обладания. Зато имею сильные подозрения и даже, можно сказать, надежду, что ты совершенно забываешь о старом Фрибалиусе, как только покидаешь этот храм смерти.

— Ты — самый лучший. Ты всегда добрый и веселый и ничего не боишься.

— А это потому, селезеночка моя грустная, что я абсолютно одинок — ничего и никого не имею, вот и не боюсь потерять. У меня была жена, ее больше нет. У меня было призвание, престижная работа, профессорский статус и кафедра в институте. Квартира, автомобиль, дача, льготы, награды и громкое имя. Всего это больше нет.

— Почему?

— Суета. Суета, фибромочка моя недозрелая, сжирает душу. Когда моя подпись — подпись профессора и известного хирурга, стала использоваться государством в фатальных целях, я отказался от суеты. И вот я тут! В храме смерти. Я и смерть остались, так сказать, наедине. Итак, я продал душу смерти, соответственно, я ее не боюсь, сама понимаешь, это профессиональная черта. Еще люди боятся боли, а я и боли не боюсь.

— Ясно. Ты не боишься одиночества и смерти. Выпадение волос тебя тоже вряд ли волнует, — бормочу я и провожу рукой по гладкой голове Фрибалиуса. С момента нашей первой встречи он потерял почти все свои волосы.

— Абсолютно!

— А ты не боишься оглохнуть или ослепнуть? Ничего не видеть и ничего не слышать?

— Это частичный вариант смерти, а смерти я не боюсь.

— А вдруг ты заснешь летаргическим сном и тебя зароют живым?!

— Не зароют. Я еще десять лет назад написал распоряжение, что мое тело должно быть отдано на изучение медикам, а невостребованные останки — кремированы.

Я не стала спрашивать о своем последнем детском страхе — ужасе падения в разрытую могилу, я вдруг поняла, что это *ужасно* смешно — свалиться на кладбище в глубокую яму и кричать оттуда, взывая о помощи и пугая посетителей.

— Почему ты смеешься, позвоночек мой звонкий? Хочешь посмотреть на девочку в ванной?

— Отчего она умерла?

— В том-то и дело, что она оказалась живой. Ее привезли на труповозке в обед, по записи — неопознанный покойничек, по предварительному диагнозу — передозировка. Я заступил вечером, услышал в холодильнике стук, думал — померещилось, открыл не сразу...

— А почему в ванной?..

— Греется. У нее за восемь часов наступило смертельное переохлаждение. Пришлось срочно заняться реанимацией, вытащить из дезинсектора в ванной все трупные части и набрать в нее горячей воды. Девочка сначала не могла говорить, а потом ничего, стала петь и даже материться.

Мы идем по коридору. Фрибалиус звенит ключами.

В темной комнате стоят перевернутые вверх дном ведра — шесть штук, на каждом — по зажженной свече.

— Что это такое? — я на всякий случай прячусь за Фрибалиуса, пытаясь разглядеть в сумраке стоящую посередине комнаты на высоких ножках ванную и человека в ней.

— Лампа полетела. Лампа тут люминесцентная, она мигала-мигала два дня и сдохла. А девочка боится темноты. Девочка!.. Как ты тут?

Тонкий голос отвечает грубым, нецензурным наречием. Я замираю. Этот голос мне знаком!

Подхожу к ванной, смотрю на обритую голову, торчащую из темной воды, и выдыхаю, оцепенев:

— Офелия!..

Фрибалиус вылавливает из воды тонкое запястье,

слушает пульс, потом берет Офелию под мышки и пытается ее поставить. Не получается.

— Я подержу ее на весу, а ты возьми простыню на тумбочке и оберни нашу Офелию.

— Она жива?.. Она в порядке? — кое-как я набрасываю на худое длинное тело простыню.

— Не бойся, аденомочка моя, теперь это не имеет никакого значения, — Фрибалиус перекидывает через плечо безвольное тело в простыне и, приседая с ношей, гасит одну за другой свечи на ведрах.

— Как это?..

— Перспективы оказаться в морге неожиданно мертвой или заведомо живой взаимозаменяемы, с точки зрения логики.

— Фрибалиус, я хочу тебя предупредить. Как только Офелия очнется, она тут же станет предлагать заняться сексом.

Мой любимый патологоанатом сбрасывает тело в простыне на диван в своем кабинете. Офелия, не открывая глаз, на правильном английском просит ее «факнуть». Фрибалиус смотрит сначала на оголившуюся кое-где Офелию, потом на меня, пожимает плечами и интересуется, что он пропустил? Что это за новый и неведомый ему вирус сексуального бешенства у маленьких девочек? Где мы его подцепили?

— Пойдем, — я тяну его за руку в коридор. — У меня к тебе дело. Смотри внимательно.

На фотографии мой отчим выглядит намного моложе. Нас снял частный фотограф у загса, я держу корейца под руку и только сейчас замечаю, какие похоронные физиономии у меня и у него. И только лицо Риты светится неземным счастьем воплощенной мечты.

— Если ты вдруг обнаружишь в морге этого мужчину, забей ему осиновый кол в сердце!

— Для тебя — что угодно, хромосомочка моя одинокая, только где я возьму этот кол?

— Заготовь заранее!

Фрибалиус задумывается. Я знаю его так хорошо, что могу поспорить: ему и в голову не приходит усомниться в моей нормальности, он, точно следуя приказу, напряженно обдумывает, где раздобыть осину.

— Одолжи, пожалуйста, несколько твоих банок из коллекции.

— Несколько — это сколько? — насторожился Фрибалиус.

— Семь. Семь банок.

Мы идем в лабораторию.

Фрибалиус собирал внутренности с аномалиями и раньше, сначала как обучающие пособия, потом — по собственной инициативе как результат его гениального чутья («ты только посмотри на цвет лица, спорим, у этого покойничка легкие будут протерты до дыр!» — и левое легкое потом торжественно помещалось в банку с раствором). Я подала идею собрать его экспонаты в коллекцию, пронумеровать, что придало обычным рутинным вскрытиям поисковый азарт, а достаточно захламленной лаборатории в морге вид кунсткамеры.

— Нет, только не глаз! — Фрибалиус закрывает собой полку, на которой в маленькой банке плавает мутно-голубой глаз неизвестного мужчины.

— Вот как раз глаз мне обязательно нужен! У вас их было два, я помню!

— Один взяли на пособие в институт.

— А печенки нет поменьше? — я задумчиво осматриваю трехлитровую банку.

— Есть раковая, но тоже в большой банке.

— Еще я возьму зародыша, где наш зародыш с открытым мозгом?

— Эмбриончики у меня за шкафом, я их убрал, а то санитарки очень расстраиваются.

— Давай кусок прямой кишки с наростом и вот это сердце.

— Это свиное сердце.

— Свиное сердце? Зачем оно тут?

— Оно было в человеке. Ему пересаживали. Доброволец был по опытам.

Я составляю банки на отдельный стол. Пересчитываю. Семь банок. Одна — трехлитровая.

— Как ты это потащишь? — интересуется Фрибалиус.

— Сейчас упакую в коробку, а утром подъедет друг. Он на машине.

В дверном проеме возникает Офелия в простыне, хочет что-то сказать, но вместо этого дергается и блюет, обильно заливая пол.

— Вода, — замечает Фрибалиус. — Похоже, она тонула в ванне, пока мы с тобой беседовали в кабинете.

Сутяга подъехал к центральному моргу, как и обещал, в половине седьмого. Фрибалиус помог загрузить коробку в багажник, а Офелию, укутанную в одеяло, — на заднее сиденье, рядом с клеткой, в которой нахохлился белый голубок.

— Знаешь, что самое смешное? — хмыкнул Сутяга, когда мы отъехали.

— Да. Офелия умерла от передозировки, потом от переохлаждения, потом утонула, а все равно матерится.

— А мы едем на машине братьев Мазарини!!

— Действительно смешно... А куда ты везешь голубка?

— Голубка тебе Тихоня отдает на время. Пользуйся.

— А как им пользоваться?

— Главное, не выпускай из клетки. Как только выпустишь, он тут же полетит в «Кодлу» к Тихоне. Поэтому договоримся так. Открываешь клетку в состоянии полной безысходности, и мы сразу рванем на помощь.

— А он долетит?

— В прошлом году долетел из Питера. А сизый, с хохолком, вообще из Турции вернулся. Представь только, запрет тебя твой отчим в темнице, на окнах — решетки, во дворе — страшные собаки, и начнет точить нож!

— Откуда ты знаешь про нож? — подпрыгнула я.

— Я не знаю, это я так уговариваю тебя взять голубя. И когда надежда на освобождение совсем умрет...

— Сутяга! — осенило меня. — Я знаю, как вам с Тихоней и с голубем заработать десять тысяч.

Охранники-лесники не сказали ни слова. Молча стояли и смотрели на нас в машине. Сутяга занервничал:

— А у них ружья заряжены?

Когда я вышла и стала разминаться после долгой езды, старший лесник снизошел и поинтересовался, где меня носило.

— За птичкой ездила, — я достала клетку из машины. — В доме ни кошки нет, ни собаки! Могу я завести рыбок или птичку?!

— А что в коробке? — поинтересовался лесник.

— Консервы. Помоги занести в подвал.

Выбежала радостная Рита.

— Гадамер звонил пять раз! Пришлось врать, что ты отошла, потом, что ты упилась до бессознательного состояния, а он все равно просил тебя к телефону, и я мычала в трубку, как дура! — взахлеб докладывала она. Потом, перейдя на шепот, сообщила: — Но, по-моему, он что-то заподозрил. Теперь охранник забрал у меня телефон.

— Это нарушение прав! — возмутилась я на пределе громкости. — А если я заболею, а Рита забеременеет? А если у меня случится приступ аппендицита?

— Вырежем, — мрачно пообещал охранник Коля.

Поздней ночью, под завывание ветра и стук плохо закрепленных ставен, в кромешной темноте я пять раз прокралась из подвала в мансарду и обратно, перенося «консервы». Потом закрыла вход в чулан, зажгла в нем свет, подняла перегородку, за которую мне запретил заходить кореец, и аккуратно расставила семь банок, стараясь не поднимать глаз и не вдыхать.

Вымотавшись окончательно, я кое-как сползла по

лестнице вниз и осталась передохнуть на нижней ступеньке.

Сказали лесники корейцу, что я сбежала, или нет? Если сказали, он быстро примчится.

Пошатываясь от усталости, я отправилась на поиски связки ключей. На кухонном столе — нет, в коридоре на тумбочке — нет, в пальто Риты — нет. Она что, спит с ними?

Пробираюсь на цыпочках в ее спальню. Приторно пахнет духами и ацетоном. Каждый день с утра Рита садится перед зеркалом для кропотливой работы по наложению макияжа и окраски ногтей в тон губной помады. Каждый вечер она все это тщательно смывает, чтобы следующим утром начать сначала. Оказывается, ей это придает уверенности в себе. Оказывается, полтора часа разглядывания себя в зеркале и тщательная обработка ногтей придают хоть какой-то смысл абсолютно бессмысленному в отсутствие мужа медовому месяцу. У Риты восемь губных помад. Восемь оттенков лака для ногтей. Восемь прядей накладных волос в коробочке с силуэтом черной кошки. Восемь колец, четыре пары сережек — то есть поштучно получается опять восемь... Я роюсь на туалетном столике моей новой мачехи — восьмой жены Синей Бороды. Но самое смешное, что восемь — ее любимое число. Нет, это определено ею не вследствие какого-то везения и не датой рождения, оказывается, ей нравится сама восьмерка. Она, по словам Риты, символизирует собой и соединенное в бесконечность лентой Мебиуса время, и плавность женских форм, и еще какую-то трудно произносимую по латыни завитушку из области строения хромосом. И пусть после этого кто-нибудь скажет, что в жизни все случайно!..

Ключи висят на стене над кроватью. Просто средневековье какое-то...

Вглядываюсь в безмятежное спящее лицо.

Спасибо, что не запрятала под подушку, не привязала от вороватых слуг к ноге...

Снимаю звякнувшее кольцо. Тяжелая связка. Достаю из кармана ключ от потайной комнаты, цепляю его к массивному кольцу. Спи, моя красавица...

Контуженный Коля играет на пиле.

Если кто-нибудь когда-нибудь просыпался в шесть тридцать утра от заунывного протяжного звука содрогающейся пилы, он меня поймет...

Я вышла на улицу в ночной рубашке, только надела валенки и накинула на голову платок.

Взяла стоящее у стены дома ружье Коли и выпалила два раза в небо.

Коля упал на землю и закрыл голову руками. Огромная пила, похожая на акулу, расплющенную катком, еще несколько секунд содрогалась рядом с ним на снегу.

Охранники-лесники сразу прибежали на выстрелы. Коля матерился и топал ногами, а я сосредоточенно рассматривала плавающий в забытой под стоком бочке ледяной круг, топила его, надавливая пальцами, потом отломила краешек и съела, хрустя и жмурясь от удовольствия, пока трое возмущенных мужиков орали на меня, потом — друг на друга, потом — на корейца, подсунувшего им «ненормальную пацанку», потом мы все пошли пить чай.

Рита даже не проснулась.

Пусть поспит, ее ждет тяжелый, полный неожиданностей день.

Половина одиннадцатого, пусть еще поспит?..

Двенадцать. Иду смотреть, не заснула ли она насмерть. Щекочу высунувшуюся из-под одеяла пятку. Пятка прячется. Жива...

Я выскочила на улицу к бочке, отломила еще кусочек замерзшей ночи и устроилась грызть его у кровати спящей мачехи. Получилось вкусно и очень звонко.

— Уже утро?.. — Рита обнаружила меня, рассмотрела лед в руке, поинтересовалась, где взяла.

— Выловила в бочке.

— Сейчас же прополощи рот раствором марганцовки, — слабым голосом приказала она. — Только отравления нам тут не хватало!

— Пойдем кормить птичку.

Она не хочет вставать, я подбрасываю кусочек льда в кровать, Рита визжит и бросается подушкой. Она очень аккуратная, восьмая жена моего отчима. Я так и знала, что первым делом, когда встанет, она начнет заправлять постель. Нащупав в кармане рубашки бусину, я незаметно подбрасываю ее на простыню, пока Рита взбивает подушки.

— Ой! — удивляется она, обнаружив на влажном от подтаявшего льда пятне простыни бусину. — Ты только посмотри, красота какая!

— Обыкновенная пуговица, — приблизившись к Рите и к бусине лицом, я не разделяю ее восторга.

— Да что ты понимаешь! Это же розовый жемчуг! Подожди, дай посмотреть на свету.

Она рассматривает бусину у окна, потом — под увеличительным стеклом, потом предлагает залезть под кровать.

— Это еще зачем?

— Кто-то порвал в этой комнате дорогие бусы из жемчуга. Некоторые могли заваляться под кроватью!

Мы становимся на четвереньки с разных сторон старинного ложа на массивных ножках и смотрим друг на друга сквозь темное и довольно пыльное подкроватное пространство, в котором прячутся вчерашние сумерки.

Охота шарить там руками в поисках сокровищ пропадает.

— Если эту бусину продеть в твою тонкую цепочку, — предлагаю я, усевшись на пол, — получится оригинально. У нее две дырочки.

Рита в восторге.

Возились мы с цепочкой долго. Я уже устала раскрывать колечко крепления, но Рита не сдавалась, поддевая его в сотый раз крошечным скальпелем.

Цепочка проделась в бусину-пуговицу легко.

И только тогда на бледной тонкой коже, в углублении между ключицами, я заметила, как молочно-матовая бусина, пропуская сквозь себя золото, светится растворенной капелькой крови.

Агей Карпович, сосредоточенно сопя, наклеивал высохшую осу на краешек стакана. В прошлую пятницу очень удачно получилось с живой осой. Невесть откуда взявшаяся в его кабинете в холодный ноябрьский полдень, оса присела на краешек стакана с чаем, щедро посахаренного следователем. Присутствовавшая при этом Мона-налетчица, полногрудая красавица (и совершенно натуральная блондинка, кстати), сначала с веселым любопытством наблюдала за осой на стакане, потом — за размахивающим руками следователем. А потом ей стало не до наблюдений, потому что Лотаров, схватив свой шарф, так неудачно замахнулся, что опрокинул стакан, и чай вылился на критически открытые коленки Моны-налетчицы.

Лотаров извинился раз сто и раз двадцать ненавязчиво заметил, что будь подол платья подлинней, не расцвели бы на коленках красавицы под тонкими колготками багровые пятна ожогов. На крик и ругательства женщины потянулись сослуживцы, советовали написать на злодея жалобу, выпить водички, утереть на щеках потекшую тушь, трогали красные коленки, чтобы получше уяснить степень ожогов, и потом предложили — каждый свои — методы оказания первой помощи. Агей Карпович бегал в это время по кабинету, хватал себя за пышные волнистые волосы, охал, извинялся и успел не просто пролистать вытащенный под шумок из упавшей сумки неуловимой Моны блокнот, но и запомнить две последние странички, после чего незаметно подкинул блокнот на пол, «обнаружил» упавшую сумку, запричитал еще горестней и так неумело стал все сгребать в кучу, что Мона вынуждена была перейти от криков и ругательств к спасению содержимого сумочки, а потом совсем успокоилась и не стала писать на Лотарова жалобу.

Подтирая на стекле лишние капельки прозрачного клея у ломких осиных ножек, Лотаров думал, как напроситься в гости к Пенелопе. Он имел прекрасный нюх на пакости, сейчас этот самый нюх подсказывал ему, что девочка Алиса готовит грандиозную пакость, и единственная возможность разузнать все получше, это провести время с очаровательной прачкой.

Убрав стакан с приклеенной осой в тумбочку, Лотаров оглядел свой кабинет, насупился и некоторое время сердито перебирал в памяти все возможные ему способы уговорить женщину провести с ним время. За последние десять-двенадцать лет Лотаров настолько привык к абсолютной и непоколебимой свободе, что забыл, как это делается. У себя в кабинете он мог разыграть любое представление и довести за десять минут практически любую женщину до состояния истерики или вообще до полной невменяемости, но вот снаружи, за стенами следственного управления...

Дело кончилось тем, что, пометавшись по кабинету, Лотаров набросился на телефон и уже через пару минут свирепо поинтересовался у Пенелопы, не хочет ли она пригласить его на чашку чаю.

— Нет, — не скрывая злорадства в голосе, ответила Пенелопа. — Дела, знаете ли, Агей Карпович, дела!..

— Возьмите меня на дело, — вдруг неожиданно для себя предложил следователь, нависая над телефоном. — Я всегда могу пригодиться.

— Как это — всегда? — купилась Пенелопа.

Лихорадочно соображая, что сказать, Лотаров изобразил в трубку натужный кашель, потом длительное отхаркивание.

— Извините, — закончил он после громкого сплевывания. — Это нервный кашель. Не знаю, что именно вас интересует, но я мог бы в нужный момент отвлечь внимание, а потом...

— А знаете, приходите! — вдруг согласилась Пенелопа. — От меня помощница ушла. Приходите, будете обеспечивать контраст. И знаете, что... Я надушусь, а уж вы не забудьте свой платок.

— Ну что вы, Пенелопа Львовна, я завсегда готов к встрече с вами, и платок при мне, — забормотал в трубку Лотаров. Резко выпрямившись, он почувствовал приближение интереснейшего вечера. — Я вот только пиджачок почищу, я в столовой на себя тарелку опрокинул... А подливка была...

— Ни в коем случае! — перебила Пенелопа. — Ничего не подчищайте и не замывайте.

— Ну что вы, Пенелопа Львовна, неудобно в вашем обществе...

— Приходите, в чем есть, или не приходите вообще!

— Как скажете, только ведь неудобно...

Рассердилась! Бросила трубку. Лотаров послушал короткие гудки, очень довольный собой, осторожно опустил свою на аппарат и достал из стола баллончик с накладными усами.

— Спасибо, не опоздали... — Пенелопа рассмотрела смущенного следователя, подозрительные пятна на его пиджаке, мокрые от пота волосы на висках, распрямившийся в линию левый кончик уса, болтающуюся на одной нитке верхнюю пуговицу — синюю на желтой рубашке, осторожно принюхалась, и Лотаров в который раз подумал, что пора купить в магазине шутих брызгалку с непотребными запахами. На самом деле препятствовал этому его собственный нос, тот самый, который мешал ездить летом в метро и заставлял покупать дорогой наполнитель для кошачьего туалета.

— Пожалуй, — одобрительно кивнула головой Пенелопа, — вам даже трость не понадобится...

— Трость? — осмотрел свои ноги Лотаров.

— Да. У моей помощницы на такие случаи была трость. Знаете, эффектная женщина, прихрамывающая, с тростью, то и дело готовая упасть, это срабатывало неплохо в нужный момент.

— А что мне делать в нужный момент?

— Да ничего не делайте. Вы сами по себе — законченное произведение. Садитесь сзади, — они подошли к машине Пенелопы.

— Куда мы едем? — Лотаров с интересом отслеживал светофоры.

— Мы едем в институт репродукции человека.

— А что делать будем?

— Я буду делать свою работу, а вы — ничего. То есть держитесь рядом и ведите себя естественно: чихайте, сморкайтесь.

— Почему вы меня пригласили, Пенелопа Львовна? — не выдержал Лотаров и задал мучающий его уже второй час вопрос.

— Налаживаю производственные связи, — пожала плечами Пенелопа. — Невинные взаимообязывающие контакты.

— Помилуйте, чем я вам могу быть интересен?..

— Там посмотрим, — ушла от ответа Пенелопа.

У высокого темного здания с кое-где светящимися окнами Лотаров поинтересовался:

— А скучно не будет?

Следователя Лотарова трудно было чем-либо удивить. Но Пенелопа подарила ему воистину незабываемый вечер.

Сначала огромный, колышащийся всеми своими ста пятьюдесятью килограммами живого веса профессор в белом халате громогласным басом объяснял нервной женщине и ее ошарашенному мужу суть проблемы.

Лотаров узнал много интересного. Оказывается, началом развития нового организма у человека, как и у любого млекопитающего, является слияние двух половых клеток. Это ладно, только эти самые клетки сливаются в организме женской особи вне матки, и оплодотворенное яйцо, которое приходит в матку, уже состоит из 32 клеток! Называется этот тридцатидвухклеточный зародыш морулой, и в матке эта самая морула тут же начинает окружать себя трофобластом.

— Подождите, я запишу, — попросил Лотаров, копаясь в карманах в поисках карандаша.

— Извините, а вы — кто? — озаботился муж нервной женщины.

— Это мой помощник, — Пенелопа протянула Лотарову ручку.

— Тро-фо... бласт, — бормотал Лотаров, тщательно записывая новое слово в замусоленный блокнот. — Но позвольте! — радостно вскричал он, отчего нервная женщина дернулась в кресле, и муж тут же погладил ее по руке. — Это же от «трофе» — питать!

— Совершенно верно, — одобрительно загудел профессор, — в результате внутриматочной дифференцовки клеток образуется питательный наружный слой — трофобласт, и внутренняя клеточная масса, из которой — что? Правильно, — ответил сам себе профессор, пока все присутствующие переглядывались, — из которой будет развиваться зародыш! В нашу с вами задачу входит тщательно и вовремя отследить малейшие изменения в трофобласте после внедрения в матку — чего? Правильно, морулы. Отслеживать это можно, к примеру, флюоресцентным анализом ранней плаценты либо выделяя бета-глобулин и исследуя полипептидную цепочку. Поскольку, — профессор подошел к плакатам на стене и уверенно, не глядя, ткнул пальцем в сложные схемы, — общее количество углеводов в молекуле белка составляет немного больше одной четвертой ее массы, а общая масса всей молекулы белка равняется приблизительно 110 000 дальтон...

В глазах мужчины появился страх. Женщина умоляюще посмотрела на Пенелопу. Пенелопа толкнула коленкой Лотарова. Покраснев, Лотаров, как мог, разрядил обстановку:

— Я знаю, что такое — дальтон! — выкрикнул он и подмигнул бледному мужу.

— Ну-тес! Попробуйте! — азартно согласился профессор.

— Дальтон — это единица измерения, она показывает, во сколько раз молекула чего-нибудь тяжелее молекулы водорода! — оттараторил Лотаров, достал заветный платок и самозабвенно высморкался.

— Коллега, — поинтересовался профессор, после того как платок был тщательно сложен Лотаровым, — как вы считаете, какой орган первым начинает подавать сигналы о начале беременности?

— Ну что вы, — засмущался Лотаров и даже виновато (не перестарался ли?) посмотрел на тоже ошарашенную его познаниями в молекулярной биологии Пенелопу. — Это я так просто, кроссворды решаю, еще журнал «Здоровье» у меня завалялся с прошлого века...

— Такими уловителями могут быть мембраны клеток печени и почек, что, естественно, накладывает на выбранного донора дополнительные условия по состоянию этих самых органов. Вот почему я рекомендую не искать донора в семье или по знакомству, а воспользоваться именно нашей базой доноров, состояние внутренних органов которых тщательно и скрупулезно исследовано и предполагает...

— Простите, а если подходить юридически, эта самая мо... морула, которую пересадят моей жене, она уже считается полноценным плодом? — поинтересовался муж. — Женщина, которая... которую я... Она не станет потом предъявлять права на родившегося младенца?

— Прошу не беспокоиться на этот счет. Доноры, которые согласны на подобную операцию, работают за деньги и по соответствующим договорам, — уговаривая мужчину, Пенелопа смотрела ласково, но строго. — Они относятся к своему заработку так же ответственно, как и к здоровью. Извините, мы с вашей женой выйдем в коридор, профессор должен объяснить кое-какие нюансы общения с донором.

— Ню... Нюансы? — мужчина испуганно проводил глазами жену.

Лотаров тоже было вскочил, но, не получив от Пенелопы никакого знака, прошелся по кабинету и начал изучать плакат.

Профессор шумно устроился за столом и открыл папку.

— Что вы пили? — вдруг спросил он у мужа.

— Я, знаете...

— Уважаемый оплодотворитель пил сегодня виски хорошего качества, — услужливо подсказал Лотаров.

— Да, я выпил виски, но...

— Коллега! — профессор изучающе уставился на Лотарова, — вы пили вместе?

— Нет, что вы, я впервые вижу этого человека. Мой нос очень остро реагирует на запахи, понимаете, он практически может узнать любой из ранее определенных.

— Зачем вы пили? — повернулся профессор к мужу.

— Не знаю, так, по привычке... А вообще-то я не верил, что все произойдет, это нереально все и странно... Давайте втроем выпьем по рюмочке, — он полез во внутренний карман и достал плоскую фляжку, — и прекратим этот балаган. А жене моей вы скажете, что в пьяном виде я не могу оплодотворять.

— Можете, — перебил его профессор, к большому удивлению Лотарова. Некоторое время они вдвоем смотрели на фляжку, к которой присосался муж. — С договором вы уже ознакомились, прошу ответить на вопросы. В каком периоде времени вы имели коитус?

— Что я имел? — муж беспомощно посмотрел на Лотарова. Лотаров пытался жестами показать, что такое коитус, но засмущался и отвернулся к плакату.

— Как давно вы имели половые сношения с женщиной? — уточнил профессор.

— С какой женщиной?.. С женой, вы имеете в виду? Я в командировке полтора месяца, я...

— Именно с женщиной, не смущайтесь, это останется между нами. Дело в том, что для проведения достаточно успешного оплодотворения донора желательно иметь воздержание от половых сношений не менее трех, а лучше — пяти дней. Мы специально предложили вам прийти сразу же после прибытия, и ваша жена должна была подойти ответственно к предстоящему оплодотворению донора и проявить должное воздержание. Итак?

— Да. Не менее пяти... Ик! и более... дней, — справился муж со сложными подсчетами и заслужил одобрительный кивок Лотарова.

— Хорошо. Это упрощает дело в том смысле, что ваши сперматозоиды будут более подвижны и повторного соития не потребуется. Так, что тут у нас... результаты экспресс-анализов, заключения врачей. Вы здоровы и можете иметь полноценное потомство, — профессор закрыл папку и весело посмотрел на мужа. — Теперь — главное.

— Минуточку подождите, я хотел спросить... Мне рассказывали, как у вас собирают сперму доноров, правда, что там действуют электрошоком? И что мужчину для этого не обязательно возбуждать до... До этого самого?.. Ну, в общем, я хотел спросить, а вдруг она мне не понравится? — решился муж.

— Вы боитесь, что имеющиеся у нас в наличии доноры своим внешним видом и аморфностью поведения не приведут ваш член в состояние эрекции?

— Боюсь! Я, знаете, вообще в больницах чувствую себя неуверенно, а тут еще незнакомые женщины...

— У нас не больница, уважаемый. У нас научно-исследовательский центр. Знаете, в чем отличие? В оплате вами всех научно-исследовательских опытов и в условиях их проведения. А наши доноры!.. Да вы сами увидите. Пройдемте!

Пропуская в дверях мужа вперед, профессор ободряюще ему кивнул, а Лотарову вдруг подмигнул левым глазом, и глаз этот был совершенно безумен.

В этот момент легким холодком по спине следователя прокралось первое подозрение. Он хотел было осмотреться в странном кабинете и чуть было не потребовал у профессора документы, но был учтиво оттолкнут от двери в спину.

Комната, в которую они вошли втроем, имела стену из прозрачного стекла, по ту сторону его стояли шесть стульев, и кроме этих стульев ничего не было.

— Простите, а моя жена?.. — заволновался было муж, и профессор тут же уверил его, что жена понимает важность момента.

— Она согласится с любым вашим выбором, лишь бы хоть кто-нибудь из имеющихся у нас на сегодня доноров вам приглянулся до состояния эротического возбуждения.

— Это она так сказала? — ужаснулся муж.

— Она понимает, что донор должна вас сильно возбудить, чтобы оплодотворение было успешным. Сосредоточьтесь. На сегодняшний день в благоприятном для зачатия периоде овуляции находятся шесть доноров.

По ту сторону стекла открылась дверь и вошла...

— Это же вьетнамка! — не удержался Лотаров и тут же закрыл рот рукой.

— Не волнуйтесь, они нас не видят и не слышат. Совершенно верно, вьетнамка, и пользуется большой популярностью. Рекомендую. А следующая — обратите внимание, какой таз! — имеет стопроцентную оплодотворяемость после каждого соития! Очень хваткая матка, очень! — восхитился профессор. Он не видел выражения лица мужа.

Чтобы хоть как-то подбодрить мужа, Лотаров при появлении следующей женщины толкнул его плечом. Муж поджал губы и неопределенно пошевелил рукой, что означало — «ни то ни се».

— А вот эта очень хороша! — восхитился Лотаров, отслеживая каждое движение новой женщины. Невысокая и вся обтекаемая, с гладкими черными волосами. Лицо скуластое, а глаза большие. Кругленькая. Если разденется и сядет, обхватив коленки и расплющив о них груди, будет точь-в-точь — нефритовая статуэтка из кабинета Пенелопы.

— Да... Что-то есть, — согласился муж, не в силах противиться животному притяжению, которое действовало даже через стекло.

— Республика Соха, — одобрил его выбор профессор. — Большая вероятность двойни, большая. Хотите сразу двойню? Хотя вашей жене сколько... Сорок три?

— Не надо двойни, — решительно воспротивился муж.

Четвертой вошла темнокожая мулатка.

Мужчины затаили дыхание.

Лотаров достал было платок для сморкания и последующего торжественного свертывания, потом спохватился, убрал, а пот на висках вытер другим, из левого кармана.

Муж побледнел и посмотрел на профессора.

— Без комментариев, — вздохнул тот. — Что тут скажешь?..

Сказать было нечего.

Пятая была высокой породистой блондинкой. Шестая — маленькой изящной брюнеткой.

— А моей жене не поздно вынашивать ребенка? Как это скажется на ее здоровье? — озаботился муж, не сводя глаз с мулатки.

— Талия — пятьдесят восемь, бедра — сто шесть, грудь — сто пятнадцать, — описал темнокожую длинноволосую красавицу профессор и тоже достал платок, чтобы промокнуться.

— Зачем мне ее грудь, ей же не кормить... — прошептал муж.

— Не скажите. Грудь в этом деле...

— Мужики, что тут обсуждать? — решил внести ясность Лотаров. — Мулатка вне конкуренции, это факт. А нельзя ее использовать как возбуждающую силу, а оплодотворить блондинку?

— Вы здесь вообще ни при чем, — строго заметил профессор. — Почему блондинку?

— Ну, я подумал, что жена — светленькая...

— А муж — брюнет! — профессор явно сердился.

— Мне нужно поговорить с женой, я так не могу, в конце концов, это фарс какой-то! Она все это придумала, пусть сама и выбирает! — будущий отец совсем отчаялся наблюдать за перемещениями ног полуодетой мулатки.

— Ваша жена видела всех доноров, — успокоил его профессор.

— И мулатку?.. — шепотом спросил муж.

— И мулатку, конечно. Она сказала, что восхитительный ребенок может получиться... Сейчас вспомню... Да! Восхитительная по красоте девочка будет, если от мулатки. И крупный сильный мальчик от донора номер два. Вон от той, с широким тазом. От нее только мальчики рождаются.

— Я хочу красивую девочку! — не выдержал муж.

Лотарову ужасно хотелось послушать, что скажет жена своему мужу, достигшему состояния полной эрекции даже после осмотра через стекло. Как он будет объяснять, что это самое состояние на него накатило из-за мулатки? Но послушать не удалось, хотя удалось подсмотреть через две стеклянные двери, как нервная женщина сначала показала мужу большой палец, а потом бросилась ему на шею.

— Что это она ему сунула? — спросил следователь у стоящей рядом Пенелопы.

— Фотоаппарат.

— Правильно... Потом подработают снимок под старину и будут всем показывать, как прабабушку. Интересная у вас работа, Пенелопа Львовна...

— Обычная работа. Сегодня, кстати, на редкость приятная. Жена довольна, муж — вообще в бессознательном угаре.

— А в чем здесь фокус?

— Ну какой фокус? Дело простое. Оплодотворит муж мулатку, потом пересадят, как ее?..

— Морулу.

— Пересадят морулу жене, она выносит ребенка, привыкнет к нему, а к родам уже и не вспомнит, что и как. Богатые люди в состоянии заплатить за любые прихоти, даже за рождение мулаточки.

— Бросьте. Ваш оплодотворитель пьян. А если он когда-нибудь придет в «Тайхо» и увидит там выбранного им сегодня донора? — тихо поинтересовался Лотаров, покосившись вокруг.

— Куда он придет? — тоже понизила голос Пенелопа, оглядываясь.

— В дом удовольствий для состоятельных мужчин. «Тайхо» называется. Сто шесть — пятьдесят восемь — сто пятнадцать. Темнокожие девочки с такими формами только там встречаются. У нас в управлении, кстати, есть фотографии некоторых криминальных красоток из «Тайхо».

— Сейчас же прекратите фантазировать, — Пенелопа подхватила Лотарова под руку и поволокла его к выходу.

— А где же я тогда видел это лицо? Не в картотеке доноров, конечно! Подождите, а профессор?.. Сколько он с этого имеет?

— Профессор самый настоящий, клиника — настоящая! — от злости Пенелопа побледнела.

Лотаров разглядел вблизи ее лицо и едва удержался, чтобы не взять его в ладони. Вместо этого он засопел и доверительно попросил:

— А нельзя мне тогда рассмотреть получше эвенку? Она согласится раздеться через стекло?

— Идиот!.. — прошипела Пенелопа, хлопая дверью.

Рассматривая жующую Риту Мазарину, я завидую ее аппетиту, ее жизненному оптимизму, ее глупости и беспечности и даже ее хвостику! Она поглощает пищу так, как будто не ела два дня. Она обсасывает выпачканные едой пальцы и высовывает язык, чтобы подхватить заблудившуюся в уголке рта крошку.

— Выпей еще чашечку кофе, — злорадно предлагаю я, сглатывая тошноту.

— Нет. Уже три выпила. Больше не могу. А ты почему не ешь?

— Грустно.

— Поешь, станет веселей!

Смотрю в веселое, довольное жизнью лицо. Всегда завидовала людям, способным преодолевать любой жизненный кризис или депрессию простым обжорством.

Удовлетворенно погладив себя по животу, Рита осматривается в поисках интересного. В окне сумрачный ноябрьский день. Ветер на улице такой сильный, что содрогает плохо закрепленные листы железа на крыше, и они грохочут заблудившимся из фильмов ужасов громом. Охранник с ружьем, топчущийся в саду, укутан, как герой-полярник. И лицо Риты постепенно меняет выражение.

— Что делать будем? Может, в «Монополию»? — предлагает она, оглядывая стол.

— Грустно.

— А давай я тебе покажу, как сплести из бисера «фенечку».

— Грустно!

— Ну вот, заладила! Пошли тогда пошатаемся по дому. Мы еще не лазили в подвал и на чердак.

— Пошли, — с максимально возможным равнодушием вздыхаю я.

— А давай выпустим голубка! — К Рите возвращается веселость. — Пусть полетает по дому!

— Нет. Пусть привыкнет к нам сначала, научится узнавать, садиться на плечо. Потом выпустим.

— Тогда я его покормлю!

— Рита, угомонись. Я уже говорила, что голубь должен есть два раза в день и только свой корм!

— Что, и вот такой маленький кусочек колбаски нельзя? — она переходит на жалобное сюсюканье.

— Нельзя! Откуда у тебя столько ключей?

— Муж оставил, — Рита обнаружила в голосе грустную нежность. — Владей, говорит, всем моим имуществом, если что...

— Если — что?..

— Ну, не знаю. Ты не маленькая, сама должна понимать. Видела моих братьев?

Всмотревшись в ее лицо, я замечаю, что перспектива кровавых разборок совершенно ее не пугает. Привыкла сестричка к причудам братишек...

— Никогда не замечала, чтобы Гадамер таскал с собой два килограмма ключей.

— Да, тяжелая связка... Я думаю, что вот эти ключи от дома он держал где-то здесь. А эти, с брелоком, этот от квартиры, этот от машины, хотя — смешно, машины нет, зачем мне ключ!

Не дождавшись моего веселья по поводу ключа от отсутствующей машины, Рита продолжила экскурсию:

— Этот от письменного стола. У вас же есть письменный стол в московской квартире?

— Три письменных стола, — мрачно замечаю я.

— Вот видишь!.. Этот — от почтового ящика, этот — не знаю, от чего... А вот этот — от сейфа в банке.

Я зеваю. Рита, сжав московские ключи в руке, некоторое время мечтательно пытается вызвать ощущение в своей ладони тепло прикосновения черт знает где болтающегося мужа. Я терпеливо жду, когда ей это надоест. Ну вот, очнулась.

— А эти большие — от дома. Вот этот — от входной двери, этот — от подвала, надо будет все замки закрыть при отъезде... Этот — не помню... А! От гостиной. А вот этот смешной — от бани. А этот...

Наконец-то!

— Я не заметила этот ключик, — озаботилась Рита, разглядывая мою подсадку. — Наверное, Гадамер перепутал. Такой маленький ключик, что он может закрывать в этом доме?

Сосредоточенно сопя, Рита пытается снять ключ от потайной комнаты и перевесить его на московскую связку.

— Например, сундук прабабушки, — лениво замечаю я.

Пальцы Риты замирают.

— А здесь в доме есть сундук?

— Пойдем поищем. На втором этаже в мансарде свалка старой мебели. Там может быть много сундуков.

— Я только свитер надену!

— А Гадамер не говорил тебе, чтобы ты не трогала этот ключ? — невинно интересуюсь я на лестнице.

— Нет, не говорил!

Пошарив в комнате-свалке, мы обнаружили много интересного: плюшевого мишку с болтающейся на ниточке пуговицей носа, кувшин в виде петуха с отколотым клювом, полуистлевшую кожаную перчатку и связку писем в замшевой сумочке. Рита сразу занялась было этими письмами, сладострастно предвкушая трагическую любовную историю, тогда я, поежившись, предложила забрать письма вниз и почитать вечером в тепле, под красное полусухое, при свете огня из камина.

— Класс! — одобрила она и осмотрелась напоследок. — Ни одного сундука!

— Точно.

— А что там? — Рита постучала костяшками пальцев по стене. Стена звонко отозвалась спрятанной за ней пустотой.

— Не знаю, — изобразила я полное равнодушие. Но показного зевка не получилось. Получилось судорожное разевание рта.

Рита вышла в коридор и, конечно, увидела, что других дверей там нет. Вернулась в комнату-свалку, постучала по стене, прислушалась, опять пошла в коридор. С каждым простукиванием фанерных стен ее азарт рос, вот она меряет растопыренными пальцами расстояние от стены открытой комнаты до стены мансарды, вот она уже стоит на коленках, засовывает пальцы в щель у пола и трясет фанерный щит с таким неистовством, что я начинаю опасаться за него.

— Двигается! — шипит она, тяжело дыша. — Там что-то должно быть, там тайник!

Если она продолжит раскачивать щит с такой силой, точно повредит крепления, и тогда «нечаянное» приподнимание фанеры вверх может не удаться!

— Не ломай! — прошу я. — Может быть, попробовать в другой плоскости?

Приседаю рядом, просовываю пальцы в щель. Для конспирации делаю вид, что двигаю щит вправо-влево, потом дергаю его вверх.

— Есть! — закричала Рита так громко, что пришлось броситься на нее и закрыть рот грязной ладонью.

— Не ори, — шепчу я в возбужденное поисками тайны лицо. — Ты что, хочешь, чтобы сюда прибежали лесники?

Рита мотает головой, убирает мою руку, отплевывается и замечает замочную скважину в маленькой двери.

Она подносит ключ к отверстию медленно, я вижу, как дрожит ее рука. Когда ключ легко повернулся и замок слабо щелкнул, мы застыли, как по команде, задержав дыхание и прислушиваясь.

— Может, не надо? — прошептала я после напряженных секунд тишины.

Но Риту уже не остановить. За неделю полного безделья и обильной пищи уровень накопления жизненной энергии превысил все мыслимые показатели, а естественный женский авантюризм довершил дело.

— Темно, — шепчет она, распахнув дверь.

Тут я вспомнила, что забыла выключить автоматы на электрощитке, а ярко освещенное пространство тайной комнаты Синей Бороды в мои планы совсем не входило!

— Я сбегаю за фонариком! — бросаюсь к лестнице, не дожидаясь, что она скажет, и по дороге выключаю автоматы.

На первом этаже со всего размаху врезаюсь в охранника Колю. Он стоит в дверях кухни. Обхватив меня за плечи ручищами, Коля зловеще интересуется:

— Что происходит?!

— Ничего, мы с Ритой...

— Я тебя спрашиваю, что происходит?!

— Не кричи на меня, не имеешь права, — бормочу я, пытаясь освободиться. Вот идиотка, надо было закрыть Риту в чулане, пока она еще в угаре азарта. Что будет, если Коля поднимется наверх и обнаружит тайную комнату?..

— Последний раз спрашиваю, что это такое происходит, почему посуда не вымыта?!

Правая рука, отцепившись от моего плеча, показывает на стол.

— Разболтались тут! Никакой дисциплины и порядка! Побеги, да? Консервы! Птички!!

— Я вымою потом, честное слово, просто мы с Ритой...

— Приказываю: вымыть немедленно!

— Я пока не могу, мы с Ритой съели чего-то не того, вот и не слезаем с унитаза. Коля, ты пойди пока на улицу, неудобно нам с поносом, когда посторонние мужчины в доме, понимаешь?

— Это ты привезла заразу из Москвы! — склоняется ко мне Коля и обшаривает глазами мое лицо в поисках явных признаков инфекционного заболевания. Показательно скорчившись, хватаюсь рукой за низ живота.

— Я должен доложить об этом старшему, — озаботился наконец еще чем-то, кроме грязной посуды, Коля.

— Доложи, доложи, попроси, чтобы нам баньку протопили, а в дом пока не заходите, мы раздетыми можем оказаться. Да иди же отсюда! — закричала я что есть силы, изображая абсолютное недержание.

Закрываю за ним входную дверь, хватаю фонарь и несусь наверх через две ступеньки.

— Ты только подумай, сплошной хлам какой-то! — Рита уже обследовала содержимое коробок в полутьме и теперь, чуть не плача от разочарования, потрясает древними бухгалтерскими бланками, выцветшими школьными тетрадками из таких далеких времен, что мы не сразу распознаем вывалившиеся из них промокашки.

— Давай закроемся и обследуем все хорошенько, — предлагаю я.

— Да нечего тут обследовать, — сдается Рита. — В одной коробке лежит компьютер, я нашла розетку у пола, а света все равно нет, в нем не покопаться. Давай заберем компьютер вниз и вечером подключим. После писем у камина! — подумав, добавляет она.

— Какая комната, однако, маленькая, — наплевав на конспирацию, откровенно намекаю я. — И коробки эти бессмысленные...

Рита оглядывается, берет у меня фонарик и светит по очереди на три стены.

— И пахнет странно, — замечает она, еще не расставшись с надеждой на тайну. — Может быть, крыса где-то сдохла...

С заметно иссякшим энтузиазмом начав обследовать плинтус, Рита, однако, гораздо быстрее меня обнаружила вход в смежное помещение. Подняв вверх следующий лист фанеры, она так исступленно всматривалась в темноту, так часто дышала, что на минуту мне стало страшно за ее реакцию. Но отступать было поздно, я протянула фонарик, а сама, трясясь от страха, умоляла ее убежать немедленно. Страх мне не нужно было изображать, я совершенно натурально затряслась, как только случайно скользнувший луч фонарика осветил воздушные складки женского бального платья.

«Она кликнула пригожую пастушку, достала ключик и отперла закрытую дверь.

Пресвятая Дева! Восемь железных крюков! На семи из них висят семь мертвых женщин!»

Охнув, Рита вошла в запретную комнату, и раздался страшный грохот, поскольку двери у этой комнаты не было, только поднимающаяся вверх перегородка, она и упала, закрыв за собой восьмую жену корейца. Затаив дыхание, я прислушивалась, но не услышала ни звука. Я представляла, как Рита, дрожа, пытается высветить слабым лучиком фонарика женские силуэты на крюках, вот она поднимает луч вверх, ищет головы!.. Вот она опускает его вниз или просто спотыкается об одну из банок, последовательно расставленных мною возле каждой пышной юбки, вот она рассматривает содержимое одной банки... другой! Что она, в конце концов, там делает?! Почему не визжит, не падает в обморок?! И вдруг я обнаружила, что больше всего меня занимает — определит ли медик Маргарита, что сердце свиное, а не человеческое?..

Не выдержав ожидания и полнейшей тишины, я рванула вверх фанеру и едва не ткнулась в Риту, иссиня-бледную, уставившую в меня немигающие, расширенные глаза.

Рита сделала шаг вперед. Со страшным грохотом за ее спиной упала перегородка. От ужаса спокойного белого лица напротив я громко закричала.

— Алиса, — бесцветным тихим голосом сообщила Рита, дождавшись, пока у меня кончится воздух, а с ним и прекратится крик, — тебе туда не надо. Не заходи. Нельзя. Мы выйдем отсюда и все забудем. Мы запрем дверь. Алиса, не бойся. То, чего ты не знаешь, не существует. Повтори.

Это «повтори» с интонациями корейца сбило меня с толку, и я, как запрограммированная, отрапортовала:

— Не заходить за перегородку!

— Правильно. Какой сегодня день? — вдруг спросила она тем же бесцветным голосом.

— Среда. Нет, пятница! Я не знаю, — неожиданно для себя я обнаружила, что совершенно не помню, какой сегодня день, и от этого вот-вот разревусь.

— Не плачь. То, чего ты не знаешь, не существует. Повтори.

— То, чего я не знаю... — глотая слезы, в этот раз я ответила правильно, — не существует!

Как бы сделать, чтобы она очнулась?

— Эй! Девицы-красавицы! — раздался голос снизу. — Кто кричал? Вы не утопли в поносе?

Я запираю дверцу, опускаю фанеру. Рита за это время делает несколько неуверенных шагов, но перестает передвигать ноги на третьей ступеньке.

Подхватываю ее под мышки, тащу вниз. Ноги Риты безвольно волокутся по ступенькам, она смотрит спокойными глазами в потолок. После первого пролета я выдыхаюсь. Подоспевшие лесники берут ее и несут, громко обсуждая странные симптомы отравления. Старший, проведя перед лицом Риты рукой и не обнаружив никакой реакции, говорит, что без доктора не обойтись.

— Лучше сразу позвонить мужу. Потом проблем не *оберёсся*, — подсказывает другой охранник.

— Что же это вы могли такое слопать, что у твоей мамки началась трясучка и глаза застыли?

— Ка..какой мамки? Какой по счету? — я понимаю, что острить не время, но ничего не могу поделать.

— На пол падала? Глаза закатывала? Пену изо рта пускала? — по-деловому подходит к проблеме охранник Коля, а самый тихий лесник, я его голоса даже ни разу не слышала, требует немедленно показать ему наш понос.

Чтобы прекратить мой истерический хохот, лесники не стали меня шлепать по щекам, как это полагается делать с нервными дамочками. Коля просто набрал в рот воды и так обрызгал всю меня, хохочущую, что пришлось переодеваться.

Я усадила Риту перед камином и начала читать обнаруженные в комнате-свалке письма.

«...Моя любовь к тебе похожа на пришпиленного булавкой мотылька — я еще жив, но уже понимаю всю безысходность этой жизни, я еще трепещу крыльями — уже не надежды, а воспоминаний! — но слабею с каждым взмахом...

...Вчера варила варенье из крыжовника, вот это морока, скажу тебе! Сначала надо обрезать у каждой ягоды все ножки и хохолки да еще проткнуть каждую иголкой, а сироп надо варить вишенный, а если нет вишни, можно залить кипятком просто вишенные листья, а потом пошел дождь...

...Как хорошо, что ты невинна! Ты даже не знаешь, что теряешь. В обладании плотью есть и счастье, и разочарование, приближающее к старости. Неужто я никогда не нарушу безмятежный сон твоего зрелого тела болью и восторгом? Что толку служить самой себе, если ты не в силах служить жизни?

...Сестра двоюродная родила мальчика, вся изошла кровью, а еще теперь пуповина не заживает, на голове мальчика струпья. Наша палевая гончая поранила лапу, отец грозился пристрелить, да я не дала, теперь гуляем с нею на полях — она на трех лапах скачет, а как увидит птицу или, не дай бог, почует зайца, так и кинется вслед. Бежит, визжит от боли, но бежит, а куры черные не несутся...»

— Собак надо пристрелить! — возбудилась тут Рита. — Пристрелить, и все!

— Рита, как ты меня напугала!.. Тебе лучше? Не вставай.

— Принеси водки. И телефон.

— Нет у нас больше телефона, ты же знаешь, лесники забрали.

— Тогда водки!

— Хорошо, только ты не смотри такими глазами. Что там было в комнате? — перехожу я шепот.

— Тебе лучше не знать. Дай сюда ключи! Вот так... — она отсоединяет ключ от потайной комнаты, снимает цепочку и вешает ключ рядом с бусиной себе на шею. — А то ведь обязательно сунешься!

После второй стопки Рита поинтересовалась, не могу ли я еще раз проделать фокус с побегом, раз уж нам не дадут позвонить.

— Ночью не смогу. А что, надо?

— Надо. Надо связаться с братьями.

— С твоими братьями?

Ну вот, я так устала с нею возиться, что даже не получаю никакого удовлетворения от исполнения задуманного.

— С моими! — повышает голос Рита и добавляет после третьей стопки: — У тебя ведь нет братьев, несколько я знаю...

Лесники привели доктора. Осмотрев лицо Риты, ее язык и внутренность правого века, доктор пожалел, что не может взглянуть на наши фекалии, предложил промыть желудки холодной водой с марганцовкой, а потом сознался, что он вообще-то ветеринар.

— Садитесь, ветеринар, — разрешила Рита и подвинула ему мою стопку.

Пока доктор-ветеринар не опьянел окончательно, он просил честно сказать ему: кто съел привезенные мною в большом количестве консервы — раз, и что это были за такие странные консервы — два. Я пожалела, что придумала отравление. Конечно же, бдительная охрана первым делом полезла в подпол и не обнаружила там ни одной банки! Я даже допускаю, что контуженный Коля обыскал все кухонные шкафы и всякие другие места, предназначенные для хранения банок, но, естественно, ничего не нашел и насплетничал доктору, что сбрендившие от безделья и спиртного дамочки сожрали за один вечер литров десять весьма подозрительных неопознанных консервов.

Я встала затемно — половина седьмого. Дрожа, пробралась с клеткой на чердак.

Голубок оказался совсем легким — почти невесомым, он покорно сидел в моих руках и ждал, иногда дергая головой и поглядывая то одним, то другим глазом.

В открытое чердачное окно вихрем врывался холодный ветер с заблудившимися снежинками, где-то, наверное, на хуторе, закричал далекий петух.

— Ну, в общем, счастливого тебе пути! — я прижала голубка к щеке, вдохнула напоследок теплый запах птицы и высунула его в окно.

Еще почти минуту в темноте холодного неба мелькало светлое пятнышко — последний живой лоскуток от паруса моего детства. Я прощалась с детством без слез и без сожалений. Я не знаю, как другие уходят, я уходила навсегда. Теперь — навсегда. Я не отдам больше моему детству ни одной разбитой коленки, ни одного листка календаря, ни одной заусеницы. Я запрещу своей дочери читать сказки. Не знаю, кто их напридумывал, может быть, все люди по чуть-чуть в момент своих прощаний с детством, чтобы предохранить себя во взрослой жизни, от ужасов кровосмешения, безнаказанного воровства, затопления рожениц с младенцами в бочках, превращения девушек в жаб, крыс — в королей, а маленького братика в козленка... От говорящих животных и живых мертвецов, от кареты, которая не увезет тебя посреди ночи с бала, потому что превратится в тыкву, и от серого волка, пожирающего девочек, бабушек и еще охотников в придачу.

Рассвело. Сверху мне хорошо был виден лес, и чернеющее поле, и краешек дороги, и крыши хутора, где живут лесники-охранники. Я закрыла этот видимый мир ладонью, потом свернула ее в кулак, а кулак прижала ко лбу, чтобы запомнить, я так всегда делаю, когда прощаюсь с чем-то важным.

Рита, конечно, еще спит. Пойти разбудить ее, чтобы и она попрощалась?

— Который час? — бормочет она, прячась с головой под одеяло.

— Скоро восемь. Я отпустила голубка.

— М-м-м...

— Он полетит к твоим братьям и расскажет, где ты.

— Очень смешно... Голубок, это, конечно, неплохо, но я больше доверяю простым вещам.

— Что это за простые вещи?

— Например, — высовывается Рита и зевает, — услужливый доктор-ветеринар.

— Ты что! — я дергаю Риту за руку, и она рывком садится и открывает глаза. — Ты что, сказала ветеринару, чтобы он позвонил твоим братьям?!

— Ну да, а что?..

— Господи, мне не выбраться из этой проклятой сказки! — кричу я и бью кулаком по стене. — Ты знаешь, что теперь будет?!

— Приедут мои братья, заберут меня, — бормочет испуганно Рита.

— Приедет Гадамер! Понимаешь, теперь приедет Гадамер! Он уже мчится сюда со страшной скоростью! Я же просила тебя не доверять слугам, просила?

— Ты думаешь, что этот милый доктор...

— Да он сразу же позвонил Гадамеру, как только ушел от нас, сразу же! Ну почему ты меня не послушалась? Я обещала, что все сделаю, что сообщу твоим братьям!

— Ну и что? Сообщила?

— Да, я послала голубя!

— Это какой-то бред, при чем здесь голубь?

— А при чем здесь слуга корейца?

— Ладно, — Рита примирительно выставляет перед собой ладони, — давай успокоимся. Ты послала голубя и думаешь, что этого достаточно, чтобы сюда приехали братья. Я попросила позвонить ветеринара, и он выдаст меня Гадамеру. Ну и что?

— Ты тупая или притворяешься? — устало спрашиваю я, садясь на край кровати. — Теперь не отвертеться от трагического конца. Теперь все действующие персонажи соберутся вместе, и твои братья убьют Гадамера!

— Убьют, это точно, — бормочет Рита, задумавшись. — Но я же не хотела, я не знала... А может быть, этот доктор не позвонит корейцу? Или братья успеют приехать раньше?..

Она впервые назвала своего мужа корейцем.

Кореец приехал первым.

После разговора с Ритой я поднялась на чердак и стала смотреть на кусочек дороги, выходящей из леса. Я сидела и смотрела, пока у дома не собрались все лесники-охранники. Сначала они переговаривались в саду, сгрудившись кучей, потом разбрелись.

Я сняла куртку, повесила ее на гвоздь и сбежала вниз.

Рита собирала свою косметику и драгоценности с трюмо.

— Ну что? — спросила она шепотом.

— Пришли охранники. Они запирают все двери снаружи.

У нее затряслись руки.

— Ты что, прицепила этому голубю записку на лапу?

— Нет. Я просто его отпустила.

— Просто отпустила! — стонет Рита. — Да почему ты думаешь, что мои братья обратят внимание на какую-то птицу?! Все бессмысленно. Теперь, когда я нашла его потайную комнату, мне не жить.

— Не волнуйся. Голубь прилетит к своему хозяину, это будет сигналом, и мои друзья свяжутся с твоими братьями.

— Зачем им это делать? — удивлена Рита.

— Такой договор.

— Я не понимаю! — она мечется по комнате.

— Ладно, чтобы тебе было понятно, братья заплатят им за информацию о тебе.

— Не сомневаюсь!..

— Что было в этой комнате? — я делаю еще одну попытку разговорить Риту.

— Это не для детских глаз! — она бледнеет. — Если я выберусь отсюда, я напишу заявление в милицию! Его посадят, такое не должно остаться безнаказанным, это!.. Мне плохо, посмотри валидол в аптечке.

Я сходила на кухню и принесла початую бутылку коньяка.

— Нам нельзя пить, — заявила она после большого глотка из горлышка. — Мы должны быть максимально готовыми к неожиданностям... — второй глоток.

— От запаха валидола меня тошнит.

— Подумать только, — ужасается Рита, делая третий глоток, — он, такой утонченный, такой изящный и оригинальный!.. Такой нежный в постели, а оказался маньяком!

— Ладно, хватит меня пугать, — я отбираю у нее бутылку. — Не знаю, как насчет первых четырех жен корейца, но моих тетушек похоронили, маму — тоже. В чулане не могут висеть их тела, тогда что тебя так испугало?

Рита подзывает меня, я склоняюсь к ней, сидящей в кресле, и дрожащая рука обхватывает мою шею.

— Гадамер извращенец. Из категории фетишистов, — шепчет она, касаясь мокрыми губами моего уха. — Он собрал в этой комнате все свадебные платья своих предыдущих жен, а под ними...

Она тянет к себе бутылку, я не даю. Некоторое время мы молча боремся, потом Рита отнимает коньяк.

— В общем, ты была права насчет понравившихся ему внутренностей, — заявляет она после следующего глотка. — Но какая сволочь! Пустой восьмой крюк, ты только подумай! — возмущается Рита уже слегка заплетающимся языком. — Конечно, у меня же не было свадебного платья! Знаешь, я думаю, он бы не убил меня еще целый год.

— Да?..

— Конечно, он бы подождал год, чтобы подарить к юбилею свадьбы платье, помнишь, он обещал у загса? У фетишистов с этим строго — все должно соответствовать... Если кто собирает женское белье, так обязательно использованное, с запахом, понимаешь? Он бы дождался, пока я надену платье на юбилей, а уже потом только повесил бы его на восьмой крюк... А если бы я ему очень понравилась, помнишь, он на всякий случай обещал на каждый юбилей по новому платью? Так вот, я себя поздравляю, они уже готовы! Первое, второе, третье... И действительно, все — зашибенные, все разных оттенков! Мой бедный маленький хвостик!.. — вдруг захныкала она, скривившись. — Лучше бы я сделала операцию, а теперь плавать ему в банке под восьмым свадебным платьем!..

— Так, достаточно! — я решительно забираю бутылку и прячу ее в шкаф.

— Лети-лети, голубок, через север на восток! — машет руками Рита.

Я не знаю, хорошо или плохо, что ее развезло. С одной стороны, не будет истерик, но, с другой стороны, нельзя поручиться за быстроту и адекватность реакций.

Я слышу шум на улице и подхожу к окну.

Из автомобиля выходит кореец. Он в длинном черном пальто, черные блестящие волосы сразу же растрепал ветер, мой отчим смотрит на окно, за которым я стою, пытается стащить с шеи ярко-красный шарф и говорит что-то, мне не слышно, он повторяет и повторяет какое-то слово, я, как загипнотизированная, не могу отвести глаз от его рта и заставляю себя зажмуриться — я угадала это слово по губам, он спрашивает «почему?».

— Рита, он приехал...

Раздевшись, кореец сразу же потребовал к себе жену. На меня он сначала не обращал внимания, только пару раз я обожглась о внимательный быстрый взгляд, но он сразу же отвел зрачки.

Из спальни спустилась бледная Рита, потрясая связкой ключей.

— Что случилось? — спросил кореец.

— Вот твои ключи, — зазвенела ключами Рита, криво улыбаясь.

— К черту ключи, почему ты просила братьев приехать?!

— Неправильно! Ты должен спросить, где самый маленький!

— Ты пьяна?

Подойдя поближе, нервно поводя тонкими ноздрями, кореец всмотрелся в лицо жены. Я замерла. С такого расстояния он не может не заметить эту бусину!

— Откуда это у тебя? — вцепился кореец в цепочку Риты на шее.

— Ты должен спросить, где самый маленький ключик!

Тут кореец заметил на цепочке и ключ, который оставлял мне. Он растерянно оглянулся, я спряталась за занавеску у окна.

— Что здесь происходит, черт возьми!

— Опять неправильно! — Рита, покачиваясь, помахала перед его лицом пальцем. — Ты должен ругаться, что я заглядывала в твой чулан! Я видела эти платья и пустой крюк! Я видела кусочки твоих жен в банках!

— В каких еще банках?! Каких жен? — закричал кореец и пошел ко мне.

Я выбежала из-за занавески, упала на четвереньки, проползла под столом, успела добежать к двери и крикнуть Рите:

— Прячься!

Прежде чем он опомнился и побежал за мной к лестнице.

«Пастушка, милая пастушка, поднимись скорее на самую верхушку башни!»

По ступенькам я взлетела быстро — кап-кап, кап-кап, по капельке крови на каждую ступеньку, — но с лестницей на чердак пришлось повозиться. Она оказалась очень тяжелой, я еле затащила ее вверх и сразу прижала платок к носу.

— Алиса, объясни наконец, что происходит! — потребовал прибежавший за мной по каплям крови кореец.

Я посмотрела на него сверху и захлопнула чердачный люк. Прислушалась. Ни звука. Потом — шаги по лестнице вниз. Стукнула входная дверь. Я бросилась к окну. Кореец вышел на улицу, отошел от дома, чтобы я видела его в чердачное окно.

— Сейчас же спускайся! — крикнул он. — Или я поднимусь к тебе!

Все — по тексту.

Я становлюсь на цыпочки, оглядываю двор и вижу, что лесники тащат в дом лестницу. Ничего не выйдет. Такая не пройдет по длине в лестничном проходе. Холодно. Вспоминаю об оставленной куртке и с удовольствием надеваю ее.

На улицу выбежала Рита. Я открыла окно пошире, чтобы лучше слышать.

— Ты больной, тебя будут сначала судить, а потом лечить! — кричит она. — Как ты мог?!

— Да что я сделал? — хватает ее за руку кореец.

— Ты не подарил мне свадебное платье, ты очень спешил, да?! Так вот, извращенец, мой хвостик тебе не достанется! Никогда!

— Вы что, с ума тут посходили?! — кричит кореец, подняв голову к чердачному окну.

— Сейчас приедут мои братья и покажут тебе, кто

здесь здоровый, а кто больной! — дергает рукой Рита. — Пусти! За каждый синяк заплатишь кровью! Алиса, посмотри на дорогу, они еще не едут?

И вдруг!.. Сначала я не понимаю, что происходит. Кореец отпустил руку Риты и схватил ее за волосы, приставив к горлу... нож! Это нож, честное слово, это точно — нож!

— Замолчи, или я тебя успокою, — говорит он Рите и добавляет еще что-то, чего я не слышу.

— Ты его не наточил на камне! — взвизгнула Рита и ударила корейца коленкой в живот. — Ты не получишь мой хвостик! — теперь, вывернувшись, она отвесила ему оплеуху. Даже издалека мне слышно, как хлестко получилось.

Застывший с открытым ртом кореец с ножом в руке смотрит, как Рита бежит в дом, крича по дороге:

— Алиса! Что ты видишь? Они еще не едут?

Во двор вбегают собаки и радостно носятся вокруг корейца, стараясь его повалить.

На полоске дороги, выходящей из леса, показались — один за другим — два джипа.

«Госпожа, — шепчу я, присев и закрыв лицо ладонями, — ваши братья уже совсем близко, совсем близко. Спасайте свою жизнь, если можете...»

Когда во дворе начали стрелять, я опустила лестницу. Ноги слушались плохо, но, в общем, спуститься удалось — не упала ни разу. Пробираясь на цыпочках вниз, я замирала на каждой ступеньке. На улице кричали люди, лаяли собаки, в доме стало тихо, и в этой тишине громко стучало мое сердце.

Пенелопа позвонила Лотарову в девять тридцать утра.

— Я никуда не поеду, — ответил на ее предложение Лотаров. — Сегодня очень ответственный для меня день, очень. Я даже отпросился с работы и через полчаса отправляюсь по важному делу.

— Вы что, не слышите? Братья Мазарины, как только открылся банк, сняли со своего счета десять тысяч! Мы можем не успеть.

— Десять тысяч... Десять тысяч, — бормотал Лотаров, соображая. — Вы хотите сказать, что они узнали, где Гадамер Шеллинг прячет их сестру?

— Хочу!

— Минуточку, дайте подумать... Ну хорошо, допустим, они сняли деньги для информатора, что я-то могу поделать? Найдут Мазарины сестру, увезут с собой, ну и ладно.

— То есть вы больше не беспокоитесь о здоровье корейца? — удивилась Пенелопа.

— Нет. Не беспокоюсь. Вчера вечером этот кореец лично звонил из Риги, заказывал себе научные журналы из Бостонского университета и оплату заказа, между прочим, провел по карточке. Он не успеет попасть в Сюсюки вовремя, я надеюсь, братья благополучно увезут его жену, а завтра я подумаю, что еще в этой истории может быть для меня интересного. Извините, Пенелопа Львовна, спешу.

— Я сейчас выезжаю, заберу вас на Кольцевой, где — скажете. Эта ваша Рига — ерунда. У Гадамера хватит денег на аренду самолета. И Москву даже не придется запрашивать, он сядет на какой-нибудь заброшенный аэродром под Тверью.

— Ах, как все некстати, — забормотал Лотаров, вороша на столе бумаги. — Сегодня я должен забрать кошку, понимаете, это очень важно, ее нужно забрать именно сегодня, в крайнем случае, завтра утром...

— Кошку? Вы меня разыгрываете? — не поверила Пенелопа.

— Да нет же, это действительно важно. Ну хорошо. Через пять минут я точно скажу.

— Пять минут?.. Поделитесь секретами сыска.

— Да никаких секретов, позвоню в справочную по вылетам из Риги, а если были частники, попрошу назвать карту полетов. Вот и весь секрет. Что это у вас за шум?

— Какой вы умный и предприимчивый, у меня ни за что так быстро не получится! — изобразила Пенелопа восхищение и выключила фен.

Через сорок минут Лотаров ждал ее в условленном месте с пластмассовой корзинкой для перевозки кошек.

Они подъехали к дому корейца в Сюсюках, когда все уже было кончено. «Скорая» увезла двух раненых лесников, убитых собак погрузили на телегу и отвезли на хутор, контуженный Коля вставлял разбитые стекла, старый лесник-охранник и девочка Алиса укладывали в коробку какие-то банки, оборачивая их газетами. Во дворе и в доме было полно милиционеров из ближайшего районного отдела, а пышная рыжая женщина варила на плите в кухне в огромной кастрюле мясное варево, и запах тушеной телятины и перца сквозил в разбитых окнах, над кровавыми пятнами на земле и на досках пола в коридоре, напоминая о нормальной сытой жизни.

Лотаров представился, предъявил удостоверение. Пенелопа предъявила свое. Местные стражи порядка забеспокоились было, но следователь уверил их, что он здесь больше по частному интересу.

— Что они делают? — спросила Пенелопа, показывая на Алису и охранника.

— Подготавливают к погрузке вещественные доказательства! — отрапортовал милиционер.

Пенелопа подошла к коробке, вытащила одну банку.

— Осторожно, не разбей, — попросила бесцветным голосом Алиса.

— Что это такое?

— Человеческий зародыш.

— Господи, помилуй! Откуда это у вас?

— Милиция нашла в потайной комнате корейца.

— А это?.. — Пенелопа ткнула пальцем в последнюю неупакованную банку.

— Сердце. Правда, красивое?

— Я хочу осмотреть эту комнату.

— Поднимись в мансарду, там открыто, — Алиса обернула последнюю банку газетой и стояла, не поднимая глаз.

— А где кореец? — решилась и спросила Пенелопа.

— Так ведь подстрелили хозяина, — ответил за Алису охранник. — Потом, конечно, посадили его ногами в бак, а бак залили цементным раствором. Вот он сидел так, сидел, ждал, пока раствор затвердеет, а тут милиция уже едет, его и сбросили в озеро, не дожидаясь, пока хорошо схватится. Я думаю, — почесал старик затылок и посмотрел в небо, — к послезавтрему всплывет, ерунда этот ихний цемент. Только всплывет он сильно попорченный. У нас в это озеро Дмитрич *щуков* запустил *прошлогодне* — штук двести мальков. Сначала они с Кемиром хотели вырастить *пираньев* для смеху, но те подохли зимой, а щуки во-о-она какие вымахали!

Охранник весело распахнул руки, показывая размеры щук.

Пенелопа прошлась по дому. Сухонькая старушка подметала в кухне осколки стекол, девочка и мальчик лет десяти сидели на стульях, ели печенье и смотрели на старуху. В спальне на втором этаже — запах скучающей богатой женщины, кровать не застелена, в скомканном покрывале что-то блестит. Пенелопа склонилась, поддела ногтем тонкую золотую цепочку и вытянула ключик и бусину.

— Разрешите! — неслышно пробравшийся за нею местный страж закона услужливо раскрыл пакетик с липучкой.

Пенелопа вздохнула и бросила цепочку с ключиком и бусиной в пакетик.

— Как вы тут неосторожно, — посетовал милиционер, — вот что значит — женщина! Увидела блестящее, и сразу — хвать руками! Ну чистая сорока!

Пенелопа всмотрелась в молодое веселое лицо и изобразила виноватую улыбку.

— Я поднимусь наверх? — переделала она виноватую улыбку в заискивающую.

— Это — пожалуйста, — разрешил паренек, — наверху тел не валялось, а вещественные доказательства потрошителя уже вынесены.

— Как вы сказали?

— Потрошителя. Он, похоже, вырезал у своих жен внутренности и закатывал в банки, ну совсем как моя бабка закрывает огурцы на зиму! Это нам его жена сказала, которую он хотел зарезать во-о-от таким ножом.

В потайной комнате мансарды дверь открыта давно, и странный запах просочился на лестницу. Поднимаясь по ступенькам, Пенелопа с удивлением принюхивалась.

— Французские духи и дохлятина, — заметил Лотаров с нижнего пролета. — Откуда такое амбрэ?

— Из чулана Синей Бороды.

— Ага! — удовлетворенно кивнул Лотаров. — Девочка-то оказалась не просто с фантазией, но и весьма предприимчива! Обратили внимание — на каждой ступеньке по капле крови. Знаете, что это означает? У вас в отчете написано — кровь из носа у девочки Алисы течет, когда она сильно разозлится — так говорила ее ныне покойная тетушка. Не испугается, не огорчится, а разозлится!

— Поменьше читайте отчеты, лучше слушайте, что я говорю.

— Если бы я вас не слушал, я бы сейчас спокойно ехал себе за андалузкой в Балашиху.

— Жалеете?

— Ну что вы, как можно. Сейчас выясню, как девчонка подала сигнал братьям Мазариным, посмотрю на пропавшую коллекцию платьев и попробую отличное рагу, его готовит жена раненого лесника.

Пенелопа поспешила, перешагивая через две ступеньки, и запыхавшийся Лотаров обнаружил ее уже в странной комнате без окон.

Несколько принесенных настольных ламп освещали дурно пахнущее пространство с вбитыми в стену металлическими штырями. На штырях висели плечики, а на плечиках — пышные платья изощренного исполнения. У Пенелопы перехватило дыхание.

— «Времена года» в авторском исполнении Элизы Катран, — вздохнул Лотаров. — Что я вам говорил? Гадамер выкрал коллекцию своей жены! Говорят, — он подошел к ближайшему платью, к многоярусным юбкам самых разных фиолетовых оттенков и двумя пальцами осторожно приподнял одну, — что Элиза даже кружева сама плела и бисером работала! Это вот, как думаете, что за время года?

— Осень. Ноябрь, — в полной прострации прошептала Пенелопа.

— Думаете? — нахмурился Лотаров. — Хотя вы человек исполнительный, наверняка уже все до последней нитки знаете об этих платьях.

— Да. Я видела каталог. Элиза не успела закончить коллекцию, платьев всего семь, но Дом моды успел их сфотографировать и внести в каталог. Поэтому платья не могли нигде выставляться после пропажи.

Пенелопа развернула три лампы на полу, направляя свет, и щупала, гладила, нюхала...

...юбки, у которых нижняя основа была сделана из переплетенных веревок и, накрахмаленная, держала на себе по тридцать верхних накидок тончайшего прозрачного шелка, расписанного мастерицей вручную...

...и юбки, которые состояли из одного, немыслимыми складками уложенного полотна, меняющего цвет при малейшем колебании, прикрепленные к вышитому бисером лифу искусными серебряными цепочками...

... и юбки из опадающего тяжелого иранского шифона с вышитыми диковинными птичками, с прорезями, задрапированными под длинные разрезы глаз, в которых яркий зрачок колеблется, прикрепленный к краям прорези прозрачными и невидимыми издалека паутинками шелковых ниток...

— Вот же, посмотрите! — радостно воскликнул Лотаров. — Что я говорил? Дохлая крыса!

Присев на корточки, он разглядывает темное пятно в углу и самоуверенно заявляет:

— Мой нос меня еще не подводил! Говорил я вам — дохлятина? Говорил!

— Агей Карпович, подите вон со своей крысой, — тихим голосом просит Пенелопа.

— Нет, вы сначала признайтесь, что я был прав, посмотрите, она почти разложилась!

— Уйдите!

— Ладно, не сердитесь. Вы нашли коллекцию платьев, получите теперь награду. Если местная милиция и их не заберет как вещественные доказательства, — добавляет неуверенно Лотаров. — Осталось выяснить, откуда кореец стащил столько анатомического материала. Потому как, Пенелопа Львовна... — задумался следователь, подошел к платью, взял в руку шелк, потер его в пальцах и понюхал, — французские, хотя... Что я говорил? А, да! Потому как банки эти не имеют никакого отношения к его умершим женам.

— Почему вы так думаете?

— Сердце, к примеру, свиное, — пожал плечами Лотаров и посмотрел на часы.

— Как вы определили?

— По запаху. Шутка, — добавил он с унылым видом. — А если серьезно, давайте представим себе на минуту впечатлительную Маргариту Мазарину, которую втолкнули в эту комнату без света. Что она видит в луче фонарика? — Лотаров ткнул ногой валяющийся неподалеку от тушки крысы фонарик, и тот закрутился, стуча. — Она видит развешанные по стенам силуэты-платья, а под ними банки с внутренностями.

— Она же медик, — напомнила Пенелопа.

— Она — женщина! — поднял указательный палец Лотаров. — А вот это, снежно-белое, со странными розовыми бусинами на рукавах, это — платье Весны?

— Да, это Март, — удивленно всмотрелась в следователя Пенелопа.

— Так я и думал. Ну что, коллега? Как девчонка довела свою новую мачеху до истерического состояния, мы с вами уже поняли, давайте найдем что-то, что помогло ей подать братьям Мазариным сигнал.

— Зачем искать? — пожала плечами Пенелопа. — На улице валяется раздавленный кем-то телефон.

— Нет. Телефон у девочек отобрали, мало того, вчера Маргарита Анатольевна Мазарина просила местного ветеринара позвонить братьям, он сразу же и донес на нее. Ветеринар! — со значением повторил Лотаров. — Помните, я вам объяснял — собакам нужен ветеринар!

— Давайте выйдем отсюда, — обхватив горло ладонью, Пенелопа осмотрелась напоследок.

— Давайте. Наверх.

— Почему — наверх? — Пенелопа разглядывает подставленную к чердачному люку лестницу, потом смотрит на свою юбку.

— Оттуда девочка Алиса смотрела на дорогу в ожидании братьев Мазариных. Прошу! — Лотаров подталкивает Пенелопу к лестнице.

— Нет, вы первый.

— Ну, как можно, Пенелопа Львовна, а вдруг я упаду на вас? Лезьте, я подержу лестницу. А кстати, вы помните, чем закончилась французская сказка о Синей Бороде?

— Его убили братья принцессы и собак убили, — бормочет Пенелопа, перебирая руками перекладины лестницы.

— Да нет, в самом конце. Когда уже хеппи-энд? А, не знаете! А я после вашего отчета о девочке Алисе прочитал эту сказку. Так вот что интересно! Один из братьев решил жениться на прекрасной пастушке! И угадайте, что им досталось в подарок на свадьбу? Замок Синей Бороды! Мужика убили, собак зарезали, а замок забрали себе!

— Лезьте уже! — Пенелопа присела на чердаке и обхватила выступающие концы лестницы.

— Лезу, Пенелопа Львовна, лезу!.. По логике любого криминального расследования степень злодейства определяется результатом преступления, а вот умысел!.. — Лотаров оступился, сорвался и повис тяжелой тушей, держась за перекладину одной рукой. Второй он достал из кармана платок и высморкался. Сложил его кое-как, упрятал в карман и продолжил, нащупав ногами перекладину: — А умысел определяется исключительно выгодой того или иного подозреваемого. Кто в результате оказался в выигрыше? Кто получил в сказке замок?

В люке появляется голова Лотарова с пышными, чуть прихваченными сединой русыми кудрями до плеч. Пенелопу и раздражают эти длинные волосы — мечта какого-нибудь эстрадного певца, — и притягивают своей ухоженностью.

Лотаров забрался на чердак. Отряхнувшись, они осмотрелись.

— Что мы ищем здесь? — спросила Пенелопа, осторожно переступая по лагам, между которыми насыпаны сухие дубовые листья.

— Давайте подойдем к окну, из которого видна дорога.

Окно осталось открытым. Свесившись, Лотаров разглядел двор и собирающихся уезжать милиционеров.

— А зачем он убивал своих жен? — тихо спросила Пенелопа. — Чем это они провинились?

— Если вы о сказке, то Синяя Борода, по моим наблюдениям, самым страшным грехом считал любопытство и особенно ненавидел эту черту у женщин. Опять и опять, как водится, искал идеал, не находил, злился и убивал. А если вы о корейце Гадамере, так он убил всего одну из своих жен, да и то, я думаю, нечаянно. Все, Пенелопа Львовна, мы можем уходить.

Пенелопа с изумлением смотрит, как Лотаров берет с пола какую-то клетку и нюхает ее.

— Голуби, — говорит он, улыбаясь. — Точно, голуби!

— Зачем это? У вас уже есть клетка для кошки.

— А в этой была говорящая сойка, как разговаривает сойка, знаете? Га! Га! Га! — закричал Лотаров.

— Это гуси так разговаривают, перестаньте кричать, что с вами происходит?

— Это у нас гуси, а у французов в сказках га-га-га говорят сойки.

— Я ничего не понимаю! — занервничала Пенелопа.

— А вам и не надо. Давайте спустимся вниз и спросим у девочки.

Во дворе суматоха — прибыл отряд поисковиков-подводников, они шумно переговариваются.

— Алиса Геннадьевна, разрешите один вопрос, — Лотаров подошел к девочке, сидящей на лавочке и наблюдающей за тяжелыми серыми облаками. — Голубь был почтовый?

Алиса переводит на следователя заблудившиеся в небе глаза, потом смотрит на Пенелопу. С узнаванием взгляд теряет свою отстраненную непорочность, Алиса опускает ресницы и тихо говорит «Да».

Она отказалась есть рагу, потом отказалась уехать с Лотаровым и Пенелопой за чудной кошкой-андалузкой, сидела на лавочке, пока совсем не стемнело и с озера вернулась бригада подводников.

Бригада доела рагу, потом шестеро веселых подводников жгли костер и орали песни, и так поразили своей энергией, подвижностью и весельем оставшихся невредимыми лесников и рыжую женщину, приготовившую ужин, что к полуночи, когда полуторалитровая бутылка самогона была почти прикончена (причем мастера подводного розыска сразу отказались — «при ныре» они в рот не берут ни капли), лесники решили сменить профессию охранников на подводников, а женщина обещала отдать своего сына служить во флот.

С утра подводники опять отправились «на ныр», рыжая женщина не дождалась помощи Алисы и сама кое-как прибрала в доме, старуха ушла еще затемно — кормить скотинку, детей увезли в школу, на хутор приехал судебный медик, вынул из мертвых собак пули, и лесники закопали тела пепельных догов на поляне в лесу.

Алиса сидела у окна и ждала.

К часу дня подводники, шумно переговариваясь, пришли во двор и бросили у крыльца замызганный бак с отломанной ручкой.

— Этот? — спросили они у женщины.

— Этот? — спросили они у Алисы.

— Этот, точно — этот! — узнал бак старый лесник, которого срочно привезли с хутора для опознания выловленного бака.

Розыски были прекращены, тело раненого корейца не нашли, и молоденький офицер милиции попросил расписаться в протоколе лесника, рыжую женщину и... «а где девчонка, только что была тут?».

Алиса бросилась в дом, как только рассмотрела бак, который выловили в озере подводники. Первым делом она веником закатила на совок дохлую крысу и вынесла ее в бочку для сжигания мусора. Постояла несколько минут, прижавшись лицом к белому платью — оно сильнее других пахло мамиными духами, — потом закрыла потайную комнату, опустила фанеру, забросала свои вещи в дорожную сумку, отключила воду и свет, перекрыла газ. Связку московских ключей забрала себе, а шесть больших — тутошних — отдала леснику. И бросилась бегом к дороге.

В полном молчании вслед ей смотрели милиционер, рыжая женщина, старый лесник и шесть энергичных подводников. Не успели они перевести дух и переглянуться, как увидели девчонку, бегущую обратно.

— Вот!.. — она протянула леснику разводной газовый ключ, — унесла нечаянно, извините, я посмотрела с дороги, а на чердаке окно открытым осталось. Закроете?

— Сей момент и закрою, да что ты такая шебутная? Погоди полчасика, уедешь с подводниками.

— Нет, я побегу, а вы закройте окно сразу, ладно?

— Уже иду!

Алиса постояла во дворе, дождалась, пока стукнет чердачное окно, помахала рукой и убежала.

На повороте дороги она споткнулась, дыхание сбилось и стукнуло невпопад сердце. Остановившись, Алиса обернулась и посмотрела на крышу далекого уже дома.

В крошечной прорези опять открытого чердачного окна стоял кто-то в красном.

— Поверить не могу, что вы едете за кошкой! — удивлялась в машине Пенелопа. — А просто выпустить своего во двор не пробовали?

— Своего? — не понял Лотаров.

— Своего кота. Вы же для него привезете кошку?

— Ну что вы, кошку я везу исключительно для своих гурманских потребностей, мой кот тут ни при чем, — доверительно сообщил Лотаров, и Пенелопа застыла лицом.

— Гурманских?..

— Да. Я гурман. Удивлены? Я вам обещал, что вы попробуете нечто исключительное, я это выполню. Через два-три дня продукт как раз созреет... Я надеюсь, — задумчиво заметил Лотаров и разъяснил: — У кошек не так, как у людей. У них процесс калообразования проходит немного по-другому, а мы с вами сможем предаться греху чревоугодия только после полного опорожнения у кошки прямой кишки. Иногда, сами понимаете, с этим бывают некоторые проблемы...

Резко затормозив, Пенелопа перегнулась через колени Лотарова и открыла возле него дверцу. Молча.

Посидев некоторое время и не дождавшись ни слова, Лотаров кашлянул и поинтересовался, не значит ли все это, что он должен теперь добираться до Балашихи своим ходом?

Рассмотрев застывший профиль Пенелопы, следователь взял с заднего сиденья пластмассовый короб для кошки, а клетку с чердака дома корейца попросил довезти до Управления и оставить в его кабинете. Выбрался, сопя, из автомобиля, наклонился и еще раз всмотрелся в стиснувшую зубы Пенелопу. Она резко рванула с места, потом — резко — затормозила и вышвырнула в окно голубиную клетку.

Клетка катилась по подмерзшей земле к Лотарову, стуча распахнувшейся дверцей, дул сильный ветер, кошачий короб заносило этим ветром за спину, у следователя сразу же замерзли уши, а он стоял, смотрел вслед машине Пенелопы и загадочно улыбался.

Игорь Анатольевич Мазарин в этот вечер долго уговаривал брата-близнеца не искать девчонку, а по-тихому завалиться в подпольное казино. Брат в совершенно невменяемом от волнения состоянии на уговоры не поддавался и так нервничал, что выпалил из пистолета в машине и превратил стекло передней дверцы джипа в полную заморозку — пуленепробиваемое, оно покрылось сеткой трещинок.

Резко затормозив, Игорь Анатольевич Мазарин стал выяснять, что это такое случилось с Григорием Анатольевичем, при этом он не удержался от излишней жестикуляции и некоторых нецензурных выражений. Григорий Анатольевич сразу же признал, что подвергал выстрелом жизнь своего брата смертельной опасности, но полностью вины своей не осознал и стал доказывать, что он перепутал зажигалку в виде пистолета (из левого кармана пиджака) с настоящим боевым оружием (из правого кармана пиджака) исключительно из-за непреодолимого желания видеть немедленно предмет своей страсти.

После перестрелки в поселке Сюсюки, изготовления цемента (Игорь Анатольевич предпочитал это делать сам, строго следуя инструкции на мешке с надписью «Смесь сухая, универсальная, быстросхватывающаяся» — такой мешок всегда имелся у него в багажнике) и поспешного утопления корейца с зацементированными в баке ногами братьям пришлось срочно уехать. И если впавшую в полную истерику сестрицу они, хотя и с некоторыми трудностями, но затолкали-таки в машину, то девчонку найти не удалось. Игорь Анатольевич лично обошел весь дом, уговаривая себя не свернуть ей шею, если обнаружит. А Григорий Анатольевич как впал тогда от бесполезных поисков и криков в нервное состояние, так и не выходил из него, пока не «прикурил» в джипе из «вальтера».

— Ты когда-нибудь хотел женщину до полной обморочки? — спросил Игоря Анатольевича брат.

— Во-первых, — начал объяснять Игорь Анатольевич, уговаривая себя не злиться и говорить медленно, чтобы брат успевал повторить каждое его слово про себя, шевеля губами. — Во-первых, она не женщина и ее нельзя просто так затащить в машину и оттрахать. На Мазариных еще статьи за изнасилование малолеток не висело и висеть не будет!

— Не собираюсь я ее трахать! — пожал плечами Григорий Анатольевич. — Я хочу ее посадить на колени и спрятать вот так, под пальто, чтобы никто ее больше никогда не трогал.

Внимательно всмотревшись в лицо брата, Игорь Анатольевич не стал перечислять, что он хотел сказать во-вторых и в-третьих (он, обычно, приводил для разъяснений три довода, а если на третий не хватало логики или доказательной базы, то говорил просто: «а в-третьих, я так хочу!» — или, по обстоятельствам: «...не хочу!»). Он просто достал бумажку с адресом корейца и отвез туда брата.

Они вышли из машины вдвоем. Осмотрели девятиэтажку. Синхронно задержались глазами на темных окнах шестого этажа.

— Там замки-то фиговые, если не закрыто изнутри на засов, я запросто их щелкну! — предложил свои услуги один из охранников с заднего сиденья.

Игорь Анатольевич Мазарин положил ладонь на плечо брата и произнес напутственную речь:

— Сорок минут тебе на все уговоры. Насилия не применяй. Если заартачится, погладь по головке и тихо уходи. Теперь слушай сюда. Я стану под балконом. Если чего понадобится — роз с полста, бирюльки, медвежонка из зоопарка или килограмм шоколаду — ты выйди на балкон и просигнализируй. Через десять минут все будет.

— Брат!.. — задохнулся восторгом Григорий Анатольевич. — Ты, брат!.. Знаешь, что ты — брат!

Он вышел на балкон очень скоро. Бросил вниз горошину драже. Горошина звонко стукнула в черную крышу джипа.

— Пусто! — развел он руками, когда Игорь Анатольевич вышел посмотреть. — Нет ее, что делать?

Игорь Анатольевич осмотрелся и сначала скрестил руки над головой, что у братьев означало «не теряй присутствия духа, будь бдителен, все на мази», а потом молча показал на дорожку от остановки к дому.

Алиса шла, понурив голову, одной рукой прижимая к себе бутылку вина, в другой болтался торт.

Девочка Алиса купила в ближайшем супермаркете дивный торт-суфле со взбитыми сливками, бутылку красного вина и шесть персиков. Войдя в квартиру, она сначала обошла ее, не включая света и затаив дыхание, потом заперла все замки и еще задвинула засов. Выгребла из шкафа вещи отчима, уложила их кучей на ковре в гостиной, и так получилось, что два парадных костюма оказались внизу, потом — несколько рубашек, поверх них — пара шелковых летних костюмов и ковбойка, на ковбойке распласталась легкая куртка из тончайшей желтой замши, на куртке — футболки, на них — опять рубашки, потом — банный махровый халат, на халат скользнули ящерками шесть галстуков, а сверху все это присыпалось трусами и носками.

Оглядев ворох вещей, девочка Алиса медленно разделась догола, обошла его, подтыкая кое-где босой ногой слишком высунувшиеся части одежды, раскинула руки и упала в мягкую кучу лицом вниз. Глубоко вздохнув, она впустила в себя запах отчима и некоторое время невесомо плыла в воспоминаниях, не подпуская близко к сердцу кадры его ладоней, губ и некоторых простых бытовых движений, в которых кореец впервые открылся Алисе как абсолютно гармоничное произведение природы — простое и совершенное в своем изяществе, естественности движений и пропорциональности.

Алиса открыла коробку, подсунула под влажный тяжелый торт ладонь и приподняла его вверх. Шлепнула все восемьсот пятьдесят граммов — как было написано на коробке — себе на живот, кое-что съела, облизывая пальцы, старательно размазала торт по телу и стала вываливаться в одежде отчима, зарываясь в нее. Потом наступила очередь персиков — они давились в руке легко, Алиса долго выбирала в магазине самые мягкие, оранжево-красная мякоть вылезала сквозь пальцы и капала на лицо, резкий горьковатый запах смешивался с приторным, ванильным. Царапая кожу, подкрался к щеке засахаренный цукат из торта, за что и был тут же подхвачен языком с вымазанного кремом галстука и съеден. Обсосав персиковую косточку, Алиса почувствовала на ее кончике острый шип, совершенно не ощущая боли, провела шипом по руке и удивилась, обнаружив выступившие алые капли. Тряхнула рукой, добавив крови к ванильно-персиковому разврату, а царапину промокнула кончиком подвернувшегося парадного галстука.

Галстук был дорогой, Алиса сразу вспомнила его, именно на этом галстуке кореец обучал ее правильному завязыванию узла и знакомил с технологией пошива настоящих галстуков. Так... Подкладка... Подкладка должна быть обязательно чуть-чуть другого оттенка, но в тон, желательно шелковая, а в тканых галстуках она может быть из тонкого плотного хлопка. Шов с изнанки делается только вручную, а если потянуть вот за эту петельку, галстук вывернется, что помогает при его глажке и выравниванию... Очень интересно — запомнила все!

Так, посмотрим... Рубашка. С рубашками все понятно — это должен быть только хлопок или натуральный шелк, обозначения известны, все швы — потайные или скрытые. Носки... Носки мужчина должен носить двойного состава, причем хлопка — не меньше шестидесяти процентов...Трусы! Все помню — трикотаж или шелк, так, что там осталось?.. Вытащив из-под себя льняной пиджак, Алиса тут же вспомнила, что в жару уважающий себя джентльмен носит поверх тонкой хлопковой рубашки только светлый лен, и когда выходит из автомобиля, гордо демонстрирует складки на спине — лен легко мнется, что и доказывает его, пиджака, дороговизну и шик. А вот и темно-синий английский официальный пиджак. Но, поскольку пиджаки такой стоимости сами англичане шьют только на заказ, отчим удовлетворялся итальянскими фирмами, так, посмотрим... Отлично. Фирма «Блевонти», сейчас проверим, как на блевонти размазывается суфле!

Для официальных приемов годятся только строгие английские пиджаки, они могут иметь всего три цвета — черный, синий и серый, по фактуре — тонкая шерсть, по бокам на пиджаке разрезы, чтобы удобно было руки в карманы брюк засовывать. Алиса помнит, как удивилась, что разрезы — для засовывания джентльменами рук в карманы, а кореец сразу же с ней согласился: приличный немец такой пиджак не приемлет, засунутые в карманы руки считает издержкой воспитания, и в Германию поэтому в пиджаке с разрезами по бокам лучше на официальные приемы не приезжать. «А какие же у них пиджаки?» — «А у них с одним разрезом сзади, хотя и этот разрез был тоже предусмотрен англичанами! Чтобы в машине удобно размещалась толстая задница? Фу, Алиска, чтобы джентльмену удобно было на лошади сидеть!»

Задумавшись, Алиса вдруг понимает, что запросто сможет одеть любого мужчину от носков до галстука, что утомительные беседы отчима о правильности подбора тонов и стилей не прошли даром, а тогда казалось — совсем не слушала, пела, читала, жевала, смеялась, но не слушала!

Рассмотрев купленную только что бутылку вина, Алиса с ужасом вспомнила — сразу, как щелкнуло, — какое вино следует заказывать к рыбе, какое к мясу, как отличить настоящее шампанское от газированного, как распознать по запаху испанские красные вина и французские — «нюхай, нюхай, дурочка, когда-нибудь поразишь воображение интеллигентного ловеласа», а еще — чем правильно закусывать водку, как без неприятных ощущений опорожнить при срочной необходимости желудок, а еще — «если хочешь правильно оценить секс — не занимайся любовью без хорошей клизмы», а еще — «чистые девочки, пока они еще девочки, должны дорожить своим природным запахом и не должны пользоваться дезодорантами, подошвы ног, и подмышки, и что там уже у тебя потеет? — растирается после горячего мытья кусочком лимона — тонкая полоска мякоти на шкурке, обязательно на шкурке! а еще!..»

Открыв бутылку, Алиса становится на кучу одежды и обливает себя с макушки.

«...запомни, настоящее вино оставляет на стенках бокала — если взболтать — женские ножки, да-да, не смейся, смотри, видишь эти продольные полоски, правда, похоже на ножки?..»

Вино стекает по телу прохладными струйками, на животе образуются «ножки»...

— Не заплачу! — кричит Алиса, прыгая по мокрой одежде, по раздавленному торту, выползающему белой мякотью между пальцами ног, по мятым персикам, мокро чавкающим. — Врешь! Не заплачу!

В дверь позвонили.

В глазке расплывается темное пространство лестничной клетки, а в глазу Алисы дрожит линза подступившей слезы — ничего не видно!

— Кто?..

— Конь в пальто! — раздраженно, даже сердито.

И Алиса открыла дверь.

В прихожую вошел совершенно незнакомый мужчина с торчащей изо рта зубочисткой. Он осмотрел голую Алису, не поверил, достал очки, надел их, огляделся в поисках еще какого-нибудь источника света, дернул за шнурок бра у зеркала и, задумчиво покачивая головой, осмотрел странно испачканную с ног до головы девочку.

— Вы кто? — Алиса утерла ладонью вино на лице. — Вы — бандит, грабитель и насильник?

— Я твой папа! А ты почему сразу дверь открываешь?

— Папа?..

— А ты что думала, тебя в капусте нашли? У всех девочек и мальчиков есть и мамы, и папы, это всем известно. Ну, и что тут у тебя происходит? Блевала?

— Не-е-ет, — неуверенно качает головой Алиса.

Плотный невысокий мужчина по-хозяйски осматривается и вперевалочку идет в гостиную. Куча одежды на полу, перемешанная с тортом, производит на него сильное впечатление — из открывшегося от удивления рта выпадает зубочистка.

— Это ты сделала? — с недоверием спрашивает он, двумя пальцами приподняв с пола изрядно уделанную замшевую куртку.

— Нет, что вы... Это мой любовник. Он сегодня пришел очень злой — проиграл в казино пятьдесят тысяч, я приготовила, как полагается, вино, фрукты, торт вот купила, — Алиса грустно показывает на валяющуюся коробку, — а он как рассердился, как стал кричать! Собрал все свои вещи в кучу и давай на них мочиться! Потом раздел меня, обмазал тортом и вывалял в одежде, а потом облил вином, а потом...

— Содомо-гоморрский разврат, короче, — перебил ее мужчина и вдруг, не меняя выражения лица, с тусклым потухшим взглядом, проходя мимо, сильно ударил Алису по щеке. — Маловата ты еще заниматься развратом, — произнес он назидательно, пока Алиса заглатывала воздух. — Выпить чего осталось или все вылили?

— В кухне, наверное...

— Так неси! Да, и помойся по дороге, а то выглядишь, как заблеванная. Ну и воспитаньице! Ничего, ты у меня быстро придешь в норму. Десять минут тебе на приличный вид!

Закрывшись в ванной, Алиса кое-как уговорила себя перестать дрожать и начать думать. Через три минуты накатила паника — ничего, ну ничего не приходило на ум! Через пять минут дверь затрещала, а еще через минуту замок был сломан и гость уже смотрел на присевшую в ванной Алису все тем же потухшим взглядом.

— Десять минут, я сказал, а ты еще не одета! Вылезай, а то еще получишь!

Наспех одевшись, Алиса осторожно вышла из ванной и обнаружила гостя у открытого холодильника.

— Богато вы живете со своим Квазимодой.

— С кем?

— Ну, с этим развратником, который проиграл деньги и уделал тебя на куче белья в торте.

— С Казановой, — машинально поправила Алиса и получила равнодушный комментарий.

— Один хрен! А что, водки нету? — озаботился гость.

— В гостиной в баре.

— Ну, знаешь! Водку теплой держать?!

— Там свой холодильник, специально для бутылок...

— Ка-а-ка-ая ты у меня, дочура! — обрадовался мужчина, приподнял Алису за талию над полом и потряс. — Красиво живешь!

Выставив на стол устраивающую его закуску, гость долго копался в бутылках в баре, одну — почти черного стекла с кофейным ликером — даже открыл и осторожно понюхал, но выбрал водку.

— Твои халаты? — спросил он после второй рюмки у застывшей в дверях Алисы.

В открытой дверце шкафа разноцветные кимоно корейца светились дорогой вышивкой по шелку.

— Да... То есть нет. В общем, мои.

— Твои тряпки, значит, хахаль не тронул. А все свои уделал в одночасье, да-а-а... И где он теперь?

— Кто?..

— Казинова твой, где он?

— Он... Он повесился на балконе, — выдала Алиса, пожав плечами.

— Что ты говоришь! — затрясся от хохота гость. — Надо же, как удачно. Я собрался было выяснять с ним отношения. Ничего себе квартирка, небось — его?

— Нет. Это моя квартира.

— Сильно мужик вляпался, сильно, если на малолетку такую квартирку списал. И что, он там голый?

— Где?

— На балконе висит голый или чего из одежды оставил на такой случай?!

— Не знаю, — пожимает плечами Алиса.

— Так иди посмотри, чухалка! Ну вся в мать! Тоже, бывало, скажешь ей принести чего, застынет, как замороженная, глаза выкатит — и ни с места, ну чистая чухалка!

На плохо слушающихся ногах Алиса идет к балкону. Не открывает тяжелые гобеленовые шторы, а осторожно проскальзывает между ними. Балконная ручка заедает, а дверь, как ни странно — открыта. Алиса лихорадочно думает, что же делать дальше. По ее сценарию после слов о повесившемся любовнике гость должен был обязательно сунуться на балкон, а уж там она бы постаралась как-нибудь решить проблему неизвестно откуда взявшегося папочки. Справившись с дверью, Алиса выходит в холодный вечер, с удовольствием заглатывает ветер, облокачивается о перила и вдруг краем глаза замечает, что на балконе она не одна.

Взволнованный и страшно довольный собой, в длинном кашемировом пальто, сверкая золотыми резцами, на нее с обожанием смотрит... брат Риты Мазариной! Пока, застыв на холодном ветру, Алиса уговаривает себя, что это ей только снится, брат подносит к губам указательный палец с тяжелым перстнем и предлагает полное взаимопонимание и любую помощь.

— Что вы тут делаете? — шепчет Алиса. — Как вы сюда попали?

— Я за тобой приехал, я ждал в квартире, а ты разделась, — шепчет Мазарин, присев, чтобы его не было заметно, если вдруг гостю захочется отодвинуть штору. — Я потом уже хотел выйти, когда ты вином облилась, а тут пришел мужик. Я тебя люблю, будешь моей женой?

Алису затрясло.

— Он меня убьет, он плохой человек, — с трудом выговаривает она слова.

И вот, сидя, Мазарин распахивает полы своего пальто, и Алиса тоже приседает и подползает к нему, поворачивается спиной, и два черных крыла, теплые, с запахом незнакомого вспотевшего мужчины, укрывают ее.

— Ты его знаешь?

— Нет! — шепчет Алиса, чувствуя сквозь тонкую кофточку влажные, горячие ладони у себя на плечах. — Я думаю, он хочет избивать меня и грабить!

— Будешь моей женой? Я решу все твои проблемы.

— Я не могу пока, я еще несовершеннолетняя!

— А потом? Потом — будешь? — Притянув к себе плечи девочки, брат Мазарин со сладострастным стоном осторожно... кусает ее под лопаткой.

— Ты должен за мной ухаживать, покупать мороженое и водить в кино, — справившись с судорогой, пробежавшей по позвоночнику после укуса, шепчет Алиса.

— Я тебе сразу могу подарить холодильный комбинат и кинотеатр, только пообещай!

— Да нет же! Так не интересно. Мне нужно эскимо по субботам в зоопарке и колесо обозрения!

— Иди. Будет тебе и зоопарк, и колесо. Иди, а то он выйдет сюда, а тебя здесь не должно быть, когда он выйдет.

В комнате, заправив за собой шторы, еще дрожа, Алиса смотрит на жующего гостя.

— А вы... Вы уверены, что я ваша дочь? — осторожно интересуется она.

— Главное, что в этом была уверена твоя мать, Лизка. Она сразу сказала, как только забеременела. Твой, говорит, ребенок, и все! А я ж не дурак, я сразу сказал, чтобы доказала! А она го-о-ордая была, фу-ты, ну-ты! Мы с ней со второго класса за одной партой сидели. А когда тебе было года два, она как раз закончила вечернюю школу, и я, как честный джинтель... как честный мужик, предложил ей пожениться. Ну, что ты! Куда сунулся со своим свиным рылом! Отшила, короче, я ей и надавал как следует. Сестрица ее, помню, все уговаривала подать на меня в суд, все-таки, сама понимаешь, — отбитая почка — это тебе не хухры-мухры, да Лизка не стала судиться. А почему-у-у?.. — спросил гость у потерявшей дыхание Алисы. — А потому, что любила меня, чухалка! Ну? Что уставилась? Висит?

— А?..

— Висит твой хахаль на балконе?

— Висит, — кивнула Алиса, — он висит там, все в порядке, не беспокойтесь...

— А чего мне беспокоиться? — хохотнул гость. — Это ты теперь беспокойся и очень даже умоляй меня признать тебя законной дочерью. Теперь это запросто — анализ какой-то там кислоты из организма и все дела. И что? Голый висит?

— Не-е-ет... В пальто.

— Вот же придурок, ты подумай, столько хороших вещей изгадил, а пальто оставил, значит, для повешенья. Конечно, холодно сейчас без пальто вешаться, а? А скажи-ка мне, дочура, кто есть этот любовник?

— Он... Он друг моего отчима. Был... То есть отчим

был, а друг есть. То есть друг тоже уже был, потому что повесился, — пошатнувшись, Алиса опускается в кресло.

После этих слов гость напрягся и, хотя бутылку не оставил, нервно обошел комнату и осторожно заглянул за занавески.

— А как выглядит этот твой любовник? — спросил он почему-то шепотом, бледнея лицом.

— Ну, как они выглядят, когда повесятся? — бормочет Алиса, стиснув руки, чтобы не дрожали. — Лицо становится расслабленное, отекшее, с синевой...

— А особые приметы есть? — мужчина вдруг подбежал к Алисе и дохнул в лицо спиртными парами.

— А-а-а?.. — отшатнулась Алиса.

— Я спрашиваю, есть особые приметы у этого твоего хахаля?

— Ну, какие приметы? Приметы...— задрожала, отшатнувшись, Алиса. — Какие бывают при этом приметы? Язык вываливается, у некоторых происходит расслабление кишечника...

— Ты мне дурочку не корчи! — мужчина вдруг схватил Алису за волосы на затылке и нагнул ее голову вниз. — Я тебя о приметах спрашиваю, а не о признаках удушения! Что у него на лице?!

— На лице? — стонет Алиса, ничего не понимая.

— Есть у него что на лице?

— Есть! Нос есть, глаза, родинка... есть!

— Ну вот, вспоминаешь понемногу! — «папаша родной» еще ниже пригибает голову Алисы, ей приходится стать на колени. — А может, это и не родинка, а родимое пятно?

— Может быть, отпустите волосы!

— А как ты его ласково называла, а?

— Пустите, больно!

— Больно ей... — отпускает гость волосы.

Алиса на коленках отползает в угол и прячется за креслом.

— Для родного папочки вы слишком бессердечны!

— Что, отчим понежнее был? — грязно усмехается гость. — Как любовничка называла, чухалка?

— Я его называла козленочком! — отчаялась что-либо понять Алиса. — Мышонком, барсучком, петушком!

Тут она замечает, что гость ее не слушает. Он застыл лицом после первых слов. Покачиваясь, прикладывается к бутылке, копается у себя в кармане на джинсах, вынимает какой-то гладкий продолговатый предмет, и вдруг с тихим щелчком из его ладони выскакивает широкое лезвие финки.

— Козленочком, значит! — шепчет он, покачиваясь. — Ну, козла-то я из петли выну. По старой дружбе! — подмигивает он Алисе и идет к балконной двери.

Игорь Анатольевич Мазарин, отследив по часам сорок минут, вышел из машины и задрал голову вверх. С темного неба сыпал легкий снежок, снежинки в вышине были не видны, а попадая в свет чужих окон, вдруг проявлялись и бросались к лицу, как застигнутая врасплох колючая мошкара. Игорь Анатольевич походил туда-сюда, сел в машину, поговорил о погоде с телохранителями, опять вышел и решил как-то напомнить брату на шестом этаже, что тот запаздывает. Он решил посигналить. Наклонившись, нажал на клаксон. Сразу же в окне первого этажа проявился возмущенный житель в майке. Житель грозил кулаком и широко разевал рот в крике, Игорь Анатольевич давил на клаксон, сыпал легкий снежок, житель первого этажа в майке так завелся, что бросился откупоривать свое окно, Игорь Анатольевич сигналил, сигналил, сигналил... Сначала ему почудился словно шелест какой-то вверху, а потом джип содрогнулся, потому что на него свалилось тело.

Игорь Анатольевич успел в последний момент отпрыгнуть. Первым сориентировался телохранитель, который обычно сидит сзади водителя. Из окна высунулась ладонь и обхватила покачивающуюся, неестественно вывернутую руку свалившегося сверху мужчины.

В другой руке упавший крепко зажал бутылку. Он дернулся несколько раз и затих.

— Пульса нет, — доложил телохранитель выжидавшему в отдалении Мазарину.

— Откуда упало? — поинтересовался хозяин, осматривая балконы.

— Точно не заметил, но, по-моему, так, на всякий случай, нужно срочно забирать вашего брата и сматываться. Посигналить?

— Нет! — крикнул Мазарин и с опаской посмотрел вверх. — Сигналить больше не будем.

В окне первого этажа мужчина в майке прилип к стеклу и раздумал ссориться.

Из подъезда вышел Григорий Анатольевич Мазарин. Он подошел к джипу, стащил за ногу упавшего, сел в машину и чистым, просветленным взглядом посмотрел на брата. Поскольку брат молчал, как отключенный, Григорий Анатольевич коротко объяснил:

— Это ее отец. Пришел вдруг как-то не вовремя, не успели хорошо поговорить.

— Гоша, — проникновенно обратился к брату Игорь Анатольевич, — ты что, решил проблему, не посоветовавшись со мной?

— Некогда было советоваться. Девочка попросила меня помочь, я помог. Теперь она согласится выйти замуж. А ты смешной...

— Я смешной?!.

— Да. Цветы, шоколад, медвежонок! Хорош бы я был с букетом и коробками на балконе! Полным идиотом бы я был!

— Почему?

— Да потому что руки были бы заняты, не смог бы сделать ей приятное!

Братья посмотрели на лежащее на земле тело. Из подъезда потянулись любопытные.

— Если сейчас не отвалим, запишут как свидетелей, — процедил сквозь зубы телохранитель.

«...Добрый день. Вы позвонили в прачечную Пенелопы. Прошу вас после сигнала оставить свой телефон. Вам обязательно перезвонят...»

— Пенелопа, возьми трубку! Возьми, это Алиса, у меня проблемы, а я не знаю, звонить в милицию или не звонить!

— Алло, я прачка, а не адвокат. Что случилось?

— Я пришла домой, а в дверь позвонили. Я открыла, а мужчина совершенно незнакомый. Он вошел, сказал, что я его дочь, и ударил меня по лицу.

— Та-а-ак. Достойный конец такого волнительного дня. Который час?

— Половина первого. Подожди, это еще не все. Он вытащил из шкафа вещи корейца, свалил их в комнате в кучу и изгадил!

— Оригинально. Ну и что? Ты его отравила или зареза-а-ала? Извини, это я зеваю.

— Я его пальцем не тронула! Он напился и упал с балкона!

— Звони. Звони в милицию срочно. Клади трубку, я оденусь и подъеду!

— Хорошо. Подожди! Я еще не сказала, что он упал на машину!

— Потом поговорим, куда он упал. Звони в милицию!

— Да. Подожди! Это был джип братьев Мазарини.

— Что ты сказала?

— Он свалился с балкона, а под балконом стоял джип братьев Мазарини!

— Так. Никуда не звони. Я думаю, они уже едут. Попробуй повреветь как следует, чтобы лицо натурально распухло.

— Оно у меня и так распухло, вся щека красная!

Следователь Лотаров подъехал в квартиру корейца около трех ночи. Он мог бы, конечно, и не приезжать, а прочесть с утра у себя в кабинете протокол осмотра места происшествия (адреса квартиры корейца и прачечной Пенелопы были поставлены им на контроль, и если по этим адресам происходило что-то, что требовало присутствия представителей органов внутренних дел, то уже через пару часов у Лотарова должен быть подробный отчет). Но позвонил оперуполномоченный его отдела и радостно прокричал в трубку, что бандит Штукарь свалился пьяный с балкона шестого этажа и помял крышу джипа, стоящего внизу. «Угадайте, чей джип по номерам?! Братишек Мазариных, которые зачем-то затаились под этим самым балконом!» Услыхав фамилию хозяина квартиры, из которой вывалился Штукарь, следователь на пятнадцать минут растекся в кресле, но решить эту головоломку не смог, наскоро собрался и поехал посмотреть на синяк на лице девочки Алисы, поставленный бандитом Штукарем.

Алиса, укутанная в плед, сидела в кресле, поджав под себя ноги. Пенелопа сидела за столом с остатками закуски и сосредоточенно листала альбом с фотографиями.

— А этот? — спрашивала она у Алисы каждый раз, как только ей попадались школьные снимки Элизы Катран. — Нет? И этот не похож?

Лотаров застыл возле кучи одежды, вымазанной чем-то странным, принюхался и удивленно посмотрел на оперативников, снимающих отпечатки пальцев.

— Торт и вино, — кивнул один оперативник.

— Вино дорогое было, грузинское красное, — добавил другой. — А торт — суфле со взбитыми сливками.

— Это вы по запаху определили? — восхитился Лотаров.

— Не по запаху и не на вкус, — с сожалением в голосе доложил оперативник. — Это мы определили по коробке и по бутылке.

— Я купила торт, фрукты и вино, — подала голос Алиса. — Я хотела помянуть своего отчима. Но не успела. В дверь позвонили.

— А кто свалил сюда одежду? — Лотаров наклонился и рассмотрел вблизи испачканный галстук.

— Пришел мужик, — монотонным голосом, уже, вероятно, устав от ответов на одни и те же вопросы, начала Алиса, — сказал, что он — мой родной отец, вытащил из шкафа все вещи корейца, свалил в кучу, сверху кучи плюхнул торт и персики, приказал мне раздеться догола и вываляться во всем этом. Я отказалась, он ударил меня по лицу. Тогда я разделась, повалялась немного, а он обливал меня вином. Потом нашел водку и начал пить, рассказывая подробности знакомства с моей мамой. Под окнами кто-то стал сигналить, долго сигналил, минут пять. Мужчина рассердился, вышел на балкон материться, а я побежала в ванную. Помылась, оделась, вышла из ванной, а его нет. Посмотрела вниз, а внизу он лежит. Все.

— А машина? Он упал на машину?

— Он лежал на земле, не видела я никакой машины. Это соседи с первого этажа видели, они и номер записали, а когда я выглянула, машины уже не было.

— Все вещи корейца вытащил из шкафа? — задумался Лотаров. — А кимоно не тронул?

— Он обозвал кимоно халатами. Спросил — мои? Я сказала, мои.

— Понятно, понятно... Нет, не понятно. Зачем вином-то обливать?

Девочка Алиса молча пожала плечами, но Лотаров подстерег быстрый, внимательный взгляд на нее Пенелопы.

Оперативник позвал Лотарова в коридор и показал на пятна крема на стенах, на двери кухни и в ванной.

— Девчонка не врет, похоже, все так и было. Ты вот что, — понизил голос Лотаров, — ты отпечатки сними с бутылки.

— С водочной? Обижаете. С одной уже сняли, а другую он с собой забрал, его с бутылкой в труповозку загрузили.

— С винной, голубчик, с винной бутылки сними и не ори так, видишь, девочка нервничает!

— А можно у него взять анализ крови на ДНК? — вдруг крикнула Алиса из гостиной, и Лотаров дернулся от неожиданности.

— У кого, простите?

— У бандита этого. Вдруг он действительно мой отец? Я хочу знать.

Утром следующего дня пошел дождь. Он начался в шесть часов, когда Алиса вышла из метро. Вот так взял и ливанул, словно всю ночь подстерегал ее на Якиманке. В шесть двадцать Алиса была уже в «Кодле», сначала громко стучала кулаком в металлические ворота, потом бросала камушек в зарешеченное окно на втором этаже. Заспанный Тихоня вышел из неприметной дверки сбоку ворот.

— А пальчиком по звонку?! — осуждающе изрек он. — Или не умеем пользоваться пальчиком по назначению?

— Мазарини привезли вчера джип? — сразу перешла к делу Алиса.

— Привезли, — зевает Тихоня. — Сказали, чтобы мы его запрятали и починили. Крыша продавлена. Стекло треснуло. Такое сразу не починишь.

— Веди.

Осмотрев решительно настроенную Алису, Тихоня спорить не стал. Молча провел ее в секретную мастерскую.

Двадцать минут Алиса обыскивала автомобиль. Тихоня стоял рядом. Где-то неподалеку заунывно промычал саксофон.

— Ну вот, Сутягу разбудили. А он просил дать ему поспать до обеда. Чего ищем-то?

Задумавшись, Алиса застыла на переднем сиденье, выставив наружу ноги.

— Да понимаешь, вчера мужик ко мне в квартиру завалился, сказал, что он мой отец. Не успела я как следует испугаться, а на балконе оказался братец Мазарини. Не успела я от этого успокоиться, а братец скинул папочку вниз.

— Это интересно, — переварив полученную информацию, Тихоня подошел поближе и всмотрелся в лицо Алисы. — Но что ты в машине ищешь?

— Сама не знаю. Вдруг это все подстроено? Сначала братец прячется на балконе, потом приходит плохой папочка, братец его кончает, а я в дерьме. Знаешь, что-то мне не по себе. Как будто я вляпалась в чужой спектакль.

— Пойдем чай пить и советоваться с Сутягой.

— Ты, Алиска, по природе притягиваешь к себе напряги, — заметил Сутяга, отложив саксофон. — Не волнуйся, так многие женщины делают, это у вас вместо ширялова или градуса — встряска для хорошего цвета лица. Для румянца на скулах и блеска в глазах.

— Приложил так приложил! — покачал головой Тихоня.

— Ладно, если не веришь, пусть скажет, зачем приходила.

— Она приходила машину Мазарини обшмонать, потому что...

— Подожди, пусть сама скажет, — перебил Сутяга. — Что я, баб не знаю! Я же по лицу вижу, что у нее важное и очень нервное дельце припасено на сегодня.

— Сутяга, — прищурилась Алиса, — голубок-то долетел?

— А то! — заулыбался Тихоня.

— Ну и как вы наградой распорядились?

— О-о-о! — встал Сутяга и прошелся по мастерской. — Да у нее грандиозные планы! Тихоня, готовься, если уж Алиска так заговорила, не иначе, как придется труп прятать или выкрасть с военной базы ракету с ядерной боеголовкой.

— А все-таки! — настаивает Алиса.

— Ну, как... Видишь все это? — Сутяга обвел рукой мастерскую. — Теперь — наше. Выкупили.

— На троих оформили?

— Нет. На двоих. Офелия предпочла свою долю деньгами взять.

— Понятно. Подставили, значит, мальчики Офелию.

— Сразу — подставили! Мы ее предупредили, чтобы не светилась деньгами пару месяцев. И тебе кое-что приготовили, так сказать...

— Нет. Спасибо. Эти деньги ваши. Мне ничего не надо, разве что одну маленькую услугу.

— Я же говорил! — подмигнул Сутяга Тихоне.

— Нужно взять кое-что у Фрибалиуса и отвезти это в Сюсюки.

— Банки с внутренностями, что ли? — усмехнулся Сутяга. — Что это у вас за бизнес такой?

— Нет. В этот раз — никаких консервов. Совершенно свежий утопленник.

Переглянувшись, сутяга с Тихоней загрустили.

— А если мы откажемся? — предположил Тихоня.

— Не откажетесь.

— Когда? — вздохнул Сутяга.

— Вот крышу сделаете у джипа, и отправимся.

— С ума сошла! А если Мазарини узнают?

— Одного, по крайней мере, я смогу успокоить. Не тяните время, мальчики. За работу!

Я приготовила черное пальто корейца, а красного шарфа не нашлось, в нагрудный закрывающийся карман — золотой «паркер» — подарок отчиму от известного англичанина на какой-то конференции, рубашку, носки, я никого не убивала, трусы, носовой платок, веревки, перстень... Перстень может не налезть, я никого не убивала.

«И наконец Синяя Борода упал мертвым рядом со своими тремя догами, большими и сильными, как быки... Старший брат посадил с собой на лошадь сестру, а младший — пригожую пастушку...»

Туфли. С этим проблема. Ладно, не будет туфель. Совсем новые нельзя, а у корейца маленькие ступни, не каждому нормальному утопленнику подойдет его обувь. Туфли зацементировались и ушли на дно. Туфли сожрут щуки и пираньи в озере в Сюсюках.

— Сам не знаю почему, но я тебе верю, — расфилософствовался у морга Сутяга. — Нет у меня к тебе, Алиска, отвращения, понимаешь? Вот смотрю я на этот труп и понимаю, что он тебе зачем-то нужен, а зачем — меня не интересует. Голова раздроблена, лица почти не осталось, а дырочка в груди — это явно пулевое отверстие. Что ты будешь с ним делать, куда денешь...

— Ничего я с ним делать не буду! Утонул мужик в Истре, а я его перевезу на озеро в Сюсюках.

— Тоже ничего себе занятие, — кивает с пониманием Сутяга. — И заметь, я не спрашиваю, на хрен ты перевозишь покойничка из одной воды в другую, зачем надела на него совершенно новое дорогое пальто, но оставила в одних носках.

— Туфель подходящих не нашлось, — огрызаюсь я.

— День сегодня какой веселый, насыщенный, можно сказать, день получается. Ну что бы мы без тебя делали, спрашивается? Загнивали бы со скуки. А теперь закатим ночью по Ленинградке сто восемьдесят, да на джипе, да под стерео, да еще Офелия запоет — она после ста двадцати всегда поет!

— Только без Офелии, пожалуйста, — прошу я, покосившись на Фрибалиуса.

— Возьмите девочку проветриться, — как будто подслушав мои мысли, подходит патологоанатом. — Второй день она тревожит мою мочеиспускательную систему, я могу и не выдержать. — Он берет меня за руку и отводит в сторону. — Заметь, ты толкаешь меня на должностное преступление.

— Не нервничай, через несколько дней этот труп найдут и привезут обратно.

— Неправильно я тебя воспитал, Алиса. Никакого почтения к смерти, никакого!..

— Да ты меня спас от помешательства, когда разрешил приходить сюда в гости. Я тебя люблю, Фрибалиус.

— Эта твоя подружка тоже ненормальная. У нее родители есть, или она сирота, как и ты?

— Есть. Есть у нее родители, да вот ее нет у родителей.

— А скажи мне, суицидик мой малолетний, это и есть конец света или еще смешнее будет?

Глаза Фрибалиуса смотрят на меня с усталостью и отчаянием. Потом, с нежностью и болью, на появившуюся в дверях покачивающуюся Офелию.

— Да не напрягайся ты так, — обнимаю я его. — Это у нас переходный возраст. Это пройдет. Мы выживем. Приспособимся. Будем ходить на работу, а с работы — в магазин. Будем отдавать детей в детский сад и носить флаги по площади в праздник.

— Она нарушает замкнутую систему моего существования, она делает меня уязвимым!

— Перестань, а то я заревную.

И вот мы катим по Ленинградке, как и обещал Сутяга — сто восемьдесят, Офелия пела, пела, да и заснула, я рассказываю анекдоты, чтобы Сутяга не заснул, а за нами едут уже второй час неприметные «Жигули» с мотором от «Ландровера» последней модели — оказывается, Тихоня звуки разных моторов различает, как Сутяга выдохи разных саксофонов. Я никого не убивала.

И вот нас останавливает милиционер — естественно, за превышение скорости, — и Сутяга показывает документы на машину, а милиционер спрашивает, что у нас в багажнике. Тут просыпается Офелия и честно отвечает, что в багажнике — труп в черном пальто, но без ботинок, и милиционер смотрит на ее расставленные ноги — она лежит головой на коленях Тихони, а ноги расставлены, а трусы Офелия считает анахронизмом, поэтому на ней, как всегда, под задравшейся юбкой только колготки, и милиционер просит водителя выйти из машины и открыть багажник.

— А можно я выйду? — спрашивает Офелия. — Очень писать хочется. Где у вас тут писают?

Она берет милиционера за полосатую палочку и ведет за собой, жестикулируя, что-то объясняя, нам плохо слышно. Тихоня потянулся было к ручке дверцы.

— Сиди, — тихо приказал Сутяга.

Они скрылись за постом. Мы тихонько отъехали.

— Затаимся неподалеку и подождем? — спросила я.

— Заберем на обратном пути, — ответил Сутяга. — Мы как-то один раз ее ждали. Сутки. Лучше потом подобрать.

А через час нас подсекли «Жигули».

— Попали, — вздохнул Сутяга.

Из машины вышли трое, охая и ахая, осмотрели свою разбитую заднюю фару, дождались, пока Сутяга опустит на два сантиметра стекло, и спросили, как будем расплачиваться.

— Ты знаешь, чья это машина? — спросил Сутяга. — Братьев Мазарини.

— А мы — братья Худощеповы, а ты разбил нашу тачку, а мы очень злые на это, а ты теперь попал на большие бабки, — улыбаясь, два брата Худощеповых дергали ручки, пытаясь открыть дверцы джипа, а третий брат достал пистолет.

— Не надо разборок, — крикнул Сутяга. — Возьмите в багажнике все, что надо.

И просунул им в щелку ключик.

Братья открыли багажник. Минуты три им хватило на осмотр. Сутяга поднял стекло, закупориваясь, положил мне ладонь на затылок и опустил голову вниз. Затаившись, мы втроем синхронно представляем себе, как братья Худощеповы открыли черный мешок...

— Запрячься на всякий случай.

Я скорчилась, закрыв голову руками. Стукнула, закрываясь, крышка багажника. Братья Худощеповы стояли истуканами, наверное, не в силах быстро оценить создавшуюся ситуацию.

— Давай на газ! — шепотом предложил Тихоня, скорчившийся под сиденьем сзади.

— Не надо нагнетать обстановку, — Сутяга достойно выдержал паузу и завел мотор только после того, как братья Худощеповы развернулись и отъехали.

В половине пятого утра мы втроем выволокли труп из багажника, вытащили из полиэтиленового мешка, раскачали и бросили в озеро. В камышовую заболоченную заводь.

— Бульк! — сказал Тихоня.

— Теперь мы с тобой квиты, — Сутяга положил руку мне на плечо и больно стиснул.

— А как же дружба? — загрустила я.

— Через год ты станешь самой молодой авантюристкой в мире, через три — секретным агентом спецслужб, зачем тебе моя дружба? Разве что труп куда-нибудь подбросить, так для этого есть чистильщики-профессионалы. А у меня дочка растет. Я тебе не напарник.

— Как это ты вдруг повзрослел!

— Деньги кого хочешь облагоразумят. А вообще — заходи, если что. Поиграю тебе.

— Ты, Сутяга, поменьше смотри американское кино! Чистильщики, агенты, — толкнул меня плечом Тихоня. — Я тебе, Алиска, всегда рад. С тобой интересно.

На обратном пути мы подобрали изрядно пьяную Офелию, и я спросила у Сутяги, при чем здесь, действительно, агенты спецслужб?

— Твоя знакомая тетка, которая зарабатывает стиркой, имеет буферный адрес ФСБ в Интернете.

— Что это значит?

— Ты просила меня навести о ней справки. Я пытался, но ее адрес оказался буферным, то есть закрытым для информационного запроса, по кодовой сетке ребята определили, что это буфер ФСБ.

— Ничего не понимаю.

— Что тут понимать? Ее файлы закрыты для взлома, коды — из сетки ФСБ, если в них начать копаться, тебя через шесть минут ставят на мухоловку, что значит — высчитывают и ломают твою систему.

— Она работает в Службе Безопасности? — я задумалась.

— Или работала, а теперь пользуется некоторыми льготами как ветеран службы. Так что ты с ней поосторожней.

Я откидываюсь на спинку сиденья, стискиваю кулаки и яростно кричу:

— Я никого не убивала!

— Не унывай, — успокаивает меня Сутяга, — у тебя еще вся жизнь впереди!

Следователь Лотаров, изогнув верхнюю губу до ощутимого ее прикосновения к носу, несколько раз прочел заключение по отпечаткам пальцев. На пустой бутылке из-под грузинского вина отпечатки были только девочки Алисы. Отчетливые. Свежие. Если еще учесть, что отпечатки эти были сделаны довольно грязными — в сладостях и фруктовом соке — руками, картинка складывалась странная. Либо девочка Алиса выпила вино, либо, что более правдоподобно, собственноручно вылила на себя содержимое бутылки. Но тогда получается, что ворвавшийся к ней в квартиру бандит Штукарь не обливал бедную девочку вином, и, естественно, это ставит под сомнение и остальное. Не скидывал в кучу одежду корейца, не вываливал в одежде Алису, обмазанную тортом, не падал с балкона?..

Стоп. Расслабив верхнюю губу и звонко пошлепав ею о нижнюю, Лотаров задумался и прислушался. К нему под ноги забежал Допрос и посмотрел снизу тревожными желтыми глазами. Скребущие звуки не прекратились. Погрозив Допросу пальцем, Лотаров осторожно встал и на цыпочках вышел в коридор. Дверь в туалет была открыта. Затаив дыхание, Лотаров смотрел на кошку светло-серой масти с черными кончиками ушей. Андалузка сидела рядом с унитазом в эмалированном поддоне, напрягшись и закрыв глаза. Застывшая поза ее, выставленный торчком хвост — все указывало на особую важность момента. Несколько конвульсивных движений спиной, и... Лотаров успел забрать поддон до того, как андалузка принялась засыпать сделанное ею песком. Он осторожно перенес поддон в ванную. Кошка, не дождавшись обычной после опорожнения кишечника похвалы, пошла за ним и, урча, терлась мордой о шлепанцы.

— Да-да! — нетерпеливо кивнул Лотаров. — Ты умница, умница! Три, четыре, пять, — он сосредоточенно доставал что-то из поддона пинцетом и складывал в салатник. — Ты заслужила лакомство! Восемь, девять... Одну минуточку, одиннадцать, двенадцать...

Часть II

Прачка по вызову. Дорого.

Я звоню в дверь прачечной.

Где-то за синими морями и высокими горами гуси-лебеди уносят к страшной Бабе-Яге маленького мальчика — украден чей-то братишка, теперь сестренка пойдет его искать, будет есть горько-кислые яблоки, непропеченный ржаной хлеб...

Я звоню в дверь прачечной. Мне никто не открывает. Я сажусь на ступеньки и через пять минут уже готова замерзнуть до галлюцинаций — самые красивые дворцы изо льда, самые пышные перины из снежинок. Если я окажусь добросовестной затворницей и буду хорошо взбивать перину, Москву укроет снег, если у меня хватит сил, я буду взбивать день и ночь, чтобы снег завалил дома до крыш...

— Алиса!

— Мне тепло, — шепчу я.

— Алиса, вставай. Есть работа.

— Пенелопа, я очень устала и хочу спать. Я три дня и три ночи взбивала перину, видишь? — выставив ладонь, ловлю падающие снежинки. — Это все я сделала!

— Хорошо, хорошо, только вставай, а то примерзнешь. Заходи.

— Я не могу сидеть дома, мне страшно.

— Хорошо, заходи же! Умеешь клизмы ставить?

— Нет, но видела, как это делала тетушка Леонидия. Они с корейцем перед особенно затяжным траханьем ставили друг другу клизмы.

181

— Бедный ребенок! — бормочет Пенелопа, отключая сигнализацию.

— Я никого не убивала, — эта фраза не дает мне покоя, я повторяю и повторяю ее, как загипнотизированная, уже третий день.

— Не сомневаюсь, — успокаивает меня Пенелопа. — Очень надеюсь, что и в дальнейшем ты будешь решать все свои проблемы чужими руками.

— Чужими?..

— Ну да, — Пенелопа спокойна, пожимает плечами. — У тебя в квартире был кто-то еще? Один из братьев Мазарини?

Я молчу.

— Ты знаешь, кто вывалился с твоего балкона? Иди сюда, — она зовет меня в кабинет. — Садись. Так... Сейчас откроем. Вот, познакомься, Штукин Максим Суренович, уроженец Баку, четыре судимости, один побег. Последние три года вел себя неприметно в том смысле, что не попадался на глаза органам.

На экране монитора лицо моего гостя плохо узнаваемо — голова обрита, взгляд затравленный.

— Значит, он не Геннадий?

— Нет. Он Максим Суренович. И поскольку три последних года вел себя странно тихо, можно предположить самое худшее.

— И что это такое?

— Ну, посуди сама. К тебе вваливается уголовник, заявляет, что он — твой отец. Что ты по этому поводу думаешь?

— Он рассказал кое-что о себе и маме. Что я могла думать? Сидели за одной партой, ранняя беременность, избиение...

— Ты знаешь, что твой отчим занимался медицинским сырьем или оборудованием?

— Не думаю. В основном он занимался философией.

— Ладно. Следователь Лотаров совсем не дурак, совсем. Он снимал отпечатки пальцев в квартире?

— Снимал.

— А теперь подумай, что тебе грозит, если он найдет пальчики брата Мазарина?

Я думаю.

Пенелопа приносит чай и печенье.

Я думаю.

— Пей, пока горячий, нам пора ехать.

— Не найдет, — говорю я, все продумав. — Он был в перчатках и сразу прошел на балкон. Когда я подходила к подъезду, я увидела, как джип разворачивается, значит, он только что подъехал.

— Ты узнала машину?

— Нет, я просто отметила про себя, что у моего подъезда разворачивается джип, это автоматизм — я научилась одним взглядом запоминать восемьдесят два предмета.

— Что?

— Отчим учил меня внимательности. Поднимаю глаза, смотрю пять секунд, опускаю. Если смогу потом перечислить восемьдесят два предмета, получаю мороженое.

— Ладно, специалист. Поехали на стирку?

Мы подъехали к высотке на Котельнической набережной.

— «Под стук трамвайных колес»! «Под стук трамвайных колес»! — прошептала я со стоном.

— Не нервничай. Я взяла тебя, чтобы ознакомить с некоторыми особенностями стирки, когда приходится пачкать руки.

— А я говорю о Куросаве!

— Да. Самое время. Этот японский режиссер у тебя ассоциируется с клизмой?

— Он у меня ассоциируется с любимым кинотеатром! «Иллюзион» по субботам! «Семь самураев», «Бассейн» с Аленом Делоном, а меня не пускали в зал — тринадцать лет. Эх, детство мое одинокое!.. Я никого не убивала.

— Слушай, — предложила Пенелопа, заезжая во двор высотки и вглядываясь в мое лицо с беспокойством, — может, сеанс психоанализа? Прямо сейчас?

— Нет уж, — качаю я головой. — Клизма так клизма!

Мы звоним в квартиру на третьем этаже. В подъезде пахнет старостью. Пенелопа говорит, что это гниет дерево — в некоторых высотках деревянные перекрытия, а по мне так пахнет старостью, я вдруг вспоминаю о бабушке — когда она умрет, я останусь совершенно одна на всем белом свете, потом я вспоминаю о мужчине по имени Геннадий — моем биологическом отце, где-то же он существует, не могли же меня зачать в пробирке, потом нам открывают дверь, и женщина с измученным лицом стонет «наконец-то!..», и мы проходим в коридор, заставленный мебелью и увешанный картинами, а чугунная негритянка в натуральную величину держит на своем плече светильник в углу коридора, и в его свете в зеркале отражаются наши лица и рогатая голова оленя на стене в гостиной.

— Вы что, совсем с ума посходили? — шепотом возмущается молодой человек, осмотрев меня сверху вниз. — Мне девятнадцать лет, я имею право сам решать!

— Конечно, конечно! — успокаивает его Пенелопа, натягивая резиновые перчатки. — Где у вас ванная?

— Помогите, он может умереть в любую минуту! — стонет женщина с измученным лицом. — Это чудо, что он до сих пор жив!

— Мама! — заламывает руки юноша. — Я тебя умоляю уйти куда-нибудь и оставить меня в покое! Зачем тут еще этот ребенок? Уйдите все!

— У него от страха могут начаться спазмы кишечника, понимаете, на нервной почве, он очень переживает! — шепчет женщина, показывая мне ванную.

— Вы не волнуйтесь, — я с удивлением осматриваю ванную комнату с позолоченными кранами, треугольной ванной с отверстиями для гидромассажа и пластмассовых разноцветных рыбок, покачивающихся в пластмассовых разноцветных водорослях за стеклом — вместо кафеля — во всю стену.

— Он очень интеллигентный мальчик, очень, наша семья...

— Пенелопа! — кричу я. — Посмотри, может, лучше устроиться где-нибудь в комнате?

— Да-а-а... — осматривает Пенелопа ванную. — Боюсь, что у нас проблемы. Он не хочет нигде. Он напуган и нервничает. Контейнер продвинулся по кишечнику далеко, просто так не достать, нужно делать клизму, а у интеллигентного мальчика настоящая истерика и нервный запор.

— Вот! — женщина принесла небольшой таз, в котором, изогнувшись, заполненные чем-то, продолговатые, с пустой пупырочкой на конце лежат два презерватива. — Я случайно обнаружила, мальчик вызвал у себя рвоту и испугался... Это было в его желудке! А то, что в кишечнике, не выходит! Его похитили, вкололи сильнодействующее психотропное средство и начинили наркотиками! — шепчет она и закрывает глаза от ужаса.

— Как его зовут? — интересуюсь я.

— Юлиан. Юлик, а вообще-то Юрий Борисович, но вы не думайте ничего плохого, он мне объяснил, из него сделали живого перевозчика наркотиков! Это мафия, настоящая мафия!

— Принеси мой чемоданчик из коридора, — просит Пенелопа.

— Вы ко мне не прикоснетесь! — кричит из комнаты Юрий Борисович.

— А как мафия собиралась забрать у ничего не подозревающего перевозчика свои контейнеры? — интересуется Пенелопа у женщины, достает из чемоданчика резиновый пузырь и наполняет его водой.

— Это у них все продумано, — шепчет женщина, прикрыв за собой дверь в ванную. — Ему позвонили! Приказали в десять вечера прийти в условленное место! А там бы его непременно ударили по голове, чтобы он потерял сознание, или одурманили хлороформом, а потом... Что это у вас?

Пенелопа достала шприц, сломала головку у ампулы и набирает его.

— Если ваш сын не согласится все сделать добровольно, придется вколоть успокоительное.

— Нет, мы так не договаривались, — озабочена женщина, — никаких уколов! Юлик боится уколов с детства!

— А реанимации и статьи за перевозку наркотиков он не боится? Бедненький, похищенный мафией!

— Я же вам объясняю, он ни при чем, его начинили этой гадостью в бессознательном состоянии! Подождите!..

— Вы платите мне за клизму, и я сделаю ее любой ценой. Такой уговор!

— Если кто-то из вас двинется с места, я перережу себе горло! — заявляет Юрий Борисович, приставив к шее огромный кухонный нож.

Мы втроем застываем в дверях ванной, подняв головы вверх.

Вероятно, для усиления эффекта устрашения он вытащил в коридор стул и стал на него, возвышаясь над нами и дрожа коленками. Немая сцена длится секунд двадцать, потом измученная женщина падает в обморок, широко раскинув ноги и ударившись головой в пол.

Я начинаю раздеваться.

Сначала я снимаю ботинки, стаскиваю джинсы, колготки, потом — быстро — трусы. Свитер надет на голое тело, поэтому его я снимаю медленно, чтобы продлить оторопь трясущегося на стуле Юрия Борисовича и чтобы его нижняя челюсть отвисла до критического состояния. Некоторое время я стою голая и держу свой любимый желтый кашемировый свитер двумя пальцами, потом бросаю его, и свитер падает рядом с раскинувшейся женщиной. На паркет у моих ног капает первая капля крови.

— Алиса! — шепчет застывшая со шприцем в руке Пенелопа.

— Ничего страшного, — говорю я тихим, спокойным голосом, — ты же знаешь, это у меня случается от злости.

— У ва-вас кровь те-течет, — показывает рукой с ножом Юрий Борисович на пол.

Я задираю голову, и следующая капля капает на грудь. Я медленно размазываю ее ладонью.

— Помогите мне, — говорю я, глядя на Юрия Борисовича и размазывая вокруг пупка следующую каплю.

— Вам нужно в ванную! — суетится юноша, опускаясь со стула и размахивая ножом. — И холодное полотенце на нос! У меня в детстве тоже такое бывало, мне тогда закладывали ватку с перекисью водорода. Мама! Где у нас перекись? — он перешагивает через лежащую женщину и заходит в ванную.

Я отодвигаю от двери Пенелопу, делаю ей знак ладонью, что все в порядке, при этом ловлю следующую каплю крови и закрываю перед ее носом дверь.

В ванной первым делом отодвигаю ногой подальше нож, который юноша положил на пол, потому что он мешал ему открывать пузырек.

— Вот. Засуньте в ноздрю и закиньте голову.

Приблизив свое лицо ко мне почти вплотную, он помогает заталкивать ватку в ноздрю ухоженными тонкими пальцами пианиста.

— Юрий Борисович, — говорю я шепотом в его расширенные зрачки, в приоткрытый от напряжения рот, в полыхающие скулы, — у вас живот сводит, да?

Он садится на край треугольной ванны, задерживается глазами на моей груди и вздыхает.

— У меня ничего не получается, я сидел на унитазе, ничего не выходит, я даже выпил водки. Как заклинило! Так уже бывало в детском саду, когда нас заставляли сдать анализы, ну, вы понимаете, меня заставили выпить касторового масла, и от страха, что сейчас я выпачкаю штанишки, случился спазм. Вам лучше?

— Видите этот пластмассовый хоботок, — я говорю, задрав голову вверх и дыша ртом, потому что ноздри забиты мокрой ватой. — Он очень тонкий и хорошо закруглен, — засовываю наконечник резинового шланга в рот и облизываю его между вздохами. — Он входит нежно, если все делать аккуратно. Раздевайтесь, — осторожно протягиваю руку и открываю кран.

— Совсем? — не удивляется Юрий Борисович, внимательно отслеживая, как я облизываю пластмассовый носик клизмы.

— Ну, я же совсем голая. Вот сюда давайте, ко мне, в ванную.

Когда Пенелопа осторожно приоткрыла дверь, мы с Юрием Борисовичем сидели, расставив ноги, друг напротив друга, голые и уставшие, а между нами на блестящей эмали ванной лежали две окровавленные ватки из моего носа и два соединенных друг с другом резиновых контейнера из его прямой кишки.

— Я хочу видеть, как это работает, — показала я на отверстия для гидромассажа, и посеревшее лицо Юрия Борисовича оживилось.

Он стал нажимать какие-то кнопки на пульте управления, и я еле успела выкинуть контейнеры, хлынула вода, мы сели друг напротив друга, я предложила в память о Курте Воннегуте соединиться пятками, и Юрий Борисович сразу же меня понял (интеллигент, одно слово!), он нащупал своими ступнями мои, а потом предложил выпить за всех последователей Боконона и закричал: «Мама, коньяк нам в ванную!», и Пенелопа принесла поднос с бокалами, и укоризненно заметила, что нужно быть осторожной и всегда работать в перчатках, а мы с Юрием Борисовичем, соединившись под водой пятками, пели хором в память о Бspan хором в память о Бspan Бspan

> Расскажите вы мне
> О счастливой стране,
> Где мужчины храбрее акул,

А женщины все
Сияют в красе
И с дороги никто не свернул![1]

— Ну, ты даешь! — выдохнула в машине Пенелопа, взявшись за руль.

Дальше я не слышала. Я заснула, как упала в обморок. Наконец-то за последние пять дней я оторвалась от всего мира и отдалась полнейшему бесчувствию сна.

В половине шестого в стекло машины постучали чем-то металлическим. Звук получился звонкий и нервный. Кое-как разлепив глаза, я увидела спинки передних сидений, а потом близкую руку в огромной перчатке, постукивающую ключом с той стороны стекла.

— Войди-и-ите! — зевнула я, потягиваясь.

— Вы живы? — теперь с той стороны стекла образовалось круглое усатое лицо в каске.

— Я есть хочу.

Опускаю стекло.

— Чья машина? — интересуется страж порядка.

— Сейчас посмотрим... — я перелезаю на переднее сиденье. — Технический талон устроит? Вообще-то хозяйка здесь живет, — киваю на вывеску прачечной.

— Это машина Пенелопы? Ладно, проехали, я сразу не узнал. Пряник будешь?

— А кофе? — капризничаю я.

— Ладно, пошли.

Поеживаясь, бегу за утренним милиционером. Все спит вокруг — воскресенье, на перекрестке светится тусклым огоньком кафе.

За чашку отвратного кофе и подозрительный салат с селедкой я совершенно чистосердечно призналась милиционеру, что Пенелопа в своей прачечной не снимает порнофильмы с малолетками, не растворяет в ванной

---

[1] К. Воннегут «Колыбельная для кошки».

трупы, не подделывает документы, не печатает деньги, не разводит кроликов и не выращивает в подвале шампиньоны.

— Знаешь, какая у нее крыша? — расслабился после второй рюмки коньяка страж закона.

— Нет, — я заинтригована.

— Вот именно! Никто не знает, а трогать нельзя. Ты клиентка или работаешь у Пенелопы?

— Работаю. Я еще пока на испытательном сроке.

— И что у тебя получается лучше всего?

Я задумалась, потом решилась:

— Лучше всего у меня пока получилось поставить клизму одному молодому интеллигенту.

— Ну, полный беспредел! — покачал головой милиционер. — А еще я слышал, Пенелопа сосватать может кого угодно. В смысле, женить там или замуж выдать. Говорят, у нее картотека самая обширная в мире. Понимаешь, я немку хочу. Немки, они чистоплотные и выносливые.

— Вранье! — возмущаюсь я. — Наши отечественные невесты — самые выносливые невесты в мире!

— Ладно. За наших, за выносливых, — он чокнулся с моей чашкой, выпил, тщательно вытер усы. — Документик найдется?

— Что? — не сразу уяснила я.

— Документы, говорю, какие-нибудь имеются?

— Конечно. Загранпаспорт.

— Во-о-она как!

— А вы думали?

— Покажи.

— Из моих рук.

— Ты тут не зазнавайся, не командуй, — милиционер отбирает мой паспорт и, послюнявив палец, листает его. — Зачем тебе такой или собралась куда?

— Собралась. Вы знаете место последней работы Гауди? Я собралась осмотреть это место.

Милиционер задумался.

— Гауди... Га-у-ди... Нет, не знаю такого.

— Он сделал внутреннее убранство кафедрального собора, а на витражах...

— Он еврей, что ли, этот Гауди? — перебивает меня утренний милиционер, нюхая пустую рюмку.

— Я хочу в туалет.

— Я тоже. Двинули?

У двери, на которой выведенный краской треугольник устойчиво опирается на свое основание, мы остановились.

— Мне — сюда, — показываю я на треугольник.

— Тут такое дело, Алиса Геннадьевна, — замялся милиционер, — я вроде должен пойти с вами.

— А может, не надо? — тоскливо озираюсь и обнаруживаю, что мы совершенно одиноки в длинной кишке коридора.

— Я подожду у дверей кабинки, а вы не нервничайте, делайте все как надо, не обращайте на меня внимания.

— А потом?

— А потом я отвезу вас в следственное управление.

— Вы не можете меня задержать, я несовершеннолетняя!

— Это верно, не могу, поэтому просто прошу проследовать со мной в следственное управление.

— Не пойду!

— Алиса Геннадьевна, не сопротивляйтесь, это для вашей же безопасности. Ответите на вопросы следователя, напишете заявление, и вам оформят охрану.

Поскольку я совершенно не знала, зачем меня привезли в управление, то на всякий случай предположила худшее (за похищение из морга неопознанного трупа и затопление его в озере у хутора в Сюсюках) и сразу же потребовала адвоката.

— Конечно-конечно! — уверил меня покачивающийся с пятки на носок, как игрушка-неваляшка, круглый человечек с пышными локонами до плеч, носом с приплюснутым кончиком и мерзейшими усиками над пухлой изогнутой губой. — Надеюсь, этот сержант не превысил своих полномочий?

— Превысил! — завожусь я. — Он пошел за мной в женский туалет!

— Как неудобно получилось, извините, это я виноват. Извините. Помните меня? Я — Агей Карпович, и если естественные потребности вашего организма не были удовлетворены вследствие настойчивости этого сержанта, я могу предложить...

— Спасибо, я пописала, несмотря ни на что!

— Вот и отлично. Мы подождем машину, а пока я сделаю вам какао.

— Ненавижу какао!

— Странно. Мне всегда казалось, что дети любят какао. Тогда — чаю?

— А какую машину мы ждем? — прищурилась я.

— Мы ждем машину, чтобы отвезти вас домой, то есть в квартиру, где вы жили в последние шесть лет.

— И для этого меня вытащили из автомобиля Пенелопы? Из-под теплого верблюжьего одеяла, которым она меня заботливо укрыла?

— Простите, это я виноват. Это мой приказ. Ваша квартира была некоторым образом осквернена, вот я и решил, что если это было ограбление, то определить, что было украдено, сможете именно вы.

— Что это значит — некоторым образом осквернена? — заинтересовалась я.

— Если вы помните, то при нашей первой встрече на полу вашей гостиной лежала куча одежды Гадамера Шеллинга вперемешку с тортом и персиками. Так вот, эта одежда исчезла, а в комнатах устроен полнейший беспорядок. Все книги порваны, стулья поломаны, по полу рассыпана крупа и сахар, посуда перебита, занавески содраны, мебель, даже антикварная, изувечена. Видно, что обыскивали с пристрастием и не заботясь о приличиях. Искали небольшой предмет, поэтому повреждения мебели...

— Почему же вы думаете, что небольшой?

— Женские прокладки разрезаны. Извините. Из шкафа достали упаковку гигиенических прокладок и тщательно их распотрошили. Отсюда делаем вывод: предмет, который искали, мог поместиться в прокладку, если бы вы захотели его туда засунуть.

Застыв истуканом, я смотрю, как следователь снует по кабинету, втыкает в розетку вилку чайника, рассматривает на свет чайную ложку, и спрашиваю:

— Почему именно я захотела?

— Ах, Алиса, это элементарно. Это по логике получается. Женщина прячет нечто туда, куда, по ее мнению, не полезет искать мужчина. Вы жили в квартире вдвоем с отчимом.

— Тогда по вашей логике получается, что искать это нечто в прокладках тоже должна женщина! — кричу я и вскакиваю, не в силах усидеть на стуле.

Застыв с горячим чайником в одной руке и кружкой в другой, следователь смотрит на меня застывшими от ударной мысли глазами.

— Эй! — я провожу перед его лицом ладонью, и в глазах Агея Карповича появляется выражение некоторой растерянности.

— Знаете что, — предлагает он, поставив чайник и прислонив к его боку кружку. — Мы сейчас с вами посмотрим, что такое может поместиться в женскую прокладку. Вы каким номером пользуетесь? Минуточку, тут у меня записано...

Порывшись в карманах, Агей Карпович вместе с блокнотом вытаскивает платок, платок падает на пол со стуком, и из него вываливается вставная челюсть — это она стукнула.

— Извините, — следователь подбирает челюсть, дует на нее и начинает засовывать в рот, чуть отвернувшись от меня и изображая стеснение.

«Нижняя» — про себя отметила я и мобилизовала все силы.

— Так что там я спрашивал? — повернул ко мне лицо следователь.

— Вы спрашивали о прокладках. Я номер точно не помню, а зачем вам?

— Вы представляете, оказывается, эти прокладки, они все разные! — с восторгом объявляет Агей Карпович. — В том смысле, что имеют разные размеры.

— Прекрасно представляю.

— Ну вот и хорошо, будем основываться на размерах прокладок, обнаруженных в вашей квартире. Что может туда поместиться? Проведем следственный эксперимент.

— Как вы сказали?.. — обалдела я.

— Эксперимент. Возьмем прокладку, — Лотаров достал из ящика стола что-то завернутое в газету, положил на стол и пригласил меня жестом подойти поближе.

— Что... это?!

— Я позволил себе принести одну прокладку, такую же, как была у вас в квартире, и сейчас мы посмотрим, помещается ли в нее, к примеру, дискета.

— Дискета? Но почему именно...

— Да я просто к примеру сказал. Вот смотрите...

Газета, шурша, медленно разворачивается, на ней лежит прокладка с подозрительным коричневым пятном на рабочей поверхности.

Меня охватило жуткое любопытство. Я наклонилась как можно ниже и внимательно осмотрела пятно.

— Вы что, попросили у сотрудницы своего ведомства использованную прокладку? — после осмотра спросила я, с восхищением уставившись в лицо следователя.

— Нет, — он с разочарованием отвел взгляд, — я, понимаете, пролил на стол...

— Вы кофе пролили и промокнули его. Кофе с молоком. Правильная мысль, если нечем больше вытереть пятно. У вас в управлении пользуются вместо салфеток женскими прокладками?

— Да, так получилось, я пролил кофе, а тут эта прокладка, я ее подготовил для следственного эксперимента, она подвернулась под руку...

— Прекрасная идея, — похвалила я. — Что вы хотели в нее засовывать? Дискету? Нет, не получится. Прокладка теперь мокрая внутри, дискета испортится. Знаете что, у меня идея! — я вытаращила глаза и изобразила пришибленную озарением сыщицу. — Где ваша дискета?

— Вот, пожалуйста, — скучный Лотаров положил рядом с газетой дискету.

— Вот и отлично, а я пожертвую для такого случая прокладку! — Расстегнув молнию на джинсах, я старательно начинаю стаскивать их. — Минуточку, извините... Сейчас.

— Что?.. Что вы делаете? — осел мешком на стуле Лотаров. — Немедленно прекратите, не надо!

— Не нервничайте, я достаю прокладку. Это прокладка для повседневного пользования, никаких пятен! — Стащив джинсы, я берусь за резинку трусов. — Я ее недавно положила, когда с милиционером писать ходила.

— Ладно, прекратите! — Лотаров вскакивает со стула и отходит в угол, отвернувшись.

Я с приспущенными джинсами обхожу его стол и по ходу искренне возмущаюсь:

— Вы же сказали — эксперимент, а сами достали использованную прокладку!

— Хватит уже!

— Не орите на меня. А то я расстроюсь, облокочусь на ваш стол и нечаянно нажму вот эту кнопочку. Прибежит дежурный, а я стою в вашем кабинете со спущенными трусами. Нехорошо получится, Агей Карпович. Как мы объясним, что я только доставала прокладку? Потому что вы свою испачкали!

Лотаров медленно поворачивается и смотрит на меня с восхищением. За этот взгляд я его сразу простила.

— Браво! — говорит он тихо. — А теперь наденьте штаны и уберите руку с кнопки.

— Просите прощения!

— Простите дурака, Алиса Геннадьевна, — низко опускает голову Лотаров.

— Ладно уж... Челюсть, которая выпала, вы же не засунули ее в рот? В карман положили?

— Да. В карман.

— Ну то-то же! Знаете, почему у вас со мной не получилось?

— Стар я уже, наверное. На новое поколение мои фокусы не действуют. У вас, верно, другие представления о брезгливости.

— Точно! Я не брезглива и горжусь этим. С двенадцати лет для приобретения стойкого иммунитета к жизни раз в неделю ночую в морге. Фрибалиус, бедненький, надеется даже, что я стану хирургом. Садитесь, — я великодушно показываю на стул для посетителей, сама усаживаюсь на место Лотарова. — Не поместится дискета в прокладку, это и так заметно, без всяких экспериментов. Какие еще будет предположения?

— Я подумал про ключ, — Лотаров примерно усаживается на стул напротив меня.

— Сначала скажите, почему вы подумали про дискету.

— Я видел ноутбук в загородном доме. Им недавно пользовались. Вот и подумал, что должна быть дискета, если копировали информацию.

— А что с ключом? — я осторожно выдвигаю ящик его стола. Смотрю на реакцию Лотарова, но следователь только покорно вздыхает.

— Должен быть ключ от потайной комнаты. А его нигде нет.

— Ключ остался у корейца, — достаю стакан и любуюсь засушенной осой. — Он сорвал его вместе с цепочкой с шеи жены.

— Нелогично получается, — качает головой Лотаров. — Вашего отчима перед утоплением обыскивали, и весьма тщательно, — это по показаниям свидетелей. За чем братьям Мазариным искать потом в вашей квартире ключ, который был на корейце?

— Агей Карпович, — сложив перед собой руки — одна на другую, — я смотрю на следователя примерной ученицей. — Ключ у корейца, он его в рот засунул или в задницу. И эти ваши предположения насчет дискеты — ерунда. Информацию можно было не переписывать на дискету, а перевести на любой адрес по электронной почте. Ключ от потайной комнаты с уже обнаруженной коллекцией платьев искать теперь ни к чему, секретов больше не осталось.

— Как это я не подумал сразу, дурак старый!.. — бормочет Лотаров, поникнув головой.

— Перестаньте притворяться. Скажите лучше, почему вы думаете, что этот шмон устроили братья Мазарины?

— А кому еще? Кому?

— Вы обнаружили отпечатки пальцев, да?

— От вас ничего не скроешь, Алиса Геннадьевна.

— На балконе, да?

— Редкая проницательность! Не думали о работе в следственных органах? Тем более что к трупам вы уже вполне привычная.

— А что у вас припасено для Пенелопы Львовны? — я киваю на содержимое выдвижного ящика.

— Пенелопа Львовна женщина нервная, ее вывести из равновесия — раз плюнуть. То есть, — усмехнулся Лотаров и почесал где-то за ухом, в пышных локонах, — я хотел сказать — раз сморкнуться. Был очень рад побеседовать, очень. Мой сотрудник вас проводит, а я — всегда к вашим услугам и в любое время суток. Звоните. Кстати, я не помню, какой там электронный адрес у Пенелопы Львовны? Не вспомните так сразу? А почему вы улыбаетесь? Смешно? Ну что ж, я согласен — было очень смешно.

Приехав в квартиру, я обошла все комнаты, заглянула в ванную и на балкон. Ну, Агей Карпович, ну попадетесь вы мне! С отчаянием осматриваю совершенно нетронутую мебель и другие предметы быта. На полу в гостиной — пусто. Выпачканная одежда корейца исчезла, а стол в кухне завален распотрошенными женскими прокладками, и это единственная правда из того, что говорил следователь. Нет, конечно, я не специалист, может быть, здесь и проводился обыск, но ни одна книга не поменяла своего места, ни одна бумажка не выпала из секретера корейца, на кухне — идеальный порядок, балкон... Балкон закрыт, шторы задвинуты. Что мне оставалось делать? Я позвонила Пенелопе. Я сказала, что следователь меня обманул и принудил к откровению, разыграв совершенно натуральную сценку собственного позора.

— И что, у него в газете была настоящая прокладка? — не верит Пенелопа.

— Грязная!

— И ты стала в его кабинете снимать джинсы?

— И трусы!

— И сама намекнула на присутствие на балконе брата Мазарина!

— У-у-у-у!

— И об электронной почте?

— Я так была горда собой, я упивалась собственной сообразительностью, ведь я его раскусила!

— Лотарова невозможно раскусить, — вздыхает Пенелопа. — Он скользкий и хитрый, как змея. Змею не раскусишь. Еще он ест кошек!

— Ерунда!

— Точно тебе говорю.

— Давай сыграем вопрос на вопрос, — предлагаю я.

— А как это?

— Мы зададим друг другу по одному вопросу и честно на них ответим.

На том конце провода — тишина.

— Хорошо, — говорит после длинного молчания Пенелопа. — Ты первая.

— Нет, в этот раз первой будешь ты. В следующий розыгрыш я спрошу первая.

— Это ты сдала братьям Мазариным своего отчима?

— Стечение обстоятельств, — без раздумий отвечаю я.

— Эй, так не честно, это не ответ!

— Скажем так, я дала знать братьям, где находится их сестра, но в мои планы не входило смертоубийство. Целью было только его испугать. Теперь моя очередь. Ты возишься со мной, потому что выполняешь задание?

— Нет. Потому что имею на тебя большие виды, — без раздумий отвечает Пенелопа. — Но если уж мы играем честно, я скажу. Имея на твою персону большие виды, я вожусь с тобой по заданию.

— Играем дальше?

— Нет. На сегодня хватит. У меня такое чувство, что следующим вопросом ты постараешься выяснить, что это за задание. Я отвечать не хочу, потому что, как мне кажется, в скором времени ты сама все поймешь.

— А можно меня оформить в какой-нибудь интернат или детский дом? — вздыхаю я тяжко.

— Интересная мысль, но нереальная.

— Хочу в детский дом! Имею право — я сирота!

— Глупо. Ты могла бы все свои проблемы решить до шестнадцати лет, после чего быть абсолютно свободной.

— Я не хочу решать проблемы, я хочу в детский дом!

— Не ори. Могу предложить санаторий для туберкулезников.

— Почему для туберкулезников? — опешила я.

— Подруга у меня там работает, кормежка отличная, никто никогда тебя не найдет. Отдохнешь пару недель.

— Я вам нужна, да? Я приманка? Чего вы хотите?! — скатываюсь я до банальной истерики. — Он умер, утонул! Его труп скоро раздуется и всплывет! Он никогда больше не подойдет ко мне, его больше нет! Чего вам всем надо? Что кореец сделал такого, что им интересуется ФСБ?! У нас теперь пропавшие женские платья ищет контрразведка?

— Записывай адрес, — голос Пенелопы спокойный и тихий, как колыбельная. — Поедешь электричкой с Казанского...

На Казанский вокзал я пришла в семь утра. В семь двадцать села в первый вагон — все, как продиктовала Пенелопа, — осмотрела пассажиров и загрустила. Пассажиров было слишком много — едва нашлось свободное место. Определить, кого я могла раньше видеть в толпе в метро или у дома, оказалось невозможным. Лица наплывали и множились, подавляя своей непричастностью к моим проблемам и полнейшей равнодушной отстраненностью во взглядах. Хотя... Если присмотреться, тот бородач у двери уже попадался мне на глаза в метро. Точно! Я запомнила его синюю куртку и отсутствие какого-либо багажа. Еще я помню чемоданчик, который сейчас упирается мне в бок — народ прибывает, когда же мы тронемся?! Чемоданчик почти квадратный, с накладной крышкой и огромными защелками замков. Коричневый. Осторожно поднимаю голову и смотрю на хозяина чемоданчика.

Рядом с моим сиденьем стоит, опираясь на трость и вдавливая бок квадратного кожаного саквояжа мне в локоть, ухоженный высокий гражданин. Снизу хорошо видны стеклышки очков над ноздрями, большая коричневая родинка у одной ноздри и аккуратная русая бородка клинышком.

— Садитесь, пожалуйста, — встаю я.

— Нет, что ты, девочка, мне тут недалеко ехать, я насижусь еще на работе.

Сильным нажимом ладонью в плечо меня усаживают на место.

Стало тоскливо.

Незаметно пробраться к выходу и выскочить в последний момент из закрывающихся дверей не удастся — уже слышно бормотание в динамике, и народу набилось достаточно. А рука на плече тяжелая...

— Мне так неудобно, — дергаю я плечом. — Или садитесь, или опирайтесь на что-нибудь неодушевленное.

— Прости. Хочешь банан?

— Я хочу сто долларов, — поднимаю глаза и смотрю в нацелившиеся в мое лицо стеклышки очков, на палец, придерживающий очки у переносицы, на отполированный ноготь этого пальца.

— Подержи, — мне суют на колени саквояж, от неожиданности я его обхватываю замерзшими руками.

Хозяин чемоданчика сосредоточенно роется во внутреннем кармане пальто, все вокруг, затаив дыхание, ждут. Электричка тронулась. Он достал портмоне, задумчиво изучает его содержимое.

— Сотни у меня нет, есть две двадцатки.

— Давайте, — протягиваю я ладонь.

Мужчина кладет на мою раскрытую ладонь две бумажки, закрывает портмоне, укладывает его во внутренний карман пальто, забирает чемоданчик и говорит «спасибо».

Едва удерживаюсь, чтобы не сказать «пожалуйста».

Мы медленно катим по городу, я одна смотрю в окно, все вокруг нас — на щедрого дядю в очках.

— Да! Чуть не забыл, — к моему носу приближается кусочек картона. — Моя карточка, пожалуйста. Здесь написан телефон, когда сможешь вернуть деньги, позвони.

— Обязательно, — киваю я и беру карточку. — Козлов Геннадий Прокопьевич, — читаю громко и медленно, почти по слогам. — Юрист! — оглядываю сидящих пассажиров, чтобы убедиться, что все хорошо расслышали имя щедрого гражданина. — Фирма Меди...кун, нет «Медикон»! Регистрационное свидетельство номер...

— Не надо так кричать, — склоняется ко мне мужчина с саквояжем.

Ага, занервничал!

— Конечно, у кого сейчас деньги — у юристов! — вздыхает женщина напротив с несколькими полиэтиленовыми пакетами, которые она с трудом удерживает, обхватив руками.

— И не говорите, — тут же поддержал ее мужчина у окна. — Эти юристы кого хочешь вытащат из дерьма, любого бандита уведут от правосудия, если им хорошо заплатить! А еще в электричке ездит, юр-р-рист!

— Девочка, ты погляди сначала, может, эти доллары фальшивые, а тебя за них заметут! — советует добрая старушка рядом со мной.

Прячу скомканные двадцатки в карман джинсов.

Бородач у дверей стал проталкиваться к нам поближе. Становится все интересней.

— У вас есть дети? — тонким голоском интересуюсь я у доброго дяди.

Несколько секунд он смотрит в мое запрокинутое лицо с удивлением и беспокойством.

— У меня есть дочь, — наконец решается юрист.

— Взрослая уже? — напираю я.

— Не настолько взрослая, чтобы обеспечивать себя самой.

— Понятно... Иногда опускается до попрошайничества в электричках, да?

— Ты очень на нее похожа. То есть ты похожа на ее мать, — запутался юрист.

— Я похожа на свою мать. А у вас есть ее фотография?

— Матери? — дрогнувшей рукой юрист поправляет очки и осматривается. Синяя куртка подошел почти вплотную.

— Нет, моя. У вас есть моя фотография?

— Ты хочешь сказать... Ты что, намекаешь, что ты моя дочь?

— Откуда я знаю. Если бы вы показали фотографию, ту, которую смотрели на перроне... Она должна быть в правом кармане, вы ее оттуда доставали, — я показала пальцем на карман.

Юрист попытался отпрянуть, но ему это не удалось — сзади стали возмущаться.

— А вы что, ищете дочь? — с надеждой на захватывающую мыльную оперу интересуется женщина с пакетами, жадно отслеживая глазами растерянность и отчаяние на лице юриста.

Подергавшись, юрист решил направиться к выходу.

— Сходите? — повернулся он к синей куртке, подняв саквояж над головой.

— Предъявите документы! — приказал синяя куртка.

— Вот и правильно, погляди, что это за юрист такой — швыряется долларами! — поддержал синюю куртку мужчина у окна.

— Да нет же, — разъяснила женщина с пакетами, — он девочке деньги дал, потому что она очень похожа на его пропавшую дочь!

Синяя куртка достал удостоверение и сунул его в лицо юристу.

Юрист приладил трость у сиденья, достал из внутреннего кармана пальто паспорт, открыл его и сунул в лицо синей куртке.

Из паспорта выпала фотография и плавно легла мне на колени. Да, ничего не скажешь, веселая девочка я была когда-то — улыбка до ушей!

— Пройдемте к выходу! — приказал синяя куртка и попятился спиной, сметая пассажиров.

— По какому праву? — возмутился юрист и выдернул свой паспорт.

— Папа! — крикнула я, вскочила, подпрыгнула и повисла на юристе.

Мы с ним стали заваливаться и упали сначала на сидящих, а потом свалились в проход между сиденьями. Синяя куртка тащил меня сзади за капюшон и требовал немедленно следовать за ним.

Женщина с пакетами совала синей куртке мою фотографию и кричала, что я — дочь!

Юрист подо мной одной рукой вцепился в свой саквояж, другой — крепко зажал набалдашник трости, и я совершенно спокойно обыскала его, как это учила меня делать Пенелопа. И хотя в положении лежа это получилось не очень удобно, но через десять секунд обыска у меня в левой руке оказался пистолет. Я не хотела его вытаскивать из-за пояса юриста, но пока я проводила обыск, бородач в синей куртке изловчился и защелкнул на нас с юристом наручники. Один браслет — на моей правой руке, другой — на левой руке юриста. Вот так и получилось, что от неожиданности и возмущения я вытащила пистолет, кое-как стала на колени, подняла руку вверх и нажала на курок. Просто, чтобы определить, заряжен он или нет.

После выстрела почти все стоящие в проходе пассажиры оказались сидящими. Наверное, они попытались лечь на пол, но при таком скоплении народу им удалось только присесть.

— Девочка, — севшим голосом попросил синяя куртка, — отдай пистолет.

— Мне надо выйти.

— Да, конечно. Только отдай пистолет сначала.

— Полный магазин, — сообщил юрист, кое-как поднявшись и надевая упавшие очки. — Там полный магазин. У меня есть разрешение на оружие. Я юрист. У меня разрешение...

— Хочу выйти! — повысила я голос и подняла руку с пистолетом вверх.

Присевшие в проходе пассажиры стали заползать «в купе» и, к моему удивлению, делали это настолько организованно, что уже через несколько секунд в вагоне оказался узкий проход.

По нему мы и прошли сцепленные. Я шла сзади юриста, несла трость и этой же рукой толкала его дулом пистолета в бок до самого тамбура.

В тамбуре народ толком еще не понял, что произошло, я закрыла за собой двери и погрозила подбежавшему с той стороны бородачу.

— Ты не могла бы убрать от меня дуло? — попросил юрист. — Это очень нервирует. На курок можно нажать нечаянно.

— Не волнуйся, папочка.

— Это смешно, в конце концов!

— Давай выйдем и вместе посмеемся.

На платформе мы оказались одни. Стояли и ждали, когда электричка тронется.

— Все! — заявил юрист, дождавшись последнего проезжающего вагона. — Хватит! — бросил на землю трость и отобрал у меня пистолет.

— А синяя кутка наверняка тоже вышел с обратной стороны электрички и теперь следит за нами, — сдалась я. — Что будем делать?

— Мне надо выпить, — он засунул пистолет за пояс, достал платок и вытер лоб.

Мы побрели до ближайшей обледенелой лавочки. Юрист раскрыл свой саквояж и достал металлическую плоскую фляжку. Пока он употреблял успокоительное, я занялась саквояжем. Я открыла одной рукой замки, перевернула его вверх дном и вывалила все содержимое на лавку.

— Эй! Не смей! — закричал юрист и бросился животом на бумаги. При этом он дернул меня за собой, я упала возле лавки на колени, после чего оттолкнула его свободной рукой, раскидывая бумаги.

— Отвали!

Через полчаса мы сидели с ним на двух папках из чемоданчика. На папках попам было не так холодно. Все бумаги оказались совершенно скучными документами, договорами по поставкам медицинского сырья, доверенностями на право ведения дел, множество указанных в них фамилий ни о чем мне не говорили, запомнилась одна — Коржак, потому что эта фамилия встречалась почти в каждом документе. Она печаталась внизу, после текста и у самой печати, из чего можно было заключить, что этот самый Коржак — начальник папы-юриста и директор фирмы «Медикун».

Мы сидели и молчали. Юрист Козлов замер, уставясь в одну точку где-то на рельсах, я запрокинула голову, почувствовав приближение приступа злости — тягучей каплей крови в носоглотке.

— Ну скажи мне, зачем надо было деньги просить, зачем? — нашел виноватого в происшедшем юрист.

— Это спонтанно получилось, — честно ответила я.

— Из-за этой твоей спонтанности на меня напал бандит! А я тоже хорош! Запросто лезу в бумажник и достаю попро́шайке в электричке доллары!

— Это был не бандит. Это был милиционер в штатском.

— Почему ты так решила? — дернулся Козлов.

— Он следил за мной от самого дома. Я даже знаю, почему он нацепил на нас наручники.

— Почему? — поежившись от холода, юрист уставился на меня с ужасом и недоверием.

— Ко мне в квартиру ввалился один уголовник. И... выпал с балкона. Случайно. Ко мне приставили охрану. Вы вошли со мной в контакт, значит, вы попали в поле зрения этой самой охраны. Чтобы вас задержать, бородач надел наручники.

— Бред какой-то! — пожал плечами юрист. — Если он хотел задержать меня, то сам бы ко мне пристегнулся! Зачем тебя цеплять?

— Я не уверена, может, он еще и меня хотел задержать. Ладно. Давайте поговорим начистоту. Вы знаете, кто я?

Юрист отводит глаза и молчит.

— Ладно, вы шли за мной по перрону, вы сверились с фотографией из кармана, вы сели в тот же вагон, что и я, пробрались поближе и навалились на меня своим чемоданом. Так?

Тишина.

— Вы не в том положении, чтобы упорствовать, — подняла я руку с наручниками и потрясла ею. — Или вы все мне рассказываете, или я вам устрою такое шоу!..

— Ладно, — решился юрист. — Я шел за тобой, потому что узнал недавно, что у меня была...

— Ну нет! — громко перебила я Козлова. — Если вы сейчас только намекнете, что я ваша дочь!.. — я огляделась и пригрозила: — Я вас укушу! — и для устрашения подтащила за наручники его руку к своему лицу.

— Но что же мне делать, если я действительно хотел сказать, что ты очень похожа на девочку с фотографии!

— Понятно. А фотография у вас...

— А фотографию мне прислала незадолго до своей смерти одна женщина, с которой я был когда-то в близких отношениях! Она сообщила, что у нее от меня дочь!

Я задумалась. Эта фотография сделана в зоопарке, ходила я туда один-единственный раз в жизни. Поход в зоопарк организовал кореец в юбилей своей свадьбы с тетушкой Леони. Меня сфотографировали на фоне клетки с обезьянами — сбоку видна решетка — в летний теплый полдень через месяц после свадьбы Леонидии с моим отчимом-вдовцом. Мама к тому времени была давно мертва. Если допустить, что этот человек действительно является моим отцом — по крайней мере, он Гена! — то нужно будет согласиться и с действием неких потусторонних сил, узнавших, что я осталась одна, и направивших от имени мамы фотографию юристу Козлову. Я вздохнула. Такое сплошь и рядом встречается в газете «Оракул», к примеру... Но мою любимый Фрибалиус, лично засвидетельствовавший материальность души (путем взвешивания умершего перед его последним вздохом и после — по его измерениям, у того человека душа весила сто двадцать пять грамм), тем не менее' довольно скептично отзывался о возможности физического воздействия этих самых улетевших душ на живых людей. Подведем итог. Второй человек в течение пяти дней после исчезновения в озере раненого корейца пытается доказать мне, что он — мой отец. Зачем? Вопрос...

— Зачем вы меня искали? — я решила получить ответ на этот вопрос немедленно.

— Ну как же, — бормочет, пряча глаза, юрист. — Ответственность, которая налагается на человека в результате открытого секса, определяет его меру порядочности...

— Порядочности, да? Открытый секс? А вы помните, папочка, что этот самый секс произошел у вас шестнадцать лет назад с пятнадцатилетней девочкой?! Положа руку на уголовный кодекс, что вы думаете об этом как юрист?

— Пятнадцатилетней?.. — задумывается юрист. — Ну, я тоже был молод...

— Ерунда. Вы, надеюсь, не станете говорить, что сидели с моей мамой за одной партой?! Это очень подорвало бы ваше представление о себе как об умном юристе, потому что, судя по возрасту, вы должны были тогда оставаться на второй год по два раза в каждом классе!

— Минуточку! Я не знал, что ей было пятнадцать. Это раз. Мы познакомились, когда я уже кончил университет, это два. Но мы действительно сидели с нею за одной партой на вечерних курсах иностранных языков, это три! Достаточно?

Черт возьми, я допускаю, что этим мужикам что-то от меня нужно и так сильно нужно, что они готовы стать папами, но почему им очень хочется при этом посидеть за одной партой с моей мамой?!

— И какой язык вы учили?

— Испанский. Мы с вашей мамой учили испанский.

Я отворачиваюсь и затихаю. Я знаю, что моя мама выучила испанский, чтобы съездить в город своей мечты.

— А вы знали Гадамера Шеллинга, моего отчима? — озаряет меня.

— Нет, — без раздумий, без попытки воспроизвести про себя незнакомое — если оно действительно незнакомое — имя папа-юрист усиленно качает головой из стороны в сторону.

В этот момент меня в первый раз посетила мысль, что этим папочкам нужна не я, а нечто, что они не могут найти после исчезновения корейца.

— Ну вот что, Гена Козлов! — встаю я решительно. — Вы мне врете, и это видно даже сквозь стекла очков! Я не хочу иметь с вами никаких дел и постараюсь забыть о вашем существовании, как только мы расцепимся!

— Алиса, послушай...

— А! Вы и имя мое знаете?! Дайте угадаю... Ну да, как же, мама прислала вам письмо с фотографией и подробным описанием вашей родной доченьки, так? Нет, помолчите, я сама скажу. А письмо, конечно, не сохранилось, и предъявить вы его не можете!

— Письмо пришло на юридический адрес, я действительно... Корреспонденцию просматривает секретарша...

— Мы с вами сейчас перейдем на другую платформу по мосту и поедем в Москву. Я знаю одно место, где нам снимут наручники. Если вы попробуете по дороге дернуться или потащить меня в сторону, я подниму такой визг и крик, что вас либо сразу же разорвут как садиста-педофила сознательные граждане на улице, либо вы попадете за решетку, если граждане окажутся не слишком сознательными.

— Да я ничего...

— Вам придется отдать мне чемодан в левую руку! — перебиваю я Козлова. — А вы потащите свою трость. Ну? Опустим рукава пониже и возьмемся за руки?

Я нащупываю своей ладонью ладонь папы-юриста, наши соединившиеся руки на всякий случай сверху еще обматываю тонким шерстяным шарфом, наручники звякают, и даже холодное прикосновение металла к уже растертым запястьям не так противно, как его влажная прохладная ладонь.

Мы потащились к мосту.

— Стойте! — остановилась я у лестницы и дернула правой рукой. Юрист споткнулся и застонал.

В моей голове вдруг связались в одну цепочку юрист-документы-подписи-печати-завещание.

— Мне нужен ваш пистолет.

— Нет. Детям нельзя давать оружие.

Так же говорил кореец тогда в кухне...

— Тогда сами достаньте. Вытащите обойму. Выбросьте патроны.

— Не стоит делать глупости, — заискивающе посмотрел мне в лицо Козлов.

— Высыпайте, а то закричу!

— Ладно, ладно!.. — зажав трость между ног, он вытащил оружие.

Патроны падали на рельсы со звоном.

— Теперь — все? Можем идти? Зачем это было нужно? — укоризненно интересуется юрист.

Так я тебе и сказала! За несколько дней до своего исчезновения кореец подписал брачный договор, и наверняка у него где-то было припасено еще и завещание. Цепочка у меня в голове привела к сильному подозрению, что я могу интересовать потенциальных папочек как наследница большого состояния, а что обычно делают с наследницами в криминальных романах? Вот именно!

В «Кодле» в это время суток — полдень — был один Тихоня да еще двое его подручных возились в углу захламленного ангара с мотоциклом.

Ничего не говоря, я подняла правую руку и потрясла безвольно повисшей на другом браслете рукой юриста.

— Ну и понты у тебя сегодня, — пробормотал Тихоня, роясь на полках с инструментом.

Устрашающе клацнув огромными ножницами по металлу, Тихоня сказал, что может только перекусить цепочку, но браслеты останутся.

— Я не смогу в таком виде пойти на работу, сегодня важное заседание, эта штука на моей левой руке будет равносильна приказу об увольнении! — принялся нервно объяснять юрист Козлов.

Я предложила Тихоне приступить к разрезанию цепочки немедленно, а юрист пусть потом поищет металлоремонт или обратится в милицию.

Тихоня нервничал, потому что вот-вот должны были

подойти крутые заказчики, и наше присутствие с браслетами на руках могло их взволновать.

— Был бы Сутяга, он бы открыл наручники запросто, ты знаешь, а я в отмычках не мастак.

— Режь!

— Подождите, я вас прошу! — оттягивает юрист наши сцепленные руки от ножниц. — Дайте мне шпильку или кусочек проволоки, я попробую их открыть.

— Режь, Тихоня! — я тяну руку к ножницам.

Тихоня с огромными ножницами наготове сделал вокруг нас, подтанцовывая, два круга и разозлился.

— Вот вам проволока, вот пинцет, вот отвертка! Запритесь в кладовке и ковыряйтесь, сколько хотите. Только быстрей, быстрей! — стучит он по часам на руке.

— Тихоня, ты кого слушаешь? — упираюсь я как могу, пока папа-юрист волочет меня в кладовку. — Ты мошенника слушаешь?! Отсоедини меня немедленно!

— Алиска, не кричи, — кривится Тихоня, — я боюсь кого-нибудь поранить, почему твой друг не стоит спокойно?!

— Потому что он козел! — кричу я и топаю ногами, а на бетон пола капает первая капля крови из носа.

— Попрошу не ругаться, — заталкивает меня в тесную кладовку юрист. — Стой тихо и держи руку вот так. Не дергайся.

Слышен шум подъезжающей машины, потом топот ног — это Тихоня подбегает к кладовке и захлопывает дверь с той стороны. Мы с юристом оказываемся в полнейшей темноте и начинаем шарить по стенам свободными руками. Я слышу запах его лосьона после бритья. Перспектива застрять тут с ним на полчаса в абсолютной темноте приводит меня в исступление, я подтаскиваю прицепленную руку к лицу и злорадно вытираю кровь под носом рукавом его пальто болотного цвета.

Козлов нашел выключатель, свет люминесцентной лампы ударил по глазам яркой вспышкой. Стоим несколько секунд, зажмурившись, потом мне приказано не дергаться, юрист наклоняется к наручникам, и я минуты две в подробностях разглядываю его плешь на затылке и внутренность оттопырившегося на шее белейшего воротничка.

Братья Мазарины осмотрели джип. Сопровождающий их охранник отозвал Игоря Анатольевича в сторону и шепотом обратил его внимание на показания спидометра.

— Тихоня! — подозвал работника Гога, доставая бумажник. — Хорошо я тебе плачу?

— Спасибо, хорошо, — кивнул Тихоня, вытирая руки тряпкой в бензине.

Игорь Анатольевич присмотрелся повнимательней и заметил, что Тихоня нервничает. Признаки страха или беспокойства у людей, с которыми Гога имел отношения любой важности — будь то дружеские, деловые, или добровольно-подневольные, — Мазарин научился определять безошибочно. Он незаметно огляделся и попросил брата на всякий случай осмотреть ангар и жилые помещения.

Григорий Анатольевич не спеша двинулся к работникам в углу, но что-то привлекло его внимание. Присев, он поднял с пола ярко-зеленый шарфик, подержал его в руке и поднес к лицу, нюхая.

— Ты ездил куда-то на моем джипе? — повернулся к Тихоне Гога.

— Вы сами разрешили мне иногда брать машины, которые я ремонтирую, не помните? Чтобы хорошенько проверять их ход и состояние после ремонта. Вы выписали доверенность на имя Сутягина, потому что мне только шестнадцать...

— Я спрашиваю, куда ты ездил на моем джипе? — еще тише повторил вопрос Гога.

Отойдя на несколько шагов от того места, где лежал шарфик, Григорий Анатольевич Мазарин опять присел. Он задумчиво потрогал указательным пальцем подозрительную каплю, потер выпачканный палец большим и убедился, что это кровь.

Гоша Мазарин встал и выдернул из-за пояса оружие.

Звук передернутого затвора привлек внимание Гоги Мазарина. Не поворачиваясь к брату и не отвлекаясь от разговора, он тоже выдернул из-за пояса пистолет.

— Ты ездил на моем джипе очень далеко. Очень. Зачем? — покосившись, Гога заметил, что брат и один телохранитель с оружием наготове идут по следам цепочки из кровавых капель на полу.

Бледный Тихоня молился про себя, чтобы поскорей вернулся с обеда Сутяга, который всегда находил нужные слова и за полминуты мог вывести братьев Мазариных из состояния подозрительности и охотничьего азарта и ввести добродушно-покровительственное.

— Мы не сделали ничего плохого, машину попросила Алиса, она сказала, что один из вас всегда готов для нее на все, вот мы и...

— Тиш-ш-ше, — покосился Гога на брата, подбирающегося по каплям крови к двери кладовки. — Она сама попросила?

— Да, — сглотнул Тихоня напряжение в горле и приготовился к худшему: Гоша с телохранителем находились у самой двери, за которой была заперта Алиска с прицепленным к ней наручниками мужиком. — Она... Она попросила отвезти труп в озеро, и мы поехали в деревню, помните, тот самый адрес, вы знаете это место...

— Ты сказал — труп? — изумился Гога Мазарин.

— Да. Утопленника, мы его погрузили в багажник, довезли до пруда и буль知нули туда, честное слово, она сказала, что ваш брат не против оказать ей любую услугу! — Тихоня наконец выдернул из кулака опешившего Гоги свою захваченную футболку и нервно разглаживал ее на груди.

— Вы отвезли на джипе труп в то самое озеро, где я расправился с корейцем? — никак не может опомниться Гога.

— Ей было очень нужно, она попросила... Не надо!! — закричал Тихоня и бросился бежать к кладовке, но Гоша уже стрелял по замку.

Сутяга с Офелией за спиной вкатился на мотоцикле в ангар почти бесшумно. Офелия в отставленной в сторону руке везла Тихоне горячие пончики. Они услышали выстрелы, Сутяга узнал автомобиль братьев Мазарини, положил мотоцикл набок и сделал Офелии знак. Наученная опытом прежних разборок, Офелия без раздумий упала на пол возле мотоцикла и закрыла лицо пакетом с пончиками, а Сутяга пошел выяснить, что происходит, подняв вверх руки и демонстрируя пустые ладони бегущему навстречу второму охраннику Мазарини.

Он увидел распахнутую дверь кладовки, два силуэта в ней. Алиску, которая за последние несколько дней развлекала их невероятными приключениями на всю катушку, он узнал сразу. А мужика, почему-то прицепленного к ней наручниками, бледного, с отвисшей челюстью, он видел впервые.

Алиска что-то говорила окровавленным ртом, мужик тряс рукой с браслетом, и рука эта тоже была окровавлена. Сутяга побежал, чтобы предотвратить неприятности со смертельным исходом — именно такие и случались, когда кто-то из братьев Мазариных видел или слышал запах крови, — но не успел.

Григорий Анатольевич Мазарин, обнаруживший предмет своей сильнейшей страсти запертой в кладовке, окровавленной и прикованной наручниками к очень подозрительному субъекту, контролировать себя в такой ситуации не смог. Он сразу же с размаху засунул дуло своего пистолета в ноздрю трясущегося мужика с бородкой наблудившего дьякона и потребовал немедленных объяснений, одновременно крича, чтобы девочку освободили, и успокаивая ее обещаниями растянуть кишки надевшего наручники гада по всему ангару. Серпантином.

Услыхав про кишки, Геннадий Прокопьевич Козлов

тоже не смог себя контролировать, он выдернул правой рукой свой пистолет и приставил дуло к животу Гоши Мазарина.

Вот так и получилось, что в кладовке и рядом с нею оказалось пятеро вооруженных мужчин, двое из которых уже не могли ни на что реагировать адекватно. Один — из-за распиравшего его ноздрю дула, другой — из-за вида наручников на тонком запястье и крови на божественно недосягаемом и самом прекрасном в мире лице.

Они выстрелили одновременно.

Сутяга и Тихоня упали на цемент пола, а Алиса присела в тесной кладовке, закрыв голову рукой. Это не спасло ее от брызг мозгового вещества и осколков черепной кости юриста, но постоянные посещения морга и любопытство медика от бога спасли ее от сильнейшего шока, в который обычно попадает и взрослый человек в такой ситуации.

— Что с тобой, брат? — поинтересовался Игорь Анатольевич Мазарин, когда тело юриста Козлова осело вниз и перестало дергаться.

— Я убил эту сволочь, что, разве не заметно? — размахивая пистолетом, нервно сообщил Григорий Анатольевич Мазарин.

— Ты ранен, брат? — убрал свое оружие Игорь Анатольевич и на плохо гнущихся ногах пошел поближе.

— Кто-нибудь отцепит девочку от этой падали? — топнул ногой Григорий Анатольевич.

Охранник — специалист по отмычкам — открыл наручники за восемь секунд.

— Иди сюда, — подозвал Алису Гоша. — Ко мне. Ближе!

Расстегивая кашемировое пальто, он смотрел только ей в лицо.

— Ну-ка глянь! — показал Гоша пальцем вниз, и загипнотизированная его неподвижными зрачками Алиса медленно опустила глаза. — Ну что? — крикнул он. — Рана?

— Не может быть! — бросилась она на колени и закрыла ладонью дырочку в белой рубашке на животе, дырочку с пороховой окантовкой, уже заплывающей красным. — Этого не может быть, он выбросил все патроны из обоймы, я сама видела! — дрожащими руками Алиса расстегивала под нависшим животом ремень брюк. — Лягте, лягте на пол, зажмите посильней рану рукой, позвоните в «Скорую», этого не может быть, все патроны из обоймы... как же так?..

— Зачем ты снимаешь мне штаны? — спросил Гоша, зажав скомканным в руке шарфом живот там, где ему показала Алиса.

— А не снимаю... Я ремень ослабляю...

— Закройте ангар, — приказал Гога Мазарин, а когда ни Сутяга, ни Тихоня не пошевелились на полу, ударил по очереди ботинком их в бок.

Охранник поднял оружие Козлова и осмотрел его.

— Автоматический, — доложил он. — Пустой. Один патрон был в стволе.

Раненого Мазарина отвели к машине и усадили на сиденье. Тихоня сбегал за аптечкой, Алиса поняла, что «Скорой» не будет. Окровавленный шарф заменили бинтовой прокладкой, но шарф Гоша не отдал, а сначала спросил у Алисы «Твой?», и когда она утвердительно кивнула, спрятал его под рубашкой на груди, теперь Гоша весь был в крови — с шеи до низа живота.

Охранники замотали в полиэтилен и погрузили тело юриста Козлова в багажник.

Ухватив Алису за руку, Гога отвел ее в сторону, оглядел пустыми глазами и спросил:

— Что это было?

— Я не знаю этого человека, он следил за мной, а за нами еще следил милиционер, милиционер хотел нас задержать, надел наручники, но мы удрали...

— Я умру? — спросил из машины Гоша.

— Нет! — тут же крикнул в ответ Гога, не отводя от Алисы пустых глаз.

Алиса закрыла лицо руками. Гога убрал ее руки, силой поднял вверх лицо с засохшей под носом кровью, вытер тыльной стороной ладони с ее щеки чужую смерть, наклонился и пообещал тихим голосом — чтобы не услышал брат:

— Если он умрет, я тебя к нему прикую. Выстрою склеп и прикую тебя к нему до конца жизни. Буду кормить, поить, пока ты сама не захочешь умереть.

Охранники открыли ворота ангара. Осторожно шурша шинами, въехал фургон с надписью «Психиатрическая помощь». Раненого Мазарина положили на носилки и погрузили в фургон. Брат с телохранителями стояли молча, пока фургон не отъехал.

«За ужином младший брат сказал: — Я влюблен в прекрасную пастушку. Если вы не позволите мне взять ее в жены, я завтра отправляюсь на войну, и я вы меня больше никогда не увидите.

— ...делай так, как ты хочешь. Твоя прекрасная пастушка получит в приданое замок Синей Бороды».

— Что, по-твоему, я должен делать? Что?! — кричал Сутяга. — Что теперь будет?

— Позвони в милицию, — устало посоветовала Алиса.

— Ты в своем уме? Позвонить в милицию и заложить братьев Мазарини?

— Позвони в милицию, расскажи все, как было. Не хочешь огорчать братьев, напиши подробно в показаниях, что это была самооборона. Они же выстрелили одновременно... — Алиса перед зеркалом в туалете мочила под краном платок и оттирала лицо.

— Да иди ты!..

— Не кричи на Алиску, — подал голос сидящий у батареи на корточках Тихоня. — Алиска хорошая. Мы были друзьями, а с тех пор, как ты получил деньги, ты стал другим.

— Друзья так не делают! — не может успокоиться Сутяга. — Она вечно оказывается в каком-то дерьме, а отдуваемся в итоге мы!

— Сутя-а-ага, — протянула Офелия, потягиваясь. — Мы тебя взяли к себе только потому, что ты на саксе хорошо играешь. Я под твой сакс могу летать без укола. Но ты не хами. Не хами-и-и... Мы тебя взяли, мы тебя и выгоним. Это мастерская деда Тихони, полковника, ты еще не забыл?

— Ребята, — сменил тон Сутяга, — поймите, мы поровну должны нести ответственность за свои поступки.

— Я не отказываюсь от ответственности, — Алиса закрыла кран. — Я же не прошу меня прикрывать. Я только прошу позвонить в милицию и рассказать, как было. Не замывать пятна, не прятать улики, а сразу, вот сейчас и позвонить.

— А тебя в тот момент рядом, конечно, не будет! Приедут менты, все здесь перекопают, мы, как идиоты, долго будем им петь, как девочка Алиса пришла в наручниках с незнакомым мужиком, а братьям Мазарини это не понравилось, вот они и постреляли маленько, ну и что? Мы не испугались, мы привычные, у нас тут, дяденьки, стреляют считай каждую неделю! А еще у нас с прошлой недели стоит два меченых мерса! — кривляется, изображая подобострастие, Сутяга.

— Ну, и кто на кого навешивает свои проблемы? — начинает сердиться Алиса.

— Действительно, Сутяга, мы до тебя ремонтировали по-тихому мотоциклы да лодочные моторы, жили ничего себе — не богато, но весело, чего ты пыхтишь? Это же ты привез сюда первую паленую тачку, всю в дырках, — заметил Тихоня.

— Да потому что ты мне все уши просверлил своим нытьем, что хочешь новый «Монтерей», а денег нет!

— Тихо, мальчики! — повысила голос Офелия. — Я думаю, Алиска права. Мы не сделали ничего плохого. А то, что клиенты у нас подозрительные, так это как кому с клиентами повезет, время такое. Братья Мазарины стреляют в день по нескольку раз и в разных местах Москвы. И почему же они не за решеткой? Значит, имеют крышу хорошую в органах. Надо звонить. Пусть сами между собой разбираются. Ты, Сутяга, из нас самый старший и самый уголовно ответственный. Когда Алиска устроила премию в десять тысяч, ты решил стать главным. Документы оформил. Вот мне и интересно сейчас, хочешь ли ты, как главный, взять на себя ответственность и позвонить? Если нет, вали отсюда, мы с Тихоней скажем, что были вдвоем, тебя и рядом не стояло, ты человек женатый, приличный, с разным сбродом не водишься. Придешь через недельку и подпишешь бумажку, что уступаешь свою долю Тихоне. Справедливо? Считай, что мы с Тихоней на двоих поделили премию Мазарини.

— Нет, — опускает голову Сутяга. — Я вспомнил тут. — Он задирает свитер и футболку. На левом боку под ребрами полукругом выступает старый шов. — Подрезали меня после концерта. Алиска зашивала. Ночью. В морге. Помнишь?

— Да, помню, — Алиса подходит поближе и трогает пальцем полукруг. — Ничего получилось для первого раза. Я до тебя только на трупах тренировалась швы накладывать. Неплохо для четырнадцатилетней, а? — она всматривается в лицо Сутяги и говорит, перебивая близким теплым дыханием запах крови от волос. — Я никого не убивала.

— Забудь, — заправляет он одежду. — Мир? — Сутяга поднял было руку, чтобы погладить Алису по голове, но потом передумал.

Офелия протянула ему телефон.

Агей Карпович Лотаров позвонил Пенелопе в семнадцать сорок — за двадцать минут до конца рабочего дня — и пригласил ее в гости.

— Приглашаю на чашечку кофе. Я подарю вам незабываемые ощущения, — пообещал он. — Я приготовил сюрприз. Такого вы в жизни не пробовали.

Пенелопа долго молчала, но трубку не бросала.

— Вы слишком самонадеянны даже для идиота, — вздохнула она наконец. — Почему вы думаете, что я соглашусь?

— Обедали, Пенелопа Львовна? — не сдавался Лотаров.

— Не злите меня, следователь. Один только намек на кошку!..

— Перехватите чего-нибудь, но немного. Главное, чтобы вы были слегка голодной.

— Спасибо, я сегодня занята, — Пенелопа уже собралась бросить трубку, но Лотаров что-то радостно заорал, и Пенелопа услышала, что... братья Мазарины устроили перестрелку в автомастерской, один брат ранен, а некто Козлов совсем убит, ну совершенно, выстрелом в голову с близкого расстояния. Правда, это со слов свидетелей, труп не найден.

— Козлов Г.Н.? — переспросила Пенелопа, быстренько открыв нужный файл.

— Точно. Он, этот Козлов, оказался пристегнутым наручниками к девочке Алисе, а наручники им надел оперуполномоченный отделения номер сто сорок Кривцов. А надел он наручники в электричке, следовавшей с Казанского вокзала в семь утра в направлении...

— Какого черта этот ваш Кривцов надел наручники на Алису?! — перебила Пенелопа.

— После смерти бандита Штукаря ему приказано было следить за девочкой и охранять ее от нежелательных контактов. Из объяснительной Кривцова получается, что он решил задержать и Алису, и вступившего с нею в нежелательный контакт подозрительного субъекта, который по паспорту оказался Козловым Г.П., для чего соединил их наручниками с целью... минуточку, вот: «с целью дальнейшей транспортировки обоих путем перемещения с помощью общественного транспорта к месту назначения».

— Когда? — выдыхает с отчаянием Пенелопа.

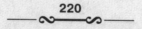

— Когда он их обнаручил?

— Когда мне прийти к вам? Во сколько?

— Обижаете. Буду ждать вас у прачечной в шесть тридцать.

Лотаров не просто ждал Пенелопу. Открыв дверцу своих «Жигулей», при ее появлении он достал из-за пазухи прозрачную пластиковую коробочку с цветком внутри, дождался, пока Пенелопа усядется, и положил коробочку ей на колени.

— Это вам.

— Орхидея? — удивилась Пенелопа. — С ума сойти! Вы не поверите, но никто никогда не дарил мне орхидей!

— Почему же, я верю и прошу не воспринимать этот цветок как банальную приятность, которую дарят мужчины женщинам на свидании.

— А как я его должна воспринимать?

— Как кулинарное дополнение.

Некоторое время они ехали молча. Пенелопа внимательно рассмотрела цветок сквозь прозрачный пластик, потрясла его слегка и заработала сердитый взгляд Лотарова.

— Не трясите гоморандус! — приказал следователь. — Вы его испугаете.

Пенелопа приблизила коробочку к глазам, стараясь разглядеть внутри цветка какую-нибудь пакость в виде насекомого или его личинки — это было бы вполне в духе Лотарова.

— Это летает или ползает? Этот ваш пугливый гоморандус... — спросила она, не обнаружив никакой живности.

— Гоморандус — это орхидея, редчайший сорт. За час цветок выделяет от десяти до тридцати миллилитров нектара. Это в естественной среде обитания. Учитывая тяжелые условия нашего климата и то, что некоторые дамочки зачем-то трясут цветы или, не дай бог, засовывают их в волосы, мы можем надеяться разве что миллилитров на восемь-двенадцать, при условии, конечно, что вы оставите орхидею в покое до десерта.

— Вы меня пригласили к себе, чтобы съесть цветок?!

— В какой-то степени. И давайте так договоримся. В квартире — никаких нервных бесед, говорить только приглушенным голосом, а лучше вообще молчать. Не двигаться резко, чтобы не создавать дополнительных потоков воздуха, не ронять стекло, не чихать.

— Знаете что! — заявила Пенелопа, внимательно всмотревшись в профиль Лотарова и не обнаружив и намека на улыбку. — Может, мне лучше сразу вернуться домой?

— Нет. Я приготовил для вас незабываемый запах и незабываемые вкусовые ощущения. Всего лишь требуется соблюсти некоторые предосторожности, когда я вскрою коробку и достану цветок. Мы приехали. Прошу.

— Тогда поговорим в машине! У меня есть несколько вопросов.

— У меня к вам, Пенелопа Львовна, тоже есть несколько вопросов, я их задам потом, когда мы будем отдыхать после кофе.

— А я хочу знать немедленно, почему Козлов Г.П. оказался убитым?

— Уф-ф-ф! — Лотаров надул щеки, потом выпустил воздух, тарабаня пальцами по рулю. — Оперативник, конечно, вел себя категорически непрофессионально. Он допустил ситуацию, угрожающую жизни и безопасности пассажиров вагона электрички.

— Он что, применил оружие, чтобы задержать девочку? — не поверила Пенелопа.

— Нет. Оружие применила Алиса. Она обиделась на наручники и вытащила пистолет у Козлова. Выстрелила, чтобы посеять всеобщую панику, и вышла из электрички, угрожая начать стрельбу, если оперативник двинется следом. Поехала с Козловым к своим друзьям в автомастерскую, чтобы снять наручники. А там не в добрый час оказались братья Мазарины. Одни из них очень разнерв-

ничался, увидев окровавленную Алису, пристегнутую наручниками к мужчине, и выстрелил.

— Окровавленную?..

— Ну да. Эта ваша протеже имеет удивительную особенность организма, свойственную узкому кругу животных и растений. В минуты опасности или особого физического напряжения она начинает заливаться кровью из носа, то есть, как скунс, или, к примеру, осьминог, пользуется выделениями из организма для собственной защиты.

— Где она сейчас? Вы ее задержали?

— Нет. Она все еще находится на свободе. Дело усугубляется тем, что брат Мазарин, который убил Козлова, оказался ранен. В живот. Это по показаниям свидетелей. В пункты «Скорой помощи» он не поступал, в больницах не значится.

— Кто стрелял в Мазарина? — шепотом спросила Пенелопа.

— Да вы так не пугайтесь, Пенелопа Львовна. Конечно же, она ни при чем! Вы должны были заметить еще одну удивительную особенность девочки Алисы. Она странным образом решает свои проблемы чужими руками. Мазарина Г.А. ранил Козлов, вероятно, в совершенно невменяемом от страха состоянии.

— Я должна вернуться в прачечную, — съежилась Пенелопа, — она обязательно туда позвонит или сразу придет.

— Если она наткнется на автоответчик, догадается перезвонить вам на сотовый. Если придет — ее задержат мои люди на улице. Так или иначе, и вы, и я первыми об этом узнаем, следовательно, ничего не мешает нам предаться сладострастию чревоугодия! — кряхтя, Лотаров выбрался из машины. — Хотя, знаете, я не люблю это слово. Чрево предполагает желудок, а я предпочитаю ублажать вкусовые сосочки языка. Выходите же, не бойтесь. Вы никогда не забудете этот вечер, обещаю.

— Ладно, хватит меня пугать! Я уже узнала все, что

хотела, зачем мне вообще идти к вам в квартиру? Съесть эту орхидею я могу и на улице!

— Пенелопа Львовна, — укоризненно покачал головой Лотаров. — Вы очень хотите знать, о чем я собирался вас потом спросить, просто умираете от любопытства.

— Да?..

В девять тридцать вечера «Скорая помощь» привезла в морг тело, укрытое простыней. Дежурный приготовил каталку, но сопровождающие тело санитары потребовали главного врача.

— Скажи, что я посмотрю его в первую очередь, — отмахнулся Фрибалиус, допивая чай в лаборатории. — Проверь, чтобы бумаги были в порядке.

— Это не он, это она, — мрачно заметил дежурный. — В вечернем платье и бриллиантах.

— Когда это нам по «Скорой» привозили бриллианты? — заинтересовался Фрибалиус. — Коронки золотые, и те редко оставляют.

— Вот и я удивился. Красивая — жуть! И вся в перьях!..

Фрибалиус не выдержал и пошел посмотреть.

Он откинул простыню, осмотрел молодую женщину, белое открытое вечернее платье, страусиное боа, серебряные туфельки. На первый взгляд, крови на ней не было, и Фрибалиус заинтересовался:

— Отравление? — он наклонился пониже, потому что ему показалось, что у лица женщины шевельнулись перышки.

Женщина открыла глаза и медленно села.

— Да, — кивнула она отшатнувшемуся Фрибалиусу, — отравление жизнью. Приняла большую дозу повседневности.

— Ну, мы пошли? — поинтересовались санитары «Скорой». — Тебя когда забрать?

— Доктор! — схватив Фрибалиуса за футболку на груди, женщина притянула его к себе и спросила, обдав запахом спиртного: — Вы за сколько делаете полное вскрытие?

— Если с надиктовкой на магнитофон и полным раскладом, то часа два — два с половиной, — вспотел Фрибалиус. — А если только для определения причины смерти, то за час управлюсь.

— Слышали? Подъезжайте через два часа. Мы как раз управимся, да, доктор? Вперед! Где у вас тут вскрывают?

Пошатываясь на тонких каблуках, она пошла по коридору и при попытке закинуть на шею волочившийся по полу кончик боа ударилась в стену и осела по ней вниз.

— Теперь они будут считать меня извращенкой, — захихикала женщина. — Я позвонила из ресторана и попросила ребят отвезти меня в морг. Ну? Где она?

Поскольку Фрибалиус молчал как пришибленный, дежурный осмотрелся и на всякий случай ответил:

— Тут.

— Веди! — женщина попыталась подняться. — Я только хочу с ней поговорить. Только поговорить, и все. Какие стены у вас неудобные...

Очнувшись, Фрибалиус подкатил каталку и помог ей стать на ноги.

— Я на этом не поеду, — капризничала женщина, оттолкнув ногой каталку. — Я соблюдала страшную конспирацию... Никто не знает, что я здесь, кроме моих ребят, а они думают, что я спятила, понимаешь?

— Да, конечно, — пожал плечами Фрибалиус.

— Молодец. Тогда бери на руки и неси.

— А можно я? — подсуетился дежурный, пока опешивший Фрибалиус оглядывал свой выступающий живот и фартук на этом животе в старых пятнах.

— Можно, — великодушно разрешила женщина. — Только не упади.

Фрибалиус пошел вперед. Дежурный донес женщину до лифтов. У лифтов он ее прислонил к стене и отошел с доктором в сторонку.

— Сначала я — сорок минут, потом — ты, — предложил он свой вариант времяпрепровождения со спятившей бабенкой.

— Не все так просто, — задумался Фрибалиус, — не все так просто. Знаешь, отвезу-ка я ее на второй этаж, а ты осмотрись пока, двери проверь, позвони на пост, нет ли подозрительных личностей...

Дежурный обиделся, но ушел сразу.

Фрибалиус поднялся с женщиной на второй этаж и отвел ее в комнату отдыха. Усадив в кресло, трусцой пробежался в конец коридора, осторожно приоткрыл дверь темного кабинета.

Алиса спала, укрывшись курткой.

Фрибалиус, как мог, объяснил ей, что привезли пьяную женщину и женщина эта хочет кого-то найти в его морге.

Алиса, засунув ступни в огромные тапки Фрибалуса, прошаркала по коридору, вошла в комнату отдыха, потирая глаза, и сказала, зевая, совершенно буднично:

— Привет, Рита. Как ты меня нашла?

— Нам лучше расположиться на кухне, — суетился Лотаров, пропуская Пенелопу вперед в узком коридоре. — Там нам удобнее будет, осторожно с цветком, дайте мне!

По дороге к кухне Пенелопа решила вымыть руки.

— Ни в коем случае, — дернул ее за руку от ванной Лотаров. — Никакого мыла! Я вам специально приготовлю горячие салфетки. Прошу!

— Перестаньте меня толкать! И почему здесь так темно? У вас что, лампочки перегорели?

— Да садитесь же наконец! — проявил нетерпение следователь и почти силой усадил Пенелопу на стул с высокой резной спинкой, когда она подбиралась к табуретке. — Лампочки нам не понадобятся. Я сейчас зажгу светильники, только вы не нервничайте, Пенелопа Львовна, вы когда нервничаете, я тоже... начинаю потеть. Поверьте мне, вас ждет незабываемый вечер, расслабьтесь и подумайте о чем-нибудь отвлеченном.

— Вы этим своим «незабываемым» вечером меня уже достаточно напугали! — понизила до шепота голос Пенелопа, наблюдая, как Лотаров поджигает масло в шести керамических светильниках.

— Не говорите ерунду. Держите, — ей в колени ткнули что-то тяжелое, Пенелопа дождалась, пока Агей Карпович расставит светильники, и в их слабом свете разглядела, что это — ручная кофемолка.

— А что, света нет? — удивилась она.

— Электрической кофемолкой не пользуюсь, тем более сегодня, в такой неза... В такой важный вечер. Электрическая никогда не сделает помол нужной зернистости, понимаете?

— Нет, не понимаю, — буркнула Пенелопа. — Валяйте. Насыпайте зерна, я готова крутить!

— Насыпайте? — с ужасом в голосе спросил Лотаров. — Вы сказали — насыпайте? Мы будем укладывать их туда по одному!

Пенелопа закрыла глаза и стиснула зубы.

— Не дергайтесь, салфетка! — объявил совсем рядом Лотаров, накрывая ее лицо чем-то горячим и парящим. — Теперь — руки, — он присел у ее колен, убрал кофемолку и стал вытирать безвольно упавшие руки — палец за пальцем, с тщательностью и осторожностью, приговаривая: — Вот так, а мыло нам не надо, никаких запахов, вот так...

Закружилась голова.

— Можете съесть вот этот кусочек рыбы и две оливки. Оливки — после рыбы.

В кухню зашел кот, потерся о трон Пенелопы. Она скормила ему с руки кусочек рыбы. Лотаров заметил это, ничего не сказал, только засопел осуждающе и протянул еще одну горячую салфетку для рук.

— Лотаров, — осмотрелась Пенелопа в очень уютной кухне с дорогой мебелью, огромным холодильником, керамической электроплитой, — а коньячку не найдется? Дайте для храбрости грамм тридцать.

— Ни в коем случае! — категорично отказал Лотаров. — Вы только что смазали свой язык и нёбо рыбьим жиром и оливковым маслом.

— Неужели?..

— Да. Никаких обжигающих ферментов!

— Тогда дайте еще чего-нибудь съесть, я проголодалась.

— Нет! — отрезал Агей Карпович. — Начинаем укладывать кофе в кофемолку. — Он поставил на стол тарелку, на которой лежали темно-коричневые зерна и несколько зерен помельче и посветлей. — Посчитайте темные зерна.

Не веря себе, Пенелопа пересчитала кофейные зерна, отодвигая их пальцем в отдельную кучку, и доложила:

— Сорок два!

— Многовато, — задумался Лотаров. — Уберите шесть.

— Слушайте, гражданин следователь, если у вас с этим проблемы, так я и на чай согласна!

— Помолчите. Убрали? Спасибо. Ну что, приступим?

— Не может быть! — закатывает глаза Пенелопа. — Так скоро?

— Крутите ручку, а я пока подготовлю горелку.

Заметив, что Пенелопа вытаращила глаза, Лотаров терпеливо объяснил:

— Этот кофе нужно готовить только на открытом огне, электроплита здесь не подходит. Мы его сварим на спиртовке, при сгорания спирта почти нет запаха.

— Что вы так беспокоитесь о запахах?

— Это важно, потерпите, скоро поймете. Возьмите зерно в руку. Потрите. Ну?

— Жирное, как в масле, — Пенелопа понюхала руку, — и очень странный запах.

— Не нравится?

— Слушайте, кто будет крутить?

— Сначала вы. Недолго. Вот так, достаточно.

К удивлению Пенелопы, Лотаров, не дыша, взял из кофемолки на кончик чайной ложки немного крупного помола и высыпал его в турку. Турку поднес к огню спиртовки, потряхивая, пока в воздухе не потекли обволакивающие струйки резкого горького запаха.

— Вот это да! Вот это запах! — восхитилась Пенелопа. — Что это за сорт?

— Я вам потом расскажу, какой это кофе. Пока могу сказать только название. Эпикулянатикур, приблизительно так это называют в Эфиопии. Это не сорт. В этом слове содержится информация о его приготовлении.

— Эпикуляна?.. Первый раз слышу.

— Главное, что вам понравился запах, это главное. Некоторые люди испытывают сильное отвращение к такому запаху. Если бы вам сейчас не понравилось...

— И что? — заинтересовалась Пенелопа, энергично работая ручкой кофемолки. — Вытолкали бы меня за дверь?

— Нет. Я бы включил свет, поставил электрический чайник, достал из холодильника колбасу и торт, я, кстати, пеку отличные торты, открыл коньяк, и мы бы хорошенько поужинали.

Пенелопа только вздохнула, не решаясь ничего сказать.

— Видите эти маленькие, едва прожаренные зернышки? — кивнул Лотаров. — Это дикий кофе.

— Дикий бешеный кофе, — кивнула Пенелопа, уже ничему не удивляясь.

— Нет, я серьезно. Мне их привез друг из Африки. Дикие зерна кофе пахнут острее, у них более сильный аромат, чем у окультуренного.

— У меня уже и так голова в невесомости от этого запаха, куда еще сильней?

— Покажите. Хватит молоть. Высыпаем в турку, осторожно... Теперь — три минуты я покручу мелкие зерна, а вы нагревайте донышко турки вот на таком расстоянии от огня. И потряхивайте, потряхивайте!

— Можно я спрошу, — решается Пенелопа. — Вы привезли тогда кошку?

— Конечно. Если бы я ее не привез, мы не пили бы сейчас кофе, — ответил он непонятно.

— Хорошо. И где она?

— Она сделала свои дела и была отвезена к хозяйке. Я эту кошку беру только раз в год. Редчайший экземпляр, редчайший! Помесь голубой египтянки и донского сфинкса.

— Не может быть! — изобразила на лице восхищение Пенелопа. — Неужели самого донского сфинкса?!

— Зря вы тогда со мной поругались, уехали и не видели кошку. Донские сфинксы — это такие совершенно лысые коты, голая кожа в складочку, ослиные ушки. А египтянки — короткошерстные, похожие на пантеру, только голубовато-серого цвета.

— Подумать только — ослиные ушки! — развеселилась Пенелопа.

— У меня есть сильное подозрение, — понизил голос Лотаров, — что во всей стране, да что там в стране — в Европе! — есть только одна такая кошка, я ее зову андалузкой.

— И что в ней необычного?

— Понимаете, она ест кофейные ягоды. Не верите? Добровольно! Только раз в году я могу позволить себе такое удовольствие, потому что кофе этот очень дорогой, да и чаще, чем раз в год, его пить не стоит, понимаете, иначе это не будет праздником. Повыше над огнем держите, повыше!

— Значит, кошка жива? — ничего не понимает Пенелопа.

— Конечно, жива. Достаточно. Давайте сюда турку.

Досыпав помола из диких кофейных зерен, Лотаров в пять приемов сварил в турке кофе. Сначала он налил совсем немного воды, дождался пены, подлил еще воды, и так пять раз. Пенелопе наконец удалось расслабиться, и она наблюдала за приготовлением этого самого... на букву «э», отрешенно, забыв про время, поудобней устроившись на троне — для этого подтянула к груди коленку и устроила на ней подбородок.

— Кофе готов, — торжественно объявил Лотаров и выставил на стол крошечные чашечки и два бокала, в которые налил воды из бутылки.

— А это я знаю! — оживилась Пенелопа. — Каждый глоток драгоценного кофе мы будем запивать водой, чтобы следующий опять был первым!

— Ш-ш-ш, — поднес к губам палец Лотаров и открыл коробочку с орхидеей.

Разлив кофе по чашечкам, он взял цветок и осторожно освободил его от крошечной колбочки с раствором. Ножом отрезал намокший кончик, и в образовавшейся дырочке тут же появилась прозрачная тягучая капля.

— Давайте вашу чашку, — попросил он шепотом и донес каплю до черной поверхности кофе, после чего слегка тряхнул цветок.

Капля упала. Лотаров сложил губы трубочкой и подышал внутрь цветка, на влажную головку пестика. Тут же снизу из круглого отверстия вытекла еще одна капля. Ее Лотаров стряхнул в свою чашку. Опять поднес цветок к губам... Пенелопа смотрела, как просачивается очередная капля, она чувствовала удушающе сладкий запах цветка, и когда Лотаров с хрустом нежно сжал лепестки, охнула и дернулась, словно почувствовав его пальцы на своей шее.

— Все. Больше не будет, — он положил смятый цветок рядом с чашкой Пенелопы, осторожно помешал свой кофе ложкой и сделал первый глоток.

Пенелопа досмотрела его глоток до конца, до запрокинутой головы и дернувшегося при глотке кадыка. После чего наклонилась к своей чашке и осторожно втянула губами кофе и все еще плавающую прозрачным озерком на его густой поверхности каплю нектара.

Ей показалось, что язык онемел под горячей тяжестью. Нёбо защипало, после глотка в голову ударила горячая волна, и Пенелопа не поверила, что это от кофе, — потому что мгновенно. На секунду подумалось, что от яда. Она быстро сделала второй глоток, с трудом выдерживая странный сильный запах кофе во рту и нежно-приторный — цветка. О вкусе она ничего не могла сказать, слов бы не нашлось, но ей вдруг представилось, что Лотаров решил таким образом отравить себя и ее, и от мысли, что он захотел умереть вместе с нею, стало горячо сердцу и захотелось плакать от умиления. Захотелось вскочить, прыгать, рассказать все о себе и немедленно обрезать длинные волосы следователя. Разгоняясь, гулко застучало сердце, пересохли губы.

— Водички, Пенелопа Львовна, выпейте водички, а то жажда вас замучит.

Пенелопа сделала большой глоток из бокала и очнулась.

— Помогло? Будете допивать?

Теперь Пенелопа делала совсем маленькие глотки, так сердцу было легче, и кофе медленно растекался во рту тяжелой душистой ртутью.

Звонко, как монетка по хрусталю, упала из крана капля воды в какую-то наполненную посудину в раковине. Болезненно обострился слух, стало слышно, как шипит пламя в светильнике и короткими выдохами увядают лепестки смятой орхидеи.

— Вам понравилось? — раздался голос рядом. — Включить свет?

— Не надо...

— Он умер, — объявила Маргарита, осмотрев Алису с ног до головы. — Только что. Мы в ресторане сидели, а тут позвонили и сообщили, что он умер. Нет, ты не подумай, я никогда к братьям особо привязана не была, но сама понимаешь... Так просто это не забыть, реветь не получается, я решила поговорить с тобой.

— Как ты меня нашла? — подсела к ней на кушетку Алиса.

— Я поехала посмотреть место, где... Я хотела увидеть эту кладовку, а в мастерской девчонка какая-то посочувствовала и предложила ширнуться. Я в первый раз укололась. А потом испугалась и еще выпила как следует. Смешно, да? Что это за рубаха на тебе?

— Усмирительная. Мы работали с Фрибалиусом, я взвешивала аномалии. Это Офелия сказала о морге?

— Да. Она сказала, что у тебя здесь нора. Как странно все получается... Как рассыпанная мозаика. Ничего не сходится! Вышла замуж — и без мужа. Вдова — и никого не хоронила! Хотела детей, и — пожалуйста! — доченька шестнадцати лет, как по щучьему велению! Нет, я не понимаю, почему его убили! — с надрывом бросилась к Алисе на колени Рита. — За что?

— Не надо, не кричи, — Алиса погладила ее рассыпавшиеся волосы. — Это все случайно получилось, он хотел припугнуть мужика, который пристегнулся ко мне наручниками, а мужик сам так испугался, что выстрелил.

— Плевать мне на мужика, я спрашиваю о Гадамере! Я хочу видеть его тело! Я хочу опознать его и похоронить, где он?

— Не волнуйся, — успокаивала ее Алиса, — кто-нибудь обязательно всплывет в этом озере, скоро похоронишь.

— Ты добрая, — Маргарита садится и смотрит опухшими глазами. — И ты не дурочка.

— Спасибо, не жалуюсь.

— Тогда ты должна бежать.

— Бежать?

— Гога сказал, что как только склеп будет достроен, он похоронит брата, а тебя прикует к нему цепью. Я не очень верю в такое, но сама знаешь, как все в жизни бывает... Гадамер украл у него деньги.

— Много? — не удивилась Алиса.

— Нет. Миллионов шесть, но Гоге все равно обидно.

Гадамер как-то узнал банковские реквизиты, скорей всего стащил какую-то бумагу тогда у адвоката. И перевел деньги с моего счета. А в насмешку оставил сообщение — за приданое, значит, невесты и в счет морального ущерба за принудительный брак. Вот так, Алиска, брак-то, оказывается, был принудительным...

— Неправда. Ты ему понравилась. Другой такой нет. И он еще не видел хвостик!

— Не утешай меня, все в этой истории повеселились, кроме Риты Мазариной. Братья тоже не так просто насели на корейца, мне Гога признался, они все о нем узнали и о фирме, в которой он работал. Когда братья узнали, что я с Гадамером... Ну, когда мы с ним... Они все выяснили по своим каналам и захотели посадить корейца и его «Медикун» под крышу на процент, а потом...

— Как ты сказала? — дернулась Алиса.

— Фирма эта называлась «Медикун». Вот такие дела...

— Почему — называлась? — переходит на шепот Алиса.

— Гога сказал, неудачно получилось в этой фирме с сотрудниками. Кореец утонул, двое других были убиты на днях, документов никаких нет, а директор спрятался — не найти.

— А он не сказал тебе, — Алиса начала задыхаться, оттащила ворот свитера от шеи, — как этих двоих убили?

— Нет. Он только сказал, что ты — чума. И заказал цепь. Мне уже пора, наверное. Не волнуйся, никто не знает, что ты здесь, даже ребята из моей бригады думают, что у меня сдвиг на мертвецах. Где тут часы? Сколько уже?

— Почти одиннадцать, — Агей Карпович принес Пенелопе тарелку.

Пенелопа лежит на диване на спине, свесив голову вниз, так что ее волосы касаются пола.

— Все кружится, — сообщает она, хихикнув. — Уже одиннадцать часов, какой ужас!

— Вам надо поесть, — Лотаров помогает ей сесть.

— Нет, спасибо, я ничего больше не хочу. Что это? — принюхивается она.

— Кусочки папайи и ананаса с ромом. Попробуйте, это вкусно.

— Ладно. Попробую, только никакого рома. У меня и так все кружится перед глазами.

— Как скажете, — пожимает плечами Лотаров, жестом фокусника вынимает откуда-то зажигалку, подносит оранжевый язычок к тарелке, и над желтыми кусочками фруктов вспыхивает голубым огнем пламя.

Забившись в угол дивана и закрыв лицо локтем, Пенелопа с ужасом смотрит, как пламя над тарелкой постепенно оседает, а в комнате растворяется запах подгоревшей карамели.

— Лотаров, — постепенно приходит в себя Пенелопа, — хватит, вы меня достаточно развлекли!..

Опираясь о диван одной рукой, Лотаров медленно опускается на колени и подносит тарелку к лицу Пенелопы.

— Я не хотел вас пугать. Простите, если перестарался. Я подумал, когда вы еще придете ко мне в гости?

— Ни...ни... не скоро, — трясет головой Пенелопа.

— Вот я и хочу угостить вас самыми изысканными блюдами. Видите, кусочки папайи обжарились и покрылись тонкой корочкой. А ананас пустил сок, это очень вкусно, прошу. — Он цепляет кусочек лакомства на странную вилку с двумя зубцами, обмакивает его в сиропе и подносит ко рту Пенелопы.

Пенелопа послушно открывает рот.

— Оставили бы вы девочку в покое, Пенелопа Львовна, а? — ласково просит Лотаров. — Испортите ведь талантливого ребенка.

— Я очень осторожно, я так осторожно, что почти провалила задание!

— Задания эти ваши — ерунда, а судьба — она, как известно, злодейка. Почему просто не открыть дело о мошенничестве? Почему этим занимается ФСБ?

— Нет никакого мошенничества. Фирма официально зарегистрирована как поставщик медицинского сырья, заказы по плаценте выполняет, а вот как они находят каналы по отправке абортного материала, это еще не выяснено, но тоже пока ничего криминального.

— Гадамер Шеллинг был директором?

— Нет, что вы, — отобрав у него тарелку, Пенелопа выпивает оставшийся на дне сироп. — Он был бухгалтером.

— Бухгалтером? — задумывается Лотаров. — То есть ваших коллег из ФСБ интересовали каналы переправки этой фирмой денег за границу?

— Бывших коллег! — подняв указательный палец, замечает Пенелопа. — Меня попросили по старой дружбе присмотреться к падчерице Гадамера и разобраться с его ранением. Только я написала подробный отчет, что девочка Алиса не собиралась причинить серьезных увечий своему отчиму, что в ее планы входило всего лишь убить хирурга, которому она приписывала вину в смерти матери, как на Гадамера через сестру вышли братья Мазарины. Только я написала отчет, что это чистая случайность, совпадение, как Гадамер оказался мужем Риты Мазариной и на свет всплыл нелепый брачный договор. Пока мои коллеги проверяли, не связаны ли с «Медикуном» сами братья Мазарины, они убивают корейца и топят концы, так сказать, в воду... Извините, мне что-то нехорошо...

— Водички?

— Спасибо. Ну вот, а потом, как в сказке. Стоило распространиться слухам о смерти корейца, как к Алисе приходит бандит Штукарь. Он в «Медикуне» числился делопроизводителем, обеспечивал охрану и транспорт, снимал помещения для переговоров и, я думаю, был пугалом для некоторых строптивых клиник, не желающих ложиться под «Медикун». Что именно он хотел от девчонки, мы узнать не успели. Только я написала подробный отчет о случайном падении Штукаря с балкона, как ваш коллега цепляет наручниками к Алисе юриста «Медикуна» Козлова и тем самым доводит его до неминуемой смерти. Вот, собственно, и все.

— Давайте попробуем предугадать дальнейшие события, чтобы девочка Алиса больше не смывала с себя чужие мозги, — предлагает Лотаров, растекшись на диване рядом с Пенелопой. — Пункт первый, — он показывает указательный палец, — ее безопасность. Мы должны знать, что этим людям нужно от девочки. Пункт второй, — Лотаров делает Пенелопе козу, — кто следующий выйдет на контакт с нею?

— При условии, — сдерживает зевок Пенелопа, — что кореец мертв, а в основе этой заварушки лежат большие деньги.

— Да. При условии, что он мертв. Кто там еще остался живой в «Медикуне»?

— О, это фигура загадочная и никому неизвестная. Директор, Коржак Е.К. Нигде никогда не появлялся, никто его не видел, никаких следов, кроме подписей на документах, не оставил. Я думаю, надо подождать немного, пока этот загадочный Коржак не придет к Алисе и не скажет, что он ее папа. Мужчины ужасно предсказуемы, хотя... — Пенелопа задумчиво посмотрела на следователя. — Бывают ислючения.

— Подставное лицо? — удивился Лотаров. — Но зачем такая секретность, если вы говорите, что фирма существует официально?

— Это единственное слабое место в моих соображениях. Если человек так тщательно обеспечивал себе секретность, значит, он с самого начала предполагал нежелательный криминальный финал.

— И что, ваши бывшие коллеги по своим каналам не могут найти какого-то там Коржака?!

— Нашли. Одиннадцать Коржаков с инициалами Е.К. в Москве, Петербурге и Твери. Ни-че-го. Если вы узнали все, что хотели, отвезите меня домой. Правда, я так и не поняла, какое отношение к нашему вечеру имеет неизвестная мне кошка — помесь, как там... египетской голубой и донского сфинкса? Правильно?

— А, — махнул рукой Лотаров, — ерунда. Она съела кофейные ягоды, из зерен которых мы с вами сегодня делали кофе.

— Съела ягоды... Понятно. Нет, ничего не понятно.

— Это просто, Пенелопа Львовна. В Нью-Йорке есть всего два ресторана, где вам смогут подать такой же кофе, всего два. Но там кошек кормят ягодами кофе насильно, их заталкивают в гортань кошкам, как рождественским гусям заталкивают грецкие орехи. Я считаю такой метод потребления ягод не совсем удачным. Ведь то, что вам затолкали в горло насильно, вы можете плохо переварить, так ведь?

— Минуточку, эта ваша редкая кошка ест кофейные ягоды сама по себе, правильно?

— Правильно. Она их любит. Вот в чем ее уникальность. Заглатывает, урча, вместе с косточками.

— Хорошо, а нам это зачем надо?

— А мы, дождавшись полного переваривания этих самых скормленных ягод, собрали их косточки, просушили, прожарили, перемололи и подарили друг другу незабываемый вечер.

— Ага... — Пенелопа смотрит на Лотарова с недоверчивой улыбкой. — Собрали, значит... Вы хотите сказать? — она зажала рот рукой и отодвинулась от Лотарова подальше.

— Прекратите, Пенелопа Львовна, вам же понравилось.

— Нет, — придушенно потребовала Пенелопа сквозь ладонь, — вы мне скажите! Скажите это...

— Я уже все сказал. Кошка переварила ягоды, покакала, я собрал косточки... Я очень старался вас удивить, очень.

— Вы!.. Вы просто чудовище какое-то! — Пенелопа уставилась на Лотарова с ужасом. — Вы скопище скрытых пороков, вы извращенец, вы!..

— Да, — гордо заявил Лотаров. — Я люблю кулинарные изыски! А если вы считаете извращением, что я их делю с красивой женщиной...

— Изыски?! — схватив диванную подушку, Пенелопа бросила ее в Лотарова, потом вдруг прыгнула на него и изо всех сил дернула за волосы. — Это называется изыски?! Гурма-а-ан! Да вы посмотрите на себя! Я думаю, для вас самое приятное времяпрепровождение — это поесть на ночь соленых огурцов, запить кислым молоком, а потом сладострастно пукать под одеялом!

— Пенелопа Львовна, — стонет Лотаров. — Зачем вы выдергиваете мои волосы?..

— Волосы!.. Это наверняка парик!

— Успокойтесь, прошу, иначе придется вас ударить!

— Меня? Ударить?! — спрыгнув с дивана, Пенелопа принимает боевую стойку. — Попробуйте, нет, вы попробуйте!

— Прекратите меня смешить, — просит Лотаров, потирая голову.

— Смешить?! Встаньте немедленно!

— Не встану.

— Встаньте, я вам сказала!

— Не встану, и все тут!

Зарычав, Пенелопа оглядывается, подпрыгивает, резко выбрасывает ногу и бьет пяткой в дверцу шкафа. Потоптавшись после этого и воинственно сдувая с лица прядки упавших волос, она решительно направляется в туалет.

Наклоняется над унитазом. Открывает рот и высовывает язык. И обнаруживает, что ей совершенно не хочется блевать. Никаких признаков тошноты. Зажигает свет в кухне, подходит к столу, берет турку с остатками кофейной гущи и нюхает ее, закрыв глаза. Накрывает ладонью увядший цветок, его лепестки совсем истончились и прилипли к столу, но ладонь, которой она потом проводит по лицу, как ни странно, хранит сладкий приторный запах мертвой орхидеи до самой прачечной, куда она доехала на такси.

Она открывала дверь, а через площадь из круглосуточного кафе выбежала тонкая высокая девочка, разбрызгивая ботинками на огромной подошве кашицу снега.

— Алиса?..

— Где тебя носит! Я уже целый час сижу в этом кафе и ем салат с селедкой!

— Заходи...

— Почему ты хромаешь?

— У меня болит пятка, — зло отвечает Пенелопа. — Я ударила ногой в шкаф Лотарова. Теперь у меня болит пятка!

— Ты нашла его заначки в столе, да? А плюшевую крысу с дырками видела? А пепельницу? Пепельница — это гениально.

— Не знаю ни про какие заначки. Я пробила ногой дыру в стене платяного шкафа. В его квартире.

— Ты, наверное, очень рассердилась, да? — осторожно интересуется Алиса.

— Да. Он подарил мне цветок — орхидею, а оказалось, что это была приправа для кофе!

— Любишь орхидеи? — Алиса скинула ботинки и куртку в холле и уже дергала ручку запертого кабинета Пенелопы.

— Орхидеи?.. Этот извращенец напоил меня кофе! А зерна, знаешь, где он взял зерна?

— Мне нужен компьютер, открой дверь.

— Обойдешься!

— Ну, и где он взял зерна? — интересуется Алиса тоскливо, сползая по стене на пол.

— Из кошачьего дерьма! — почему-то шепотом сообщает Пенелопа.

— Брось. Он, наверное, опять тебя разыграл.

— Что значит — опять? Эти зерна очень странно пахли, очень!

— Пенелопа, какая же ты доверчивая! Неужели следователь пригласил тебя к себе домой и заставил ковыряться в кошачьем дерьме?!

— Нет, но... — начинает успокаиваться Пенелопа. — Он сказал, как называется этот способ приготовления, подожди... Эпиля... В общем, на букву «э».

— Открой дверь, включи компьютер, найди через Атависту слово «кофе», и если Лотаров тебя не надул, ты узнаешь это слово на букву «э».

— Я пользуюсь Яндексом, — с уважением смотрит Пенелопа и достает ключ.

— Ну слава богу, наконец-то! — встает Алиса.

Пенелопа садится в кресло, а Алиса стоит сзади, принюхиваясь к ее волосам. Листая странички с информацией о кофе, они обе замирают на шестой по счету. Слова, которое ей сказал Лотаров, Пенелопа не находит, но зато находит информацию об очень дорогих сортах кофе и узнает, что есть кофе, одна чашка которого, приготовленная определенным образом, стоит до тысячи двухсот долларов. Чтобы приготовить такой кофе, его ягоды предварительно скармливают кошкам, дожидаются полного их переваривания... И так далее.

— Да-а-а-а, — задумчиво тянет Алиса, — волосы у тебя действительно странно пахнут. Чем-то горелым и острым.

— Это уже потом было, когда Лотаров поджег ром в тарелке с папайей и ананасами, — бормочет уничтоженная Пенелопа.

— Ну и мужчина! — восторгается Алиса. — А вид у него, как у располневшего клоуна, на волосах которого тренируются будущие парикмахеры. Спорим, ты никогда не забудешь это свидание? Чашка кофе за полторы тысячи долларов, салат из ананасов, приправленный орхидеей! А теперь набери, пожалуйста, слово «Медикун».

Пенелопа дергается и смотрит на Алису. Алиса устало смотрит на Пенелопу.

— Набери слово «Медикун», и через пять минут мы пойдем баиньки. Я очень устала. Я помогала Фрибалиусу в морге взвешивать внутренности. Я взвесила четыре легких, три печенки и два мозга. Это утомляет. Ты знаешь, что мозг женщины легче мозга мужчины? Знаешь? Я не верила. По моей просьбе теперь Фрибалиус старается при первой же возможности взвесить каждый попавшийся ему мертвый женский мозг, проводит некоторые исчисления по выработанным им же расчетам относительно величины тела и веса других внутренних органов, а потом...

— Пойдем сразу в спальню, — предлагает Пенелопа.

— Будем играть в вопросы-ответы? Ладно. Ты знаешь, зачем Гога Мазарин заказал цепь длиной полтора метра и толщиной звеньев в пять миллиметров? С ошейником на конце!

— Только не надо истерик.

— Неправильный ответ! — топает ногой Алиса, осматривается и застывает, открыв рот.

Пенелопа распахнула дверь своей спальни.

Основное место в комнате занимает кровать — она огромная, квадратная, и в изголовье ее на стене как раз начинаются Елисейские Поля. В другом конце комнаты к потолку подвешен гамак, на который наброшен яркий плед, а крепления гамака совсем не заметны на потолке, потому что устроены в ногах Триумфальной арки. То есть все стены и потолок этой спальни представляют собой одну единую картину развернутых видов Парижа, исполненных со стереоэффектами и специальной подсветкой — лампочки на стене включаются таким образом, что зажигаются «фонари» на Монмартре, или подсветка фонтана, или слабое свечение рекламы на увеличенном газетном снимке кафе «Мулен Руж» времен тридцатых годов.

— Ну как? — интересуется Пенелопа, подтолкнув Алису в комнату. — Я достойна звания психиатра двадцать первого века?

— Еще как достойна! Сама делала?

— Скажешь тоже... Это делал мастер рекламы, аниматор Пеклюш. Он гостил у меня месяц. Так, бедолага, соскучился по Парижу, что уделал все стены — а они тогда были у меня с фрейдистским уклоном, беленые, с фотографиями родственников в рамках — утрированными копиями с картин Ренуара и Пикассо. Я пожила, пожила с этими чудовищами и поняла, что плохой я психиатр, если ору от ужаса каждый раз, как только открою глаза утром. Я осторожно сняла стереостекла, выскребла мультяшных Ренуара и Пикассо и попросила знакомого фотографа сделать мне коллажи из видов Парижа. А электрик из ДЭЗа дополнил их достойной подсветкой. Неплохо получилось, да? Стань в тот угол, да не бойся, стань! Вот. Теперь сделай шаг, и ты увидишь, как набережная Сены отодвинется, вода блеснет, и ты — уже на другом берегу! А представляешь, у Пеклюша в этом месте голова голубой девочки отсоединялась от шеи, а шар приближался, приближался... и растекался над обезглавленным телом, как расплющенный осьминог!

— Чур, я сплю в гамаке! — разбежалась Алиса, отмахиваясь от меняющихся подсвеченных пространств.

— Я на ночь обычно съедаю шоколадку, — заявила Пенелопа, улегшись на огромной кровати. — Будешь?

— А как же кариес? — Покачиваясь в гамаке, Алиса ловит шоколадку.

— Кариеса не существует. Вернее, он существует для каждого индивидуума как *idola specus*.

— Я не верю своим ушам! — резко садится в гамаке Алиса.

Пенелопа, приняв ее волнение за восхищение, вдохновенно разъясняет:

— Идолы индивида. Это означает неправильное представление, присущее каждому человеку, как следствие его воспитания и окружения. Если проще: пока тебе не стали навязывать агрессивной рекламой зубную пасту, ты вряд ли вообще догадывалась о кариесе!

— Я склонна отнести боязнь кариеса не к *idola specus*, а к *idola theatri*, — вкрадчиво мурлыкая, заявила Алиса.

Теперь Пенелопа резко села на кровати.

— Ведь идолы индивида, или пещерные идолы, как их называл весьма любимый мною философ Бэкон, это ошибки отдельного человека, обусловленные его субъективными симпатиями или предпочтениями, — продолжает Алиса. — В то время, как идолы театра — это слепая вера в навязанное, в авторитеты, совершенно необдуманное подчинение ложному мнению и воздействию. Ну как? — интересуется она, покачиваясь. — Я хорошая ученица? Подожди, я под конец могу и цитату выдать по теме. «Истина — дочь времени, а не авторитета» (Ф. Бэкон), ага!

— Что?.. — не верит своим ушам Пенелопа.

— Кореец всегда говорил — мало обладать знаниями, важно, потребив их даже поверхностно, вовремя поразить собеседника, чтобы воспользоваться его замешательством либо для утверждения собственного авторитета, либо для решения проблем.

— Решения проблем?..

— Да. Он говорил, что человек в замешательстве склонен к излишней болтовне, и, чтобы восстановить пошатнувшийся авторитет, многие люди необдуманно выдают такую информацию, какую в спокойном состоянии они держат в строгой секретности. Но больше всего, если честно, мне по душе идолы рода, раз уж мы с тобой заговорили о высоком.

— По... почему именно идолы рода?

— Потому что я, наверное, язычница. И приписываю природе такие конечные цели, которые ей несвойственны, по мнению ученых. Например, я верю в предназначение, в рок, в судьбу и люблю заниматься необоснованными обобщениями. Вот, например. Если два человека в течение нескольких дней суются в твою жизнь, заявляя об отцовстве, и оба при этом безвременно погибают, это наверняка имеет какое-то вполне жизненное объяснение. Но мне приятней думать, что я — из рода друид, я — порождение самой природы, самого бога земли, и у меня не может быть никакого биологического отца. И всякий, покусившийся на эту роль, будет немедленно уронен с балкона или размазан мозгами по стенке. Теперь возни-

кает вопрос, — Алиса хрустит фольгой, — если меня
приковать цепью к умершему Гоше Мазарину, сколько я
протяну, прежде чем начну прорастать в склепе корня-
ми, прежде чем тело мое превратится в стебель, волосы — в ветки?.. Мне нравится твой Париж. Если когда-
нибудь я и попаду в настоящий, навряд ли мне удастся
там покачаться в гамаке под Триумфальной аркой. А моя
мама любила город, в котором Гауди сделал свой последний перед смертью проект.

— Слушай, мне уже страшно с тобой разговаривать.
Откуда ты столько всего знаешь?

— Я умная девочка, могу отсортировывать в мозгу
нужную и ненужную информацию. Например, как вы-
числять интегралы — это мне сейчас, как дохлая рыбка
на рождество... А вот где было последнее место работы
Гауди, это важно. Мама мне рассказывала, как там интересно, в этом городе. Она любила Гауди, его агрессив-
ную архитектуру смерти, его витражи, но больше всего в
том городе ей понравилась скульптура женщины. Как
только она вернулась, она сразу же заказала себе такую
же, и плотник Серафимыч сделал заказ по рисункам за
два часа, запросто сколотил из деревяшек и палок. И мы
установили ее за городом, у бабушки в огороде, и бабушке эта скульптура тоже очень понравилась, она ее называла флюгер-пугало.

— Представляю, — качает головой невидимая в слабом свете парижских огней Пенелопа.

— Ты знаешь французский? — вдруг спрашивает
Алиса.

— Так себе. Не очень. А надо?

— Моя мама так хотела попасть в город своей мечты,
что выучила испанский. И когда она туда приехала, то
уже через день могла поддержать любой разговор и даже
страшно поругалась с каким-то американским туристом,
которому скульптура женщины не понравилась, и он
обозвал маму бешеной испанкой, и она страшно этим
гордилась. Если ты не знаешь французского, тебе не по-

нравится в Париже. Ты не сможешь ни с кем поругаться в кафе или на улице и никогда не почувствуешь, как пахнут внутренности этого города. Моя мама пошла в замок Belle-Vere и бросила в колодец монетку.

— Чтобы вернуться туда снова?

— Нет. Чтобы выйти замуж через год. Те туристы, которые мало что знают о предании, связанном с этим колодцем, бросают деньги на память или чтобы вернуться. А она знала, что этот колодец — брачный. Бросила и — вот вам результат: через год вышла замуж за корейца.

— Я хочу туда, — вдруг заявила Пенелопа. — Я хочу в этот замок, к этому колодцу!

— Ты хочешь замуж? — удивилась Алиса. — Ну и глупо!

— Я хочу подтверждения хотя бы какому-нибудь предрассудку! Я хочу, чтобы сбылись предсказания, чтобы в тяжелый день все черные кошки собирались у моего дома и перебегали мне дорогу! Чтобы на пол каждый вечер падали ножи, и потом ко мне приходили в гости мужчины. Слушай, что-то со мной не в порядке, а?

— Если коротко, ты хочешь немедленно начать поклоняться идолам рода и стать язычницей!

— Нет, — смеется Пенелопа. — Это все Лотаров. Он напоил меня чем-то, и теперь я места себе не нахожу.

— А кореец украл деньги у братьев Мазарини, — буднично сообщает Алиса. — Мне Рита сказала.

— Сколько он там мог украсть у Мазарини! — снисходительно хмыкает Пенелопа. — Наверняка ведь — гроши, иначе они бы его застукали. За один раз большую сумму без подтверждения со счета на счет не перебросишь, а у него наверняка было не больше двух возможностей покопаться в банковских счетах Мазарини. Вот «Медикун» он подставил, я думаю, на полную катушку. Небось все выгреб, иначе зачем таким предприимчивым и умным мужчинам, как бандит Штукарь и юрист Козлов, навешивать на себя отцовство такой трудной и ловкой девочки Алисы?

— Почему это я ловкая? — улыбается Алиса.

— Потому что у меня есть сильное подозрение, что ты помогла отчиму ограбить «Медикун». Ты перебросила всю его бухгалтерскую информацию на дискету, а дискету спрятала.

— На твоем компьютере, на твою дискету у тебя под носом перебросила! — радостно заявляет Алиса.

— Ладно. У меня под носом.

— И стерла потом все на твоих глазах! Ты обложалась, прачка Пенелопа!

— Ладно, я обложалась, я тогда еще не знала, что «Медикун» ликвидируется, он свернулся на следующий день — и никаких концов. Ведь я не знала, что дело в деньгах, я работала по другой теме, по абортному материалу.

— Какому материалу?

— Ты знаешь, что незаконная торговля человеческими органами стоит на седьмом месте по доходам после наркотиков, рэкета, торговли оружием и проституции?

— Ты хочешь сказать, что мой отчим продавал человеческие органы? — шепотом спрашивает Алиса, сползает с гамака и подходит к кровати.

— Да. Он занимался фетальной медициной, вернее, прибылью от нее.

— Он продавал человеческие органы? Нет, этого не может быть,..

— Почему же — не может? Ты сама мне в первую же встречу подробно объяснила, кто есть твой отчим, помнишь? Ты так достоверно изображала шизофренический сдвиг на тему ужасов Синей Бороды и дала мне ясно понять, что кореец собирает разные человеческие органы и хранит их! Я даже подумала, что ты нечаянно стала свидетелем подготовки контейнеров и от увиденного получила шок, в дальнейшем приведший тебя к убийству доктора Синельникова.

— Контейнеров?.. — Алиса искренне ничего не понимает.

— Фирма «Медикун» поставляла за границу и в наши медицинские центры плаценту или человеческих эмбрионов поздней стадии беременности. Она, конечно, не единственный поставщик, по сведениям Службы безопасности, разные фирмы в год поставляют от трехсот до пятисот тысяч человеческих эмбрионов, и эти эмбрионы не просто последствия обычных абортов, а зародыши весом не менее 470 грамм, то есть речь идет о ранних родах! — Пенелопа разволновалась. — И не тебе указывать мне, что я проворонила перевод каких-то там денег, если по России пошла настоящая чума — торговля не детьми, а плодом на последней стадии беременности! Вот чем я согласилась заниматься! Ведь были задержаны уже одиннадцать женщин, которые добровольно согласились на ранние роды и продали своих зародышей, но все сошло с рук и им, и покупателям!

— Почему? — еле слышно шепчет Алиса.

— Потому что по закону, по этому долбаному закону, мы такая страна, в которой позволяется класть в контейнер и экспортировать препарированный человеческий зародыш, если его вес не превысил 470 грамм! Вот 500 грамм — это уже считается жизнеспособным плодом, то есть человеком! А 470 — еще нет! А то, что они, эти зародыши, после искусственно вызванных родов лежат еще по нескольку часов в тазиках... и шевелятся!..

Пенелопа упала навзничь, закрыв лицо руками.

Алиса ложится рядом.

— Я думаю, — сморкается Пенелопа и судорожно вздыхает, успокаиваясь, — что ты помогла отчиму обокрасть «Медикун». Помоги и мне узнать названия подставных фирм, на чьи счета переводились деньги.

— Как? — удивляется Алиса.

— «Медикун», накопив достаточно денег, перевел их со счета на счет фирмы-однодневки, а потом — по фиктивному контракту за условную сделку — на другую фирму, которая находится в недосягаемой для Валютного комитета офшорной зоне. Все это в большой спешке.

После чего с невероятной секретностью свернулся за два-три дня. Знаешь, что это значит? Это значит, что для твоего отчима эти дни были самыми опасными. И именно в последние дни, может быть, даже в последние часы своего существования «Медикун» должен был перекинуть деньги на новые счета. Я более чем уверена, что кореец большую часть денег перевел на свой счет, но он не дурак и должен был обеспечить себе время на прятки. Он должен был обязательно сделать хоть какие-то переводы на счета подставных или вновь образованных маленьких фирм.

— Что мне сделать? — не понимает Алиса.

— Дай мне дискету со счетами, я по ним узнаю, какие фирмы могут сейчас принимать заказы на вывоз эмбрионов. Таким образом, мы выйдем на заказчиков здесь, у нас. Мне нужно знать, кто заказывает пятимесячных эмбрионов или определенные человеческие органы, я уверена, что этот бизнес продолжается! После уничтожения «Медикуна» счета — это последняя ниточка.

Алиса задумалась.

— А если, допустим... — осторожно начала она, отодвинувшись от Пенелопы подальше, — ну просто так предположим, только предположим! Что отчим попросил меня просто переслать его информацию из компьютера по определенному коду. Просто переслать из одного места в другое, понимаешь? Он ничего не говорил о дискете, это я сама придумала.

— Ты хочешь сказать, — приподнялась Пенелопа, — что не сделала так, как он просил?

— Ну, в общем... Нет, не сделала, — решилась Алиса.

— Подожди, дай подумать... Ты открыла его директорию, так?

— Открыла.

— И не переслала информацию по указанному коду? Подожди, дай подумать... Ты просто перегнала ее на дискету? То есть сначала ко мне по электронной почте, а потом...

— Нет. Не так.

— Ладно, не так, — Пенелопа вскакивает и нервно ходит по комнате. — Ты перегнала информацию в совершенно другой, в свой буфер? У тебя была его электронная подпись?

— Ну, да...

— Ты просто перетащила деньги со счетов на какой-то новый счет?

— Я этого не говорила! — отползла подальше от края Алиса, но Пенелопа успела броситься на кровать и схватить ее за щиколотку. — Но я же не знала, что так важно сохранить эти счета новых фирм! — кричит Алиса. — Я ведь подумала, что кореец просто кого-то грабит, я считала, что Мазарини!

— Ты знаешь, что ты сделала?! — задыхаясь от возмущения, она дернула Алису за ногу к себе. — Ты уничтожила два года моей работы! Это раз! — Пенелопа стукнула кулаком по покрывалу. — Ты подписала себе смертный приговор, это два, — устало сообщила она и отпустила ногу. — Как только этот неуловимый Коржак обнаружит, что счета подставных фирм пусты...

— А он решит, что деньги украл Гадамер, а Гадамера убили, — шепотом предлагает Алиса.

— Отдай мне дискету, я посмотрю, что можно сделать, может быть, при копировании все-таки что-то сохранилось!

— У меня ее нет, — качает головой Алиса.

— Пойми, деньги всегда выведут на человека, этот Коржак очень опасен, даже если ты послала всю сумму в благотворительный фонд Красного Креста, он не оставит тебя в покое! Боже мой, этому ребенку еще нет шестнадцати, что же будет дальше?.. — бормочет Пенелопа, хватаясь за голову. — Пойдем со мной! — вдруг вскакивает она и тащит Алису за руку.

— Не надо...

— Пойдем, я кое-что тебе покажу! Я покажу, куда ты влезла. Я покажу тебе, сколько людей из государственного аппарата вертятся в этом, неужели ты, девчонка, думаешь их обхитрить!

Каждая дверь в прачечной особо укреплена, каждая имеет свой набор замков. Алиса смотрит, как Пенелопа возится с дверью спальни, закрывая ее, потом — опять с дверью своего кабинета.

— Вот... Нет, это не то. Вот, смотри. Это инструкция по препарированию и консервации эмбрионов. По закону торговля человеческими органами запрещена, а вот материалы, полученные из этих органов, экспортировать можно. Значит, нужно подробненько объяснить, как правильно разделать и сохранить части человеческого зародыша! Человеческий эмбрион используется вообще стопроцентно! Самое дорогое в нем — мозг, но используется все, до конечностей! Если ты покопаешься в этой папке, то узнаешь, что многие наши известнейшие клиники уже давно работают по приживлению человеческого генетического материала — это, по мнению докторов, позволяет человеческому организму самому победить то или иное заболевание. Вот, пожалуйста, метод лечения глазных болезней по Мулдашеву! Рак — по Никонову, импотенция — это вообще просто, достаточно сожрать мужику теплый человеческий послед, и у него, по мнению китайских врачей, сразу встанет! А косметология! О, это отдельная песня, но в ней хотя бы не нужны препарированные эмбрионы. Знаешь, кто составлял инструкцию по препарированию и консервации пятимесячных зародышей? Наши доблестные ученые-медики двенадцать лет тому назад, вот, пожалуйста, московский НИИ, а вот фамилии умных профессоров! И для кого, ты думаешь, они подготовили этот научный труд? Для докторов рядовых больниц, для роддомов и клиник! Вперед, все на заготовку человеческого мяса!

Отдышавшись, Пенелопа стала собирать разбросанные бумаги и виноватым голосом извинилась.

— Вот я и дошла до истерики, — улыбнулась она сквозь слезы Алисе. — Точно, это Лотаров меня напоил какой-то гадостью! А с другой стороны — привыкнуть к такому невозможно. Представь, мы с коллегой приехали женщину допросить в роддоме, дело было глубокой ночью, и медперсонал родильного отделения вышел к нам, как в фильме ужасов, с кровавыми масками на лице! Две акушерки, врач-гинеколог и дежурный анестезиолог — все с мордами, выпачканными кровавой слизью из пуповины роженицы. Вот это было зрелище! Коллега мой, конечно, сразу потребовал нашатыря, а они нам объясняют, что эта самая слизь из пуповины — лучшее косметическое средство от морщин!

Прочитав подписи под инструкцией, Алиса без сил опускается в кресло.

— Что? — спрашивает Пенелопа, посмотрев на ее лицо. — Тебе плохо? Извини, я разболталась, я давно ни с кем так откровенно не говорила. Ну, не огорчайся, в конце концов, любой прагматик тебе скажет, что если все это идет на пользу живущим, так тому и быть! Я только хотела объяснить тебе, какая жестокая будет борьба, если уже составлены подобные инструкции, если само государство...

— Фрибалиус... — шепчет Алиса, бросает бумаги на пол, кладет на стол руку, а на руку — голову.

— Что ты сказала? — не расслышала Пенелопа, но на всякий случай метнулась к столику у окна и захватила бумажные салфетки. — Ты только не злись, пожалуйста, не надо крови, ладно? В этом деле самое ужасное — коммерция, понимаешь! Когда голодная женщина приходит на аборт и получает определенное предложение от бизнес-доктора и согласна выносить, а потом продать на органы пятимесячного зародыша из своего живота! Ладно, не будем больше об этом говорить, успокойся и извини меня. Я сама себе иногда напоминаю Дон Кихота, тоже, дурочка, нашла свою мельницу... Вот, возьми салфетку. В конце концов, сделай женщина вовремя аборт, это ведь тоже своего рода убийство, только тогда его назовут свободным выбором. Алиса, я не хочу говорить о твоих подвигах моим коллегам, давай по-хорошему покопаемся в информации на дискете, я приглашу специалиста...

Пенелопа собирает с пола упавшие бумаги и не обращает внимания на подписи, а там — третья снизу: *доктор медицинских наук, профессор Фрибалиус*.

— Я не злюсь, — захватывает Алиса в руку салфетку.

— Ты мне не веришь?! — вдруг угадывает ее состояние Пенелопа.

— Я никому не верю. Я больше не хочу говорить. Я сейчас начну плакать.

Пятница, утро, снег и дождь. Алиса плачет.

Джип Игоря Анатольевича Мазарина с двумя его охранниками и трупом юриста Козлова в багажнике в полшестого утра уже отъехал на достаточно большое расстояние от Москвы, когда его подрезали неприметные «Жигули» с мотором от «Ландровера». После взаимных оскорблений друг друга и оскорблений родственников по материнской линии, братья Худощеповы и охранники Мазарина достали оружие, и так получилось, что у братьев оказалось пять стволов, а у охранников всего три. Получив ключи от джипа, братья Худощеповы осмотрели автомобиль, нашли в багажнике труп юриста Козлова, обсудили, с какого расстояния надо выстрелить в голову, чтобы образовалось такое, подняли с земли охранников, отряхнули их и даже вытерли одному кровь на лице огромным клетчатым платком, после чего попросили — конкретно! — указать место, куда теперь вывозятся отходы разборок. Охранники рассказали про заветное озеро, обещали на все потратить не больше трех часов, а в следующий раз, если поедут по этой дороге и по такому же важному делу, цеплять к заднему стеклу табличку, чтобы не было недоразумений. И были отпущены с богом.

Суббота, вечер. Алиса плачет.

Пришел в прачечную следователь Лотаров, хотел было ее допросить на предмет исчезнувшего чемоданчика юриста Козлова (по показаниям оперативника Кривцова, у юриста в электричке был при себе чемоданчик), но сам стал от жалости сморкаться в заветный платок и был со скандалом вышвырнут Пенелопой за дверь.

Пришли в прачечную двое в штатском, пили чай с Пенелопой. Пенелопа нервничала, потому что с утра больше трех часов копалась в банковских кодах, а чтобы провести полный поиск по некоторым банкам, ею был сделан запрос в Службу. Узнав о запросе, двое в штатском и пришли на чай. Посетовали, что Пенелопа Львовна не справляется с заданием, что счета «Медикуна» оказались пусты, а следов перевода — никаких, а бухгалтер утонул, а деньги большие, можно сказать даже — огромные деньги. И смотрели при этом бывшие коллеги Пенелопе в глаза с пристрастием и таким усиленным служебным рвением, что ей пришлось напомнить — она работает по этому делу не для обнаружения денег, а для обнаружения заказчиков на естественное выращивание эмбрионов для последующей трансплантации, а на деньги ей плевать! А двое в штатском не верили, что на такие деньги кто-то может плевать, и довели своими подозрениями Пенелопу до тихой, исступленной ненависти. А так как в присутствии бывших коллег Пенелопа всегда старалась держать и свою ненависть, и исступление в рамках приличий и со временем достигла в этом совершенного профессионализма (зря, что ли, столько лет занималась психиатрией), то отразилось это только на чае. Он был пресным, без сахара, молока, без лимона, без вишневого ликера, о котором все бывшие коллеги, ранее посещавшие Пенелопу, всегда вспоминали с восторгом. А когда один из бывших коллег попросил посетить туалет, то оказалось, что в прачечной нет воды, ни холодной, ни горячей, и после этого мужчины, конечно, ушли очень быстро.

Воскресенье. Полдень. Подморозило, подул северный ветер. Москва в ожидании обещанных морозов подставила ветру грудь нараспашку и щеки для румянца.

Алиса как посмотрит в окно, так нет-нет — и заплачет, поэтому Пенелопа отвела ее в Париж, задернула на окнах тяжелые занавески, поставила музыку и тарелку с яблоками и бутербродами.

— Ешь!

Вторник. Алиса уже не плачет, а только конвульсивно икает от утомления.

Грудь нараспашку даром не прошла, полгорода закашляло, зачихало, стали лопаться трубы горячего водоснабжения, дороги завалило снегом, и было объявлено повсеместное наступление стихийного бедствия, а граждан даже просили не выезжать на автомобилях без особой надобности.

Икающую Алису в этот день познакомили:

с Чучуней — маленькой вертлявой старушкой, сыпавшей вперемешку французским, китайским и польским, тут же исполнившей перед Алисой шпагат в воздухе — стоя — и подарившей ей собственноручно сплетенную из бисера «фенечку»;

с Колобком — толстым лысым дауненком неопределенного возраста, живущим в соседнем подъезде этого же дома, никогда не опаздывающим на работу — мыть, убирать, протирать, заваривать чай, — не расстающимся с пылесосом и тряпкой, подарившим Алисе леденец на палочке и резиновые перчатки красного цвета;

с Королевой — высокой зеленоглазой брюнеткой, красавицей лет тридцати, выполняющей поручения особой важности, имеющей, кроме огромного гардероба для работы, еще восемнадцать париков и двадцать четыре пары туфель, подарившей Алисе стреляющую кислотой авторучку;

и с Ириской, желтоволосой и кареглазой хохотушкой на девятом месяце беременности, которая в декрете, но специально для знакомства пришла в этот день в прачечную вместе с сыном — надменным мальчиком лет двенадцати, и Алиса с удивлением узнала, что мальчик этот — единственный в прачечной, кто занимается именно стиркой! Он принимает редкие дорогие заказы, сам делает стирку и химчистку, для чего есть специальное помещение, куда он впускает посторонних только в белом халате и бахилах. Мальчик подарил ей пузырек с прозрачной жидкостью, сказал, что это его личное изобретение и что пятна крови, вина и кофе, потертые этой жидкостью, исчезают с ткани любого типа за девять секунд, а Ириска подарила пузырек с фиолетовыми чернилами для шоковых представлений — если плеснуть ими на белую рубашку, получается очень эффектно, а исчезают эти чернила сами по себе и с ткани, и с бумаги за тридцать семь секунд.

Все еще икающей Алисе показали помещения прачечной. Из холла, в котором клиенты обычно регистрируются и дожидаются приема у Пенелопы, ведут три двери. Одна — в кабинет главной прачки, другая — в столовую, помещение для принятия пищи сотрудниками и оказания первой помощи пострадавшим, третья — в лабораторию сына Ириски (он категорически отказался называть свое царство химчисткой или прачечной, так что даже секретарь Чучуня иногда автоматически отвечала по телефону: «Ваш-ш-ша веш-ш-ш уже в лаборатории, не волнуйтесь». Столовая имеет огромный шкаф-гардероб с раздвижными зеркальными створками, из которого любой сотрудник прачечной может надеть любую из имеющихся в обращении униформ — от кителя капитана военно-морского флота до желто-синего комбинезона дворника. Отдельное место занимают женские наряды, здесь уже есть некоторое разделение стилей и размеров, а обувь в количестве двадцати четырех боевых пар принадлежит только Королеве, и никому больше ею пользоваться не рекомендуется, потому что, во-первых, размер сороковой, а во-вторых, можно повредить находящееся в туфлях оборудование.

Из комнаты для отдыха сотрудников ведут две двери — одна в покои Пенелопы (Пенелопа и работает, и живет в прачечной), другая — в ванную комнату и туалеты. Из ванной комнаты замаскированная покрытием под плитку дверь ведет к потайному выходу во двор, о нем знают все, кроме Колобка. Еще есть маленькое помещение на втором этаже со двора — из потайного выхода по металлической лестнице два пролета вверх, — об этой крошечной комнатке знают только Пенелопа, Ириска и Королева (теперь еще и Алиса). В полу этой комнаты имеется люк, в экстренных случаях его можно открыть и, проломив потом тонкую фанеру потолка кабинета Пенелопы, свалиться, например, сверху, если ситуация покажется подходящей, или же просто долго-долго сидеть наверху и подслушивать, тем более что кроме звукозаписывающей аппаратуры здесь имеются новейшие камеры слежения, некоторое оружие, приборы ночного видения, кушетка, полка с книгами по истории и психоанализу, копия с картины Сальвадора Дали в раме на стене и унитаз с раковиной в углу.

— Перестань себя так мучить с этими счетами, ладно уж, — пожалела Алису Пенелопа. — Я тебя буду охранять, авось выживешь!

Алиса посмотрела удивленно, опять прошептала непонятное слово на «ус» и была с жалостью поглажена по русой головке.

Среда. Ночью минус двадцать. Алиса раздвинула в Париже шторы и огляделась. На улицах подбирают первых в этом году обмороженных, резкий сильный ветер выдувает снег с заледеневших улиц и собирает его в подворотнях, у остановок, чтобы подстеречь спотыкающегося прохожего и сыпануть ему неожиданно в лицо колючие блестки или, что еще интересней, загнать в угол, и пока он будет прятать лицо в воротник, укутываться шарфом, раздуть подол пальто и сыпануть как следует снизу!

Пенелопа категорически потребовала присутствия Алисы на предварительном слушании в суде, после чего обещала отвезти ее — на выбор: в зоопарк, в картинную галерею, в служебный тир или на выставку кошек. Алиса выбрала тир.

На слушании она сначала с большим удивлением узнала, что несовершеннолетняя Алиса Катран подвержена истерическим припадкам, давно лишена достойного родительского попечительства, в школе груба с учителями, близких подруг в классе не имеет, а ее пристрастие к обнаженной мертвой натуре можно считать аномалией, достойной хорошей психиатрической клиники. Особенно Алису развеселили предположения о сексуальном характере их взаимоотношений с пропавшим Гадамером Шеллингом, и что моральные и физические увечья, нанесенные таким образом ее растущему организму, могли повлечь за собой все, что угодно — и смерть доктора «Скорой помощи» Синельникова в том числе. Но именно эти самые моральные увечья и оправдывают в полной мере поведение несчастной несовершеннолетней девочки, поэтому ее нужно считать не виновной, а больной.

Потом выступал другой человек, который объяснил, что нельзя все объяснять, как это в последнее время принято, неустроенной жизнью и сиротством подростка, что, оправдывая ее в ситуации с отравлением доктора Синельникова, нельзя не учитывать преступного умысла несовершеннолетней Катран в отношении собственного отчима. И что даже подвергшаяся сексуальному насилию девочка не должна решать свои проблемы с помощью ножа или яда, а должна обратиться в соответствующие органы опеки, которые для того и предназначены.

Алиса наклонилась к Пенелопе и спросила шепотом, почему все выступающие сдвинуты на сексе и насилии?

Пенелопа — тоже шепотом — ответила, что выступающие ориентируются на ее, Пенелопы, отчет, только вот в силу то ли занятости, то ли отсутствия образования не совсем правильно его поняли или не дочитали до конца.

— Я написала в отчете, что твое подавляемое чувство привязанности к отчиму, как к мужчине, привело к внутреннему бунту, и бунт этот вылился в истерику с нападением. Если не могу иметь, то убью, понимаешь? — шептала Пенелопа.

— Понимаю, — кивнула Алиса, встала и громко заявила: — Отчим меня не трахал, если вам, конечно, это интересно. Он меня не соблазнял и не развращал. Я его хотела убить, потому что он был Синей Бородой.

— Сядь немедленно! — зашипела Пенелопа, дергая ее вниз.

— Спросите у девочки, почему она считает своего отчима Синей Бородой? — радостно предложил первый выступающий.

— Я думала, что он убивает своих жен, — пожала плечами Алиса. — И собирает понравившиеся ему внутренности.

— А зачем ему нужны были эти внутренности? — еще больше обрадовался первый выступающий.

— Ну... Вообще-то я думала, что они нужны ему для создания идеальной женщины, а недавно узнала, что он собирал не внутренности жен, а человеческие эмбрионы и продавал их.

— Это к делу не относится, — громко закричал второй выступающий. — Ответьте, пожалуйста, видели ли вы своего отчима голым?

— Видела, — кивнула Алиса, — я должна была решить для себя, привлекает ли он меня как мужчина. Представьте себе, не привлекает! У него бородавка на щиколотке и совершенно нет волос на теле.

Пенелопа закрыла лицо ладонями.

— А если вы тут все сдвинулись на сексе с малолетними, так имейте в виду, мой отчим и в этом отношении был категорическим агностиком, и, как все агностики, отрицающие полную познаваемость мира, он слишком упивался непогрешимостью собственной персоны. Да если хотите знать, он был гносеологическим релятивистом! Он бы никогда не снизошел до примитивного блуда с малолеткой, для него — если уж секс, так полнейший и раскрепощенный, а если с душком запрета или с оглядкой, так это не секс! Это по аналогии с его рассуждениями об истине, — объяснила на всякий случай Алиса и села.

Пенелопа взяла ее ладонь в свою и сжала. По странно напряженной позе, по сильно поджатым губам Алиса решила было, что Пенелопа едва сдерживает злость, но потом поняла, что это не злость. На Пенелопу напал приступ хохота, она едва успела выскочить из зала и потом еще долго то терлась о стены, смеясь и подвывая, то, зажав рукой рот, подслушивала под дверью.

— Адвокатом не хочешь быть? — спросила она Алису, когда та вышла. — Слушай, а ты сама-то понимаешь, о чем так азартно говоришь? Что это такое — гносеологический... как там?

— Релятивист.

— Да, что это такое, понимаешь? — вытирает глаза Пенелопа. — Или играешь на сложно проговариваемых словосочетаниях, чтобы поразить воображение слушателей?

— Я знаю, что это такое, но объяснить сложно. Понятно это может сделать только Гадамер, — отмахивается Алиса и добавляет: — Мог...

— Но ты победила, победила со своим гносеологическим релятивизмом, ой, держите меня, видела их морды?.. Нет, тебе определенно надо подвязаться на адвокатском поприще!

— Нет, — категорично заявила Алиса и, пока они спускались по лестнице, одевались, выходили из здания и шли к стоянке, громко высказала все, что она думает о судейских чиновниках, употребила два десятка нелестных прилагательных и восемь неприличных слов, а после, когда помолчала в машине и набралась сил, два часа стреляла в тире по мишеням.

В четверг ветер сменился, к вечеру потеплело до нуля.

В пятницу под утро от теплого атлантического циклона дрожали стекла в окнах, и как кувыркался теплый ветер-акробат, в Париже было слышно даже за закрытыми шторами.

Пенелопа поднялась рано, ушла еще затемно, в семь пришел Колобок, в восемь — Чучуня, она сразу включила автоответчик и занялась работающим круглосуточно факсом.

Алиса два часа наблюдала, как Колобок убирает прачечную. Сначала она не понимала, что отвлекает его внимание — Колобок иногда присаживался и долго что-то разглядывал на полу. В один из таких моментов Алиса тоже присела рядом на корточки, обшарила глазами паркет в радиусе полуметра, но ничего не обнаружила, даже пыли, потому что уборщиком Колобок был ужасно исполнительным.

Она наугад накрыла растопыренной ладонью пол, Колобок осторожно подвинул ее указательный палец к ладони. Вычислив таким образом приблизительное место его внимания, Алиса подвинула ладонь. Колобок резко встал и забормотал что-то беспокойно, а когда и Алиса разочарованно поднялась, взял ее ладонь и тщательно вытер сначала влажной тряпкой с запахом нашатыря, потом сухой. Алиса ладонь не отняла, стояла, не шевелясь, слушала, как хрустят резиновые перчатки, и всматривалась в его сосредоточенно насупленный лоб. Осмотрев ладонь после протирания, Колобок не успокоился, протащил Алису за руку к пылесосу и еще пропылесосил.

Алисе стало тоскливо.

К десяти в прачечной появилась зареванная женщина с персидской шалью, такой древней, что пальцам было боязно в нее провалиться.

Расстелив на ковре в холле цветной шелк, кое-где вышитый птичками и листьями, Алиса вдруг загрустила по маминому шитью, по запахам тканей в ее мастерской, по тонким исколотым пальцам в кольцах и браслету из широкой полоски шерсти чуть повыше запястья, куда на примерках втыкались булавки.

— Видите? — всхлипывала женщина. — Ничего нельзя сделать, да?..

Алиса обшарила глазами шаль, но ничего не заметила. Кое-где шелк так истончился, что сквозь него просвечивались краски ковра.

— Сигаретой, представляете! Он специально это сделал!

Алиса подняла шаль и на просвет увидела в углу дырочку с обгоревшими краями.

— Милочка, — посочувствовала Чучуня, — вам в штопальную какую-нибудь надо, в ремонт одежды, а мы только чистим!

— Я не хочу, чтобы вы ее штопали! Я хочу, чтобы вы уничтожили этого гада, который прожег мою шаль прямо в месте второго солнцестояния!

— Ну знаете!.. — Чучуня отшатнулась от разъяренной женщины. — Что мы вам, киллеры, что ли?

— Вы не понимаете, — женщина достала увеличивающее зеркальце и поднесла к нему кончик шали с дырочкой. — Видите?

Стукнувшись головами, Чучуня и Алиса таращились в зеркало, потом посмотрели друг на друга.

— Что?.. — взволновалась женщина. — Вы разве не видите? Эта дырочка в форме сердца!

— Пойду принесу чаю, Колобок, наверное, уже заварил, — ретировалась Чучуня, бросив Алису.

— Это не сердце, — заметила равнодушно Алиса. — Это голова змеи. Кобры.

— Силы небесные!.. — скомкав шаль, которая почти вся поместилась у нее в руке, женщина посмотрела на Алису с ужасом обреченного человека. — Вы гадаете?

— Я? Нет, но... А вы — гадалка? — догадалась Алиса.

— Да. И эта шаль — моя судьба. На ней вся моя жизнь! И какой-то поганый слюнтяй, называющий себя колдуном, прожег ее головой змеи как раз в месте второго солнцестояния! Я вас прошу, если вы не можете его уничтожить, просто войдите в доверие и соберите для меня немного его волос — их можно снять с расчески, и слюны — можно просто стащить зубную щетку! Это ведь не слишком сложно, а?

Выглянув из комнаты отдыха, Чучуня поймала взгляд Алисы, покрутила пальцем у виска, потом позвала сладким голосом:

— А вот и чай готов!

— Знаете, что мы сделаем, — предложила Алиса, незаметно подмигнув Чучуне. — Мы заштопаем эту дырочку.

— Невозможно, — категорично отказалась женщина, сгорбившись над парящей чашкой. — Чужие нитки на моей шали — невозможно...

— А мы не нитками. Это ваш природный цвет волос? — Алиса тронула рыжую прядку у виска женщины.

— Да, а что? О! — лицо посетительницы озарилось пониманием и восхищением. Потом озарение медленно стекло, его заменило беспокойство. — Ничего не получится. Я никогда с ней не расстаюсь. Я не могу ее оставить.

— И не надо. Я все сделаю при вас.

— Я не могу отдать ее чужому человеку в руки! — обреченно качает головой женщина. — Она изменит вашу судьбу, этого нельзя делать.

— Но хотя бы иголкой я могу касаться шали?! — завелась Алиса.

И вот женщина выдернула у себя несколько волос, сняла сапог, подняла юбку и спустила чулок. Поставив ступню на журнальный столик, она замерла в кресле, откинувшись и артистично закрыв страдающее лицо ухоженной кистью в перстнях. Теперь она была почти вся укрыта шалью, а прожженный уголок лежал на ее коленке, как на мячике для штопки. Алиса вдела в иглу первый волосок, примерилась, чуть касаясь кончиком указательного пальца обнаженной кожи в крошечной дырочке, и услышала, как по телу женщины проходит дрожь. Тогда Алиса решилась и уколола коленку кончиком тонкой иглы с заправленной рыжей волосинкой. Сладострастный легкий стон.

— Ладно, — сказала Алиса. — Сидите спокойно, я кое-что подготовлю, и через две минуты начнем штопать.

— Вы не должны оставить на шали своей слюны! — встрепенулась женщина. — Ни капельки!

— Ну что вы, как можно!..

— И крови! — дернулась она еще раз. — Как же я забыла о крови!

— А вашу кровь можно оставить? — поинтересовалась Алиса.

— Мою можно, а что?

— Ничего, просто вы так дергаетесь...

Алиса вырезала из туалетной бумаги кружок, подложила его на колено под дырочку, и первые стежки по ее кромке, по кругу, захватили и ткань, и бумагу. Потом на месте дырочки бумага была вырвана, началась штопка. Мама любила штопать, она мастерски подбирала оттенки ниток и, ловко орудуя иглой, иногда пела, а иногда объясняла: «Сначала кладем ровные ряды, вот так: туда-сюда, туда-сюда. Потом проводим нитки перпендикулярно и тоже рядами, как будто плетем циновку, помнишь, Алиска, как мы плели с тобой коврики из камыша? Иголка прячется под одну нитку, она ее боится, а сверху следующей ложится — не боится. Вот так: боимся — не боимся, боимся — не боимся, подгоняем плотней. Следующий ряд — все наоборот: где боялись, там не боимся, проводим иголку сверху волоска, потом снизу следующего... Знаешь что, я сплету тебе пугалочку из моих волос! Пугалочка? Это такая малюсенькая циновка из волос, а посередине вышью желтым шелком лисью мордочку. Когда приснится страшный сон или захочешь избавиться от неприятностей, скажешь шепотом пугалочке, и все забудется, как не было... Какая же ты, Алиска, неловкая, ну ничего, вспомнишь меня когда-нибудь в разлуке и не заметишь, как заштопаешь носок, и еще сама удивишься, как хорошо получится!»

Пугалочку сжег отчим, как идола пещеры.

Я уколола хозяйку персидской шали три раза. Капельки крови оставили крошечные следы на кружке туалетной бумаги, которую я после штопки осторожно выщипала иголкой.

— Пусть его укусит змея! — после третьего укола женщина не дернулась, а только скривилась. — Три раза!

— Ш-ш-ш...

Кончики волосков хорошо бы закрепить капельками прозрачного клея из пчелиного воска. Стирка, похоже, в этой жизни шали не грозит... Но я даже не решилась предложить такое хозяйке, чтобы не выслушивать всех трагических последствий подобного вмешательства посторонней органики в шаль ее судьбы. Поэтому я отвела оставшиеся после штопки кончики волосков мелкими стежками вдаль, в стороны от дырочки, потревожив, вероятно, таким образом установившееся прошлое и ожидаемое будущее, и рыжие стежки уходили по синему изношенному шелку в стороны от штопки едва заметным пунктиром моей нечаянной изобретательности.

— Потрясающе, — недоверчиво покачала головой женщина, тронув пальцем яркое плетеное солнышко из ее волос.

— Это называется пугалочка. Больше курильщик вас не обидит.

— Благодарю, — женщина встала и поклонилась, серьезно и церемонно.

— Не за что, — кусаю я губы, чтобы не допустить и намека на улыбку. — Пугалочке можно жаловаться на обидчиков, еще она прогоняет плохие сны.

— Плохих снов не бывает, — удивилась женщина и

засомневалась в моем могуществе. — Сны бывают предупреждающие и объясняющие.

— Да, конечно...

— Я хочу заплатить, это очень тонкая работа.

— Ну что вы, — переполошилась я, — это вам спасибо, вы мне о маме напомнили, и вообще...

Хотела добавить, что уже неделю подыхаю от скуки и тоски, но тут внедрилась Чучуня и подала женщине прейскурант.

— Я ничего не понимаю, — посетительница дернула плечиком, — это очень долго читать, сорок восемь пунктов! Скажите лучше сами, сколько я должна.

— Так, минуточку... Это у нас получается «услуга, оказанная по личному желанию кого-либо из персонала в особых случаях». Вот же, в самом конце.

— Чучуня, послушай, эта моя услуга...

— Не перебивай старших! — строго уставилась Чучуня поверх позолоченной оправы очков. — Поскольку штопка была произведена в помещении прачечной и при помощи производственного инструмента, — она показала на иголку, — это должно быть оформлено как оплачиваемая услуга!

— Послушайте, я устала от вас. У вас жуткая энергетика, просто жуткая! — схватилась женщина за виски и закрыла глаза. — Этого хватит? — она вынула из сумочки зеленую пятидесятку и положила на стол.

И я, и Чучуня уставились на бумажку, вероятно, с одинаковым изумлением, которое женщина поняла по-своему. Она тут же достала еще одну, такую же.

— Все, я больше не могу здесь находиться! Вы меня вампирите! Извините, если не секрет, сколько вам лет? — поднялась женщина, отошла подальше и, пока натягивала перчатки, осмотрела Чучуню всю.

— Шестьдесят два! — гордо, с вызовом объявила Чучуня.

— Силы небесные, вы умом ребенок, а по судьбе вся в крови! Вся! Как будто вам не меньше ста десяти лет!

— Почему именно ста десяти? — опешила Чучуня.

— Потому что, только если бы вам было около ста десяти, вы смогли бы пробежаться галопом по всем войнам двадцатого столетия и так перепачкаться чужой кровью. Прощайте.

Проходя мимо Колобка, она рукой в перчатке ласково потрепала его по щеке:

— Не волнуйся. Свои следы я заберу с собой!

Дождавшись звука захлопывающейся двери, я без сил опустилась в кресло, Колобок присел, разглядывая пол, и тут же встал, довольно улыбаясь, — ничего! А Чучуня трижды повернулась вокруг себя и раз двадцать сплюнула через левое плечо, приговаривая: «Уйди, ведьма, уйди, черт, где ваш нечет, там мой чет!»

— Не бойся, — похлопала она меня после этого по плечу, — ненормальные приходят часто, агрессивных пока не попадалось, а вот ведьма — в первый раз!

В понедельник следователю Лотарову с самого утра по телефону сообщили, что в озере в Сюсюках всплыл труп, по описанию похожий на труп Гадамера Шеллинга, что туда уже отправлена бригада, что вдове позвонили, предложили к вечеру явиться в морг специзолятора для опознания, но она пожелала опознать своего мужа непосредственно в месте обнаружения тела и уже выехала в Сюсюки.

— И что? — Лотаров разгребал папки на своем столе и сортировал результаты экспертиз.

— Да неудобно получилось, — гундосил в трубку незнакомый Лотарову сержант. — Она приедет, а там два тела.

— Почему — два?

— Так сообщили только что по связи, пока наши ребята ехали, опять позвонил тамошний лесник, сказал, что еще всплыло...

— Что всплыло?!

— Так я же вам говорю, гражданин следователь, еще одно тело всплыло, может, вам это интересно?

— Нет, — категорично заявил Лотаров. — Мне это совсем не интересно. Вот если третье всплывет, четвертое, пятое!.. Тогда — конечно, тогда я немедленно отправлюсь в Сюсюки! А пока у меня есть дела поважней. Послушайте, это озеро, оно что, не замерзло?

— Никак нет. Тепло же, гражданин следователь. Плюс три.

В половине одиннадцатого кое-как разобравшийся с бумагами Лотаров поставил чайник и как раз сосредоточенно сопел, открывая новую пачку чая, когда зазвонил телефон.

Виноватым голосом все тот же сержант сообщил, что третье мертвое тело в сюсюковском озере нашарили багром местные жители, а четвертое подняли со дна прибывшие после этого на вертолете подводники.

— Это что — шутка? — зловеще поинтересовался Лотаров.

— Никак нет, гражданин следователь, я так думаю, что если вам сейчас выехать, то как раз к приезду будут еще утопленные, как вы и хотели. А нам тут с управления в Твери звонят, звонят, все просят вам передать, я передал, что вы *выехаете* только после пятого, так они сказали, уже можно ехать, пока доедете, говорят...

Лотаров бросил трубку.

Он был слишком взволнован, чтобы вести машину, до Бологого доехал на скором поезде, а там его уже ждали местные представители органов.

Всю дорогу он молчал, насупившись. Лотаров любил устраивать неординарные розыгрыши, приколы и всякие неожиданные, но вполне безобидные мерзости. Сейчас он чувствовал себя раздосадованным. Кто-то посмел накидать в озеро, где должен был всплыть один-единственный кореец, кучу неожиданных трупов, и назвать это розыгрышем у него не поворачивался язык, но почему-то все время всплывали перед глазами хитрющие глаза девочки Алисы, несколько смешных веснушек на ее маленьком остром носе, и Лотаров тогда со стоном таращился в окно, чтобы отвлечься.

Приехали. Уже вечерело. Подводники вышли из воды и сообщили, что на сегодня — все.

— Один, два, три... четыре, пять, шесть... Нет, надо еще раз посчитать, с конца — шесть, пять... Нет, неправильно, один, два, три... ик!

Вдоль берега озера аккуратно — ногами к воде, метрах в двух друг от друга — разложены выловленные тела. Между ними ходит, пошатываясь, высокая худая женщина с растрепанными волосами, в накинутой на плечи пуховой шали. В одной руке она держит открытую прямоугольную бутылку литровой вместимости, в другой — зажженную сигарету и, тыча в воздух этой самой сигаретой, считает покойников.

— Шестеро! — докладывает она, наткнувшись по ходу на Лотарова и с первого взгляда (вероятно, по его горящему исступленному взгляду) определив в нем начальника. — Разрешите долож-ш-шить! Трое в куртках, один в смокинге, двое в пальто, но один босой!

— Вы кто? — поинтересовался Лотаров, рассмотрев наклейку на бутылке. Виски.

— Я — кто? Это вы меня спрашиваете, кто я? — женщина потрясла бутылкой над головой, призывая и всех присутствующих возмутиться. — Я жена!.. — закричала она так громко, что переполошились собаки на хуторе.

— Это я жена! — раздался неуверенный голосок сзади, Лотаров резко повернулся и обнаружил неслышно подошедшую к ним по пожухлой траве Риту Мазарину.

Вся в черном, бледная и уставшая, она тем не менее спокойно демонстрировала ожерелье в две связки из крупного жемчуга, и жемчужины светились в сумерках потусторонним космическим светом.

— Вы — которого? — покачнувшись, интересуется женщина в вязаной шали.

Только теперь Рита Мазарина заметила тела на берегу, несколько секунд растерянно осматривала их по очереди (было заметно по едва шевелящейся нижней губе, что считает), потом огляделась.

И Лотаров решил осмотреться.

Народу собралось много. С ним в машине приехали трое, на той стороне небольшого озера стояло две «Волги» и один «Мерседес» местных начальников милиции, Лотаров даже издалека узнал тучную фигуру прокурора Тверской области, он уже видел его здесь в первую заварушку. Уходили к деревьям подводники, и Лотаров, разглядев среди веток крышу дома корейца, вспомнил чудесное рагу с телятиной.

— Вам это ничего не напоминает? — интересуется подвыпившая женщина, показывая на трупы. — Настоящий отсчет утопленников!

Лотаров поморщился. Он стал вспоминать фамилию режиссера, но фамилия не давалась, и это не позволяло ему достойно продолжить разговор с женщиной. «Питер.... Питер, черт, как же его?!.»

— Гринуэй! — вдруг тихонько подсказала Рита, угадав его состояние.

— Да, — согласился Лотаров, — «Отсчет утопленников» Гринуэя. Хотя, знаете, мне больше у него нравится «Книги Просперо».

— А мне — «Дитя Маккона»! Глотнете? — тут же прониклась к следователю женщина и ткнула с размаху ему в грудь наполовину пустую бутылку.

— Агей Карпович, — чуть поклонился Лотаров и отпил из горлышка.

— Аврора, — протянула ему ладошку в тонкой кружевной перчатке женщина. — Я узнала, что Кемира убили, приехала забрать кое-что из своих вещей в доме, а тут вдруг стали вылавливать мужиков из озера, совсем как щук на нересте! Здесь отменные щуки живут, а весной даже образуется речушка небольшая, она летом пересыхает, но щуки успевают приплыть и наметать икры...

— Вы — жена Кемира? — подошла к ней поближе Рита.

— Э-э-э, позвольте вам задать несколько вопросов, — бросился было Лотаров к Авроре, чтобы увести ее подальше и тем самым сохранить хотя бы относительную чистоту дознания, но Рита подбежала и схватила женщину за руку.

— Которая по счету? — спросила она.

— Вторая! — осмотрев Риту внимательным придирчивым взглядом, гордо объявила Аврора.

— А я — восьмая, — неуверенным дрожащим голоском доложила Рита.

— Ого! — восхитилась Аврора, отняла бутылку у príунывшего Лотарова и протянула Рите. — Тогда выпьем!

— Спасибо, я не буду, я уже два дня подряд...

— Пей! — настаивает Аврора и вдруг, нахмурившись, показывает пальцем на Риту, потом на лежащие тела. — Ты что, приехала опознать Кемира? Расслабься, его тут нет.

— А мне кажется, — совсем слабым голосом произносит Рита, — вон там, посмотрите, его пальто...

— Это который без ботинок? Да ты посмотри на эти ступни! Ты на ступни посмотри!..

Женщины отходят рассмотреть поближе первого вытащенного утопленника, а Лотаров, к своему сожалению, вынужден остаться на месте для общения с коллегами — все потянулись к нему.

— Двое наших, — тычет пальцем в утопленников начальник милиции. — Двое, похоже, ваших, а двое вообще странные.

— Странные?

— Да. Ребята сказали, что они не совсем утопленники. Один в земле был захоронен, его выкопали, а потом зачем-то утопили. А самый свеженький, скорей всего, умер от укусов змеи.

— Это ваши ребята по наружному осмотру такое определили? — заинтересовался Лотаров.

— У нас работают профессионалы! — повысил голос начальник милиции. — Могут и по наружному определить, но они не поленились заглянуть в рот и в уши! А который змеей покусанный — самый свежий, почти вчерашний, а укусов три, и все на видном месте!

— Да я, что я — ничего, — пошел на попятную Лотаров. — А почему думаете, что те двое — наши? У них же на месте головы, извините, и лица совсем нет.

— А я так по документам думаю, — злорадно скалится начальник. — У одного в кармане паспорт, а у другого дорогая авторучка с надписью!

— А паспорт, позвольте узнать, на какую фамилию? — совсем униженно бормочет Лотаров, опустив голову.

— На фамилию Козлов! — слегка отходит начальник и уже спокойно спрашивает: — Не теряли у себя Козловых? Ну то-то же, а сомневаться нечего, у нас тоже, знаете, спецы есть! А вообще — улов неплохой. Наши-то двое бандитов уже год в розыске. Странно, конечно, что они тут в озере вместе оказались, потому как из разных группировок.

— Да, странно, — бормочет Лотаров, — теперь это озеро похоже на общий могильник.

— Это намек? — напрягается начальник.

— Что вы, это я так просто ляпнул.

— А не надо просто! — все еще давит начальник милиции и вдруг толкает Лотарова в бок локтем. — Бабу видел? С бутылкой? Это Аврора, наша гордость и краса! Примчалась, блин, домой!

— Домой?..

— Дом-то ее был, пока муж при разводе не отнял. Родовое гнездо! Известная личность. Художницей была, сектанткой и даже депутатом выбиралась. Пошли, она гостей любит, а кореец оставил в доме целый бар, ребята говорили.

— Пошли, если бар. А ботинки не всплывали?

— Чего?

— Ботинок на моем нет. Странно. Его ноги, правда, в бак с цементом засунули, но бак нашли, ботинок в нем не было.

— А я тебе говорю, что у босого авторучка в пальто!

— Это понятно, но хотелось бы найти ботинки, кожаные, итальянские, тридцать восьмого...

— Ты чего? — останавливается начальник милиции и смотрит на Лотарова. — Ребята, блин, с утра шарят по этому озеру, как раки! Мы уже все посинели здесь стоять, а ты — ботинки?!

— Я только хотел сказать, — выпрямился Лотаров и обнаружил в голосе металл, — что ваши водолазы искали тела, и могу допустить, что выловили всех мертвецов из этого озера. Но они не искали ботинки, а без ботинок мои умозаключения относительно дела об убийстве корейца не являются вполне состоятельными для завершения расследования.

— Да, но...

— И поэтому, — перебил начальника милиции следователь, — прошу отнестись к моей просьбе внимательно и сразу предупредить бригаду подводников, что завтра с рассветом им предстоит довольно кропотливая работа по розыску пары ботинок. Сразу! — уставил Лотаров в опешившего милиционера указательный палец. — Пока они не принялись за дегустацию того самого бара!

— Вы тоже поймите, ребята вызывались через Министерство по чрезвычайке, я отвечаю за каждую минуту их работы, уже составлен рапорт...

— Вы поторопились, — опять перебил его Лотаров, — и вообще можете указать в своем рапорте, что подводники могли бы работать качественней. Они, если не ошибаюсь, ползают в этом озере не первый раз, нашли сам бак, но в розыске ботинок потерпели неудачу!

— Так что же, им теперь, блин, лазить по дну, пока не обнаружатся эти чертовы ботинки?!

И тут Лотаров ответил начальнику такое, из-за чего тот еще долго вспоминал «столичную придурошность».

Лотаров сказал, что подводники могут лазать по дну, сколько им хочется, главное, чтобы они получили конкретное задание на розыск пары ботинок, а потом написали отчет, что этих самых ботинок не найдено.

— А что их не будет найдено, он, видите ли, и так заранее знает! Нет, только столичная прокуратура может так изгаляться! — сердито хлопал потом себя по толстым ляжкам начальник каждый раз, когда рассказывал о противном следователе.

— Чучуня, миленькая, отпусти меня на какое-нибудь задание, а? — попросила Алиса во вторник.

— Нет! — Чучуня категорична. — Пенелопа приказала тебя развлекать, но никуда не отпускать.

— А вот эта заявка, номер сто два...

— Положи на стол! И не шарь в бумагах. Это тебе не по зубам. Это танго на заказ.

— Танго!.. — мечтательно смотрит в полок Алиса.

— Не совсем то, что ты думаешь. Такие заказы у нас способна выполнить только Королева.

— Хочешь сказать, что она не танцует? Что это — кодовое название?

— Танцует, еще как танцует! Приходит по заказу, как учительница танцев.

— Ну, и?.. — не дождавшись разъяснений, Алиса тормошит задумавшуюся Чучуню.

— Ну что, приходит в дом и за несколько уроков танцев устраивает такую ревниловку, после которой жена облизывает своего мужа с ног до головы, только чтобы он ее не бросил и не ушел с учительницей. Сохраняет, можно сказать, брак. Святое дело.

— Это значит, если мужу кажется, что жена к нему охладела, он приглашает танцовщицу?

— Он по совету Пенелопы заказывает учительницу танцев на дом. У богатых свои причуды. Иногда учительницу танцев могут заказать как сюрприз другу. Тоже, скажу тебе, приятная неожиданность.

— Подожди, — задумывается Алиса, — а если жене кажется, что муж охладел? Кого вы тогда посылаете?

— Тогда посылаем учителя танцев к жене, что тут непонятного?

— Но в вашей... в нашей команде из мужчин только Колобок!

— А Королева в мужском костюме вообще неотразима, да-да, не смотри так! А за дополнительную плату и по желанию заказчицы может так отдубасить возмущенного флиртом супруга, куда там Брюсу Ли!

— Действительно, это не по мне, — качает головой Алиса.

— А то!

— Ладно. Тогда — развлекай. Рассказывай.

— Чего рассказывать? — не понимает Чучуня.

— Все рассказывай. Где жила, кем работала, про первую любовь.

— А, в смысле, мою жизнь рассказывать? Это скучно, честное слово. Жила в Китае, в пятнадцать лет сбежала из резервации — я так называла посольское поселение русских — и год ловила рыбу. Потом родители переехали в Польшу, я их там еле нашла, нанялась матросом на судно, но нашла. В Гданьске мы с друзьями грабили бензоколонки, нас, конечно, поймали, я бежала во время перевозки из полицейского фургона. Пришлось прятаться во Франции, а языка не знала, ой, такая дура была, ты бы меня видела! Но ничего, — мечтательно вздыхает Чучуня, — через два месяца уже была нарасхват — лучший макияж для любого состояния лица!

— Как это — для любого состояния?

— Это значит, что даже если от лица осталась половина, я его художественно долепливала, и лежало оно потом такое умиротворенное и довольное, просто загляденье!

— Где... лежало? — напрягается Алиса.

— В гробу, где же еще! Шестидесятые годы во Франции, сама понимаешь, нелегкое время. Время безработицы и самоубийств. Мужчины предпочитали стреляться в рот, а женщины вешались или травились. И те и другие еще бросались под автомобили. Когда я видела развороченное лицо, я заводилась! Я ощупывала черепушку, скулы, челюсть — что осталось, и делала рисунок. И все родственники соглашались — точная копия! А потом — воск, резина, краски... Знаешь, как меня называли? Бразё-ё-ор! Золотые ручки!

— Ты работала в морге?! — вскрикивает Алиса.

— Нет. Почему — в морге? Я работала в похоронном бюро, как сейчас помню, оно называлось «Черная лилия». И так я там набила руку, что запросто поступила в художественную Академию на отделение скульптуры. С этим у меня потом ничего не вышло, головы я лепила мастерски, а вот остальное тело не давалось, а уж всякие там зверюшки, собаки, лошади — вообще полный провал. И пошла я в летчицы. Да... Как видишь, жизнь не удалась. Но я не жалуюсь.

— Почему — в летчицы? — Алиса смотрит с восхищением и недоверием.

— Из-за Антона, конечно!

— Антона?..

— Антона Экзюпери, какая ты темная, Алиска!

— И что?..

— Да так, ничего. Полетала года два. В России мне это помогло. Родители заявили, что умирать будут только на родине, и после отставки отца уехали из Польши. Я устроилась здесь ремонтировать самолеты, а потом поступила в институт, как-то завелась и на спор написала диссертацию, и меня взяли в конструкторское бюро. Вот там скука была, я тебе скажу! Но премиальные платили большие. Я научилась играть на трубе, прошла курс обучения в кружке бальных танцев, два года сидела в Антарктиде на станции — снимала показания приборов, а потом еще года три жила за счет карточной игры — мой напарник на станции оказался известным картежником. А потом... Потом оказалось, что по возрасту я не могу даже пойти работать в стриптиз-бар, представляешь?! Знаешь, что я им сказала?! Я им сказала, что если хоть одна из этих малолеток на сцене сделает минет лучшее меня, я буду бесплатно неделю мыть грязную посуду! А все равно не взяли...

— Чучуня, — спрашивает ошарашенная Алиса, — а почему эта женщина сказала о крови на тебе?

— А потому что ведьма! — злорадно грозит кому-то в окно Чучуня. — Она права. Меня Пенелопа нашла случайно, я бомжевала на Ленинградском вокзале, а Пенелопа искала пропавшего француза. Мы как раз с этим французом сидели под большой коробкой от холодильника, пили портвейн и спорили. На французском. Пенелопа пошла на французскую речь, потому что уже отчаялась найти этого дурака, профессором еще себя называл! Ну вот, о чем это я?

— О крови...

— Да! Она нас обоих забрала к себе, отмыла, приодела, потому что думала, что и я француженка и меня тоже кто-нибудь в ближайшие дни хватится. Я два дня отъедалась и изображала полный «не понимай по-рюсски», а потом надоело. Услышала, как она отказывается вымыть студию какого-то художника. После сильной перестрелки. А я как узнала, сколько за это предлагают, сразу все «понимай»! Помню еще, Пенелопа меня отговаривала — там размазали по полу и по стенкам четверых мужиков, собаку и крокодила, а мне по фигу! Двести баксов за три часа работы, сама понимаешь! С тех пор выезжаю только на особо загрязненные объекты. У меня свой инвентарь и свои секреты мастерства, да, а ты как думала? Кровь, ее так просто не смоешь, не говоря уж об остальном. И знаешь, этих объектов все прибавляется. Квартирку купила, автомобильчик, ничего себе, спасибо, живу, не жалуюсь. Ну что? Уморила я тебя разговорами?

— Уморила, — вздрагивает Алиса и перебирается поближе к батарее, чтобы отогреть вдруг захолодевшие ладони.

— Ну, я не знаю, как тебя еще развлекать.

— Я могу поиграть на компьютере. В тетрис. Это что-то вроде двигающейся мозаики.

— Честно говоря, я с техникой не очень... Пенелопа его всегда сама включает.

— Я умею, — зевает Алиса, изображая скуку.

— Она еще говорила, что ставит защиту от нежелательного проникновения.

— А мы не будем проникать в ее файлы. Вот возьмем игру и поставим, а ее файлы нам не нужны.

Алиса покопалась в дисках на стойке и прикусила губу.

— Ты не поверишь, — удивленно посмотрела она на Чучуню, — у Пенелопы нет игр!

— А ты что хотела? У нас прачечная, а не детский сад.

— Ладно. Тогда послушаем музыку.

— Вот это другое дело! — вздохнула Чучуня с облегчением.

— Французский шансон! — предлагает Алиса.

— Идет.

Алиса сразу же, как вошла в систему, обнаружила ее запертой на код. Она закрыла собой экран с табличкой, делая вид, что усердно засовывает диск.

— А-а-а... почему тебя называют Чучуней?

— Да это по глупости. Я пока рыбу ловила, вышла замуж за очень приличного мальчика из Шаньтоу. — Чучуня в кресле мечтательно улыбнулась, закрыла глаза. — И стала по фамилии Чунь Я.

Алиса тоже закрыла глаза и напряженно думала, поэтому в комнате стало тихо.

— Он утонул, — вдруг буднично сказала Чучуня.

— Кто? — вздрогнула Алиса, решилась и быстро набрала пять букв — ПАРИЖ.

— Мальчик этот. Утонул. А я так и осталась Чучуней. Экран открылся.

— С первого раза! — восторженно подпрыгнула Алиса.

— Да. С первого, — кивает Чучуня. — Это была первая любовь. А ты можешь посмотреть почту? Может, что срочное.

— Конечно. Пожалуйста! — Алиса великодушна.

— Так, — подошла Чучуня и склонилась сзади, — развод, нужен частный детектив, аборт, аборт, алиби, подборка партнера для фиктивного брака, о, это интересно — свекровь выкрала ребенка, нужно все решить мировым путем. Для меня ничего нет.

— А что, так и пишут открытым текстом — «отмыть квартиру или офис от крови и последствий разборок с применением огнестрельного оружия?» — заинтересовалась Алиса.

— Это называется «срочная очистка помещения, оплата высокая». Есть хочешь?

Чучуня ушла. Алиса пустила поиск по слову «Коржак» в рабочих папках Пенелопы, и через тридцать секунд уже сделала распечатку с одиннадцатью именами и адресами. У девяти из них был телефон — номера прилагались, а двое жили в сельской местности.

Заткнув уши пальцами и зажмурив глаза, Алиса придумывает первую фразу. Шепотом репетирует, чтобы потом по телефону проговорить ее быстро, но внятно.

«Саквояж Козлова со всеми документами находится в камере хранения номер пять Казанского вокзала...»

Саквояж юриста Козлова! Да, юриста.

«Саквояж юриста Козлова со всеми документами находится в камере хранения номер пять Казанского вокзала».

Так, а потом... «Стойте под табличкой в десять вечера».

Первый номер она набирала дрожащими пальцами, а после третьего успокоилась и даже стала слегка гундосить, придавая голосу неживой оттенок записывающей пленки.

Три раза трубку взяли женщины. Ответы были такие:

— Кто это — Козлов?

— Вы не туда попали.

— А пи-пи не хо-хо?

Три раза — мужчины. Соответственно:
— Документы? Не знаю никаких документов.
— Когда будет пицца?! Забодали, два часа жду!
— Мальчик, не балуйся, положи трубку.
Два раза она зачитала сообщение на автоответчик.
Один раз трубку взял ребенок, и Алиса, тряся коленкой от нетерпения, ждала, пока он найдет бумагу и ручку, чтобы записать сообщение для родителей, а потом громко читала это сообщение по слогам и, чтобы не вступать в длительные объяснения, слово «саквояж» заменила на «чемодан».

— Алиска? Ты чего там притихла? — в кабинет заглянула Чучуня.
— Звонила подружке, а ее дома нет. Пойду прогуляюсь!
— А Пенелопа сказала...
Я крикнула, что вернусь через полчаса, и выбежала на улицу.
У метро поменяла заработанные художественной штопкой деньги.
Из всех Коржаков остались двое жителей сельской местности, которые скорее всего ни сном ни духом о заветном саквояже юриста Козлова. Ладно, разберемся. С ближайшей почты были отправлены две телеграммы, в тексте после слова «стойте» добавился день недели. Оказалось, что я совершенно не знаю, в каком дне недели сейчас нахожусь, пришлось спрашивать у работников почты. Потом оказалось, что в некоторые отдаленные населенные пункты телеграмма может идти два дня, я посчитала и написала «Стойте в пятницу под табличкой в десять вечера».
Если сегодня на вокзал никто не придет, так и быть, постою у камеры хранения еще в пятницу.
Купила печенье и апельсины, осмотрелась, глубоко вздохнула и с чувством выполненного долга побежала в прачечную.

— Ты где была? — набросилась на меня у дверей Пенелопа.

— Вот. Купила на первую зарплату! Можешь добавить к своему объявлению «художественная штопка, изготовление пугалочек из ваших волос».

— Тебе придется завтра поехать на опознание. В озере обнаружили тело в пальто, в кармане была дорогая авторучка с надписью.

— Хорошо. А Рита Мазарина там будет?

— Она предпочла провести опознание на свежем воздухе. Ты часто приезжала в этот дом? — мнется Пенелопа.

— Один раз всего, а что?

— В озере выловили сразу несколько утопленников. То есть даже не несколько, а довольно-таки много для одного озера.

— Больше двух? — изумилась я и тут же под внимательным взглядом Пенелопы спрятала глаза.

— Шестерых. А почему ты сказала — двух?

— Я очень умная и умею анализировать.

— Да что ты?! — всплеснула руками Пенелопа. — Анализировать! Скажите, пожалуйста! А почему тогда мне кажется, что у тебя рыльце в пушку?

— Идите за стол, — зовет Чучуня.

— У меня не рыльце. У меня вполне привлекательное лицо. Коротко объясняю схему анализа. Братья Мазарины утопили корейца в озере. Так? Так, — киваю я сама себе. — Сошло им это с рук? Сошло. Куда они после этого повезут тело юриста Козлова, угадай?

Застыв, Пенелопа смотрит с недоверием, явно замешанном на восхищении.

— А ты зачем туда ездила? — спрашиваю я за столом.

— Поступил заказ. Неугомонный Лотаров, вероятно, считает, что я подыхаю от безделья и скуки. Поэтому развлекает меня экзотическими ужинами и снабжает заработком каждый раз, как только ему подвернется что-либо совсем гиблое.

— Гиблое?

— Посудите сами. В Сюсюки приехала вторая по счету жена Гадамера.

— Она жива-здорова? — задержала я чашку у рта.

— Не перебивай. Она жива, о здоровье ее делать какие-либо выводы затрудняюсь, поскольку спиртное потребляется этой дамой ведрами, но внешность она имеет весьма породистую. И эта самая вторая жена приехала в свой бывший дом, оставленный после развода Гадамеру, за какими-то письмами.

— Они с Ритой виделись? — не утерпела я.

— Не перебивай, а то замолчу!

— Виделись или нет?! — я не могу удержаться.

— Да! — кричит Пенелопа.

Некоторое время мы смотрим друг другу в глаза и тяжело дышим.

— Девочки, а давайте по бокальчику красненького, — предлагает разрядить обстановку Чучуня.

— Ты будешь дальше слушать? — интересуется Пенелопа.

— А ты неправильно рассказываешь, самое интересное опускаешь!

— И что для тебя самое интересное? — прищуривается Пенелопа.

— Опознали они Гадамера или нет, — присмирела я.

— Частично, — злорадно сообщает Пенелопа, не сводя с меня глаз. — Следователь Лотаров сказал, что поскольку вторая жена сильно сомневается, что это тело Гадамера, но ее показания не могут считаться достоверными в силу длительной разлуки с бывшим мужем, а...

— Сколько они не виделись? — встреваю я и тут же съеживаюсь и закрываю рот ладонью.

— В силу двадцатидвухлетней разлуки с бывшим мужем! А Рита Мазарина, напротив, готова присягнуть, что утопленник без ботинок и есть ее муж — кореец. Теперь твое опознание будет иметь решающее значение.

Двадцатидвухлетней, значит, эта женщина еще не имела счастья увидеть татуировку на спине Гадамера...

— А что за работу нашел для тебя следователь? — я удержалась из последних сил и не спросила, не поручил ли следователь Пенелопе, чего доброго, найти ботинки, в которых в тот день зацементировали корейца.

— Вторая жена Гадамера приехала в этот дом за письмами. Представь, ее прабабушка в девичестве переписывалась с прадедушкой, который впоследствии стал известным писателем...

— Я так и думала, — вырвалось у меня, и теперь уже я застыла, с удивлением прислушиваясь к своему организму. Что со мной происходит? Может быть, от волнения я заболела ужасной болезнью и теперь буду выбалтывать все подряд?

— Так, — Пенелопа наклоняется ко мне через стол, — немедленно объясни, что ты думала?!

Надо собраться. Залпом выпиваю бокал вина.

— Я подумала, что Рита опознает в утопленнике своего мужа. Я подумала, что вторая жена не поедет на опознание, если она приехала, значит, у нее в этом доме есть дело.

— Так вот, — откинулась на спинку стула Пенелопа, — теперь письма этого писателя продаются на аукционах, они стоят бешеных денег, вторая жена корейца приехала их искать.

— Можно я поищу эти письма, я весь дом облазила, обязательно найду?! — я подпрыгиваю на стуле, изображаю всплеск энтузиазма, улыбку и блеск в глазах.

— Пенелопа, пусть она поищет что-нибудь, разреши. Письма прадедушки — это же милое дело, а то я устала с нею нянчиться, честное слово! — просит Чучуня.

На часах — половина восьмого. До десяти — полтора часа, а я еще не начала подготовку к делу!..

— Хорошо, — пожимает плечами Пенелопа.

— Спасибо! — я вскакиваю, бросаюсь к Пенелопе, обнимаю ее, потом обнимаю Чучуню, потом спотыкаюсь в коридоре о присевшего Колобка и его обнимаю, хватаю свою куртку и открываю дверь.

— Ты куда? — выбежала Пенелопа.

— Искать, искать!..

Пока я ловила такси, ехала в «Кодлу», возилась в кладовке под полками в поисках саквояжа юриста Козлова, ругалась с Тихоней, Пенелопа задумчиво ходила туда-сюда по прачечной.

Чучуня уже собралась уходить, а Пенелопа все бродила неприкаянно.

— Чего ты маешься? — не выдержала Чучуня. — Она суматошная, себе на уме, но вообще хорошая девочка. Видела бы ты, как умело и тактично она расправилась с ведьмой!

— Нет, — качает головой Пенелопа, — здесь что-то не так...

— Ну сама посуди, она не учится, после смерти отчима еще не отошла, от безделья мается, поэтому и побежала как ошпаренная искать эти самые письма.

— Чучуня, какие письма?! Она даже не спросила фамилию писателя! Нет, наверняка ведь устроит какую-нибудь пакость. Компьютер трогала? Что?.. Смотри мне в глаза! Она трогала компьютер?!.

В кладовке саквояжа не оказалось. Тихоня угрожал съесть целую горсть земли, если я не поверю, что он не трогал проклятый саквояж, и даже стал показательно сгребать в ладонь пыль и мусор у двери. На шум пришел Сутяга и вспомнил, что Офелия после разборок в кладовке прятала в багажник машины Мазарини какую-то странную сумку.

— В джип?

— Нет. В «мерс». Они на нем уехали три дня назад! — схватил Сутяга меня за руку и не дал броситься к ангару.

— Ну почему она вечно везде сует свой нос! — топаю я ногой.

— Куда ей до тебя! — хмыкает Сутяга.

— Но я хотя бы понимаю, что делаю!

— Уверен, что и Офелия спрятала этот чемоданчик в полной сознанке.

— Но почему в машину Мазарини?! — не могу я успокоиться. — Они сунутся в багажник и сразу найдут сумку!

— Не скажи, Офелия всегда все правильно прячет... — улыбается Тихоня. — Сама подумай, ты же не будешь обыскивать свой багажник каждый день. Ты не будешь искать то, что туда не засовывала, так? Расслабься, они бьют по две машины в неделю, скоро «мерс» приедет на ремонт.

— Тихоня прав, — кивает Сутяга. — Расслабься. Что-то ты бледная, Алиска, устала небось интриги плести? А, маленькая?

— Отвали... — я лихорадочно соображаю, как выйти из положения без саквояжа, и так увлеклась, что сама себя вслух успокоила: — А на фиг он мне нужен вообще?!

— «Воть имена!» — поддержал мою решительность Тихоня.

Я осмотрела его внимательно и сняла с головы кепку.

— Дай поносить.

— И все? — нарочито радостно изумился Сутяга. — Никуда не надо ехать? Неужели отделаемся одной только кепкой?

— Это моя любимая финская кепка! — обеспокоился Тихоня. — Не надо ее бросать в воду!..

— Ладно, так и быть, подкиньте меня к Казанскому вокзалу и подождите там с полчасика.

— Знаешь, Алиска, может, куртка моя подойдет, а? — Сутяга потряс полами распахнутой рабочей куртки. — Бери все — портки, трусы, только избавь меня сегодня от поездок с тобой!

Куртка, конечно, велика. Но, с другой стороны... Болтающиеся пустые рукава внизу, подозрительные пятна, кепка, закрывающая пол-лица...

Я беру грязную, в мазуте, ладонь Тихони и провожу ею по щекам и подбородку.

— Это ты зря, — оторопел он. — Теперь тебя в метро не пустят...

В метро я прошла запросто и даже без карточки — пристроилась сзади объемной женщины. Но на Казанском оказалось, что камера номер пять ручной клади закрыта на обед. На тридцать минут. Представить себе существование подобного идиотизма я не могла — а если у человека поезд отходит через десять минут и ему нужно срочно забрать свой чемодан?!

Таких обнаружилось двое. На моих глазах двое мужчин по очереди, но совершенно одинаково, исступленно дергали решетку, стучали ногой по стойке и матерились.

Я сидела в это время на полу неподалеку, подстелив под себя газетку и опустив голову в руки на коленях. Кепка скрывала почти всю голову, полы куртки доставали до самого пола, «камелоты» мои, конечно, подвели, они, хоть и замызганные изрядно, гордо торчали дорогими бульдожьими носами из-под расклешенных джинсов. На часах в проходе минутная стрелка доползла до двойки, а это значило, что уже десять минут, как никого нет.

К двадцати двум минутам стал понемногу собираться народ, я потянулась, зевнула и осмотрелась. Муж-жена-ребенок, муж-жена и два ребенка, старик в валенках с калошами, мужчина с очень грязными ногтями на обветренных руках (навряд ли директор «Медикуна» с горя пошел в разнорабочие), и, таким образом, подозреваемых осталось двое — господин почтенного возраста и гордой осанки и суетливый толстяк, тут же громко всех оповестивший, что он командировочный.

Раза три мимо меня прошло туда-сюда что-то бомжующее (судя по разваленным и ужасно вонючим ботинкам). Потом **это** постучало меня по кепке, я подняла голову и узнала, что заняла чужое место, и если не хочу получить по «балдешке», то должна пройти к туалетам и «прописаться» у Марго. Выдав информацию, **это** вытащило из рванья на груди наушники от плеера, нацепило их на косматую голову и ушло, подтанцовывая.

А вот интересно, мне нужно будет здесь прописаться или прописаться?

Я решила с риском для «балдешки» посидеть еще десять минут.

Две семьи, замученные Москвой до полного дебилизма, получили свои вещи. С трудом уволок огромный рюкзак старик в валенках. Мужчина с грязными обломанными ногтями оказался другом приемщика, они стали обсуждать последнюю забойную пьянку и считать потери после нее. Господина почтенного возраста это почему-то расстроило, и только он начал лекцию о вреде алкоголя, как вдруг установилась странная тишина. Я повернула голову набок и осторожно посмотрела изпод козырька кепки на стойку. Приемщик и его друг удивленно уставились на строгого господина и на толстяка-командировочного. Я тоже глянула. Эти двое всматривались в правое крыло длинного прохода и словно застыли на глубоком вдохе, забыв закрыть рот. Чтобы увидеть, что их так поразило, пришлось изобразить, что я устала до степени полной необходимости прилечь, и немедленно. Поелозив попой на газете, я укладываюсь на пол, подложив локоть под голову, и смотрю в проход. И до такой степени не верю своим глазам, что, забывшись, поднимаю козырек кепки, обнаружив таким образом свое лицо. На меня идет... саквояж юриста Козлова!.. Саквояж держит рука в желтой перчатке, поднимаю глаза... Последний из братьев, оставшийся в живых, Гога Мазарин собственной персоной. Смотрит в мое открытое лицо угрюмо, но с ехидцей. Совершенно не замечая обалдевших от вида саквояжа важного господина и толстяка командировочного (а от чего им еще прийти в такой столбняк, не от желтого же пальто Гоги в сочетании с черным траурным шарфом?!), Гога подходит, наклоняется ко мне и злорадно интересуется:

— Ты не потерялась, девочка? Пойдем, папочка отвезет тебя домой.

Хватает меня свободной рукой за шиворот и ставит на ноги.

— Этот номер у вас не пройдет! — возмущаюсь я, пока он волочет меня по проходу. — Никаких папочек! Хватит с меня папочек в этом месяце!.. — и так далее, еще много всего, что я думаю о Гоге Мазарине как о потенциальном папочке и об умственном развитии его детей, если они будут.

В машине («Мерседес» цвета морской волны) Гога ударил меня по лицу. Он объяснил это срочной необходимостью. Он сказал, что больше не может слышать мой голос, видеть мою физиономию, мою лживые глаза, мой хитрый нос и детский рот, испорченный ругательствами и враньем.

— Какого черта ты тогда притащил меня сюда, идиот? — совершенно искренне удивилась я, спонтанно перейдя после пощечины на «ты».

Гога покопался под сиденьем и вместо ответа зазвенел вытащенной цепью, после чего бросил мне на колени ее конец с тяжелым металлическим ошейником.

— Я тебя ищу уже неделю. Пора, детка, пора!..

— Твоему брату это не понравится! — отодвинулась я на всякий случай подальше и забилась в угол.

— Он умер. Я это сделаю для себя.

— А может, мы договоримся?.. Отчим стащил у тебя деньги, я могу их вернуть!

— Да я сам готов заплатить, чтобы приезжать потом и смотреть на тебя с ошейником на шее возле гроба моего брата.

— Что интересного, если я умру в этом склепе? Ты что, снимешь на пленку мои предсмертные мучения и потом будешь показывать гостям и хвастаться, как ты обошелся с любимой девочкой своего брата?!

— Ты не умрешь, — по-деловому сообщает Гога, задумывается и разъясняет: — То есть ты, конечно, когда-нибудь умрешь... От старости. А пока посидишь возле моего брата, я тебя буду кормить... — он опять задумывается, — раз в два дня. А зачем чаще? Двигаться активно ты не сможешь, опорожняться будешь под себя, сама постараешься есть поменьше.

— Дикость какая, зачем ты это делаешь? — интересуюсь я севшим голосом.

— Потому что, — наклоняется Гога, и его лицо оказывается совсем рядом, — ты отняла половину меня. Половину сердца, половину печени, половину почки...

Он замолчал, вероятно, вспоминая, какие еще органы есть.

— Я не отнимала у тебя половину почки, — заявляю я категорично.

— Да?..

— Да! — кричу я уже в истерике. — Почек у человека две, можно сразу сказать, что я забрала одну целую! Еще — одно легкое, одно ухо, один глаз, половину мозга — это да, можно, я заберу правое полушарие?! Еще пять метров кишечника, одну ногу, одну руку и одно яйцо!

После слова «яйцо» (оно получилось самым громким) Гога отшатнулся. На меня, похоже, накатила самая сильная за последнее время злость.

— А почему — правое это... полушарие? — поинтересовался он после долгого молчания.

— Потому что, — я поднимаю вверх голову и сглатываю потекшую кровь, — правое полушарие мозга отвечает за воображение, художественные способности, артистизм человека, поэтому у тебя оно должно быть абсолютно усохшим, не больше козьей горошины.

С переднего сиденья медленно повернулся шофер и посмотрел на меня. Все это — в опять наступившей тишине, только слышно, как с противным звуком трется кожа его куртки о кожу спинки сиденья.

— Открой дверь! — требую я, дергая ручку.

— Сиди смирно! — тащит меня за куртку к себе Гога.

— Открой, меня сейчас стошнит! Я представила... я вдруг представила, как надрезаю мошонку и вытаскиваю твое яйцо! Ты видел когда-нибудь, как выглядит освежеванное яйцо?!

Шофер судорожным движением открыл свою дверь и высунулся наружу.

— Как большое бельмо в розовой сукровице и синих прожилках! — ору я в упоении.

Резкий утробный звук. Так, один готов. Теперь, по самолетной логике, все остальные пассажиры должны попросить кулечки или от звука рвоты, или от ее запаха.

И Гога Мазарин открывает свою дверцу и присоединяется к высунувшемуся шоферу.

Я отчаянно дергаю ручку. Закупорено. Рабочая куртка Сутяги катастрофически заливается кровью.

В тот момент, когда я, наконец, вытащила платок из джинсов и зажала им нос, из проезжающего мимо на большой скорости автомобиля по «Мерседесу» ударила автоматная очередь.

Шофер бросился закрывать собой хозяина, а я с платком под носом скорчилась под сиденьем.

— Кто это был? — спросил Гога, как только заполз в салон. — Ты заметил?

— Не успел, — коротко отрапортовал шофер, выключил свет в салоне и рванул на полном ходу, шлепнув на крышу «Мерседеса» мигалку с сиреной.

— Я уже неделю чист, как младенец, — удивленно пожал плечами Гога. — Я брата хоронил.

— Придурок! — прохрипела я, усаживаясь. — Зачем ты приперся в камеру хранения с саквояжем юриста Козлова? Это точно были люди Коржака!

— Убери сирену и спроси у этой сявки, что она хочет

сказать, — приказал Гога шоферу, не соизволив повернуться ко мне.

— Девочка, — уставился на меня в зеркальце шофер, — мы тебя не понимаем!

— Смотри на дорогу! И скажи этому придурку, что я устроила западню в камере хранения для директора «Медикуна», а приманкой был саквояж Козлова, который твой хозяин зачем-то приволок туда! Наверное, чтобы посильней поразить мое воображение!..

— А кто это — Козлов? — спросил шофер и заслужил похвальный кивок Гоги, из чего я заключила, что Гога либо забыл, кто убил его брата, либо вообще в суматохе похорон этим как-то не поинтересовался (а зачем, действительно, если мужик сразу же оказался без головы).

— Козлов — юрист из «Медикуна», это ему Гоша отстрелил полголовы в «Кодле».

— А ты стащила чемодан этого самого Козлова и подсунула в мой багажник, да? — бесстрастно, все так же демонстрируя свой профиль, замечает Гога. — Я думал, это твой чемодан. Там твоя фотография и ксерокопия свидетельства о рождении. Как ты могла сделать из чемодана приманку, если он у меня?

— Просто позвонила и сказала, что саквояж в камере хранения!

— Никто не смеет использовать меня, Мазарина Игоря Анатольевича, в своих целях! Никому и никогда это не удастся, запомни!

— Ко-а-а-анечно! — скептично замечаю я, вспомнив голубка Тихони.

— И не акай мне тут!

— Как ты меня нашел? — задаю я последний для сегодняшнего шоу вопрос, убеждаюсь, что уже достаточно успокоилась и кровь из носа больше не течет.

Поскольку Гога не удостоил меня ответом, все разъяснил выдержавший паузу шофер:

— Наши ребята в автомастерской тебя уже неделю пасут. Ты прибежала, они позвонили и проследили, но ловить не стали. Игорь Анатольевич сказал, я сам, говорит, ее отвезу на кладбище, а чемоданчик этот мы почти сразу нашли. Никак не могли понять, что ты делаешь на вокзале. Игорю Анатольевичу надоело ждать, он взял чемоданчик и пошел. Думал тебя удивить приятно.

Я прижимаю окровавленный платок к шее, чуть пониже правого уха, и заваливаюсь набок, ткнувшись кепкой в бедро Гоги Мазарина.

— Что ты делаешь? — интересуется он.

— Меня ранили. Я истекаю кровью, придурок.

И вот «Мерседес» плавно свернул на обочину и остановился. В салоне включен свет. Гога Мазарин, отодвинувшись на всякий случай подальше от моей головы, и шофер, переваливший свое крепкое большое тело через спинку сиденья, разглядывают мою окровавленную руку и подбородок, мокрый от крови платок и уже потемневшие пятна на когда-то серой куртке Сутяги. Гога попробовал было приподнять руку, чтобы, вероятно, насладиться видом огнестрельной раны на моей беззащитной шее, но я вовремя застонала и поинтересовалась, действительно ли он настолько придурок, что хочет, чтобы я перестала зажимать рану и скончалась от потери крови тут, в его машине? А кто тогда будет сидеть на цепи у гроба?

— Ее нужно отвезти в больницу.

Это сказал шофер.

Он стал объяснять Гоге, что одно дело, если я сижу какая-никакая, но живая, на цепи в склепе, и для особо любопытных и пронырливых граждан всегда наготове подписанное лично мною заявление, что я добровольно обрекла себя на подобное существование в память о погибшем возлюбленном. И совсем другое дело, когда я умираю у них в автомобиле.

— Попробуй потом все отмыть, — заявил под конец практичный шофер.

Не знаю, что убедило Гогу, но меня вытолкнули из машины на мокрый асфальт у первой Градской. Частично для соблюдения конспирации, а частично от сильного желания отмыться, я, пошатываясь и прижимая платок к шее, побрела к приемному отделению хирургического корпуса. Нашла туалет, отмыла лицо и платок, кое-как оттерла пятна крови на куртке, унизилась до попрошайничества и выкурила первую в своей жизни сигарету, устроившись на подоконнике в туалете. Особого удовольствия она мне не доставила, но сосательный рефлекс сработал на успокоение, и за десять минут я все спокойно обдумала, а покопавшись в карманах куртки Сутяги, нашла не очень чистый лист бумаги и карандаш. На одной стороне листка Сутяга наскоро изобразил какой-то чертеж, а на другой я записала свои выводы.

Выводов у меня сложилось четыре, и все — неутешительные.

«Вывод первый. Желая наказать отчима, я стащила со счетов все деньги, но стерла его директорию, на которой могла быть полезная для Пенелопы и для органов спецслужб информация.

Вывод второй. В результате неправильных действий (см. вывод первый), я являюсь в данное время объектом для розыска: а) обокраденного отчимом... или мной, запуталась уже, Коржака и б) жаждущего мести Гоги Мазарина, в) а может быть, и спецслужб — неизвестно еще, как долго Пенелопа будет прятать от них информацию о моих неправильных действиях?!

Вывод третий. За последний месяц количество кровоизлияний из носа катастрофически возросло по сравнению с предыдущими одиннадцатью (в два раза). Стоит показаться врачу и срочно заняться здоровьем, провести курс успокоительного аутотренинга и заштопать...»

Я задумалась. Идея со штопкой показалась мне очень удачной, потому что за последнее время никогда еще я не чувствовала себя так спокойно и хорошо, как во время штопки женскими волосками шали судьбы.

«Заштопать шесть пар носков.

Вывод четвертый. Чтобы не повеситься или не сдохнуть от отвращения к себе и полнейшей безысходности, нужно срочно заняться важными делами...»

Я опять задумалась. Из важных дел на ближайшие двадцать лет у меня было запланировано рождение двух дочерей, посещение города моей мечты, поступление в медицинский институт (это можно годам к тридцати, когда практика по вскрытию трупов и изучению внутренностей достигнет полного совершенства) и стать богатой. Начнем с самого важного, с дочерей. Тут все пока беспросветно, девочка, как говорится, не созрела. Институт. Для этого нужно, как минимум, кончить школу, а от одного слова «школа» меня сразу же начинает мутить. Ладно, поставим школу первым пунктом, в конце концов, ее тоже можно будет кончить к тридцати годам и сразу потом поступить в институт. Богатство. С этим проблема. Я даже не знаю, сколько там денег, но знаю точно, что мне их не видать как своих ушей, пока существует загадочный Коржак. Вот все и определилось! Первым важным делом в четвертом пункте я с облегчением записываю:

«... заняться важными делами, а именно: закончить мою телефонную наработку по Коржаку и школу».

С чувством облегчения я перечитываю написанное, рву этот знаменательный документ на мелкие кусочки, смываю их в унитазе и еду в прачечную.

Игорь Анатольевич Мазарин посетил прачечную в обед, приехал не с пустыми руками — с букетом хризантем и коробкой конфет, расположился в кабинете в кресле, а телохранителя оставил стоять у двери. Сидя, он медленно расстегнул все пуговицы желтого пальто, оттащил от шеи черный шарф, достал баллончик с освежителем и пшикнул себе в рот, посмотрел на дорогие часы на левой руке, откусил заусеницу на большом пальце правой руки и попросил Пенелопу срочно найти его племянницу.

— Племянницу? — не поверила Пенелопа.

— Племянницу, — кивнул Гога. — Последний раз мы виделись у больницы на Ленинском, ее ранили в шею, я думаю, не очень сильно, так, царапина, но я потом узнавал — у больницы она выпала... вышла, я хотел сказать, из машины, а вот в приемном отделении зарегистрирована не была, то есть не обращалась за помощью.

— А сколько лет вашей племяннице? — Пенелопа справилась с удивлением и успокаивала себя: что только что видела Алису — та сидела в столовой с Чучуней, сосредоточенно штопала какой-то подозрительный носок, и никаких ранений в шею у нее не наблюдалось.

— Точно не знаю, — задумался Гога, — но я думаю, она еще несовершеннолетняя. Сестра беспокоится. Все-таки она подписала документы и теперь является ее приемной матерью.

— Вашу племянницу как зовут? — Пенелопа приготовилась записывать.

— Я все написал, — Гога кивнул телохранителю, тот подошел и положил на стол свернутую бумагу.

Пенелопа развернула записку, прочла ее, скривилась слегка, но исправлять ошибку не стала — отчество Алисы — Геннадьевна — изображено было с одним «н».

— Она девочка грубая и плохо воспитанная, — продолжил Гога, — но вы ей скажите, что я согласен.

— Согласны?.. — Пенелопа отложила ручку и не стала изображать участие в деле, давать советы обратиться с розыском в милицию и так далее. Она поняла, что Мазарин знает, где Алиса.

— Пусть поможет вернуть мои деньги, и мы договоримся. Но ей придется отсидеть неделю. Всего одну неделю. Скажите, что я передумал. Не всю жизнь, а только одну неделю! — Гога сильно повысил голос, и на его зычный бас в открытую дверь кабинета заглянул испуганный Колобок.

— Отсидеть? — вдруг охрипла Пенелопа и попробовала откашляться. — За что?

— Не за что, а потому что! — назидательно поднял

указательный палец Гога. — Во-первых, потому что брата моего убили, слыхали? Во-вторых, потому что брат ее любил. Пусть отсидит неделю в склепе, потом вернет деньги, а потом пусть Ритка с нею возится, если ей так приспичило иметь дочуру. А в-третьих... потому что я так хочу.

— В склепе? — приподнялась Пенелопа.

— На цепи! — опять крикнул Гога, подняв голову, чтобы его было слышно в самых дальних закоулках прачечной. — Но только неделю. Я тебе денег за ее розыск платить не стану, — поднялся Мазарин, считая разговор законченным.

— Не надо, что вы...

— И передай. Пусть лучше соглашается, а то ведь все одно найду в любом месте. Три дня на раздумья. Потом включится счетчик.

У стойки с фигурками Мазарин задержался. Пенелопа напряглась.

— Сидячая баба ничего, — он ткнул пальцем в фигурку женщины, обхватившей себя руками за колени. — Сколько?

— Не... не продается.

— А я не покупаю. На тебе цепочка на сто баксов, перстень за пятьсот...

— Это старинное серебро, оно недорогое, — спрятала руку за спину Пенелопа.

— Ладно, перстень еще за сто, я так понял — все твои понты здесь стоят, так ведь? Сколько стоит баба?

— Это китайские фигурки из нефрита... Две триста, если в баксах, — быстро произнесла Пенелопа, заметив на лице Гоги что-то вроде раздражения от ее болтовни.

— А это видела? — он вытащил из кармана небольшую фигурку из моржового клыка — белый медведь, вытянувший вперед морду. — За три купил.

— У меня собака три стоит, — показала Пенелопа на нижнюю полку.

Гога жестом фокусника распахнул полы пальто. На

коричневой подкладке висели с двух сторон по кортику в изящных ножнах, прикрепленные к подкладке сложным плетением из тонких полос кожи.

— Каждый — по пять!

И тут Пенелопа вдруг поймала себя на немедленном желании предъявить свой самый дорогой «понт» — она уже повернулась к столу, уже подняла руку, показывая на картину, открыла рот!.. Очнувшись, приложила ладони к щекам, виновато улыбнулась.

— Ну то-то же! — усмехнулся Гога, запахнув пальто, и направляясь к двери.

— Скажите, что значит — счетчик? Вы сказали — «включится счетчик»?

— Я беру процент в день, справедливо? Или ты не знаешь, что такое счетчик?

— Нет, я знаю, конечно, что означает это выражение, но применительно к нашему разговору как это понимать?

— Как понимать? Она должна отсидеть на цепи семь дней, меня Ритка уговорила, рыдала и все такое, но семь дней она отсидит!

— Да, это я поняла, — кивнула Пенелопа, заметив, как в глазах Мазарина полыхнуло раздражение.

— Я дал три дня, так?

— Да...

— За каждый просроченный день — по проценту. Сто делим на двадцать четыре часа, округляем, получается по четыре часа дополнительной отсидки за каждый просроченный день. Ну? Понятно?

— Понятно, — бормочет Пенелопа, — то есть нет, постойте! — Она хватает уже выходящего в дверь Мазарина за пальто. — Как это — четыре? Вы неправильно делите, нужно делить не сто на двадцать четыре, а наоборот!..

— Ну вот и ладненько, вот и хорошо, — отцепил ее руку Мазарин, — сама потом подели, главное — что ты наконец врубилась! — и хлопнул дверью перед дернувшейся Пенелопой.

Когда Пенелопа ворвалась после разговора с Мазариным в столовую, Алиса молча отложила штопку, вытянула шею и повертела головой с короткой стрижкой туда-сюда, демонстрируя ее, шеи, девственность и белизну. Пенелопа подошла поближе и осмотрела еще за ушами и на затылке. После чего опустилась без сил на стул.

— Все развлекаешься? Когда-нибудь допрыгаешься!

— А она письма нашла! — заступилась за Алису Чучуня.

— Сколько тебе за них даст вторая жена корейца? — поинтересовалась Алиса.

— Если ты собираешься высчитывать свой процент, — сразу же завелась Пенелопа, — то лучше раздели двадцать четыре на сто!

— Я только хотела узнать, хватит ли этих денег, чтобы меня прокормить, — обиделась Алиса.

— Я ее на свои кормить буду! — обиделась Чучуня.

— Сговорились, да? Коллеги... Что ты делаешь?

— Штопаю носок.

— Где ты взяла этот носок?

— В шкафу нашла. Три носка нашла. А мне нужно заштопать шесть пар.

— Я уже обещала принести две пары, — подмигнула Пенелопе Чучуня. — Колобок свои отдал, шерстяные.

— И что потом будет?

— Я стану спокойная, добрая и уравновешенная.

— Знаешь что, я вдруг подумала, может, тебе правда посидеть в теплом комфортабельном склепе, а? Покойников ты не боишься, будешь там носки штопать, зато я не буду дергаться. Цепь — это очень надежно. А за неделю в тихом склепе да за штопкой кто хочешь станет добрым и уравновешенным, — размечталась Пенелопа.

— Ты не такая, не притворяйся, — Алиса закрепила нитку.

— А тебя в детстве...

— Нет!

— Ну тогда простыми словами, без эмоций скажи, какого черта ты залезла в мои файлы?

— Чтобы посмотреть адреса и телефоны всех Коржаков, — спокойно и без эмоций говорит Алиса, вытаскивает из носка пластмассовый мячик и любуется заштопанной дыркой.

— Посмотрела? И что теперь? Пошлешь им на Новый год поздравления?

— Нет. Я позвонила всем и сказала, что саквояж юриста Козлова находится в камере хранения номер пять. Назначила время встречи.

— Откуда... позвонила?

— Отсюда, — кивает Алиса на дверь кабинета.

Пенелопа со стоном опускает голову и стучит лбом в стол.

— А тем, которые живут в сельской местности, послала телеграммы, — докладывает Алиса. — Сегодня ведь пятница?

— Пятница, — соглашается Чучуня, заботливо подкладывая под лоб Пенелопы разноцветную рукавицу — хваталку для горячего.

— Значит, еще сегодня придется пойти на Казанский. Хорошо, что Гога дал три дня на раздумья и не будет сегодня хватать меня за шиворот, тащить в свою машину, не начнется перестрелка...

— И ты думаешь, что ты нормальная? — Пенелопа перестала долбить лбом стол и уставилась на Алису с брезгливым недоумением.

— Я точно знаю, что нормальная, и могу это доказать, — Алиса встает, из рюкзака на полу достает кипу бумаг, кладет перед Пенелопой на рукавицу.

— Что это?

— Тесты. Я нашла выход из положения.

— Из которого?

— Я поняла, как можно не ходить в школу, но закончить ее! Экстернат. Я прошла тесты, и меня приняли.

— Что, вообще не нужно ходить в школу? — не верит Пенелопа.

— Иногда нужно, но по русскому мне уже поставили зачет за полугодие! И по химии, и по истории, и по обществу.

— А по остальным предметам, я так понимаю, незачет?

— И что? За месяц наверстаю, я принесла учебники. А не наверстаю, заплачу.

— Мне все это кажется подозрительным! — не сдается Пенелопа. — С чего это вдруг?

— Все очень просто. Я определила первоочередные задачи и решаю их. Здоровье, — Алиса демонстративно потрясла заштопанным носком, — школа, — кивок на бумаги, — и деньги.

— А деньги ты будешь зарабатывать тут? — уточнила Чучуня.

— Нет, деньги повязаны с Коржаком. Его надо найти.

— Не надо, — встает Пенелопа, хватается за виски и опять садится. — Мне нехорошо что-то... Вы с Гогой Мазариным друг друга стоите. Зачем искать? Ты уже сделала все, что могла! Если ты действительно отсюда позвонила всем Коржакам, расслабься и жди, когда тебя отловят и поставят на животик утюг.

— Почему? — Алиса удивлена.

— Потому что они уже определили, откуда ты звонила, они знают номер моего телефона!!

— Нет, почему именно на животик?

Несмотря на ожидание неприятностей, почти целый месяц было полнейшее затишье. Пенелопа устала дергаться и перепроверять каждый заказ.

Через три дня после прихода Гоги Мазарина Алиса раз десять поделила сначала на листке в клеточку, потом на калькуляторе 24 на 100. У нее получилось 0,24. Двадцать четыре сотых от суток, это... Она решила обойтись без подсказок и открыла учебник. Да-а-а... Вероятно, раздел составления пропорций в школе был ею пропущен. То есть совершенно. Весь день Алиса думала, стоит ли ей изучить этот раздел, потом вдруг представила себя, беспомощную, в мире, где каждый мужчина за малейшую провинность запросто поставит на счетчик!.. И взялась за учебник. Через сорок минут она, ужасно гордая собой, посчитала, что каждый просроченный день ей полагается отсидеть дополнительно чуть больше четырнадцати минут.

Королева, ознакомившись с ее расчетами, только хмыкнула.

— Наивная, — погладила она участливо Алису по голове. — Ты еще не знаешь, как мужики коварны. Ты и не представляешь себе, что они называют счетчиком. Смотри сюда. За первый просроченный день тебе придется отсидеть дополнительно четырнадцать минут, так? А вот следующий процент от следующих неотсиженных суток уже будет больше.

— Почему? — не поняла Алиса.

— Мой знакомый сутенер, если я не отдавала ему вовремя сто долларов, к примеру, говорил, что через неделю я должна отдать сто двадцать...

— Что ты с ним сделала? — спросила Алиса.

— Такое маленьким девочкам не рассказывают. Считай, не отвлекайся!

— Он ставил тебя на счетчик в двадцать процентов! — тут же сосчитала Алиса и мысленно поставила себе «пять» по алгебре.

— Не радуйся. Еще через неделю мой долг составлял уже сорок четыре доллара, просекаешь?

— Не просекаю! Откуда взялись еще четыре доллара?

— Это просто. Со следующей недели он считает двадцать процентов уже не от сотни, а от ста двадцати. Как это у вас говорят — просекла фишку? А со следующей недели — со ста сорока четырех и так далее. И, знаешь что, если хочешь рассчитать все правильно, учитывай сотые доли!

Оставив Алису в остолбенении, Королева доложила Пенелопе, что девчонка будет занята расчетами, по крайней мере, еще целые сутки, можно расслабиться.

Алиса, действительно, сначала занялась цифрами, но часа через два ей показалось кощунственным, что какой-то Мазарин сумеет удлинять сутки сначала на четырнадцать минут, чтобы взять следующий процент, потом на!.. Стоп. Алиса представила себе Гогу, тычущего пальцем в калькулятор, и рассмеялась. Потом подумала, что для этого он запросто может нанять самого умного бухгалтера, а уж тот высчитает все до секунды! И загрустила. И позвонила Рите Мазариной.

— Расслабься, — успокоила ее Рита. — Брат пока уехал, а я купила пистолет. «Вальтер» называется, дамский. Еще я *убралась* в квартире корейца. Пошли туда со мной жить, а?

— Извини, дела!

Ириска родила девочку, и так быстро это получилось, что она не успела добраться до роддома, и врач, приехавшей по вызову «Скорой», долго еще не мог прийти в себя от открывшегося ему в квартире роженицы зрелища.

— Вы только пгедставьте, коллеги, такую кагтину! Мы входим в квагтиру, гоженица висит на тугнике, совегшенно натугально висит, ногами болтает, а двое детей ловят у нее снизу гебенка! Нет, я видел, как гожают в ванной, но чтобы вешались на тугник?! Полнейшее беспгосветное вагвагство, все кгичат — женщина кгичит, соответственно, от боли, два подгостка под гоженицей кгичат, чтобы мы ушли и не мешали, медсестра моя тоже стала кгичать от страха, что гебенка уронят, ужас! А дети, кстати, получили очень сегьезную психологическую тгавму, очень, только пгедставьте, девочка просила разгешить ей зашить маму?!

— Я принесла продукты Ирис... Ирине Каримовне, как ты просила, — оправдывалась потом перед Пенелопой Алиса, — а у нее схватки начались. Я предложила сразу позвонить в «Скорую», хотя ты знаешь мое отношение к врачам на «Скорой», но я все равно предложила! А Ирина Каримовна говорит, никакой «Скорой», я первого два дня рожала, сама дойду до ближайшего роддома, чтобы сыну было недалеко меня навещать. Стала одеваться, а потом не смогла от боли. Я ее уложила, вызвала «Скорую», а Ириска катается по кровати и воет, потом встала, бегала, бегала по квартире и решила немного повисеть на турнике. Пока висит — молчит, говорит, так меньше болит. Я чувствую, что уже слишком частые схватки пошли, попросила ее сына прогладить парочку простыней и поставить воду на огонь. Ириска на турнике совсем не кричала, висела, висела, а потом смотрю — она ноги расставляет. Мы присели под нею... знаешь, наверное, я тоже буду рожать в висячем положении, это очень удобно, когда схватка — поднимаешь колени, а сила тяжести...

— Ты не сможешь столько провисеть на турнике! Ириска мастер спорта по спортивной гимнастике! Ты зачем оскорбила доктора?

— Я придержала голову ребенка, когда он выходил, чтобы Ириска не разорвалась, он же вылетал, как пушечное ядро! А этот доктор с «фифектом фечи» стал меня отталкивать и орать! Я его не оскорбляла, я его лягнула ногой, чтобы он отпал, и спросила, кто будет потом зашивать Ириску? Мне бы не дали, так ведь? А он вообще не акушер, он дежурный терапевт, знаешь, как терапевты на «Скорой» зашивают? Да ей потом с такими швами мужу нельзя будет показаться! Где ее муж вообще? Да, кстати, как его зовут?

— Тебя это не касается! Слушай, я устала каждый раз вздрагивать, как только слышу твое имя, устала думать, что ты в данную минуту замышляешь, тебя попросили только отвезти продукты!..

— Как это — не касается? Ириска родила девочку и назвала ее Алисой в мою честь! Она сказала, что никто в жизни еще так трогательно не заботился о ее... В общем, она имела в виду промежность. Вот так-то! Я хочу знать, какое у моей тезки будет отчество! Тебе, Пенелопа, теперь вздрагивать придется в два раза чаще!

Семнадцатого декабря пришел заказ на девушку для обслуживания гостей и в помощь по дому.

Пенелопа, проверив заказ, объявила общий сбор на восемь вечера. Она нервничала и даже повысила голос на Колобка, чего раньше себе никогда не позволяла. Колобок разволновался, а когда он волновался, то начинал проявлять повышенное усердие, так что Чучуне с большим трудом удалось отнять у него тряпку и пылесос и убедить, что рабочий день окончен, что все любят его по-прежнему, а Пенелопа — больше всех.

Осмотрев собравшихся в столовой работников прачечной, Пенелопа коротко доложила обстановку.

— Загородный дом в десяти километрах по Ярославскому шоссе. Пять дней работы. С двадцать второго по двадцать седьмое. Подготовка к празднованию Рождества, сам праздник, уборка после отъезда гостей.

Ириска с ребенком на руках, Королева, обрабатывающая пилочкой свои ногти, Чучуня, готовившая чай, и Пенелопа — во главе стола с приготовленными документами и фотографиями, все молча посмотрели на Алису.

— Что? — осмотрела всех по очереди Алиса. — Я не могу, у меня суд назначен на двадцать четвертое, два зачета надо сдать до Нового года, а еще четыре носка не заштопаны. Бабушка угодила в больницу, из Франции приезжает дедушка ее проведать, я обещала, что Новый год встречу с ними.

— До Нового года все должно кончиться, — зловещим голосом объявила Пенелопа. — Ты сама все это заварила, тебе и расхлебывать.

— Ты хочешь сказать... — подалась к ней Алиса.

— Да. Фамилия заказчика Коржак.

— Из твоего списка? — Алиса вскочила.

— Этого я точно сказать не могу, потому что у меня на данный момент есть только адрес загородного дома и номер мобильного телефона заказчика.

— А если это не он?!

— Не нервничай, Алиска, сядь, — кивает на стул рядом с собой Королева.

— Пусть нервничает сколько хочет, главное, чтобы она, чего доброго, не разозлилась, — замечает Пенелопа. — Где ее носок?

— Носок! — бежит в холл Чучуня и тут же возвращается, торжественно неся в вытянутой руке полосатый шерстяной носок с заправленным в него мячиком для штопки.

— Я не злюсь, я от вашего торжественного вида начинаю трусить! — отмахивается Алиса.

— Ладно. Тогда слушай внимательно. Заказ предусматривает обслуживание восьми человек гостей, помощь в приготовлении закусок, разнос спиртных напитков, изготовление по просьбе любого из гостей коктейлей, уборку, мытье посуды и выгул собаки трижды в день по сорок пять минут. Дом двухэтажный, с прилегающим флигелем, всего тринадцать комнат. Шесть спален — две внизу, четыре на втором этаже. Три туалета, две ванные комнаты, кухня со столовой, гостиная, в подвале — бильярд и мастерская, выходов из дома три, но это я еще уточню к завтрашнему утру — сантехник, который делал в доме подводку для устройства теплого пола, появится в Москве только завтра. Вот фотографии дома, и что-то мне подсказывает, что из подвальных помещений тоже должен быть выход.

— Или из гаража, — показывает Алисе Королева. — Видишь, вот тут, на плане, запасной выход просто напрашивается.

— Как выглядит этот заказчик? — отмахивается Алиса от фотографий дома.

— Вот он, — Пенелопа поднимает повыше фотографию, чтобы всем было видно. — Этот человек подтвердил телефонный заказ и лично подвез сегодня фотографии дома и подробное описание требований к нанимаемой прислуге.

— Командировочный! — кричит Алиса. — Вот почему никто не пришел в пятницу на вокзал. Это командировочный, он стоял у камеры хранения номер пять!

— Посмотри внимательно.

— Я и так вижу, это командировочный!

— А теперь посмотри на фотографию Коржака Евгения Кирилловича, — Пенелопа протягивает Алисе вторую фотографию.

— И этот был у камеры хранения, — опешила Алиса, узнав на фотографии высокого презентабельного господина лет пятидесяти с гордой осанкой. — Я не угадала тогда, что они вместе...

— Из моего списка одиннадцати Коржаков, этот — московский, правда, никаких сведений о загородном доме у меня нет, но он может быть оформлен на жену.

— А кто же тогда этот командировочный, почему они вместе? — ничего не понимает Алиса.

— Это его поверенный в делах. Так мне было сказано по телефону — «подъедет мой поверенный и объяснит наши требования к прислуге».

— Объяснил? — интересуетсяИриска.

— Да, — задумалась Пенелопа. — Все перечислять не буду, но Алиска не подходит.

— Это еще почему? — подпрыгнула в кресле Алиса.

— Я не могу себе представить, что ты с шести утра проследишь доставку продуктов, к восьми приготовишь десяти человекам легкий завтрак, уберешь шесть или восемь постелей, пропылесосишь и проветришь шесть спален, после чего накроешь стол к обеду, сменишь по три прибора перед каждым гостем, уберешь со стола, загрузишь посуду в машину, перемоешь килограммов пять фруктов, приготовишь два литра кофе и обеспечишь каждому гостю полдник в своей комнате, потом займешься подготовкой стола к ужину, после чего опять займешься посудой — все по ранее указанному сценарию. Да, чуть не забыла, — вечером подготовишь постели. Что это значит? Это значит, что утром ты снимаешь использованные простыни, а вечером, соответственно, стелишь свежие. А непосредственно в сам праздник ты должна будешь еще готовить на ходу коктейли, разливать спиртные напитки в соответствующие им рюмки и бокалы, с тем чтобы каждые пятнадцать минут каждый из гостей увидел перед своим носом подсунутый тобой поднос и выбрал что-то выпить.

Пенелопа замолчала. Пока она переводила дух, все по очереди тяжело вздохнули. Сначала — Чучуня, вероятно вспомнив свое тяжелое отрочество и ловлю рыбы на джонках. Потом — Королева, вероятно поняв, что ей не повеселиться на этом пиру и не устроить там показательную потасовку, и еще от жалости к Алиске — что она умеет-то, кроме штопки старых носков?! Потом — Ириска, ее вздох был самым осторожным, она в этот момент смотрела на маленькую дочку у своей груди и побоялась ее потревожить тяжелым вздохом. Алиса вздохнула последней и решила всех как-то подбодрить:

— Каждые пятнадцать минут? Ничего, значит, минут десять в перерывах я смогу посидеть и отдохнуть.

— Не сможешь, — замечает Пенелопа без намека на сочувствие. — В перерывах между разносом напитков ты должна собирать с мебели и пола оставленные там гостями пустые бокалы.

— А как эти Коржаки живут в будни?! — отчаялась Алиса. — Кто за ними все убирает?

— У них есть постоянная домработница. На Рождество они пригласили еще повара и прачку. Смешно, да?

— В каком смысле — прачку? — огляделась Чучуня.

— В смысле стирать и гладить салфетки, полотенца, скатерти и те самые простыни, которые Алиска должна будет снять утром.

— Не буду я снимать всякие использованные простыни!

— Куда ты денешься! В следующий раз хорошенько подумаешь, прежде чем лезть в мои файлы! Ладно, не отчаивайся. Во всем этом есть и приятный момент.

— Неужели?! Только не говори, что за усердие и послушание мне будет дозволено облизать тарелки после десерта!

— Ты обещала не злиться! Где твои нитки и иголки? Чучуня, почему ты принесла только носок? Приятный момент заключается в том, что тебя не выгонят как нерадивую служанку, так что иногда ты можешь капризничать и бузить.

— И насколько нагло я могу это делать? — заинтересовалась Алиса.

— Не насколько нагло, а насколько долго, вот в чем вопрос. Бузить — это, конечно, хорошо, — встает и потягивается Королева, — плохо, что долго не побузишь.

— Долго?

— Ну да. Тебя зачем нанимают? Чтобы выпытать нужную информацию. Сколько там получается — шесть дней? Два дня — на изучение объекта, день — на уговоры, два дня — на запугивания, переходящие в пытки, день — на сокрытие трупа.

— Прекрати, — строго замечает Ириска. — Пенелопа не пошлет девочку без прикрытия.

— Сколько может быть этого прикрытия? Человека два от силы, а их сколько? Восемь!

— Два не получится, — отводит глаза Пенелопа. — Только один. Но будем надеяться, что гости настоящие и ни сном ни духом. Таким образом, непосредственная угроза может исходить от самого хозяина — Коржака, от его жены, это под вопросом, и от того самого поверенного в делах, которого ты видела у камеры хранения.

— Что это значит — запугивания, переходящие в пытки? — интересуется Алиса, занявшись штопкой.

— Можно разработать фургон по доставке продуктов, — предлагает Королева. — Помнишь похищение мальчика, — вспоминая, она щелкает пальцами.

— Шесть порций ромового мороженого с изюмом, — подсказывает Пенелопа.

— Да. Сын директора рынка.

— Когда начнут пытать, я должна буду заказать себе ромовое мороженое? — не понимает Алиса.

— Мальчик однажды отравился мороженым с изюмом и сказал отцу, что только в страшном сне или под угрозой жизни может согласиться на его потребление. Пенелопа следила за тремя точками, и когда в фирму по ремонту оргтехники стали привозить по шесть порций мороженого с изюмом в день, она спросила отца, тот рассказал об отравлении и словах сына. И похищенный мальчик действительно оказался спрятанным в фирме по ремонту оргтехники. Есть что-нибудь такое, чего ты терпеть не можешь?

— Я ненавижу пиццу с грибами, — кивает Алиса. — Устриц, копченых кур, заливную рыбу, киви, молочное желе, морковный сок, холодец, а когда...

— Эй! — останавливает ее Пенелопа. — Давай остановимся на пицце с грибами, ладно?

— Ладно... Только я не думаю, что сначала мне поставят на живот утюг, а потом поинтересуются, что заказать на ужин!

— Тоже верно, — вздыхает Ириска. — Мы тут предполагаем, а заказчик на нее посмотрит, извинится и уйдет.

— Если он не уйдет, значит, я ему нужна до этого самого, — прищуривается Алиса и проводит себе ребром ладони по шее.

Два последующих дня проходила интенсивная подготовка. Королева учила Алису ходить в туфлях на каблуках с подносом, на котором устрашающе заваливались четыре, шесть, потом — восемь бокалов на тонких ножках.

— Надоело! — воспротивилась Алиса, к вечеру падая от усталости. — Ну, перебью я им всю посуду, что они мне сделают?! Стерпят как миленькие!

Но уроки легкой походки на каблуках, с подносом в одной руке и цветком в другой пригодились, потому что на третий день пришел заказчик осмотреть девушку для коктейля.

— Евгений Кириллович, — представился он с порога, степенно прошествовал в кабинет, не упустив по дороге ни одного эстампа на стенах коридора, а в самом кабинете застыл на несколько секунд у стойки с фигурками, достал очки, тщательно устроил их на длинном носу и осмотрел каждую с сосредоточенностью ценителя. — Нефрит, — кивнул он удовлетворенно головой. — Девятнадцатый век. Представьте, на прошлой неделе я видел точно такие же.

— Не может быть, у меня двенадцать фигурок этого мастера из четырнадцати возможных! — вскочила устроившаяся за своим столом для встречи заказчика Пенелопа.

— И тем не менее у вас нет спящего нищего и двух кошек-любовников.

— Этих фигурок нет в России! Они были утеряны еще в начале прошлого века!

— Совершенно верно. Они находятся у одного коллекционера в Баден-Бадене. Хотите дам телефон его студии? Это я просто к тому, что Саврасов у вас на стене, — кивает гость на картину, — совершенно здесь случаен, так ведь? У меня есть отличная вещь для вашего кабинета.

— Что вы говорите?..

— Да. Настоящий Дали. Вам не кажется, что Дали в подобной обстановке, — гость обвел глазами комнату, а Пенелопе показалось, что он обнюхал все углы длинным носом, — более приемлем.

— Но Саврасов остался мне от бабушки, — медленно садится Пенелопа и жестом предлагает гостю тоже сесть. — Я, конечно, понимаю, что Саврасов, пластиковая мебель, металл и стекло не совсем подходят друг другу...

— А за Дали я ездил на аукцион в Англию, — чинно усаживается гость на краешек стула, уложив руки в перчатках на набалдашник зажатой между коленями трости.

Пенелопа вдруг дернулась, попыталась сдержать смех, закрыла рот рукой, но смех вырвался, и она сдалась и захохотала, откинувшись на спинку вращающегося кресла.

— Простите?.. — не понял Евгений Кириллович.

— Это вы... простите, правда, очень смешно, очень... Понимаете, я вдруг подумала, что вы распахнете полы своего пальто, а там... Там будет что-то висеть, ваши понты, понимаете?

— Нет, — серьезно заметил гость.

— Не важно, — успокаивается Пенелопа, достает из стола зеркальце и убеждается, что ее слегка подкрашенные ресницы в полном порядке. При этом она бросает только один осторожный взгляд поверх зеркальца.

Евгений Кириллович Коржак в этот момент, отвернув голову к стойке с нефритовыми фигурками, тоже бросает осторожный косой взгляд на Пенелопу. Взгляд этот тяжел и неприятен.

— Давайте перейдем к делу, — предлагает Пенелопа, удивившись вдруг накатившему раздражению и даже... страху!

— Пожалуй, — соглашается Коржак. — Мой заказ.

— Да. Конечно. Я уточню. Вы желаете нанять на пять дней прислугу с навыками бармена. В ее обязанности входит уборка всех помещений...

— Не всех, — уточнил Коржак. — Места общего пользования моя жена доверяет убирать только постоянной домработнице, жена помешана на микробах и инфекциях. А на кухне после себя убирает повар.

— Хорошо. Остается уборка спален, гостиной, столовой. Накрыть на стол, убрать со стола, вымыть посуду...

— Посуду моет машина, — уточнил Коржак. — А вот чистка овощей и фруктов обязательна. Сварить и разнести кофе два раза в день — утром и на ленч, проследить за состоянием цветов в вазах — каждый день свежая вода, а во время праздничной вечеринки помогать готовить коктейли, разносить их, убирать бокалы и выполнять несложные просьбы гостей. Да! Чуть не забыл, выгул собаки.

— Мне казалось, что загородный дом предполагает участок, на котором...

— Участок имеется, пять соток, но выгул на этой земле собаки исключен. Во-первых, этого пространства недостаточно для ежедневного тренинга мышц восьмилетнего самца, во-вторых, жена категорически против собачьих экскрементов на ее цветниках.

— И какой породы собака? — осторожно поинтересовалась Пенелопа.

— Мастиф.

— Это... большая собака? Я не очень разбираюсь в породах, покажите, какого она размера от пола.

Коржак вытянул перед собой руку.

— Но это же огромный зверь!

— Да, — с гордостью заметил гость, — это большая служебная собака, а какую, по-вашему, стоит заводить для личной охраны? Вы будете меня знакомить с претендентками? Извините, время, — Коржак выразительно постучал по часам на руке.

Пенелопа нажимает кнопку звонка, дверь в кабинет открывается, и входит Королева в длинном обтягивающем платье.

Она бесстрастно смотрит перед собой, передвигаясь кошачьей неслышной походкой в лодочках на высоких каблуках (Пенелопа всегда восхищалась ее способностью ходить неслышно даже на шпильках!). На трех пальцах правой руки Королева несет поднос с тремя наполненными бокалами, она скользит по полу, как вставшая на хвост змея — всем телом. Сначала вперед выдвигается бедро, потом, за ним, — коленка, поэтому кажется, что каждый шаг начинается с плеча.

Евгений Кириллович Коржак застыл на стуле, его рот приоткрылся, и нижняя челюсть с каждым скользящим шагом Королевы непроизвольно опускалась все ниже и ниже.

— Прошу, — Королева остановилась, слегка наклонилась и поднесла поднос к Коржаку. — Шампанское.

Коржак тут же угодил глазами в глубокий вырез на ее груди, но почти сразу же дернулся, приходя в себя, и отказался, промычав что-то нечленораздельное.

Королева проскользила к столу Пенелопы, открыв таким образом Коржаку спину.

Спина Королевы оказалась оголенной до выемки над ягодицами.

Она поставила поднос на стол, повернулась к клиенту и вкрадчивым тихим голосом сообщила, что умеет готовить из водки, рома, шампанского, сока, варенья, фруктов и льда двадцать видов коктейлей, в состоянии поддержать разговор о живописи, архитектуре и поэзии Серебряного века, не брезглива и за дополнительную плату согласна изобразить стриптиз с акробатическими элементами.

В глазах гостя появилось мученическое выражение тоски и отчаяния.

— Наши с женой гости, — решился и выдавил он из себя, отводя взгляд от застывшей у стола Королевы (в обтягивающем платье, слегка расширяющемся складками у щиколоток, и пышными волосами, укрывающими плечи, женщина больше всего теперь напоминала вставшую на хвост русалку). — Наши гости, они, понимаете, они в основном говорят о медицине, о химии, математике, к сожалению... То есть я хотел сказать, что прислуга с вашими внешними данными совершенно не нуждается еще и в дополнительной интеллектуальной подготовке, но...

— Хорошо, — прекратила его мучения Пенелопа. — Я могу предложить вам следующую кандидатуру?

— Да, пожалуйста, — кивнул Коржак, тщательно промокая лоб платком и пряча глаза от ускользающей Королевы.

Когда за нею закрылась дверь, он решил объяснить свой отказ.

— Я женат, — как страшную государственную тайну сообщил он шепотом и покосился на дверь.

— Да. Я в курсе, — кивнула Пенелопа.

В коридоре в это время Королева осмотрела подготовленную для представления Чучуню, кое-что поправила, вытерла тыльной стороной ладони лишние румяна на щеках и, зайдя сзади, подбила ее слегка под коленками, отчего ноги Чучуни подогнулись.

— Так ходи, — приказала Королева. — И носки вместе, а пятки врозь.

— Как же это возможно?! — присев, Чучуня кое-как установила необходимое косолапие.

— Уж как-нибудь! А то, не дай бог, понравишься!

— Моя жена — женщина, конечно, приятной наружности, но... — мялся Коржак. — И гости тоже очень важные государственные люди, мы собираемся на семейный праздник, а не на мальчишник, вы меня поймите, в любой другой обстановке, а так меня могут неправильно понять, это могут расценить как провокацию...

— Я согласна с вами, извините. Чучуня! — крикнула Пенелопа и заметила, как гость, услыхав это имя, высоко поднял брови.

Шаркая согнутыми ногами, изо всех сил стараясь не зацепиться одним носком шлепанца за другой и не упасть, крепко сжимая двумя руками ручку щетки-подметалки, появилась Чучуня. Со всклокоченными волосами, устрашающей раскраской лица, в коротком платье, поверх которого криво висел фартук не первой свежести, в гольфах, заканчивающихся у торчащих коленок веселыми помпончиками.

— Сразу скажу, можно? — поинтересовалась она у порога. — Я покушать люблю, так чтобы в холодильник можно было залазить без спросу и в любое время. Коктейлей делать не умею, но томатный сок с водкой смешаю запросто, это называется «Мери в крови», да? Все вымою, почищу, постелю, но чтобы без глупостей! — Чучуня для важности стукнула в пол ручкой щетки, Коржак и Пенелопа от неожиданности дернулись. — Чтобы без приставаний всяких! Не люблю, когда лапают! А на собак у меня вообще аллергия, так что пса своего сами гуляйте, — закончила она.

Рассмотрев выражение лица Коржака, Пенелопа сдержалась и не расхохоталась.

— Все ясно, — сказала она, кусая губы, — ты свободна, Чучуня, спасибо.

— Ее так зовут? — поинтересовался Коржак, вздохнув с облегчением, когда дверь закрылась.

— Да, а что? По фамилии первого мужа китайца. Она настаивает, чтобы ее называли именно так.

— Прошу прощения, но боюсь, что не смогу без затруднения по многу раз в день произносить это странное слово.

— Понятно, значит, тоже не подходит. Боюсь, что больше ничего не могу предложить, — задумалась Пенелопа, вырисовывая ручкой на обложке журнала сложные завихрения. — У меня служит еще одна женщина, но она недавно родила и, конечно, неразлучна с младенцем.

— Прислуга с младенцем? Исключено, — покачал головой Коржак. — Я огорчен. Я надеялся, что мой заказ будет выполнен, ведь о нем было сообщено предварительно. Понимаете, отнеситесь к моим словам с женской проницательностью, наши отношения с женой... Она, кстати, моложе меня на пятнадцать лет, эти отношения не позволяют пригласить профессионального бармена-устроителя подобных мероприятий в силу моих личных опасений, а вашу первую красавицу — в силу ревнивого отношения моей жены к любой молодой женщине в доме.

— Я понимаю.

— Нет, я начинаю думать, что вы не понимаете, — в голосе Коржака появились строгие нотки. — Почему, по-вашему, я не обратился в бюро подобных услуг, которых в Москве расплодилось немерено? Потому что ваша контора должна не просто обеспечить мне прислугу, но и гарантировать ее порядочность и благонадежность. Не в милицию же мне обращаться, чтобы они проверили прошлое нанятой на неделю обслуги?

— Ну что вы, зачем?..

— Я не могу пустить в дом кого попало, у меня только на охранные системы тратится по полторы тысячи рублей в месяц!

— Простите, но как я могла предположить, что вам не понравится первая кандидатура? Она идеальна для подобных мероприятий!

— Но не для семейных праздников, я уже указал на это! Вы знаете, что жена замминистра здравоохранения только в мой дом без всяких опасений отпускает своего мужа на ужины и игру в покер?!

— Нет...

— Потому что она уверена в порядочности обстановки!

— Хорошо, хорошо, чтобы вас не огорчать, я могу выполнить ваш заказ лично, — Пенелопа внимательно отследила, как удивление на лице гостя сменилось растерянностью. — Я достаточно порядочна для ваших гостей? — Она встала.

— Да, но... У вас, должно быть, дела.

— Конечно, дела! Но репутация фирмы — прежде всего! Расскажете еще, чего доброго, всем своим гостям, как вас не смогли достойно обслужить в прачечной Пенелопы!

— Хорошо, я подумаю, — тяжело встал Коржак.

Пенелопа затаила дыхание.

— Просто я подумал, — замялся гость, — сейчас школьные каникулы, многие старшеклассники подрабатывают... Мне было бы достаточно вашей тщательной проверки личности нанятой прислуги.

— Ах, это, — выпустила Пенелопа воздух и села. — Я не посмела вам предложить, но у меня как раз гостит девочка шестнадцати лет...

— Вы ее хорошо знаете? — Коржак спрашивал, а сам пристально смотрел на Саврасова на стене, и по его напряженному взгляду, по спокойному тону голоса Пенелопа с профессиональным чутьем отметила, что он старается изо всех сил изобразить равнодушие.

— Не думаю, что она с ходу запомнит все пропорции, составляющие тот или иной коктейль, но за ее чистоплотность могу поручиться — ничего ценного в доме не пропадет, она исполнительна и хочет подработать в каникулы. Она, кстати, сейчас здесь. Хотите посмотреть?

— Пожалуй, — сел Коржак.

Пенелопа позвонила, а когда в кабинет зашел Колобок, попросила его позвать Алису.

— Я не предлагаю вам самого исполнительного и чистоплотного работника прачечной, — понизила она голос, кивнув на уходящего Колобка.

— Я вас понимаю.

— Но должна сказать, что этот юноша идеальный исполнитель поручений, как и все дауны.

— Совершенно с вами согласен, — с готовностью поддержал тему Коржак, — один из моих гостей, кстати, изучает феномен появления лишней хромосомы и считает...

— Можно? — в проеме открытой двери образовалась Алиса.

Пенелопа постаралась скрыть удивление, быстренько растянув рот в улыбке.

Королева одела Алису в короткую (сантиметров двадцать выше колен) клетчатую юбку в складку и облегающий тонкий свитер. В первый раз Пенелопа увидела длинные открытые ноги Алисы — при ней она всегда оказывалась в джинсах и чудовищных ботинках — и подумала, что мужскому населению города к лету придет полная хана. Дополняли вид примерной невинной школьницы беленькие короткие носочки и красные туфельки с бантиками — под цвет красно-черной шотландки.

— Звали, Пенелопа Львовна? — Алиса выученно потупилась у двери.

— Что ты скажешь о неделе работы прислугой у этого почтенного господина?

— Работы прислугой?

— Ну да, что-то типа обслуживания вечеринки, только в торжественной обстановке и с хорошей едой. Возьми поднос.

— Мы на вечеринках пьем из бутылок, — заметила Алиса, подходя к столу.

— Предложи гостю бокал вина, — ободряюще кивнула Пенелопа.

Кое-как установив поднос с бокалами на растопыренных пальцах правой руки, Алиса, сосредоточенно прикусив губу, пошла маленькими шажками к сидящему Коржаку. За шаг до него она споткнулась о выставленную вперед трость, поднос накренился, бокалы упали, и вот уже залитый шампанским Коржак вскакивает и ловит поднос, бокалы, Алису и свои очки, которые девчонка сшибла подносом с его лица.

— Ничего страшного, — спокойно замечает Пенелопа за столом, — возьми салфетку и вытри.

— Этот старикан сам виноват! — возмущается Алиса, промокая салфеткой подтеки шампанского на пальто Коржака. — Он выставил свой костыль в проходе!

— Беру! — задерживает Коржак ее руку где-то на уровне второй пуговицы снизу.

— Теперь и ежу понятно, что он приходил за Алиской! — подвела итог Королева. — Не нравится мне этот шакал. Наверняка бьет жену и изводит домработницу.

— Как ты определила, что он бьет жену? — удивилась Ириска.

— Ты не помнишь уже, что я — лучшая в мире воспитательница драчливых мужей? Я чувствую их на расстоянии. Меня для того и нанимают несчастные богатенькие жены. За два дня я довожу процесс слюноотделения у драчуна до критического состояния, а потом преподаю короткий курс самообороны.

— Ладно, не нагнетай обстановку, — отмахивается Пенелопа. — Алиска ему не жена, а я по опыту знаю, что подобные мужики на людях — душа общества и пример для подражания. Что мы имеем? Наниматель — сам Коржак, научное звание — доцент, занимается фармакологией, по образованию химик, женат, детей нет, предположительно, был генеральным директором фирмы «Медикун». Имеет жену, которая не работает, сидит дома и наблюдает за прислугой. Моложе мужа на пятнадцать лет, родом из Подмосковья, без высшего образования. Поверенный в делах — Лаптев И.А., по образованию учитель биологии, по специальности давно не работает, в какой области он подвизался в последнее время, сказать не могу — нет сведений... Женат, двое детей. Домработница Коржака. Работает у него давно, возраст критический — за шестьдесят, конфликтна. Кандидатуры прачки и повара в данный момент отрабатываются, кто именно из них окажется моим человеком, Алиса поймет по ходу дела.

— Что ж мы, так и отпустим ребенка в пасть людоеду и даже пистолета не дадим? — волнуется Чучуня.

— Не дадим, — качает головой Пенелопа.

— А тогда электрошокчик, ма-а-аленький такой, у меня есть...

— Девочки, не отвлекайтесь. Давайте вместе напряжем мозги и определим круг неразрешенных вопросов. Вопрос первый — для чего Коржаку нужна Алиса? Если он обставляет процесс ее пребывания у него дома с такой показной тщательностью, значит...

— Значит, сразу расчленять не будет, — закончила Королева.

— Уговаривать будет и убеждать, — поддержала ее Ириска.

— Алиса, я тебя умоляю, отдай дискету! Хочешь, на колени стану? — жалобно заныла Пенелопа.

Алиса растерянно попятилась.

— Видели? — показала на нее Пенелопа. — Уговорите такую, попробуйте!

— Значит, у Коржака что-то для нее заготовлено, что-то очень убедительное! — предлагает свою версию Чучуня.

— А прогулки с собакой, это для чего ему нужно? — развела руками Королева.

— Вопрос... Хотя, — задумалась Пенелопа, — если Коржак тебе еще и маршрут точный укажет, где собачке нужно дышать свежим воздухом, то это значит, что тебя трижды в день должны кому-то показать. И вот какая интересная мысль меня посетила... Кого ты опознала в морге на прошлой неделе?

— Корейца, — Алиса стойко выдержала взгляд Пенелопы.

— Сядь. У меня давно появились некоторые подозрения о смерти твоего отчима. Кого ты хочешь теперь обыграть? Меня или его?

— Я никого не собираюсь обыграть.

— Ну-ка, Алиса Геннадьевна, посвятите меня в свои планы на ближайшие десять лет, — просит Пенелопа.

— Пожалуйста. Хоть на двадцать! Успокоить нервы, — загибает Алиса первый палец. — Стать хирургом, но это я еще точно не решила, — второй палец колеблется, потом тоже загибается, — родить двух дочерей и странствовать по свету.

— А чтобы странствовать по свету, тебе нужны деньги, так?

— Точно. Я предпочитаю странствовать богатой.

Пенелопа резко прошлась по столовой туда-сюда, остановилась возле Алисы и вкрадчивым голосом спросила:

— Зачем ты хочешь попасть в дом к Коржаку? Опять собираешься устроить шоу со смертельным исходом? Кто придет убивать директора «Медикуна»? Пошлешь голубка Мазарину? Навряд ли он придет, если только, конечно, ты не проболталась ему о дискете. Позовешь на помощь корейца? Не логично, ты совсем недавно с таким трудом от него избавилась!

— Что ты на нее кричишь, как на монстра какого-то? — возмущается Чучуня. — Тебе самой нужны эти деньги?

— Ты ничего не понимаешь! — отмахивается Пенелопа. — Она использует нас и кинет на съедение в самый опасный момент!

— Ну и грош нам цена тогда, — замечает, грустно усмехнувшись, Ириска. — Если уж эта малолетка нас обыграет, чего мы вообще сто́им?

— Я только хочу, чтобы все было честно! — Пенелопа злится.

— Ты честная, да? — встает Алиса, подходит поближе и смотрит ей в глаза. — Ты очень честно проводишь обыск в моей квартире, потрошишь прокладки?! Все хотят денег, никогда не поверю, что тебе нужна только информация о людях и фирмах! И ты заберешь эти деньги себе сразу же, как только их обнаружишь!

— Дура, — устало отходит от нее Пенелопа. — Этими деньгами очень сложно воспользоваться. Они слишком большие, чтобы остаться в живых после этого. Я не трогала твои прокладки!

— Но квартиру ведь обыскала! — кричит Алиса и топает ногой.

— Успокойся, мы ее втроем обыскивали, мы все сделали осторожно и незаметно, — Королева хочет взять Алису за руку, та отмахивается. — Мы тогда и дом в Сюсюках обыскали, и «Кодлу», где смогли незаметно, и у бабушки твоей в гостях были, и в бассейне, где у тебя абонирован ящик в раздевалке. Так много всего за три дня мы еще не обыскивали. Ну и что? Повредило тебе это?

— Вы такие тут все умные, умудренные жизнью, скажите же мне, зачем я вам нужна? Просто честно скажите, чего это вы возитесь со мной?

— Мне тебя жалко, — улыбается Ириска. — Честное слово, жалко. Мне кажется, ты столько уже накуролесила, что хватит на целую жизнь. И хитрость твоя беззащитная какая-то. Грустно, конечно, что такая маленькая, а уже хищница...

— А я тебе завидую, — говорит Королева, — да, не качай головой. У тебя еще все будет впервые — первые бриллианты, первый роковой мужчина, первая пуля. Если доживешь до моего возраста, значит, ты действительно неистребима и очень опасна. Но я думаю, что не доживешь. Я тебе сейчас завидую, что не доживешь, понимаешь? Не ощутишь зависти и разочарования.

— Я тебе не завидую и не жалею, — говорит Пенелопа, отвернувшись от всех к окну. — Деньги? Да, отберу, если сумею. Но рук выкручивать не буду. Для меня это дело принципа, что победит — твое везенье или мой опыт!

— А я хочу посмотреть, как ты всех обведешь вокруг пальца, заберешь деньги и укатишь кататься на яхте по океану! — смеется Чучуня.

Алиса спит в гамаке под Триумфальной аркой. На улице — метель, ветер бросает в стекло пригоршни снега, злится — никто не хочет с ним поиграть. Холодно. Со зловещим шуршанием зима заползает в подземные переходы, в подвалы и открытые двери подъездов, и если приглядеться, становится заметно перемещение снега, как живого существа, перекатывающегося, пересыпающегося, шуршащего, и вдруг — ставшего дыбом и скользнувшего по двору небольшим смерчем! Догонит чей-то сон, и спрячет под собой, и сам затихнет небольшим сугробом.

— Как же ты прокололась с дискетой? — вздыхает Королева.

— Двадцать раз уже рассказывала, — отмахивается Пенелопа. — Почему пустила к компьютеру? Она сказала, что отправила мне почту. Да, представьте, ничего не насторожило! Как я могла подумать, что она переслала мне сведения о «Медикуне»! Ну копается подросток в почте, они сейчас все живут железками. Попросила дискету. Я дала. А она за две секунды — раз! раз! — три кнопки — информация стерта! Тогда я, конечно, дернулась, стала вспоминать, подумала, что письмо ее было похоже на банковские коды по пересылке счетов, а толку?! Она потом сама в машине сказала, что ее отчим ограбил братьев Мазарини. Я обмерла, когда узнала, что «Медикун» свернулся, но не могла представить, что она в этом замешана, что отчим попросит ее стереть информацию в своем ноутбуке.

— На той дискете только банковские коды? — задумалась Ириска.

— Да. Всю остальную информацию о поставщиках и заказчиках она все стерла еще в Сюсюках!

— Что это ты так нервничаешь? — всматривается в Пенелопу Королева. — Ну, стерла. Хватай под мышку этот ноутбук, тащи в Контору, там есть специалисты по жестким дискам!

— Я потому и нервничаю, что в полном дерьме. Ничего нет на жестком диске. Ничего. Девочка отработала, как профессиональный вор. Переслала мне информацию на электронную почту. Стерла ее у себя. Провела компрессовку и утилизовала пустые места на жестком диске.

— Все подчистила, значит, — кивает Ириска. — Но если она пересылала эти файлы тебе по почте, значит, был задействован сервер. Сервер отработала?

— Отработала. У них информация после пересылки хранится двое суток. А я хватилась все выяснять уже после перестрелки в Сюсюках. Опоздала.

— Пенелопа, ты уверена, что у тебя прослушки только в кабинете? — поежившись, интересуется Ириска.

— В столовой чисто.

— И в Конторе никто ни сном ни духом об играх девочки Алисы со счетами «Медикуна»?

— Никто. Я провалила задание в том смысле, что не среагировала вовремя на ликвидацию «Медикуна». По сегодняшней версии кореец Гадамер перегнал документацию и деньги за два дня до своего исчезновения. Деньгами в Конторе занимается отдельная бригада, а мне посоветовали поднапрячься с выяснением организаторов поставок, если не хочу попасть под длительное служебное расследование.

— Это что же получается, — усмехается Королева, — о деньгах знаем только мы?

— Не смеши, — отмахивается Пенелопа. — А директор «Медикуна» и вся его бывшая свита? Еще кореец — никогда не поверю, что он погиб. А Алиска? Она все-таки ребенок, обязательно проболтается.

— Пенелопа, ты хочешь забрать себе эти деньги? — спрашивает вдруг Чучуня.

— А ты не хочешь? — усмехается Королева.

— Пусть Пенелопа ответит. Я с вами работаю уже давно, многое повидала, но не могу вспомнить, чтобы мы вот так сидели и выдергивали у себя волосы из головы от отчаяния. И из-за чего? Из-за игр ребенка?

— Уважаемые коллеги, — торжественно объявляет Пенелопа. — Поиметь эти деньги для нас с вами равносильно смертному приговору. Передать информацию о невинных шалостях с банковскими кодами девочки Алисы для нас с вами тоже равносильно смертному приговору. Единственно возможный выход из такого положения — полное уничтожение либо арест «Медикуна» в лице его директора и свиты поставщиков, но это проблематично. Потому что даже после нейтрализации всех действующих лиц останется кипа документов, отчетов, протоколов допросов. Хотя... Все они хором будут катить бочку на Гадамера, — задумывается Пенелопа.

— А если это не глупость маленькой девочки? — тихо спрашивает Ириска. — Если она прекрасно понимает, что делает? Обеспечила своему отчиму полное прикрытие да еще и опознала потом его мертвое тело! Перевела деньги, так что и он теперь до них не доберется! И все это играючи, случайно, да? Если она втихомолку теперь смеется над нами?

Женщины переглядываются, встают и идут друг за другом на цыпочках к спальне Пенелопы. Осторожно приоткрывают дверь.

Париж светится разноцветными огоньками, по стеклам шуршит зима, в гамаке под Триумфальной аркой спит сном младенца девочка Алиса и улыбается во сне.

— Чиста, как ангел, — вздыхает Чучуня. — Нам нужен анис?

Женщины задумываются.

— А правда, Пенелопа, — тихо говорит Ириска. — Зачем она тебе? Отдай ее мне, я ей дочку с легкой душой положу на колени, никому другому не положу, а ей — положу!

— Я тоже не против покуролесить с Алиской, — улыбается Чучуня. — Она на подъем легкая и крови не боится, будет кому свои навыки по очистке помещений передать. Неплохой ведь заработок, а?

— Ну что ты говоришь! — возмутилась Пенелопа. — Ей учиться надо!

— Удочеришь или обучишь всему, что знаешь? — с подковыркой в голосе интересуется Чучуня. — Почему не рассказываешь про ее подвиги своим бывшим коллегам? Жалко?

— Я сама не знаю, почему к ней привязалась?! — отчаянно шепчет Пенелопа. — В конце концов, какой из меня воспитатель?!

— Ну что, Пенелопа, — шепчет Королева, — сдашь ангелочка Конторе? Уж они-то деньги из нее вытрясут.

— Сомневаюсь, — качает головой Пенелопа.

— Да ладно, они из кого хочешь вытрясут, — шепчет Ириска.

— Сомневаюсь, что сдам.

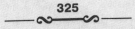

Провожали меня на работу все служащие прачечной. Сначала я собрала свои вещи в рюкзак, а Королева его перерыла, вещи раскидала, способ их уложения раскритиковала. Потом Ириска собрала мои вещи в рюкзак, а Пенелопа выложила их оттуда и перещупала каждую тряпку. Чучуня ее действия поняла по-своему и стала интересоваться, куда она прицепит подслушивающие устройства. Я сразу же честно призналась, что потею, если сильно чего-то пугаюсь, а всякие приборы от этого портятся и даже бьют разрядом того, кто их носит.

— Потеешь? — скривился сын Ириски.

— Да, потею! А когда я сильно разозлюсь...

— Об этом уже все знают, — перебила Королева. — У тебя кровь из носа течет. Пенелопа, слышишь, она еще и потеет, хватит ей микрофоны цеплять.

— Я не цепляю ей микрофоны, я их ищу!

— Алиска, ты когда сильно пугаешься, у тебя мурашки по коже бегают? — заинтересовалась Чучуня.

— Да. Бегают! И очень писать потом хочется, а что?

— Отлично!

Чучуня обрадовалась и сообщила, что последний свой заказ выполняла в китайском бойцовском клубе, что кровищи после нелегальных боев бывает, как после хорошей перестрелки, что главный китаец сразу же оценил ее умение справляться с подобными неприятностями и знанием китайского языка, что...

— Чучуня! — хлопнула по столу ладонью Пенелопа. — Что ты хочешь сказать?!

— Электронный датчик на мурашки, — коротко отрапортовала Чучуня.

— Что это такое? — опешила Пенелопа.

— Ну вот, так всегда, сначала не дают все объяснить подробно, потом удивляются. Китаец подарил мне цепочку с электронным датчиком на мурашки. Вот!

Чучуня протягивает руку. На ее запястье тонкая цепочка белого металла.

— Я хотела предложить нацепить цепочку Алисе. И как только ее кто-нибудь напугает, она покроется мурашками, а мы услышим сигнал.

— Впервые слышу! — фыркает Пенелопа, внимательно рассмотрев застежку. — И как это работает?

— Как только появляются мурашки, срабатывает приемник. Пи-пи-пи! Он начинает пищать.

— А где этот приемник? — заинтересовалась я.

— В сумке валяется.

Ириска приносит сумку Чучуни, ее содержимое вываливают на стол. Королева указательным пальцем откатывает в сторону помаду, духи, флаконы с растворителями, зажигалку, упаковку анальгина, о! Презерватив. Мы сначала смотрим друг на друга, потом — синхронно — на сына Ириски.

— Не отвлекайтесь, девочки, — Чучуня накрывает презерватив ладонью. — И хватит копаться в моей личной жизни. Приемник — это упаковка таблеток.

Осматриваем два ряда запаянных в пластик таблеток, по шесть в каждом.

— Ну? — я киваю на цепочку. — Изобрази!

И тут Чучуня заявила, что она столько всякого повидала в своей жизни, что разучилась пугаться. Она сказала, что у нее больше не срабатывает этот рефлекс, она не кричит, не падает в обморок и уж тем более не покрывается мурашками, даже когда ее в полвторого ночи на пустой улице со страшным ревом окружают на восьми мотоциклах накурившиеся роллеры и требуют раздеться догола.

— Так не бывает, — растерянно смотрит Пенелопа. — Все чего-то боятся!

— Бывает, — машу я рукой. — Я знаю такого мужчину.

— А какого черта ты тогда ее на себе таскаешь? — раздраженно спрашивает Королева.

— Нравится она мне! Алиса, примерь.

— Но как же тогда проверить этот приборчик? — интересуется Ириска.

— Это очень просто, — отвечает ее сын. — Мы выставим Алису на улицу без одежды. Она покроется мурашкам не от страха, а от холода!

— Эй! — кричу я уже от двери, куда меня толкают Королева и Чучуня. — Если вы сейчас же не прекратите, я разозлюсь! А когда я злюсь!..

— Ну на одну минуточку, ну пожалуйста, — просит Чучуня. — Мы должны быть уверены, что он работает, тебе же носить!

— Ну ладно, извращенки, я вам это припомню!

Оказавшись на ступеньках, оглядываюсь. Вечереет. Зажигаются фонари. В кафе на той стороне площади наверняка все служащие уже заготавливают селедку, чистят ее и режут на мелкие кусочки... Холодно, однако. Поеживаюсь. У ступенек останавливается такси. Выходит высокая женщина в длиннющей норковой шубе. Она эту шубу еле вытащила за собой из машины, а в правой руке у нее сверток. Голова не покрыта, пушистые волосы раздувает ветер. Достала очки, нацепила их и внимательно меня рассмотрела. Мне стало не по себе. Немного страшно — уж очень она похожа на волшебницу, — но навряд ли этот страх проявится потоотделением. И мурашек тоже не наблюдается. Сняла очки, читает надпись.

— Как тебя зовут? — спрашивает она вдруг.

— Алиса, — я начинаю приплясывать.

— Что ты здесь делаешь?

— Жду, когда появятся мурашки, — зубы мои начали стучать.

— Алиса — а потом как?

— Ген-надьевна Ка-кат-т-тран.

— Вот как, — кивает женщина, снимает шубу и набрасывает мне на плечи. — Алиса Катран?

— Не над-д-до, — отказываюсь я, — так у меня никогда не будет мурашек.

— Ты единственный ребенок Кемира, признанный им официально, — заявляет женщина.

— Как эт-т-то? Я не его ребенок!

— Это уже не важно. Ты работаешь в прачечной? Отлично. Значит, это ты нашла письма в моем доме?

Молча киваю.

— Я не знала, что они кому-то понадобятся, и забрала с собой. А когда узнала, сразу вернула.

— Молодец. Где он?

— Кто?

— Где Кемир, ты знаешь?

— Нет, — опускаю голову пониже. — Возьмите шубу, замерзните. Вы пришли заплатить? Не надо. Я же ничего не искала, просто вернула, и все.

— И тем не менее я очень рада, что встретила тебя. Ты потрясающе хороша, я его понимаю. Поставить на карту жизнь ради хорошенькой девушки, это в его стиле. Ну что ж, тогда это — тебе.

Мне протягивают сверток. Что-то плоское, упакованное в плотную бумагу, сантиметров восемьдесят на шестьдесят.

— Иди в дом, простудишься!

Шуба ушла с моих плеч, женщина села в такси, прощай, волшебница! Я решила немедленно посмотреть, что мне всучили, и стала разрывать бумагу, а она все никак не давалась, еще мешала бечевка, но наконец бумага содрана, в моих руках оказалась картина в раме, я ее разворачиваю лицом к себе и застываю. Это портрет моего отчима в черно-красных тонах — красное у него лицо, как в отблесках пламени, а черные — мантия и шапочка магистра на голове. Какой там страх! На меня накатил настоящий ужас, подмышки тут же вспотели, я бросилась к двери, она распахнулась, Ириска хотела было набросить на меня теплую шаль, но уперлась в картину, которую я выставила перед собой как щит, чтобы лицо молодого корейца было подальше от меня, а Чучуня радостно кричала: «Работает! Работает!» — и в ее руке еле слышно пищала упаковка анальгина.

В восемь тридцать утра за мной приехала «Волга». Шофер учтиво взял рюкзак двумя пальцами за лямку, положил его на переднее сиденье, а мне открыл дверцу сзади.

— Проблемы? — поинтересовался он минут через двадцать, вероятно, заметив в зеркальце мою напряженную позу.

— Да как вам сказать... Я вообще-то нахожусь под следствием в данное время, но суд отложен до середины января.

— За что?

— Мне шьют непреднамеренное убийство. Подписка о невыезде.

— А что твои родители говорят об этом?

— Мама умерла, отчима убили. Но сейчас меня больше всего заботит не это. Понимаете, я совершенно не умею готовить коктейли.

— А ты когда-нибудь что-нибудь смешивала?

— Ну... Я люблю мартини с соком и немного водки туда. Еще шампанское с фантой, но чтобы было ровно пополам. Еще я делаю чай с лимоном и добавляю ликер «Крус».

— А говоришь — не умеешь. Это очень просто. Мешай все подряд, что тебе покажется вкусным, пробуй почаще, добавляй, если потребуется чего-нибудь, а потом придумывай название.

— И все? А если... А если мне закажут, к примеру, ликер «Африка»?

— Скажешь, что сейчас «Африку» делают только в гей-клубах. Что на тусовке в «Какаду» хит недели коктейль «Синяя цапля», а в «Кодле» предпочитают делать «Отвертку». Никто ничего не спросит, выпьют и еще похвалят! Лишь бы вкусно было.

— А вы ремонтируетесь в «Кодле»? — осторожно интересуюсь я.

— Да. Пару раз заезжал по ремонту, там ребята неплохие, а позавчера смотрю — они рядом с мастерской открыли маленький бар. Их старший играет на саксофоне, а девчонка — шизанутая такая там есть, видела? — напитки делает. Говорят, у нее можно травку купить, но я таким не интересуюсь. Сколько тебе лет? — спрашивает он вдруг.

— Скоро шестнадцать.

— Когда?

— К лету, — осторожно отвечаю я.

— Что ты будешь делать в августе?

Август... Август кажется мне далеким и недосягаемым, как другая галактика.

— Приглашаю тебя на подводную рыбалку, — без всяких эмоций в голосе заявляет шофер.

— А сколько вам лет?

— Сорок два.

— Женаты?

— Нет.

— Дети?

— Нет.

— Заметано!

— Приехали. Снаряжение и акваланги обеспечиваю я. — Шофер вышел, открыл передо мной дверцу. Дождался, когда я выйду, щелкнул каблуками и с легким кивком головы по-офицерски представился: — Сергей Владимирович.

— Алиса, — кивнула я.

Он донес мой рюкзак до калитки, дождался, когда та откроется с легким щелчком, проводил до дверей дома и удалился с таким же бесстрастным лицом, с каким встретил меня у прачечной.

Дверь открылась. Маленькая рыжая старушка в строгом костюме — юбка, вы только посмотрите — выше колен! — с пышным жабо под вздернутым подбородком и в войлочных то ли ботинках, то ли высоких тапочках на молнии спереди проблеяла надменным голосом:

— Аделаида!

Я молча продолжала ее разглядывать.

— Аделаида, — объявила старушка еще раз.

— Новалис, Фридрих фон Гарденберг! — громко доложила я первое пришедшее в голову имя философа-натуралиста.

— А мне сказали, что тебя зовут Алиса, — растерялась старушка.

— Новалис — это псевдоним.

— Твой?

— Нет. Фридриха фон Гарденберга, — я потеснила ее от двери и затащила в прихожую рюкзак.

— А кто это — Новалис? — в глазах старушки появился испуг, она выглянула за дверь и быстро закрыла ее.

— Мистик, — вздохнула я, оглядываясь. — Можно сказать, вырожденный в мистика натурфилософ герменевтик.

— Браво, — похвалил меня кто-то с верхнего пролета лестницы — были видны только ноги в брюках и в шлепанцах. — Как доехали, фрау? — мужчина спустился. Это был Коржак.

— Нормально. Ваш шофер берет почасовую оплату?

— У меня нет шофера. Когда необходимо, я заказываю этого в фирме по перевозкам. По крайней мере, от него никогда не пахнет перегаром. Аделаида, сердце мое, покажи Алисе ее комнату.

— Лена просила сразу же показать Алису Милорду. Вы забыли?

— Ах да, Милорд... Ладно, пусть отнесет свои вещи и спустится в гостиную. Я привезу Милорда.

— Привезу? — пробормотала я про себя, поднимаясь за Аделаидой вверх по лестнице.

— Он повредил ногу. Слишком самоуверен, а к старости следует быть более осторожным.

Значит, это не собака, как я подумала сначала. Где же у них содержится главный охранник? Почему он не выбегает напасть на меня? Я вспомнила о догах корейца и даже услышала рядом с собой их тяжелое дыхание.

Так, спокойно! От таких воспоминаний запросто случаются мурашки по всему телу.

— Это твоя комната.

Да уж... Хорошо хоть кровать поместилась. Маленькая комната и такая узкая, что мимо кровати можно пройти только боком. Столом служит широкий подоконник. На окне — решетка. На стене — крючки с плечиками для одежды. А это что?!

Выдвигаю ногой из-под кровати эмалированный горшок.

— Днем можешь пользоваться туалетом наверху и внизу, а ночью тебе нельзя выходить. А что такого? — злорадно интересуется Аделаида, увидев выражение моего лица. — Я тоже хожу ночью в горшок, мне даже так удобно, не нужно одеваться, чтобы выходить из комнаты. В ночной рубашке здесь по коридорам не ходят! Не знаю, зачем они тебя притащили в дом, что там такое затевается на Рождество, но ты мне не нравишься! — заявляет Аделаида и отворачивается, чтобы уйти.

— Вы еще не видели, как я не умею убирать и стелить постели! — подбадриваю я ее на прощание.

Переодевшись, осматриваю второй этаж. В доме тишина. Я попробовала открыть одну дверь — заперто. Повертела ручку другой комнаты — то же самое. Повернулась к третьей и дернулась от неожиданности — в приоткрытую щель на меня смотрит растрепанная женщина в ночной рубашке и делает знаки рукой. Она зовет меня и прикладывает палец к губам, чтобы молчала.

— Лаптев здесь? — шепчет она, утаскивая меня за руку от двери. — Он здесь? — разогнавшись, она доволокла меня до большой кровати с балдахином и упала на нее. — Мерзкий такой, пузатый, похож на таракана?!

Лихорадочно вспоминаю, должна ли я уже знать командировочного в лицо? Нет, меня с ним не знакомили...

— Налей на три пальца! — приказывает женщина, увидев мою растерянность.

Я осматриваюсь. Замечаю в углу у окна на столике бутылки.

Есть виски в хрустальном графине (определила по запаху), ром в высокой темной бутылке (по этикетке на бутылке), минеральная вода (по этикетке), в маленьком графинчике тонкого стекла остатки коньяка (определила по запаху), два бокала, и обоими пользовались (по запаху).

— Да ладно, налей! — машет рукой женщина, укладываясь на подушки и закрывая лоб полотенцем.

Нет, так не пойдет. Чучуня меня предупредила, что иногда прислугу проверяют — подкидывают деньги или даже устанавливают камеры слежения, чтобы посмотреть, насколько она чистоплотна, когда одна. Я пошла искать, где можно вымыть стаканы не столько из-за боязни, что меня выгонят, сколько из-за наказа отчима: «Цени себя, выбирай людей сердцем и никогда не пей из грязного стакана».

Две двери, одна из них ведет... так, посмотрим, ведет в еще одну спальню, очень интересно. А другая — в большую ванную комнату. Понятно теперь, почему здесь никто не ходит в ночных рубашках по коридору — туалет, можно сказать, находится у хозяев в спальне.

Мою стаканы и смотрю на окровавленную женскую сорочку. Она валяется комом в ванной.

— Налей и себе, — предлагает женщина, когда услышала мои шаги.

Судя по ее виду, поможет только виски. Складываю три пальца, приставляю их к бокалу, наливаю из хрустального графина.

— Если придет Лаптев, скажи, чтобы поднялся ко мне. Я его сразу пристрелю.

— Хорошо.

— Ты уже видела Милорда?

— Нет.

— Он тебе понравится, — женщина привстает и пьет, стукнув зубами о край бокала.

— Если у вас болит голова, я могу сделать кофе с лимоном и с коньяком. Он поможет лучше, чем виски натощак.

— Так делай! Делай, что ты тут стоишь?! Стой! Как тебя зовут?

— Алиса.

— Хорошо... Иди. Нет, постой! Зови меня Лена. Я жена этого бегемота, который пригласил целую шайку гостей и нанял тебя облизывать их жирные задницы.

Спускаюсь вниз. Как бы с одного раза определить, где кухня? Никого. Пробегаю на цыпочках сначала в левое крыло дома — кабинет, гостиная, спальня, еще спальня... заблудилась. Сюда. Еще спальня! Столовая — судя по большому столу и камину, а где столовая, там неподалеку должна быть и кухня! Бегу мимо огромного овального стола, под засушенными мордами рогатых оленей, под дикими картинами в желто-зеленых тонах к арочному проему, есть! Кухня.

Через три минуты ужасно гордая собой — я нашла все: кофе, лимон, коньяк! — осторожно иду с подносом, на котором парит синяя чашечка, стараясь ее содержимое не расплескать и не споткнуться. У лестницы наверх застываю от странного звука, как будто совсем рядом заводится испорченный мотор, но иногда захлебывается, а потом снова начинает набирать обороты. Застываю и вижу инвалидную коляску — боком, вижу спустившийся с нее плед, вижу странную волосатую конечность черного цвета, потом обхожу кресло и вижу огромную собачью морду. Я завизжала и бросила на пол поднос с чашкой, конечно, не оттого, что увидела собаку, укрытую пледом в инвалидном кресле, а потому что на голове ее был надет чепец, именно он меня и испугал, вернее, ужасный оскал зубов под кружевами этого чепца.

Я успокоилась почти сразу же, потому что собака, дождавшись моего визга, удовлетворенно закрыла глаза и с чувством выполненного долга откинула морду на подушку.

На лестнице появился Коржак и сразу же стал выяснять:

— Что здесь происходит, какого черта мне не дают работать, почему опять шум, где Лаптев, кто привез собаку, немедленно убрать осколки и вымыть кофе с пола, сколько раз я просил не трогать чашки из китайского сервиза!

Сзади незаметно подкралась Аделаида и с надеждой поинтересовалась, не укусил ли меня Милорд?

Тут же раздался звонок, Аделаида кинулась к лестнице, и они с Коржаком помчались наверх друг за другом, выясняя по дороге, кто пустил меня в кухню.

Звонок прекратился, и в оглушительной тишине вдруг стали бить часы, и я пошла на звук искать их.

Они стояли на полу в гостиной и честно пробили десять раз, размеренно проговаривая — бель! — звонким чистым звуком, потом — линда! — на тон ниже и более торжественно, бель-линда... бель-линда...

Мне стало вдруг очень странно — показалось, что в этом доме есть что-то мое, что уже было, только нужно хорошенько вспомнить, где именно и когда... И я пошла на кухню, налила себе кофе, отпилила кусочек твердой колбасы. Посасывая во рту колбасу, подмоченную кофе, я вернулась к инвалидной коляске. Приподняла одной рукой плед. Просто удивительно, как такой большой собаке удалось развалиться на боку, свесив вниз задние лапы — одна забинтована. Ладно, нечего зубы скалить. Что? Кофе хочешь? Подношу к черному блестящему носу чашку. Пес перестал обнажать десны в тихом рыке и посмотрел на меня из-под кружевного чепца как на сумасшедшую. Колбасы? Ну уж нет! А вдруг у тебя гастрит и воспаление поджелудочной железы? А-а-а! Зачем тогда чепец нацепил?

— Это ты обещала Лене кофе с лимоном? — спрашивает сбежавшая вниз Аделаида.

В обед я потренировалась подавать на стол. Хозяин, Коржак, его измученная пьянством жена Лена и два гостя — коллеги по работе Коржака — почти полтора часа затаив дыхание наблюдали, как я приношу-уношу супницу, роняю стул (не заметила под пузатой супницей, когда ее несла), разливаю суп половником (ручка ужасно неудобная попалась у этого половника, надеюсь, скатерть постирает прачка), потом меняю тарелки, разношу салат и разливаю вино в бокалы (ничего страшного, надеюсь, у этого «коллеги» есть еще один костюм). Когда дело дошло до десерта, меня охватило отчаяние. Я не верила, что донесу из кухни к столу блюдо с высокой пирамидой желе. Я сразу же представила, как оно поскачет, дрожа, по полу, придется его ловить, а ловить застывшие до состояния мягкой скользкой резины три литра фруктового сиропа!.. Чтобы не рисковать, я прижала блюдо к груди одной рукой, а другой проткнула колышущуюся махину вилкой, удерживая ее таким образом на блюде. Желе все равно сползло на тарелке и уперлось своей верхушкой мне в подбородок, но я его донесла! Мне было ужасно интересно, как хозяин его будет разрезать, я затаила дыхание и приготовилась к потрясающему зрелищу!.. Но оказалось, что для желе есть специальная двойная ложка, как для развесного мороженого, и этой ложкой совершенно безопасно для окружающих откусываются ровные шарики.

Под конец обеда я так устала, что совершенно перестала себя контролировать. И когда один из «коллег», причмокивая, спросил, какое вино ему налили — потому что на оплетенной бутылке не было этикетки, — я не выдержала и укоризненно заметила:

— «Шато-Марго» восемьдесят второго года! Как можно пить такое вино с жареной рыбой?!

Ковырявшая вилкой в тарелке Лена посмотрела на меня с испугом и недоумением, как будто я громко пукнула.

А Коржак растерянно посмотрел на только что лично им откупоренную за столом бутылку. Я даже услышала шорох — это копошились в напряжении его мозговые извилины, он, бедный, никак не мог понять, когда я успела незаметно попробовать вино, если бутылка все вре-

мя стояла у него под носом, или я залезла в его кабинет и
пролистала все счета на поставку вин и продуктов?!

— Спокойно! — я выставила перед собой ладони. —
Не нервничайте. Сорт вина я определила по пробке, —
беру со стола штопор с нанизанной на него пробкой, нюхаю. — Ну? Точно «Шато-Марго», восемьдесят второго!

— Кто это? — спрашивает потрясенный гость, который посмел жрать рыбу под такое вино.

— Это... — задумался Коржак, который посмел подать такое вино под жареную рыбу. — Это наша новая
прислуга. Наверное, она раньше подрабатывала в барах.

Так, значит? Нашел объяснение моей проницатель-
ности!

— Да ладно, не напрягайтесь. Я прочла название вина на пробке, — поднимаю вверх штопор.

Лена, Коржак и оба гостя, передавая друг другу штопор, читают на пробке темно-красную надпись и вгля-
дываются в крошечное изображение герба. Последней,
нацепив на нос очки, пробку изучает Аделаида.

— Но здесь не указан год, — заявляет она.

— Осенью в Москву завезли «Шато-Марго» восемьдесят второго года, — вздыхаю я, осматриваю на просвет
чистый бокал Аделаиды — она от вина отказалась, — наливаю в него из бутылки, взбалтываю и пробую, размазывая глоток по нёбу.

У корейца это вино всегда вызывало мгновенный
столбняк восторга.

«Лиса, ты только послушай свой язык! Более терпкое, чем обычно, сахаристость понижена, но эта кислин-
ка просто прелестна! А привкус вишни? Ты знаешь, что
некоторые виноградники обсаживают вишневыми или
персиковыми деревьями?»

— Да, — многозначительно киваю и допиваю вино, — восемьдесят второй. Чересчур терпкое, сахаристость понижена, чувствуете, как язык пощипывает?
А привкус вишни? Легкий привкус вишни, неужели не
чувствуете?

Господи, как же я устала, только бы не упасть! Осматриваю застывшие удивленные морды за столом, что же мне делать, я здесь первый день, а уже готова всех передушить?!

— Но кто-то же из вас купил это вино? Кто-то отдал почти двести долларов за бутылку! А может, вам просто понравилось плетение из испанской рогозы?

— Действительно, — смотрит Коржак на жену — любительницу крепких напитков, она уж точно не заказывала это вино! — Кто это купил? Неужели — двести?..

— Я принесла из подвала, там была целая коробка, осталось четыре бутылки, — оправдывается Аделаида.

— Наверняка это чей-то подарок, — нарочито равнодушно замечает Лена и залпом допивает свой бокал. Слегка кривится и смотрит жалобным взглядом на графинчик с коньяком.

Сижу в кухне на полу, прислонившись спиной к дверце стола. Жду, когда можно будет убрать в столовой. Между ног у меня зажата бутылка с остатками вина, по полу катаю красное яблоко и просто... засыпаю, совсем засыпаю...

— Эй! Новалиса! Отнеси кофе в кабинет! — Аделаида пинает мою ногу носком войлочных туфель.

Надо же, запомнила!

Кое-как встаю на четвереньки, потом выпрямляюсь. Аделаида терпеливо ждет, держа поднос с чашками, кофейником и открытой коробкой конфет. Ассорти.

— Вот эти должны быть с мармеладом внутри, — показываю я пальцем на круглые конфеты.

— Нет. Эти с шоколадной начинкой. Ты какие любишь? — строго спрашивает Аделаида.

— С помадно-сливочной.

— Вот эти, с краю.

— Я съем две?

— Давай. Только не урони ничего по дороге.

— А чего это ты такая добрая? — опомнилась я уже с подносом у двери.

— Тебе еще с собакой гулять сорок минут, — проглотила Аделаида мое «ты».

— В кромешной темноте?!

— Всего лишь полвосьмого. Возьмешь фонарик.

Фонарик — это, конечно, здорово, но его выборочное яркое пятно в полнейшей темноте слишком напрягает мои глаза и притупляет внимание. Огромный пес, хромая и хрипя от перетягивающего глотку ошейника, тащит меня на поводке, поэтому приходится светить все время под ноги, чтобы не споткнуться. За полчаса — три коротких остановки, когда пес останавливается и поднимает лапу. Пока он журчит, я делаю некоторые упражнения по восстановлению дыхания. Если он всегда так носится, то за пять дней я здорово натренируюсь и запросто смогу бегать стометровку за двенадцать секунд, а это первый разряд...

После третьего облитого Милордом дерева рядом возникла Чучуня. Попытавшись удержать собаку в две руки, мы решили, что проще все-таки пробежаться. Пес, добежав до поворота с рекламной вывеской, развернулся и понесся в обратную сторону. Я вздохнула с облегчением. Самой развернуть его домой мне навряд ли бы удалось, я уже представила, как он утаскивает меня на поводке все дальше и дальше по дороге, часа через два я упаду, и собака затащит меня, обессиленную и израненную, прямо в рассвет, потом, оттолкнувшись от краешка земли, Милорд нырнет в небо и мы превратимся в созвездие «Лиса и Хромоножка», навеки связанные поводком...

— Ты покрылась мурашками один раз, — трусит Чучуня рядом. — Пенелопа сказала, что для первого дня, когда проходит ознакомление, это даже хорошо, могло быть и хуже. До шести вечера дежурила Ириска, а потом я.

— Ириска?

— А что такого? Гуляет себе с коляской туда-сюда. Есть какие-нибудь пожелания?

— Успокоительные капли мне бы не помешали, но я попрошу у Аделаиды.

— Нервничаешь, Лиса?

— Как ты сказала? — я резко затормозила и повисла на натянутом поводке, откинувшись назад.

— Нервничаешь, говорю? Ты посмотри! — отвлеклась Чучуня от моих проблем. — Да у него же лапа перевязана!

— Да. Сегодня он бегает на трех.

— Мама родная! Что же мы будем делать, когда он станет на четыре?

— Ты куда?! — остановила меня Аделаида, когда, бросив поводок, я почти на карачках поползла вверх по лестнице. — А кто лапы мыть будет?!

У двери стоит таз с водой. У таза примерным инвалидом сидит Милорд, завалившись задом набок и демонстрируя грязную повязку на больной ноге.

Сажусь рядом с ним на пол. Плюхаю ладонью по воде.

— Давай сюда свои поганые лапы, — ласково прошу я.

Пес надменно отворачивается и делает вид, что внимательно рассматривает картину на стене с фруктами и трупами птиц — натюрморт называется.

— Милорд! — кричит из кресла у телевизора Аделаида. — Лапы мыть!

Собака приподнимает зад, подползает к тазу и опускает в него передние лапы.

Дождавшись, когда я поболтаю в воде сначала одной лапой, потом — другой, он ставит их на расстеленное на полу махровое полотенце.

— Сейчас посмотрим, какой ты умный. Милорд, давай сюда свои поганые лапы мыть! — «лапы мыть» я сказала громче, чем все остальное, и с мстительным чувством удовлетворения отследила, как собака поворачивается к тазу задом и приподнимает забинтованную лапу, демонстрируя абсолютную инвалидность.

— Ладно, давай посмотрю.

Разматываю бинт. Порез на подушечке. Глубокий, но давнишний.

— Будешь носиться с такой скоростью, все лапы поранишь. Стой, не дергайся! Надо помыть, потом смазать мазью и заклеить пластырем. Что смотришь? Пластырь, конечно, выглядит не так устрашающе, как бинт, никто тебя не будет возить в инвалидном кресле, зато рана заживет быстрее, потому что будет дыша-а-ать, сейчас усну, честное слово...

— Я разбужу тебя в семь! — обещает Аделаида, пока я ползу на четвереньках по лестнице.

И ведь разбудила ровно в семь! И первым делом прочитала нотацию о том, что спать в одежде вредно и негигиенично, что пользоваться ванной комнатой на ночь считается у цивилизованных людей нормой поведения, что на покрывало ложиться вообще нельзя, потому что его только что доставили из химчистки, что я плохо выгляжу, что в кухне меня ждет целый таз овощей — вымыть и почистить, что на обед сегодня опять придут гости и, если я по-прежнему собираюсь болтать во время прислуживания, так за это в средние века служанкам зашивали рот на несколько дней суровыми нитками!

Такого утреннего приветствия я не получала еще ни разу в жизни. Поэтому от неожиданности сразу же послала Аделаиду куда подальше, и это ее успокоило. По крайней мере, она закрыла рот.

На втором этаже была ванная комната для гостей. У одной стены — ванна, у другой — раковина и биде. Посередине между ними — на третьей стене — огромное зеркало от потолка до пола. Рассмотрев себя в позиции сбоку на унитазе, потом — на биде, я развеселилась, разделась и приняла душ, распевая гимн Боконону — «где мужчины храбрее акул!» и так далее, и корча в зеркало рожи.

В дверь постучали.

Я вышла из ванны мокрая и открыла.

Хозяйка.

— Что ты поешь? — спрашивает она, покачиваясь и внимательно разглядывая мой голый живот.

— Это песня всех последователей Боконона. Ее нужно петь, соединившись пятками, но я здесь совсем одна, поэтому...

— Пятками?..

Мы пошли к ней в спальню, и больше всего меня интересовало, будет ли там лежать на кровати Коржак, потому что я шла голая, а голая я шла, потому что была мокрая, а мокрая я была, потому что никто не указал мне, каким именно из шести полотенец можно вытираться. Но свою одежду я несла ворохом в руке и бросила этот ворох сразу же на ковер, как только обнаружила, что в спальне мы одни. Мы сели на кровать, расставили ноги и соединились пятками. Надо сказать, что такого единения душ, как это было с перевозчиком наркотиков в заднице, у меня не произошло — ноги Лены оказались ледяными, а выкрашенные ярким лаком длинные ногти на пальцах и забинтованная правая лодыжка отвлекали внимание и не давали отстраниться от действительности.

— Ничего не получается, — встала я.

— А мне понравилось. Сегодня будет кофе с лимоном и коньяком? Или ты предпочитаешь каждый день разбивать по одной чашке из любимого сервиза мужа? Там как раз осталось пять чашек. Можно потрогать твою грудь?

Она потрогала мою грудь, а я — ее, сквозь рубашку.

— Ты уже делала это с мальчиками? — спросила хозяйка.

— Нет.

— Боишься?

Кончиком указательного пальца Лена осторожно щекочет мой левый сосок, превращая его в замерзшую вишню.

— Нет, не боюсь, просто муторно становится, как представлю кого-нибудь из знакомых, — бормочу я, с трудом представляя, что делать дальше. Отбиваться? Ее щупать? Ну ладно, сама напросилась!

— А у тебя на левой груди есть небольшое затвердение, — я изображаю в голосе озабоченность. — Не рожавшие женщины после тридцати должны раз в год показываться маммологу.

— Господи, ну что ты говоришь?.. — хозяйка упала в подушки и закрыла глаза. — Кофе хочу!

Я одеваюсь, руки дрожат, а где-то неподалеку, в снятом Пенелопой на две недели отапливаемом сарайчике наверняка исходит писком упаковка анальгина. Ничего, вывернулась из щекотливой ситуации на четыре с минусом.

Внизу у лестницы в инвалидной коляске спит Милорд.

В кухне меня ждет целый таз картошки, свеклы, моркови, лука, огурцов... А это что такое?

— Это авокадо, просто вымой хорошенько. Кому это ты кофе варишь?

— Хозяйке. Она просила.

— Что, вот так, в семь утра пришла к тебе в комнату и попросила принести кофе? — Аделаида поражена. — Да она никогда не встает раньше одиннадцати!

— Не в комнату. В ванную.

Аделаида бросает нож и садится.

Я нарезала лимон, а когда отвинчивала пробку у коньячной бутылки, Аделаида резко вскочила и погрозила мне изуродованным артрозом пальцем:

— Я разврата в этом доме больше не потерплю! Она поклялась мне и мужу! Она не смеет!.. Мало ей узкоглазых мойщиков окон! Дай сюда, сама отнесу!

Я успела налить в чашку только одну столовую ложку коньяка. Вторую пришлось выпить самой, потому что разъяренная Аделаида утащила поднос.

Наливаю себе кофе, отпиливаю кусочек колбасы, утаскиваю из коробки две конфеты — все равно их, похоже, кроме Аделаиды, никто здесь не ест, — очищаю апельсин...

Бель! — пробила Бельлинда половину восьмого. На втором этаже слышен истерический крик Лены и звук разбитой чашки. Наливаю томатного сока в высокий бокал и бросаю туда три оливки. Вытянув ноги на батарею, наслаждаюсь завтраком, пока наверху рассерженный Коржак выясняет: кто разбудил его в такую рань (он, оказывается, бедняга, лег около пяти), кто шумит и бьет посуду, кто опять взял чашку из китайского сервиза, почему Аделаида носит кофе в постель его амебе-жене, если для этого он специально — по просьбе жены! — нанял хамоватую неуклюжую десятиклассницу?!

Сколько интересной информации к размышлению с самого утра...

Сначала — картошку. Итак, к столу здесь подают любимое вино корейца. Любимое вино корейца... Любимое вино корейца... Ладно, предположим, он гостил когда-то у директора Коржака и оставил на память коробочку-другую. Теперь — две луковицы. Что это значит — узкоглазые мойщики окон? Совершенно невероятно, чтобы Коржак, сидя за столом с корейцем и поглощая его вино, обращался с ним, как с мойщиком окон. И для кого? Для домработницы? «Не называй меня домработницей, — потребовала вчера Аделаида. — Я экономка». — «А что ты здесь экономишь, Аделаида?» — «Я экономлю время и деньги, то есть жизнь!» Морковь какая большая... Шесть больших морковин. Свекла. Так, стоп, свеклу, случается, варят, тогда ее не чистят. Отложим пока. Королева говорит, что в сложных ситуациях, чтобы потом не каяться и не обвинять себя за неправильное выстраданное решение, нужно подчиниться первому импульсу. Первым импульсом, когда я услышала про мойщиков окон, было запустить чем-нибудь тяжелым в окно. Почему? Потому что я сразу же после слова «разврат» представила моего отчима, занимающегося любовью с женой Коржака и заливающего своей кровью из раны на груди ее ночную сорочку, пока его законная жена хоронит труп неопознанного мужчины. Ну и бред. С другой стороны, Коржак сказал, что я нанята по просьбе жены.

— Аделаида! Свеклу чистить?

— Чистить! — кричит она из столовой.

Бельлинда бьет восемь раз.

— Поторопись, — заходит в кухню Аделаида. — Милорд ровно в восемь выходит на первую прогулку.

Завтракает супружеская чета в десять утра в разных комнатах. Аделаида пошла с подносом успокаивать Коржака, я — Лену.

— Он меня избил, — заявила Лена, увидев меня в дверях своей спальни. — Хлыстом.

— Это, должно быть, очень эротично, — замечаю я.

— Не веришь?

Лена задирает на спине рубашку. Грандиозно... Кровавые полосы с подтекающей сукровицей. И несколько старых заживших рубцов.

— Поменяй постель! — Лена сбрасывает рубашку и садится голой к столику с трюмо завтракать.

В комнате пахнет потом, кровью и спермой.

— Откуда ты знаешь, как пахнет сперма? — улыбается Лена.

— Иногда сперму собирают с трупов для анализов. Если ее подогреть, она пахнет.

Лена дергается и выплевывает изо рта все, что успела пережевать. На зеркало и на столик. Ну вот, теперь убирать придется, развела тут откровения!

— Ты какая-то ненормальная, — подозрительно вглядывается в меня Лена. — Возьми тюбик на тумбочке и смажь мне спину.

Мазь «спасатель». Тюбик почти пустой.

— Сначала надо обработать, чтобы раны не сочились, — откладываю я тюбик и иду в ванную. — Есть какой-нибудь спиртовой раствор или зеленкой мазать?

Пока я вожусь с ее спиной, в спальню заглядывает Коржак и ласковым голосом сообщает:

— Киска, я уехал по делам, обедайте без меня, обещал прийти Лаптев с женой.

— Ты такая умная, скажи, от какого яда умирают долго и мучительно? — интересуется Лена.

— Не скажу. Давай и щиколотку заодно обработаем, — киваю я на повязку на правой ноге.

— Нет! — Лена резко садится и подбирает под себя ногу. — Там все в порядке.

За обедом, когда я разливала суп, Лаптев поинтересовался, не мог ли он меня где-нибудь раньше видеть?

Ему, конечно, трудно было сопоставить мою фигуру в коротенькой шотландке и облегающем развратном топике с фигурой бомжа, валяющегося у камеры хранения номер пять.

— Может быть, в Интернете, на сайте для педофилов? Отчим, когда был живой, отсылал туда мои фотографии в голом виде, — предложила я свое объяснение.

Наступила, как это принято говорить, гробовая тишина. Она получилась действительно гробовой, все-таки я упомянула мертвого отчима, и лица у всех сидящих за столом сделались совершенно похоронными. Особенно изумилась жена Лаптева, она бросила ложку, закрыла рот рукой и сочувственно вскрикнула:

— Деточка?!.

Лена смотрела на меня во все глаза и кусала губы.

— Я работаю в министерстве здравоохранения, — доверительно сообщила жена Лаптева, — у меня есть хорошие знакомства, если ты испытываешь психологические проблемы...

— Спасибо. Я наблюдаюсь у психиатра. Даже прошла у нее тесты на агрессивность.

— На агрессивность?

— Да. Я чуть не зарезала своего отчима.

Вся троица переглядывается. Нервы Аделаиды не выдерживают.

— Я посмотрю второе! — зловеще объявляет она и уходит в кухню.

— Как же это получилось? — шепчет сострадательная мадам Лаптева и показывает на стул рядом с собой. — Садись, детка!

— Сначала я хотела его отравить, — доверительно сообщаю я, усаживаясь и наливая в пустую тарелку половник супа. — Смешала, как полагается, беллоидную субстанцию с большой дозой спиртного... — Пробую суп. Ну и гадость. — Ну вот, а потом, когда кореец отказался пить, я набросилась на него с ножом.

— Кореец? — все еще не понимает Лаптева, но я заметила, как муж толкнул ее под столом ногой.

— Получилось так удачно, — улыбаюсь я Лене, — так хорошо все получилось!

— Что же тут хорошего? — не понимает Лаптев.

— Приехала «Скорая», чтобы перевязать рану. И кореец — это мой отчим, я его так называла, он не обижался, — выздоровел и женился на медсестре с этой самой «Скорой», а врач, который выпил коктейль, умер, представляете? Потом оказалось, что он был виноват в смерти моей мамы, разве это не удачно получилось?

— Кто? Кто был виноват в смерти твоей мамы? — госпожа Лаптева выдавливает накрашенными ресницами первые слезинки.

— Врач, который в тот вечер дежурил на «Скорой»! Он раньше работал в больнице в хирургическом отделении.

— А кореец?..

Похоже, она совсем тупая.

— А кореец женился на медсестре, — вздыхаю я. — Уже можно второе подавать?

Может быть, у Лены на щиколотке татуировка с инициалами Гадамера? Г и Ш, в рамочке в виде сердечка...

После обеда мы с Аделаидой готовим спальни для гостей. Все комнаты открыты, все постели перерыты, я хожу туда-сюда сначала с пылесосом, потом с огромным пластмассовым кувшином, полным воды, и поливаю шестнадцать горшков с цветами. За мной почему-то увязался Милорд, я уж было решила использовать его интерес ко мне, чтобы попасть в подвал (скажу потом, что собака туда спустилась), но Аделаида приказывает принести из кладовки на первом этаже два коврика и уложить их в спальнях.

Несусь со всех ног в подвал. Могу я не знать, где в доме кладовка? Запросто. Могу предположить, что она находится в подвале? Еще как могу!

Бесконечная вереница переходящих одно в другое помещений. Что-то вроде котельной, потом — бильярдная, потом — склад ненужной старой мебели, потом —... Стоп. В углу, где свалены в кучу несколько плетеных кресел-качалок, что-то краснеет. Какая-то тряпка. Пробираюсь, уронив по пути два скелета абажуров, колченогий стул и подставку для цветов.

На изогнутой перекладине одного из кресел-качалок, аккуратно сложенный, висит красный шарф. От неожиданности я стала на колени и несколько секунд просто смотрела. Потом взяла в руки. Развернула. Из шарфа выпала записка. «*Paris, rue de La Rose, 42/563*».

Старые пятна крови схватились темной коростой. Нюхаю шарф, приложив к лицу. Пахнет высохшей кровью и одеколоном корейца.

Раскидываю кресла-качалки, осматриваю этот странный угол, где у пола — очень кстати — розетка и настольная лампа с прожженным абажуром рядом с нею. Кресла были свалены на матрац, когда я его открыла, то обнаружила еще несколько бурых пятен, но нюхать не стала.

Кому он это написал, уходя отсюда? Жене Коржака? Это с нею он пил в подвале вино? Сажусь на матрац, на бурые пятна, опять нюхаю шарф корейца и пытаюсь хоть что-нибудь понять. Почему-то мне кажется, что окровавленный шарф оставлен здесь специально, но не для жены Коржака. Тогда для кого?

— Он знает! — сказала я громко, и от неожиданности, от звука своего голоса сжалась, обхватив колени руками. — Он знает, что я здесь, — сказала я себе уже шепотом. — Он знает, он согласился на мое пребывание здесь, но поставил условие... Собака. Каждый день в определенное время пес тащит меня на поводке по одной и той же дороге, и кореец может меня разглядеть — жива-здорова, пытками не изуродована... — Да пошел ты со своей зоботой! — кричу я, и где-то наверху тут же заходится лаем Милорд.

Ладно, успокойся и постарайся думать, как он. Зачем бы ты оставила на видном месте окровавленную тряпку и записку с адресом в ней? Чтобы предупредить об опасности и предложить убежище? Ничего себе убежище, можно сказать, совсем рядом — рукой подать! Париж... Интересно, есть ли у Пенелопы на стенах хоть уголок этой улицы?

А все-таки не мне, а жене Коржака? Или — мне?.. Ладно, чего думать, я точно знаю, кто заслужил эту бумажку!

На вечерней пробежке, еле передвигая ноги, тащусь малоподвижным грузом на поводке за собакой. Вчера была оттепель, а сегодня подморозило, я падаю пять раз, на шестой — остаюсь лежать на заледеневшей дороге. Для удобства подкладываю под голову руку. Пес, подергав поводок, сдался, присел рядом и вдруг завыл дурным голосом. Ага, не утащишь меня за горизонт! Слабо?

Как ни странно, такое мое поведение имело совершенно неожиданные последствия. Сначала послышались шаги слева от дороги, и Милорд перешел от воя к воинственному лаю — сделал вид, что охраняет меня. Я страшно удивилась, когда на меня выбежал из темноты... шофер Сергей Владимирович!

— Что случилось? — поинтересовался он, быстро ощупывая мои ноги и голову. — Заткнись, Милорд! Что за глупая псина! Ты не убилась?

— Я просто лежу, устала бегать с ним, ноги не двигаются уже. Знаешь, это бывает из-за реакции мышц на перенапряжение. Вырабатывается молочная кислота, поэтому каждое мышечное усилие оказывается таким болезненным. А ты каким ветром тут оказался?

— Я гостей привез Коржакам, слышу — пес воет. Вот и побежал...

Теперь послышались быстрые шаги справа от дороги. Я вскочила и громко стала благодарить участливого шофера. Я божилась, что буду бороться с этой чертовой молочной кислотой, делать массаж, теплые ванны и увеличивать нагрузку постепенно и уже через несколько дней побегу по льду впереди Милорда, и еще много чего, в основном получались совершенно идиотские заявления — что он теперь про меня подумает? Представить страшно.

Мне казалось, что сегодня должна появиться сама Пенелопа. Когда шофер раз десять переспросил, уверена ли я, что сама дойду домой, и ушел к машине, я потопталась, оглядываясь, но никто не подходил. Услышав звук мотора, Милорд понял это как сигнал и поволок меня дальше по дороге. До поворота с рекламным щитом. Там мы с ним последовательно развернулись — он первый, я — на коленках — за ним, и вдруг мне пришла в голову гениальная мысль!

— Милорд! — крикнула я. — Стоять!

Пес стал как вкопанный.

Боже, какое облегчение! Медленно поднимаюсь на ноги и убеждаюсь, что на коленках джинсы протерлись почти до дыр.

— Лежать!

Милорд, поворчав, укладывается.

Нет, это какой же идиоткой надо быть, чтобы не сообразить, что громкое напутствие Аделаиды «вперед!»

каждый раз, когда она закрывает за нами двери, было приказом собаке протащить меня галопом на поводке по всем кочкам!

— Сидеть, — я продолжаю самоутверждаться, никак не могу остановиться.

Милорд поднялся, подошел ко мне и ткнул нос в карман куртки. Не обнаружив никакого намека на запах вкусностей, он посмотрел укоризненно, вздохнул и медленно пошел к дому, волоча за собой по земле поводок. Надо будет завтра взять ему что-нибудь для поощрения.

— Рядом, — говорю я устало, и Милорд дожидается, когда я подойду, чтобы оказаться как раз на голову впереди моей правой коленки.

— Голос! — начинаю извращаться я.

Короткое негромкое тявканье, как подачка.

Оглядываюсь. Очень все интересно, но почему никто не выходит на связь?

— Охранять! — придумываю я. — Чужой!

Остановившись, пес принюхивается, и вдруг шерсть у него на загривке становится дыбом. Глаза загораются, десны вздергиваются, обнажив чудовищные зубы, а здоровая задняя лапа воинственно скребет обледеневший снег.

— Фас!

Это последняя команда, какую я могу вспомнить. Есть еще «аппорт!», но я подожду, кого он фаснет, а уж потом попрошу принести это мне под ноги.

Милорд бросается к зарослям у дороги, и оттуда с громкими ругательствами и страшным треском выбегает... Один, два...три...

Трое мужчин, по крайней мере, на моих глазах перебежали дорогу, а еще кто-то ломился в глубь зарослей под хищный лай пса.

Спустя полминуты неподалеку завелся мотор машины, спустя еще несколько минут, чуть подальше, — другой.

— Милорд! — зову я, ужасно гордая собой. — К ноге!

Тишина.

— Милорд! — я начинаю пугаться.

Шуршание в кустах, но пса не видно.

Когда мы вернулись домой, от моей куртки остались одни лохмотья, а пес хромал на две ноги — получалось, что с каждым шагом он заваливался на правую сторону. Мне пришлось лезть за ним в кусты, потому что Милорд зацепился поводком. Потом он тащил меня за куртку зубами, потому что я застряла в колючих ветках и придумала ему новую команду «спасай!». Мы оба были еле живые от усталости и страха, но я ему сразу все простила, как только на мое тихое предложение — «лапы помоешь?» — он тут же залез передними в таз с водой.

— Вы где-то шатались час и десять минут, — укоризненно заметила Аделаида. — Я уже хотела доложить хозяину, что ты пропала.

— Мы заблудились, — осторожно промокаю полотенцем раненую подушечку передней конечности собаки.

— Можешь идти спать. У хозяина посетители, они пришли по делу, я сама подам им напитки и легкий ужин.

— Подогретое пиво Милорду! — кричит Коржак из кабинета.

Аделаида идет в кухню за пивом, Милорд, цокая когтями по паркету, идет в кабинет к хозяину, я, сидя на полу, снимаю ботинки и рассматриваю то, что осталось от куртки.

Бьет Бельлинда восемь раз. Пахнет кофе и чем-то ужасно вкусным. Это пахнет миндальное печенье в духовке.

— Я умею готовить только миндальное печенье и салат, — объявляет хозяйка, как только я вхожу в кухню. — Оливье.

Она в вечернем платье, на шее — колье, в ушах длиннющие серьги. Ну-ка, посмотрим, что у нее на щиколотке?

Сквозь чулок просвечивает узкая марлевая повязка. Она достает печенье, выгружает его на блюдо и уносит в кабинет. Вздохнув, я соскребаю вилкой припекшиеся остатки с противня и смотрю в окно.

Никогда не чувствовала себя такой бездомной. Пойти заштопать носок, что ли?

Завтра приезжают гости. У меня совсем мало времени, чтобы незамеченной попасть в кабинет Коржака и порыться в его компьютере.

«Только попробуй там сотри что-нибудь, я тебя убью, честное слово!» — пригрозила на прощание Пенелопа.

Ровно в семь утра меня разбудила Аделаида и сказала, что, если сегодня не придет прачка, стирать придется нам с нею. Вернее, я буду стирать, а она советовать, как правильно это делать.

Мы обходим — комнату за комнатой — второй этаж, переходя на шепот у дверей спален Лены и Коржака. Потом я вытираю пыль в гостиной, потом сажусь перед тазом с овощами, сегодня добавилась цветная капуста, мне нравится ее разрезать — получается много-много крошечных баобабов.

Красный шарф я запрятала под свой матрац, смешно, конечно, но больше некуда.

Хорошо, что нужно чистить овощи, мне с ними удобнее всего думать.

Вчера поздно вечером, когда Лену принесли в кровать, я дождалась тишины и пробралась в ее спальню. Сняла один чулок, размотала повязку. На ноге абсолютно ничего не было! Ни намека на татуировку, ни царапинки, ни оспинки — ничего! Мне пришлось подтащить ногу к самому ночнику, так что голова Лены и туловище сползли на пол, но и при свете лампы я не обнаружила ни единого пятнышка под повязкой.

Намотать бинт на щиколотку у меня хватило сил, а вот натягивать на ногу чулок не хотелось. Я натянула его на руку, а потом еще засунула ее безвольную ладонь в туфлю на каблуке.

Обыскивать комнату не решилась, только осмотрела содержимое тумбочки у кровати. Обнаружила иностранный паспорт Лены и заложенную в него квитанцию на парковку.

— Прибыли прачка и повар! — доложила Аделаида. — Оба узкоглазые.

— Корейцы? — напряглась я.

— Да какая разница? Совсем сбрендила моя хозяйка, вот что страшно!

Это были вьетнамцы. Прачка — молодой худой вьетнамец, повар — пожилой толстый вьетнамец.

— Капуста — это холосо! — тут же похвалил повар вырезанные мною из кочана баобабы.

Когда Бельлинда пробила одиннадцать раз, начали прибывать гости.

— Дядя Ваня! — громогласно представился мне первый гость. — Чехова читала? — и захохотал как припадочный.

Я повесила на плечики его пальто с меховым воротником.

— Дядя Петя! — вкрадчиво доложил второй гость и поинтересовался: — А наш главный санитар, дядя Ваня, уже прибыл?

Я повесила его кожаную куртку.

Третьей пожаловала женщина. Отставив в сторону руку с сигаретой в мундштуке, она оглядела меня снизу вверх, хмыкнула и объявила низким густым голосом:

— Харизма! Для близких людей, разумеется. Где они, эти близкие люди, почему не бегут лобызаться?

Норковая потертая шуба.

Потом шофер Сергей Владимирович привез на своей «Волге» с вокзала дядю Вову из Воронежа:

— У нас метет, как в аду, а у вас тут затишок, елками пахнет!

Куртка с каракулевым воротником.

И тетю Валю из Перми:

— Котеночек, до чего же ты серьезная! Осторожно, пальто длинное, не наступи!

Драповое пальто до пят с воротником из дохлой чернобурки с засушенной мордой.

Последним явился дядя Костя из Твери — сухонький старичок — и спросил, еще не успев раздеться:

— Камин затопили? У Женьки отличный камин, отличный, а у меня дымит!

Дубленка шерстью наружу.

Лаптев с женой и Коржак стояли на изготовку в гостиной, каждому вновь прибывшему насильно всучивали рюмку с водкой, после чего происходило взаимное громкое целование.

— А где Лена? — опомнились гости, когда кое-как расселись.

«Просим! Просим! Лена! Лена!»

Я затыкаю уши пальцами, детским шумным праздником накатывает детсадовское «Сне-гу-роч-ка!».

Появляется Лена в облегающем платье, с лихорадочным румянцем на щеках и застывшей парафиновой улыбкой.

Я иду за ней, закатываю столик на колесиках, устанавливаю его возле розетки, подключаю миксер.

— Вы с ней поосторожней! — сплетничает Коржак. — Мы тут на обед посмели рыбу запить красным виноградным «Шато-Марло», так она ужасно рассердилась! Я правильно сказал? «Шато-Марло»?

Вся компания долго и тщательно рассматривает меня в рискованном прикиде слегка испорченной школьницы.

— Однако, — корчит удивленную гримасу Харизма. — Мне кажется, сложностей не миновать. Как ты думаешь, Петя?

— Сложности, они на то и существуют, чтобы их преодолевать!

— Ты у нас самый главный, все-таки замминистра, тебе и командовать! — вступает в обсуждение дядя Ваня.

— У нас тут Леночка главная, милая наша хозяйка, пусть она командует.

— Алиса, мне что-нибудь легкое, на твое усмотрение. Ты сама знаешь, — неопределенно машет рукой Лена.

Бросаю в миксер кусочки льда, наливаю коньяк и холодный крепкий чай.

— А мне, пожалуйста, сделай «Оперу», — просит Харизма, простая заведующая женской консультацией.

— Для «Оперы» рановато, — уверенно замечаю я. — Могу предложить перед ужином фруктовую «Мокрую кошку».

Смешиваю ананасовый сок с водкой, добавляю кусочки клубники.

Дяде Косте из Твери я делаю «Джаз» — фанту с шампанским, дяде Пете, как самому высокопоставленному чиновнику (заместитель министра все-таки!) — «Кремлевскую звезду» — крепкий кофе со льдом и ромом.

— А почему «Кремлевская звезда» коричневая? — заинтересовался он, и я многозначительно отвечаю:

— Не будем сегодня говорить о политике.

Все хохочут.

Дядя Вова — хирург из Воронежа долго наблюдал за моими махинациями с напитками, потом решился и попросил «Кровавую Мери». Я налила в бокал томатный сок, протянула ему десертный нож и открытую бутылку водки.

— Лейте водку осторожно по лезвию ножа, чтобы она не смешивалась с соком, а плавала вверху.

— А вы почему?.. — удивился он.

— Мне следователь запретил брать в руки нож, пока я под следствием. Только для чистки овощей, представляете?

Через час наступило всеобщее взаимопонимание, и я разрешила себе расслабиться. Намочила края пузатого бокала на длинной ножке, промокнула в сахар. Налила остывший сладкий чай с лимоном, добавила миндальный ликер, кружок соленого огурца, розовую креветку и кусочек шоколада.

— Как это называется? — покачиваясь, рядом оказалась тетя Валя из Перми — муниципальная служащая, как она представилась мне, и «распределительница медицинской техники», как ее обозвал дядя Костя.

— Этот коктейль называется «Три утопленника».

— А в чем тут смак? — тетя Валя сосредоточенно (насколько ей позволяют четыре «Веселые гейши») рассматривает плавающий в желтоватой жидкости огурец.

— Пьешь и сразу же закусываешь, — отвечаю я, выпиваю и с показательным хрустом закусываю огурцом, креветкой и шоколадом.

— Предлагаю новое название! — уяснил игру дядя Ваня из санитарной комиссии. — «Чистый разум»! Только минералка и две капли йода!

«Демократию стрекозы» придумал дядя Костя — водка, минералка с газом, варенье.

«Совершенство принципа» придумала Харизма — коньяк наполовину с горячим шоколадом.

— «Истина и метод»! — объявил свое название коктейля Коржак. — Шампанское, водка и вишневый ликер!

— Так нечестно! — возмутилась я. — Это название философского труда Гадамера!

Сразу же наступила полная тишина.

— Какого... Гадамера? — растерянно спросила Лаптева и опять получила тычок от своего мужа.

— Который Ханс, немецкий философ!

— Деточка, — с облегчением в голосе заметила Харизма, — что ты можешь знать о современной немецкой философии!

— Действительно, давайте говорить о европейском нигилизме, — предложил дядя Костя. — Мы тут пьем, поглощаем, можно сказать, веселящее зелье, а ведь противопоставление Аполлона Дионису — это всего лишь выражение простой человеческой потребности в порядке, в смысле и красоте, противостоящей творческому поиску и разрушению.

— Красота тут ни при чем, — откликнулся дядя Вова, хирург из Воронежа. — А вся философия — только предлог. Фикция, которая должна хоть как-то поддержать наше существование и защитить его от хаоса. Мышление требует логики, а реальность уродлива и непредсказуема. Вот тебе и все противопоставление порядка и творческих порывов, о которых говорил Шеллинг.

— Мальчики, ну при чем здесь Шеллинг? — интересуется Лена, покосившись в мою сторону.

— При том... При том, что он — нигилист! — вспоминает Харизма. — А нигилизм — это следствие подозрения, что никаких догм и авторитетов не существует!

— Так все сложно, — решила внедриться я, — а Гадамер был герменевтиком, а что для них главное — понимание текстов. Мне Гадамер всегда говорил, что только любовь к тексту может привести к пониманию человека.

— Кто говорил? — не понял дядя Петя, замминистра.

— Гадамер, кореец, — спокойно замечаю я.

— Деточка, это же совсем другая философия, другое время. Кореец, с моей точки зрения, постоянно путал философию и антропологию, он воспринимал мыслящего человека как человека обремененного знаниями, в то время как настоящий немецкий философ Гадамер говорит об истинностных притязаниях, которые вполне живут одним лишь совершенством и предпониманием текста. Вы же, юное создание, впадаете в «герменевтику подозрения», то есть ищете конфликт, противоречие либо малейшее несоответствие вашему представлению, даже не позаботясь проверить психическое здоровье того, кто предоставляет сам текст!

— Другими словами, — подошел ко мне Коржак, — то, что тебе представляется в данный момент абсурдным, ужасным, не поддающимся здоровой логике, на самом деле может быть изложено другим интерпретатором с полнейшим притязанием на истину. Что это значит? Что рассмотрение ситуации только с точки зрения собственного смыслового горизонта должно быть наказуемо, если влечет за собой массовые негативные последствия.

— Давайте музыку слушать! — не выдержала госпожа Лаптева.

Гости поделились на группы.

От отчаяния и ощущения полного бессилия у меня заболела голова.

Коржак позвал меня из угла гостиной.

— Харизма хочет заглотить собственную выдумку, — сказал он, улыбаясь. — «Совершенство принципа», так, кажется?

— Так! — кивнула Харизма. — Нужен горячий шоколад.

Иду на кухню.

— Нужна чашка горячего шоколада.

Плавными жестами фокусника толстый вьетнамец за полминуты намешивает в ковшике над огнем густую горячую бурду.

— Володя, я тебя умоляю, упроси Лену показать ногу! — беспокоится Коржак. — Она ведь только так говорит, что царапина небольшая, судя по количеству окровавленных бинтов, я боюсь, что она проткнула ногу ржавой проволокой.

— И что? Не жалуется? — удивляется хирург из Воронежа.

— Еще неделю назад я везде натыкался на окровавленные бинты, а теперь говорит — все в порядке. Да по количеству крови такое впечатление было, что она пальцы себе оттяпала! Посмотри, я тебя прошу!

— На Лену это не похоже, — замечает Харизма, осторожно принимая из моих рук чашку с шоколадом, который я, как могла, перемешала с рюмкой коньяка. — Она же трезвая падает в обморок от укуса комара! Что, и врачу не показывалась?

— Говорит — показывалась, — пожимает плечами Коржак.

Я перестаю что-либо понимать. И голова раскалывается.

— Если будете осматривать хозяйку, — замечаю я, — посмотрите лучше ее спину. Такое я видела только в кино. «Спартак» называется. Там рабов избивали плетками. А нога у нее в полном порядке, ни царапинки, уж поверьте!

Все замерли. Дядя Вова из Воронежа достает платок и начинает сосредоточенно протирать очки. Харизма задумалась и вдруг расхохоталась.

— Иди на кухню, вымой что-нибудь, — бесцветным голосом приказывает Коржак.

— Если это вы избиваете свою жену плеткой, — я не могу остановиться, хотя Коржак встал, взял меня за руку и начинает тащить из гостиной, — то вас нужно судить! А если она делает это сама в припадке садомазохизма, то ее надо лечить! А нога у нее совершенно здорова, женщина может фиктивными болячками привлекать к себе внимание, если у нее муж полный дубалом! Бросьте руку сейчас же, а то я разозлюсь!

Поздно ночью я пробралась по лестнице вниз и услышала, что в гостиной идет совещание. Ничего не разобрать.

Может быть, сбежать прямо сейчас? Или быстренько обыскать кабинет Коржака, пока они тут заседают?

Не дыша, заглядываю в спальню Лены. Спит, бедняжка, не позвали дурочку на совещание — перепила, как всегда...

Иду в кабинет. Дверь не заперта, пахнет сигаретным дымом и духами, на письменном столе три бокала с остатками «Демократии стрекозы» — судя по плавающим ягодам из варенья. Включаю компьютер, набираю электронный адрес Пенелопы, гоню все подряд, не сводя глаз с двери кабинета. Быстренько осматриваю ящики стола. Проспекты, вырезки из каких-то иностранных журналов, все — о лекарствах. Потрошу мусорную корзину. Ничего интересного. Наугад вынимаю несколько книг с полок, трясу их. Ничего не выпадает, в книгах не оказывается вырезанной ниши для пистолета, за книгами не прячется дверца потайного сейфа, да я просто нюхом чую, что в этом кабинете нет ничего интересного! Выключаю компьютер, закидываю обратно в корзину скомканные бумажки. Осматриваю шкаф у двери. Восемь костюмов, четыре коробки с новой обувью, рубашки, нижнее белье.

А если он прячет секретную документацию в своей спальне или в спальне жены?

Так, стоп, в его спальне даже шкафа нет, мы там убирали вчера с Аделаидой. На открытой железке передвижной стойки висят несколько халатов и пижам. Аделаида говорила, что хозяин большую часть времени проводит у себя в кабинете, там и переодевается.

Была не была!

Иду в спальню Лены.

На осмотр ее огромного гардероба мне хватило получаса. В слабом свете ночника у кровати видно было плохо, я в основном занималась ощупыванием, но ничего интересного не обнаружила. В единственном небольшом чемоданчике оказался набор для выездного парикмахера.

— Он все забрал с собой.

Тихий голос с кровати, от которого я дергаюсь, роняю чемоданчик, на пол вываливаются ножницы, расчески, машинка для стрижки...

— Что забрал?

— Дискеты. Шесть штук. Все забрал с собой. Сказал, что нас ограбили. Обещал найти деньги. Только я ему не верю. Он не оставил адреса, понимаешь. Это как мужчина на ночь — прощается, обещает позвонить, а телефон не спрашивает и своего не называет. Налей на три пальца.

— Кто меня нанял? — я не отдаю бокал, пока Лена не ответит.

— Я.

— Зачем?

— Я хотела тебя увидеть, понять... Что в тебе есть такого, чего нет во мне.

— Увидела?

— Да. Ничего особенного. Года три, пока не заматереешь, он тебя будет обучать наслаждению жизнью, а потом скажет, что жизнь закончена.

— Эти гости там, внизу...

— Это все — знакомые мужа. У них, кажется, неприятности.

— А у тебя?

— А мне по фигу! Он не вернется, — она протягивает пустой бокал, я беру его и верчу в руке.

— Ты прятала раненого корейца в этом доме? — решаюсь я.

— В подвале. Пригласила врача. Бешеные деньги. Сказал — повезло. Пуля прошла навылет.

— А Коржак... Евгений Кириллович знал?

— Нет. Если он узнает — убьет. Я еще полгода назад обещала ему порвать с корейцем. Жизнью клялась.

— Твой муж не знал, что в подвале лежит раненый?

— Нет. Аделаида догадывалась, но она не скажет.

— Коржак видел окровавленные бинты!

— Ну и что? Пару раз наткнулся в мусоре, я сказала, что поранила ногу. Что это за допрос? — прищуривается Лена.

— Просто я еще не все поняла. Это муж тебя бьет плеткой?

— Не-е-ет, это я сама. Истязание плоти, так сказать. А твоя мать была брюнетка или крашеная блондинка? — вдруг спрашивает Лена.

— Брюнетка с вьющимися волосами, — удивляюсь я вопросу.

— А с прямыми темными волосами тогда кто?

— Наверное, это была тетушка Леонидия. Только у нее не совсем темные волосы были, это так на фотографиях получается, а вообще она — шатенка. Была... А если твой муж узнает, что у тебя не было раны на ноге? — осторожно интересуюсь я.

— Как он узнает?

— Ну... Посмотрит.

— Тогда он меня убьет. Он все поймет, и сразу — паф! — Лена подносит указательный палец к виску, изображает выстрел и валится навзничь, закрыв глаза. — Ты мне поможешь?

— Как?

— В тумбочке лежит пакет с прокладками, достань. В одной спрятан ключик. Нашла?

— Сейчас, подожди. Да, что-то есть.

— Это от сейфа мужа. Я тайком сделала дубликат. Сейф в подвале, в бильярдной. Он спрятал в него мой пистолет. Принеси, но чтобы тебя не заметили.

Что, так просто? Мне не по себе от такого предложения. Я иду в ванную и мою стакан.

— Ну что копаешься? — слабым голосом спрашивает Лена.

— Есть кое-что, чего я совершенно не понимаю. Зачем я должна гулять с собакой по три раза в день?

— Милорда? — удивляется Лена. — Три раза? — Она хитро щурится. — Не знаю, может, у него расстройство желудка?

Спускаюсь в подвал, пробираюсь в бильярдную, долго ищу выключатели. Когда свет зажегся, я сразу увидела сейф в углу комнаты и удивилась разочарованию внутри себя. Опять подумала — так просто?

От нетерпения рука дрожит, кое-как справляюсь с замком, открываю дверцу...

Не может быть! Никаких бумаг, ничего, только два пистолета — по одному на верхней и нижней полках!

Спокойно. Нужно успокоиться и быстренько сообразить, какой мне нужен. Черт, они совершенно одинаковые. Почти... Ладно, надо подумать. Что я должна сделать? Отнести пистолет женщине, которая редко бывает трезвой. Нет, так не пойдет. Пусть сама его забирает.

Я закрываю сейф.

Стараясь ступать бесшумно, осторожно выбираюсь из подвала.

А из гостиной как раз расходятся гости.

Пережидаю, присев на подвальных ступеньках. Холодно и хочется есть. Иду в кухню.

На полу, на какой-то подстилке, расстеленной под столом, спит толстый вьетнамец. Повар. Устал, бедняжка, ждать, когда прикажут подать горячее...

Нахожу в сковороде куриную ногу и объедаю ее. Прислушиваюсь. Вроде все затихло. Нужно как-то передать ключ Лене, а вдруг она сейчас с мужем? Приступила, так сказать, к выполнению супружеского долга? Или занялась самоистязанием?

Пробираюсь наверх, прислушиваюсь у дверей ее спальни. Тихо. Что же делать?

Ладно, похоже, все уснули, кроме меня, голодной.

Приоткрываю дверь. Ночник у кровати горит, Лена лежит, похоже, спит. Положить ее ключ обратно, чтобы он не висел на мне тяжелым грузом?

На цыпочках иду к тумбочке.

В тот момент, когда я наклонилась, чтобы достать упаковку с прокладками, Лена резко села на кровати, а в вытянутой в мою сторону руке у нее оказался пистолет.

От неожиданности я села на пол. Смотрю в дуло, которое ходит ходуном в дрожащей руке.

— Где пистолет? — спрашивает она. — Где он? Давай сюда!

— Лена, успокойся, это я!

— Где пистолет?

— Я не взяла, я возвращаю тебе ключ.

— Ты не принесла пистолет? — она опускает руку и смотрит на меня с ужасом. — Но почему?! Почему, идиотка проклятая, гадина!

— У тебя уже есть один, зачем тебе столько пистолетов? — отползаю я подальше от кровати.

— У тебя в руке должен быть пистолет!

— А у меня его нет, я ничего не взяла из сейфа, ты меня слышишь! — мне все это перестало нравиться, и я повышаю голос. Может быть, Коржак еще не заснул?..

— Мне нехорошо, так не должно быть, — она судорожным движением руки рвет на груди рубашку. — Я тебя умоляю, слышишь, я на колени могу стать!

— Не надо, сиди лучше на кровати!

— Принеси пистолет, я подожду, принеси!

— Я не могу, их там два, я не знаю, какой именно твой!

— Ладно, черт с ними, неси оба! — Лена опять направила на меня дуло.

— Оба? Зачем тебе три пистолета, ты только подумай, а? Представь, целых три, что ты с ними будешь делать?

Хоть кто-нибудь придет, наконец, поинтересоваться, почему мы кричим в полвторого ночи?!

— Почему опять кричат в полвторого ночи? — в дверях появляется высокая фигура Коржака.

Лена прячет пистолет за спину.

— Что ты тут делаешь? Почему ты лежишь на полу в спальне моей жены? — нависает надо мной хозяин. — Почему ты не в своей комнате? Почему ты кричишь?

Я действительно распласталась на полу в надежде,

что так в меня труднее попасть из пистолета. Но как это объяснить Коржаку?..

— Мы разговаривали...

— Разговаривали? — он наклоняется ко мне.

— Да. Сплетничали, обсуждали гостей... Рассказывали анекдоты. Я как раз... показывала, как ползет змея. Знаете анекдот про змею и Чебурашку?

— Иди. Спать.

Да с радостью! Я выползаю из спальни с реактивной скоростью.

Забегаю в свою келью, хочу забаррикадироваться и обнаруживаю, что дверь открывается наружу!

Сбегаю вниз по лестнице. Где же эта чертова инвалидная коляска?! Вспоминаю, что во время приема гостей Милорда, как всегда, дремавшего в коляске, отвезли в кладовку у кухни.

Выкатываю коляску из кладовки, у лестницы наклоняю ее, и сонный пес вываливается на паркет, как мешок с картошкой.

— Пойдем со мной! — я тащу его за ошейник наверх.

Милорд упирается, но идет.

Завожу собаку в комнату, закрываю дверь, укладываю его на полу у двери на покрывало (что скажет Аделаида?!) и строгим голосом приказываю:

— Охранять!

Стало спокойней.

Милорд повозился, улегся и тут же засопел.

Я посидела-посидела на кровати и поняла, что меня только что хотели убить. И не просто убить, а убить при нападении, потому что я должна была в этот момент быть с пистолетом в руке. Провожу рукой под мышкой и нюхаю ее. Вспотела, и еще как! Нащупываю цепочку на руке. По моим предположениям, писк из упаковки анальгина сейчас в сарайчике через улицу должен стоять просто оглушительный! Почему же меня никто не идет спасать? Похоже, пора заказать пиццу с грибами!..

Осторожный стук в дверь.

Милорд немедленно среагировал. Он залаял. А поскольку я никогда не слышала, чтобы он лаял в закрытом помещении (обычно ему хватало рычания), то мне показалось, что по пустому дырявому корыту кто-то бьет деревянной колотушкой.

Дверь резко распахнулась, за нею оказался взъерошенный Коржак и достающий ему как раз до выреза пижамы повар-вьетнамец.

— Ну, теперь мне точно скажут, что происходит! — кричит Коржак, а я бросаюсь на Милорда, хватаю его за морду и зажимаю пасть.

— Тихо! Свои!

— Кто это — свои? — опешил Коржак.

— Девоська пугался, девоська было страшно, я плисол, — поклонившись, объясняет вьетнамец.

— Да, — встаю я с собаки и замечаю, что за Коржаком уже стоят дядя Ваня из санитарной комиссии, дядя Петя из министерства и дядя Вова — хирург из Воронежа. — Мне было очень страшно. Потому что я нашла вот это в вашем доме, — подхожу к кровати, поднимаю матрац и достаю красный шарф корейца.

— Что это такое? — совершенно искренне таращит глаза Коржак.

— Это шарф, в котором мой отчим был, когда его ранили в Сюсюках. Вообще-то, как вы знаете, его потом еще в озере топили, как же шарф оказался у вас в доме? Я как раз хотела это узнать у вашей жены, когда вы пришли на крики.

Дядя Ваня закрывает глаза. Дядя Петя быстро отворачивается и спускается вниз, уводя только что поднявшихся жену Лаптева и тетю Валю из Перми. Дядя Вова пытается взять за руку Коржака, но тот руку вырывает. А повар протягивает ко мне обе руки:

— Я отнесу.

— Да, пожалуйста, отнесите... Отнесите следователю Лотарову, он ведет мое дело. — Закатываю шарф валиком и протягиваю повару. — Только сразу же, ладно?

— Я отнесу.

— Сейчас!

— Сисяс.

— Скажите, что утром может быть поздно.

— Сисяс.

— Я хочу покоя! — кричит Коржак и идет в свою комнату.

Все понемногу расходятся. Странно, но Аделаида не появилась.

— Все, — шепчу я собаке. — Спасибо. Молодец. Теперь мне уже не страшно. Можешь идти в свою коляску.

Я ложусь, не раздеваясь. Думаю. Думаю. Думаю. Лена видела фотографию, на которой моя мама с сестрами, она могла ее видеть только в квартире корейца. Это она искала ключ в прокладках.

Через полтора часа слышу шум внизу, выхожу на лестницу, не зажигая света, и вижу, что Аделаида провожает Харизму у дверей.

Сбегаю вниз.

— Уезжаете?

Обе женщины дергаются и смотрят на меня с задумчивым сомнением.

— «Совершенство принципа», — вздыхаю я, — коньяк с горячим шоколадом. Это красиво.

Глаза Харизмы теплеют.

— Девочка, — говорит она, положив мне на плечо тяжелую руку. — Ты хотя бы понимаешь, во что влезла?

— А вы?

— Смешная... Гадамер никогда не рассказывал о тебе. Берег для личного пользования. Что это значит, когда мужчина никогда не говорит о женщине, знаешь? Это значит, что он смертельно болен ею. Вот, возьми на память. — Харизма расстегивает шубу и рвет цепочку, чтобы отдать мне медальон. — Он недорогой, мы с Кемиром купили себе одинаковые в Турции. В этом — прядь его волос. Возьми.

Заторможенным движением протягиваю ладонь.

— Так не пойдет, давайте меняться, — я снимаю с руки цепочку. — Она тоже недорогая, возьмите.

— Ну... как хочешь, — Харизма ждет, пока я надену на ее руку цепочку.

Я вожусь с замком, пальцы дрожат.

— Иди, девочка, я попрощаюсь с близким человеком, — просит Харизма и поворачивается к Аделаиде. — Ты думаешь, стоит вот так спешить, не попрощаться ни с кем?

— Уходи быстрей, у меня тяжело на душе, — крестит ее Аделаида.

В пять тридцать раздался выстрел.

Мне так и не удалось заснуть.

Почти сразу же после выстрела в дверь позвонили. Все гости сбежали вниз, звали Евгения Кирилловича, а он все не шел, а когда вышел, то был бледнее беленой стены в коридоре.

— Вы опоздали, — сказала я следователю Лотарову. — А мне наплевать.

— Все остаются на своих местах! — объявил Лотаров. — Никого не впускать и не выпускать!

— Пустите Пенелопу, я несовершеннолетняя, и она единственный сейчас близкий мне человек.

Пенелопа сразу же затолкала меня в кухню.

— Кто теперь? — спросила она.

— Жена Коржака. Только не ругайся, ладно. Я, честное слово, ни при чем. Он ее убил из ревности.

— Ладно, не расстраивайся, я не собираюсь ругаться.

— А вдруг тебе все-таки захочется, ты сдержись!

— Алиска, что ты несешь? Ну почему я буду ругаться, если этот неуловимый Коржак окажется наконец за решеткой?

— Коржак здесь ни при чем, — вздыхаю я.

— Ты же только что сказала, что он убил жену?

— Да, он убил, но Коржак Е.К., директор «Медикуна», это не он. Это была его жена, Елена Константиновна.

— Ничего не понимаю, подожди... Ты хочешь сказать?..

— Я хочу сказать, что Евгений Кириллович убил свою жену, Елену Константиновну, а она была директором «Медикуна» и, хотя почти ничего не смыслила в медицине, смогла уговорить работать на нее многих друзей мужа.

Пенелопа, усевшаяся рядом со мной на диване в гостиной, чтобы успокоить, вскакивает и начинает бегать туда-сюда по комнате, стиснув руки. Дурацкая привычка.

— Она была любовницей корейца, — говорю я тихо, опустив голову. — Кореец прятался здесь после того, как выбрался раненый из озера.

— Да, я поняла, ты передала шарф... А почему ты решила, что я буду ругаться?

— Мне показалось... Я подумала, что ты все поймешь раньше меня.

— А я не поняла! — повышает голос Пенелопа. — Я тупая! Что же это получается? Директор «Медикуна» мертв?

— Мертва.

— И в тот самый момент, когда ты ее вычислила, она умерла, да?

— Ну, не сразу. Я ее вычислила за три часа до смерти.

— Как?

— Она хотела меня убить. Это раз. Она прятала ключ от сейфа мужа в женской прокладке. Это два. Значит, это она искала в моей квартире ключ корейца от потайной комнаты, ей был нужен, как и тебе, его ноутбук. Я обыскала кабинет Коржака — ничего! Я перегнала тебе все его рабочие папки!

— Спасибо, тоже — ничего.

— Вот видишь! А когда я увидела, что у него и в сейфе ничего — кроме двух пистолетов, — я задумалась!

— А откуда Коржак узнал, что жена ему изменяет? Что кореец жил здесь?

— Он... Он подозревал, потому что нашел как-то окровавленные бинты, а потом я прямо у него на глазах отдала шарф повару и сказала, что это шарф корейца...

— Зачем? — подозрительно ласково спрашивает Пенелопа. — Зачем ты это сказала?

— Чтобы он знал!

— Ага... Чтобы знал, да?

— Да! Только так я могла себя спасти! Она чуть не пристрелила меня!

— Давай по порядку. Правильно ли я поняла. Ты узнала, что Елена Коржак является директором «Медикуна», и сразу же намекнула ее мужу, что она изменяет ему с корейцем, так?

— Не так! Сначала я ее случайно подставила. Я случайно проговорилась, что у нее на ноге нет никакой раны! Да что с тобой разговаривать!

— Ну как же так получается, Алиса, ты опять — ни при чем, а мы все у разбитого корыта?

— Тебе что, моя жизнь не дороже какого-то там корыта?!

— Тебя расстроило, что она была его любовницей, да?

— Меня расстроило, что она хотела меня убить.

— Ты чувствуешь себя виноватой? — вдруг спрашивает Пенелопа.

— Нисколечко!

— А почему у тебя кровь из носа не течет? Ты же разозлилась на меня?

Я провела под носом указательным пальцем. Не течет. Это, наверное, потому, что мои мысли заняты решением сложной проблемы — как отсюда выбраться.

— Взрослею...

— Мне страшно с тобой находиться.

— Не находись!

— Столько сил потрачено, и все впустую, — встает Пенелопа.

— Это смотря чего тебе надо. Если денег, то ты их не получишь. И нечего мне, как стандартной чувырле, подставлять всяких неотразимых мужчин из твоей Конторы!

— Мужчин? Из Конторы? Это ты о поваре так отзываешься? — совершенно искренне удивлена Пенелопа.

— Я так отзываюсь о шофере!

— Не понимаю. Мне надо идти, — я вижу, как Пенелопе трудно смотреть на меня. — Сейчас подъедет бригада для обыска...

— Вы ничего не найдете. Архив был на шести дискетах, их забрал кореец, так сказала Лена... Елена Константиновна Коржак.

— Я пойду.

— Подожди. Все поставщики и заказчики здесь. Или почти все.

— Где? — Пенелопа осматривается.

— Здесь. В доме. Их как раз сейчас Лотаров допрашивает.

— Гости?..

— Ладно, не смущайся, ты бы сама потом догадалась. Одна женщина, правда, сбежала.

— Куда? Извини...

— Наконец кто-то догадался извиниться!

Бельлинда пробила шесть раз, и сразу же в сумочке Пенелопы запищала упаковка с таблетками.

— Ты нервничаешь? Боишься чего-нибудь? — удивилась она.

— Я уже ничего не боюсь. Эта сбежавшая женщина, наверное, застряла где-нибудь на дороге или замерзла. Я подарила ей цепочку Чучуни. Надеюсь, Чучуня меня простит. Беги, Пенелопа! Надеюсь, на этот писк ты быстро среагируешь.

Потоптавшись, Пенелопа убегает.

Я закрываю глаза и вспоминаю план дома, который она мне показывала в прачечной. По ее предположению, из подвала должен быть еще один выход на улицу, не только через гараж.

Одеваюсь потеплей. Рюкзак придется бросить, укладываю паспорт и деньги во внутренний карман рваной куртки. Джинсы тоже после прогулки с Милордом не внушают доверия.

Не спеша спускаюсь в подвал. Меня никто не остановил.

Выход я нашла через тридцать две минуты. И, на мое везенье, на двери была только задвижка — никаких замков.

Я вышла на улицу.

Пошла по дороге.

На повороте у рекламного щита меня догнала темная «Волга».

Я молча села на переднее сиденье.

— Мне показалось, — сказал шофер, — что ты вляпалась в историю и не поедешь со мной на Средиземное море ловить рыбу.

— Мне тоже сначала так показалось.

— Какие планы?

— На ближайшие двадцать лет?

— Нет, хотя бы на сегодняшнее утро.

— Я хочу навестить тетю.

— Тетю? Запросто.

— Она живет за городом, но с другой стороны Москвы.

— Нет проблем.

— Спасибо.

— Потом поблагодаришь, когда я помогу тебе сбежать за границу.

— За границу?

— Да. Испания, к примеру, отличная страна.

— Я подумаю. А как ты можешь помочь?

— Билет куплю, визу оформлю, посажу на самолет.

— Тетя скучать будет. Она ждет ребенка. Представляешь, от негра.

— Представляю.

Остальную дорогу мы ехали молча, только потом я показывала, где повернуть, какой дом.

— Приехали.

— Я тебя подожду.

— Это может быть долго.

— Я подожду.

— Это может быть долго.

— Я подожду.

Представляю... До совершеннолетия, или до приезда «Скорой»? Прощай, Сергей Владимирович, может, еще поныряем когда-нибудь, но только с моим снаряжением!

На мой звонок калитка сразу же открылась. Мышка-норушка ждала у открытой двери.

— Садитесь, — показала на кресло у камина нервная женщина. — Спасибо, что так быстро приехали.

— Расскажите все медленно и по порядку, — прошу я, разглядывая ее выступающий живот.

— Медленно? Хорошо. Если медленно, то это звучит так: у-у-у меня бу-у-удет двойня. Достаточно медленно?

— Вы нервничаете?

— Нервничаю? А вы бы не нервничали? Мой муж собрался подавать иск институту!

— Не волнуйтесь, Пенелопа Львовна решит эту проблему, я уверена.

— Решит? Два черных ребенка сразу, понимаете, два!

— В этом есть и хорошая сторона. Не нужно еще раз ходить беременной, еще раз рожать. Один раз отмучаетесь, а детей будет двое.

— Вы еще ребенок, — вздыхает женщина. — Зачем Пенелопа прислала вас?

— Не знаю, ей видней. Наверное, она хотела, чтобы я рассказала о своих планах на жизнь.

— Хотите выпить?

— Да. Так вот. В мои планы входит родить двух дочерей, стать богатой и заниматься любимым делом.

— А какое у вас любимое дело?

— Я хотела бы или лечить людей, или изучать их болезни на трупах. На трупах мне больше нравится, потому что я привыкла к одиночеству. А можно просто стакан воды?

Женщина выходит из комнаты, я оглядываюсь. Если мышка-норушка и подглядывает, то очень осторожно. Я наклоняюсь и достаю дискету, которую засунула в прошлый свой приезд сюда. В щель между кирпичной кладкой и каминной доской.

— Когда вы увидите своих девочек, — говорю я женщине со стаканом воды, — вам покажется, что вы богаты и счастливы.

— Девочек? Да, пожалуй, две девочки — это здорово. А то знаете, я как представлю себе мальчика...— она смешно выпятила губы.

— Ну что вы, конечно — девочки!

— Спасибо. У меня правда отлегло от сердца.

— Можно от вас позвонить?

— Конечно!

— Тогда я вызову себе «Скорую», если вы не против, — ласково предлагаю я.

Ждать пришлось часа два. Рита Мазарина сегодня не работала, но другая дежурная медсестра пообещала ее найти. И не обманула.

За эти два часа я заштопала к великой радости женщины четыре носка и сплела из ее волос пугалочку. Никто не пришел меня задерживать. Или любитель подводной охоты действительно слишком во мне заинтересован, или он не из Конторы.

Меня занесли в фургон на носилках, накрытую простыней. Я благополучно доехала до «Кодлы» и успела по дороге хорошо поговорить с Ритой.

— Сними этот черный платок, — сказала я. — Кореец передал тебе записку. Хочешь в Париж?

У «Кодлы» действительно образовалось маленькое кафе со скромным названием «Алиса». И там Офелия сделала мне коктейль, который назывался «Отвертка».

Через час приехал джип Мазарини. Мрачный Гога открыл багажник и помог мне уложиться.

— Как ты его уговорила не сажать меня на цепь? — спросила я Риту.

— Приставила пистолет к башке, он по-другому не понимает. Сказала, что пристрелю его, а потом себя. И кончится на этом династия Мазариных.

— Сколько мне лет в новом паспорте?

— Восемнадцать.

— С совершеннолетием тебя, Алиса! — поздравила я сама себя перед тем, как крышка багажника захлопнулась.

С Пенелопы взяли подписку о невыезде. В Федеральной службе на нее завели дело, и почти полгода она находилась под домашним арестом. Вся команда прачечной была допрошена по три раза, включая Колобка. Его, правда, допрашивали только раз, но он старательно расписался потом под протоколом, высунув язык и повторяя по буквам свое имя. Допрос Колобка подточил твердость духа и тягу к профессиональной исполнительности федералов — двое сразу же по его окончании уговорили бутылку водки, а еще один, самый дотошный, напился до бесчувствия после обыска в квартире Колобка (квартиры двух служащих прачечной были обысканы ранее, весьма тщательно и совершенно безрезультатно).

Дело об исчезновении бухгалтера фирмы «Медикун» заново расковыряли, нашли докладную следователя Лотарова о поисках пары ботинок в озере в Сюсюках, и после тщательной проверки данных (допроса каждого из бригады ныряльщиков) Гадамера Шеллинга объявили в международный розыск.

Об исчезнувших ботинках было составлено несколько докладных. Когда «Ботинки» выделили в отдельную папку, своего поста лишился начальник милиции Тверской области. Поговаривали, что он вообще того... Очень огорчился и совершенно вышел из себя, и к магазинам с обувью его теперь даже подпускать опасно.

Пенелопа, узнав о посещении Алисой загородного дома беременной от негра клиентки, истерически смеялась два дня, потом ничего, притихла, и вдруг Чучуня обнаружила ее в столовой за штопкой носка!

— Храни тебя Господь, Пенелопа, — только и сказала Чучуня. — Хочешь, я спою?

— Ты знаешь, что самые яркие сексуальные фантазии меня посещали в шесть лет? — весело спросила Пенелопа Чучуню. — А в двенадцать я могла выучить наизусть всего «Онегина»?!

— Ха! Это ты говоришь мне? Да я в свои тринадцать лет выгребала сети по двадцать килограмм! А в пятнадцать за сорок шесть секунд могла вскрыть и завести любой автомобиль без ключа!

— Ну и чего тогда мы тут сидим и киснем? — поддержала их Ириска. — Слыхали? Ив Сен-Лоран ушел из модельного бизнеса. Говорят, его совершенно потрясла молоденькая модель. На показе моды для тинэйджеров разделась догола, прямо на подиуме, достала из рюкзачка платье, такое воздушное, что можно сжать в кулаке, и с розовым жемчугом на рукавах, надела и показала в нем мэтру неприличный жест, а когда подбежали журналисты с микрофонами, обозвала Ива портным женских портков. Вам это ничего не напоминает?

— Март Элизы Катран в исполнении Алисы, — застонала Пенелопа. — Как же я хочу это видеть!

Летом на адрес прачечной Пенелопы пришел конверт, обильно заклеенный марками разных стран. Чучуня, прочитав имя отправителя, сразу же его разодрала. Она вынула письмо, открытку, фотографию и какое-то засушенное растение.

«Здравствуй, Пенелопа! — писала Алиска. — Здравствуйте все-все-все, а особенно — Чучуня!

Пенелопа, если ты уже узнала, как называется город моей мечты — собор, в котором работал Гауди, колодец в замке Бель-Вер, помнишь, — то, пожалуйста, не спеши туда ехать, потому что мечта должна оставаться неприкосновенной. Да, это Пальма-де-Мальорка, прекрасный сон, в котором остались следы шагов моей мамы. Колобок бы их сразу обнаружил, потому что это были счастливые летящие шаги исполнившейся мечты. А я сижу в уличном кафе в Париже и вспоминаю твой гамак под Триумфальной аркой, вот было здорово! И не собираюсь в Пальму, и даже скульптура женщины в виде флюгера меня не манит. Представляю, как ты искала этот город. Сначала, я думаю, ты просматривала книги по искусству или рекламные проспекты туристических фирм. Потом в тебе взыграла профессиональная гордость, и ты решила узнать, не было ли у моей мамы, посетившей когда-то этот город, счета в тамошнем банке. И ты узнала, что был. Да, его открыл дедушка, когда узнал, что она сможет туда приехать. Но я никогда не поеду в Пальма-де-Мальорка, как ты никогда не поедешь в Париж, потому что это города мечты, а мечту нельзя проверять прикосновением.

На этой фотографии я не очень хорошо получилась, зато — довольна собой. Открытку парижского дворика я отсылаю тебе с умыслом — вдруг захочешь что-то подновить у себя в спальне на стене у кровати. А вот с растением будь осторожна! Это настоящая цилигуна из Кении (вот куда я отправилась, когда сбежала!), и действует она на высокомерных мужчин с длинными волосами совершенно убийственно. Абсолютно стопроцентное приворотное средство, если его заварить в полнолуние на чистой воде. Желаю успеха!

P.S.

В Париже меня тоже искать не стоит, я в августе буду заниматься подводной охотой, в сентябре, октябре, ноябре буду учить японский язык, а вот в декабре, если тебе придет заказ на прислугу в рождественские праздники, помести объявление в газету «Московские новости».

Алиса».

— Ириска! — закричала Чучуня. — Ириска! Ты только посмотри! Наша-то страдалица с таким трудом укатила на прошлой неделе в Испанию! А Алиска ей письмо прислала из Парижа!

Литературно-художественное издание

Васина Нина Степановна
ПАДЧЕРИЦА СИНЕЙ БОРОДЫ

Ответственный редактор *О. Рубис*
Редактор *Т. Семенова*
Художественный редактор *С. Курбатов*
Художник *Е. Шувалова*
Технический редактор *Н. Носова*
Компьютерная верстка *И. Батов*
Корректор *В. Кузьмичева*

Подписано в печать с оригинал-макета 21.03.2002.
Формат 84×108 ¹/₃₂. Гарнитура «Таймс». Печать офсетная.
Бум. газет. Усл. печ. л. 20,2. Уч.-изд. л. 17,2.
Тираж 11 000 экз. Заказ № 0203970.

ЗАО «Издательство «ЭКСМО-Пресс». Изд. лиц. № 065377 от 22.08.97.
125190, Москва, Ленинградский проспект, д. 80, корп. 16, подъезд 3.
Интернет/Home page — www.eksmo.ru
Электронная почта (E-mail) — info@ eksmo.ru

По вопросам размещения рекламы в книгах издательства «ЭКСМО»
обращаться в рекламное агентство «ЭКСМО». Тел. 234-38-00

Книга — почтой: Книжный клуб «ЭКСМО»
101000, Москва, а/я 333. E-mail: bookclub@ eksmo.ru

Оптовая торговля:
109472, Москва, ул. Академика Скрябина, д. 21, этаж 2
Тел./факс: (095) 378-84-74, 378-82-61, 745-89-16
E-mail: reception@eksmo-sale.ru

Мелкооптовая торговля:
117192, Москва, Мичуринский пр-т, д. 12/1
Тел./факс: (095) 932-74-71

ООО «Медиа группа «ЛОГОС». 103051, Москва, Цветной бульвар, 30, стр. 2
Единая справочная служба: (095) 974-21-31. E-mail: mgl@logosgroup.ru
contact@logosgroup.ru

ООО «КИФ «ДАКС». Губернская книжная ярмарка.
М. о. г. Люберцы, ул. Волковская, 67.
т. 554-51-51 доб. 126, 554-30-02 доб. 126.

Книжный магазин издательства «ЭКСМО»
Москва, ул. Маршала Бирюзова, 17 (рядом с м. «Октябрьское Поле»)

Сеть магазинов «Книжный Клуб СНАРК» представляет
самый широкий ассортимент книг издательства «ЭКСМО».
Информация в Санкт-Петербурге по тел. 050.

Всегда в ассортименте новинки издательства «ЭКСМО-Пресс»:
ТД «Библио-Глобус», ТД «Москва», ТД «Молодая гвардия»,
«Московский дом книги», «Дом книги на ВДНХ»

ТОО «Дом книги в Медведково». Тел.: 476-16-90
Москва, Заревый пр-д, д. 12 (рядом с м. «Медведково»)

ООО «Фирма «Книинком». Тел.: 177-19-86
Москва, Волгоградский пр-т, д. 78/1 (рядом с м. «Кузьминки»)

ООО «ПРЕСБУРГ», «Магазин на Ладожской». Тел.: 267-03-01(02)
Москва, ул. Ладожская, д. 8 (рядом с м. «Бауманская»)

Отпечатано на MBS в полном соответствии
с качеством предоставленного оригинал-макета
в ОАО «Ярославский полиграфкомбинат».
150049, Ярославль, ул. Свободы, 97.